LA ESPOSA ALEMANA

Planeta Internacional

KELLY RIMMER

LA ESPOSA ALEMANA

Planeta

Título original: *The German Wife*

Autora de la obra: Kelly Rimmer
Traducido por: Daniel Almeida

Bajo el sello editorial PLANETA M.R.
Avenida Presidente Masarik núm. 111,
Piso 2, Polanco V Sección, Miguel Hidalgo
C.P. 11560, Ciudad de México
www.planetadelibros.com.mx

Primera edición en formato epub: enero de 2025
ISBN: 978-607-39-2374-3

Primera edición impresa en México: enero de 2025
ISBN: 978-607-39-2364-4

Impreso en los talleres de Corporación en Servicios
Integrales de Asesoría Profesional, S.A. de C.V.,
Calle E 6, Parque Industrial
Puebla 2000, C.P. 72225, Puebla, Pue.
Impreso y hecho en México – *Printed and made in Mexico*

1

SOFIE

Huntsville, Alabama
1950

—¡Despierta, Gisela! —murmuré, sacudiendo suavemente a mi hija—. Es hora de ver a papá.

Después de pasar casi todo el día en un autobús caluroso y sofocante, estaba tan cansada que me ardían los ojos y sentía la piel sucia de sudor seco de la cabeza a los pies. Tenía al niño dormido en mi regazo y a la niña recostada sobre mí en el asiento. Luego de tres largas semanas de barcos, trenes y autobuses, mi largo viaje desde Berlín a Alabama finalmente había llegado a su fin.

Mi hija menor siempre había sido más pequeña que sus compañeras, de cuerpo redondeado y suave, con una melena castaña como la mía y los brillantes ojos azules de mi marido. En los últimos meses, un repentino estirón la transformó. Ahora era más alta que yo. La suavidad de la infancia la había desvanecido por completo, dejándola delgada y desgarbada.

Gisela se movió y luego se sentó lentamente. Sus ojos recorrieron el pasillo del autobús como si estuviera reorientándose. Finalmente, con cautela, se giró para mirar por la ventana.

—Mamá, realmente no parece gran cosa.

Íbamos por una amplia calle principal llena de pequeñas tiendas y restaurantes. Hasta el momento, Huntsville lucía tal como yo esperaba: limpia, ordenada... segregada.

Salón de Minnie. Solo ropa blanca.

Costurera para color.

Ada's Café. Los mejores panqueques de la ciudad. ¡Solo blancos!

Cuando decidí emprender el viaje para reunirme con mi marido en Estados Unidos, la segregación era una de las millones de preocupaciones que deliberadamente pospuse para más adelante. Ahora, ante esta cruda realidad, temía las charlas que tendría con mis hijos una vez que hubiéramos descansado lo suficiente para tener una conversación productiva.

Necesitaban entender exactamente por qué esas señales me hacían temblar las venas.

—Papá nos dijo que éste es un pueblo pequeño, ¿recuerdas? —dije con dulzura—. En Huntsville hay sólo quince mil habitantes y será muy diferente a Berlín, pero aquí podremos construir una buena vida. Y lo más importante: volveremos a estar juntos.

—No todos —murmuró Gisela.

—No, no todos —admití en voz baja.

La pérdida era como una sombra para mí. De vez en cuando, me distraía y olvidaba que estaba allí. Entonces me daba vuelta y sentía el impacto de nuevo. Lo mismo sucedía con mis hijos, especialmente con Gisela. Cada año de su vida había estado marcado por los horrores de la guerra o por el dolor y el cambio.

No podía pensar demasiado en eso, no ahora. Estaba a punto de ver a mi marido por primera vez en casi cinco años y estaba tan ansiosa como emocionada. Había pensado en mi decisión de reunirme con él en Estados Unidos un millón de veces o más desde que acompañé a los niños en ese primer autobús en Berlín con destino al puerto de Hamburgo, donde abordamos el barco de vapor que cruzaría el Atlántico.

Miré a mi hijo. Félix se despertó cuando sacudí a su hermana, pero siguió, pálido y silencioso, sentado en mi regazo. Tenía una melena de rizos color arena y la mente curiosa de su padre. Hasta ahora, nunca habían estado en el mismo continente.

Lo primero que noté fue que Jürgen parecía diferente. Era casi verano y hacía calor, pero llevaba un traje azul claro con una camisa blanca y una corbata de moño azul oscuro. En casa nunca llevaba un traje de ese color y jamás habría optado por usar una corbata de moño. En lugar de sus habituales lentes con armazón plateado, llevaba unos de plástico grueso y color negro. Eran modernos y le sentaban bien. Por supuesto, tenía lentes nuevos, habían pasado cinco años. ¿Por qué me molestaba tanto ese armazón?

No podría culparlo si se reinventaba, pero ¿qué pasaría si esta nueva versión de Jürgen no me amaba o era alguien a quien no podía seguir amando?

Dio un paso adelante mientras bajábamos del autobús, pero no logró dar otro antes de que Gisela corriera hacia él y le lanzara los brazos alrededor del cuello.

—Un tesoro —dijo con la voz cargada de emoción.

—He crecido mucho.

En su voz había un leve pero perceptible acento americano y las palabras alemanas resultaban tan discordantes como los nuevos lentes.

La mirada de Jürgen se posó en Félix, que me agarraba la mano con tanta fuerza que me dolían los dedos. Me sentía ansiosa por los dos niños, pero tenía miedo por Félix. Nos habíamos mudado al otro lado del mundo, a un país que, en el mejor de los casos, se mostraría receloso con nosotros, tal vez incluso hostil. Para Gisela y para mí, un reencuentro con Jürgen era razón suficiente para correr ese riesgo. Pero Félix se ponía nervioso en presencia de desconocidos, incluso en los mejores casos. Él sólo conocía a su padre a través de anécdotas y fotografías.

—Félix —dijo Jürgen, rodeando a Gisela con un brazo mientras comenzaba a caminar hacia nosotros. Me di cuenta de que intentaba mantener la calma, pero sus ojos brillaban—. Hijo…

Félix dio un gemido de alarma y se escondió detrás de mis piernas.

—Dale tiempo —dije en voz baja, mientras buscaba algo detrás de mí. Toqué el cabello de Félix—. Está cansado y hay mucho que asimilar.

—Se parece a... —la voz de Jürgen se quebró. Conocía bien la lucha. Dolía poner nombre a nuestro dolor, sin embargo, era importante hacerlo. Nuestro hijo Georg debería haber tenido veinte años y estar viviendo los mejores días de su vida. En cambio, era otra víctima de una guerra que el mundo nunca entenderá. Pero llegué a comprender que Georg siempre sería parte de nuestra familia, y que cada vez que encontraba la fuerza para decir su nombre, él cobraba vida, al menos en mis recuerdos.

—Lo sé —dije—. Félix se parece mucho a Georg.

Era apropiado que hubiera elegido Georg como segundo nombre de nuestro hijo, un guiño al hermano que nunca conocería.

Jürgen alzó la mirada hacia mí y vi la profundidad de mi dolor reflejada en la suya. Nadie jamás entendería mi pérdida como él lo hizo.

Comprendí que nuestros años separados significaban cambios inimaginables en el mundo y en cada uno de nosotros, pero mi conexión con Jürgen nunca cambiaría. Ya había sobrevivido a lo imposible. Ante este pensamiento, me apresuré a acortar la distancia entre nosotros.

Gisela fue empujada suavemente hacia un lado y los brazos de Jürgen finalmente me rodearon de nuevo. Pensé que sería digna y cautelosa cuando nos reencontráramos, pero en el momento en que nos tocamos mis ojos se llenaron de lágrimas, mientras el alivio y la alegría me inundaban. Estaba en el lado equivocado del mundo, en un país que no conocía. No confiaba, pero estar de nuevo en los brazos de Jürgen me hizo sentir en casa.

—Dios mío —susurró Jürgen con brusquedad, su cuerpo temblando contra el mío—. Eres un regalo para la vista, Sofie von Meyer Rhodes.

—Prométeme que nunca me dejarás ir otra vez.

Jürgen era un científico, infinitamente literal, al menos en circunstancias normales. Hubo un tiempo en que me habría señalado todas las razones por las que no podía hacer una promesa de buena fe, a pesar de eso sus brazos me rodearon y me susurró en el pelo.

—Me mataría hacerlo, Sofie. Si hay algo que quiero para el resto de mi vida, es pasar todos los días contigo.

—Muchos de nuestros vecinos son alemanes, la mayoría acaba de llegar a Huntsville en las últimas semanas o meses, así que todos se instalarán juntos. Mañana habrá una fiesta para nosotros en la base donde trabajo, ahí conocerán a la mayoría de ellos —me dijo Jürgen mientras nos conducía por la ciudad en su elegante Ford negro de 1949. Miró a los niños por el espejo retrovisor con una expresión de asombro, como si no pudiera creer lo que veía—. Les gustará estar aquí, se los prometo.

Viviremos en un suburbio frondoso y tranquilo llamado Maple Hill, en una pequeña cuadra que los estadounidenses apodaron Sauerkraut Hill, porque era el hogar de un grupo de familias alemanas. Les traduje los carteles de las calles a los niños y se rieron por el estilo desconocido. Nuestra nueva calle, Beetle Avenue, fue la que más le hizo gracia a Gisela.

—¿Hay alguna plaga de insectos de la que debamos preocuparnos? —preguntó y se rio entre dientes.

—Realmente espero que así sea —susurró Félix, tan bajo que tuve que hacer un esfuerzo para escucharlo—. Me gustan los escarabajos.

Cuando Jürgen condujo el coche en la entrada, no pude evitar comparar esta sencilla casa con las casas elegantes en las que crecí. Ésta era una vivienda de una sola planta, con una pequeña terraza que conducía a la puerta principal y una ventana a cada lado. La casa se encontraba revestida con paneles horizontales y la pintura blanca se estaba descascarando. Había un jardín delante, pero se veía cubierto de maleza. No había césped, sólo algunas secciones de tierra cubiertas de hierba en algunos lugares. El camino de cemento que iba de la calle a la terraza lucía agrietado y desnivelado. Sentí los ojos de Jürgen en mi rostro mientras miraba a través del parabrisas, asimilándolo todo.

—Necesita un poco de trabajo —reconoció, repentinamente inseguro—. He estado tan ocupado desde que me mudé aquí que no he tenido tiempo de hacerte sentir como esperaba.

—Es perfecto —dije. Podía imaginarme fácilmente la casa con una nueva capa de pintura, los jardines llenos de vida, Gisela y Félix corriendo por todos lados, felices, seguros y libres, mientras se hacían amigos de los niños del vecindario.

En ese momento, una mujer salió de la casa que se encontraba a la izquierda de la nuestra, tenía un vestido parecido al mío y el pelo largo recogido en una trenza gruesa.

—¡Bienvenidos, vecinos! —gritó en alemán, radiante.

—Ella es Claudia Schmidt —dijo Jürgen en voz baja mientras abría la puerta de su coche—. Está casada con Klaus, un ingeniero químico. Klaus lleva unos años en Fort Bliss conmigo, pero Claudia llegó de Frankfurt hace unos días.

Una repentina y repugnante ansiedad me invadió.

—¿Lo conocías?

—No —me interrumpió Jürgen, percibiendo mi angustia—. Trabajaba en una fábrica de Frankfurt y nuestros caminos nunca se cruzaron. Hablaremos más tarde, te lo prometo —dijo, bajando la voz mientras señalaba con la cabeza a los niños. Asentí de mala gana, mientras mi corazón latía aceleradamente.

Había mucho que Jürgen y yo necesitábamos discutir, incluyendo que jamás me explicó cómo había llegado a ser un hombre libre en Estados Unidos. Las llamadas telefónicas desde Europa no estaban disponibles para el público en general, así que Jürgen y yo planificamos la mudanza por medio de cartas, una conversación lenta y cuidadosa que tardó casi dos años en concretarse. Pero luego supimos que un funcionario del gobierno leería todo lo escrito, así que ya no le pregunté y él no me ofreció ninguna explicación sobre cómo se había producido ese improbable acuerdo.

Aún no podía obtener respuestas, no con los oídos de los niños al alcance, por lo que tendría que ser suficiente para mí saber que nuestros vecinos probablemente no estaban al tanto de los peores aspectos de nuestro pasado.

Jürgen salió del coche y se acercó a saludar a Claudia, y yo salí por mi lado. Mientras rodeaba el coche para seguirlo, vi a un hombre que caminaba por el lado opuesto de la calle, observándonos. Era alto y corpulento, vestía un uniforme café claro anodino que le quedaba al menos una o dos tallas más pequeño. Le hice un gesto con la mano, suponiendo que era un vecino alemán, pero se burló, sacudió la cabeza con disgusto y miró hacia otro lado.

Me había preparado para una cierta hostilidad, pero la reacción del hombre me dolió más de lo que esperaba. Respiré profundamente para tranquilizarme. Un peatón antipático no iba a arruinar mi primer día en nuestro nuevo hogar, mi primer día de reencuentro con Jürgen, así que forcé una sonrisa brillante y di la vuelta al auto para encontrarme con Claudia.

—Soy Sofie.

Ella asintió con entusiasmo.

—¡Desde que llegamos la semana pasada, tu marido solo me ha hablado de ti! Ha estado muy emocionado por tu llegada.

—Por supuesto que sí —dijo Jürgen sonriendo.

—¿Vendrán tú y los niños a la fiesta mañana? —Claudia preguntó.

—Iremos —dije, y ella volvió a sonreír. Me agradó de inmediato. Fue un alivio pensar que podría tener una amiga que me ayudara a transitar a nuestra nueva vida.

—Nosotros también —dijo Claudia, pero luego su rostro se ensombreció un poco y se presionó las palmas de las manos contra el abdomen, como si estuviera aliviando un estómago adolorido—. Estoy muy nerviosa. Sé dos palabras en inglés: «hola» y «refresco».

—Es un comienzo —dije riendo suavemente.

—Solo he conocido a algunas de las otras esposas, pero todas están en la misma situación.

¿Cómo diablos va a funcionar esta fiesta? ¿Tendremos que quedarnos al lado de nuestros maridos para que puedan traducirnos?

—Hablo inglés —le dije—. De niña lo hablaba con fluidez; tomaba clases con niñeras británicas y luego perfeccionaba mis habilidades en viajes de negocios con mis padres. En mi edad adulta, lo olvidé un poco por no hablarlo, no obstante, la llegada de soldados estadounidenses a Berlín después de la guerra me dio infinitas oportunidades de practicar.

La expresión de Claudia se alzó de nuevo y se dio una palmada delante del pecho.

—Puedes ayudarnos a aprender.

—¿Tienes hijos? Quiero que Gisela y Félix aprendan lo más rápido que puedan. Tal vez podríamos tomar algunas lecciones todos juntos.

—Tres —me dijo—. Están dentro viendo la televisión.

—¿Tienes televisión? —dije, levantando las cejas.

—También tenemos televisión —respondió Jürgen—. Lo compré como regalo de inauguración de la casa para todos ustedes —Gisela jadeó y él se rio, le tendió la mano. No me sorprendió cuando ella inmediatamente lo empujó hacia la puerta principal. Mi hija siempre había soñado con tener una televisión, pero ese lujo estaba fuera de nuestro alcance en Berlín.

Me despedí de Claudia con la mano y seguí a mi familia, pero estaba distraída, pensando en la mirada de disgusto en los ojos de aquel hombre que pasaba.

2

LIZZIE

Condado de Dallam, Texas
1930

Pasé todo el día arando y aún diez minutos después de bajarme del tractor, vibraciones fantasmas recorrían mis manos como si todavía estuviera sosteniendo el volante.

—Ahora va a llover, seguro —dijo papá. Él y mi hermano Henry habían estado arando otro campo con los caballos ese mismo día, pero los caballos se cansan más rápido que los tractores, así que los habían llevado a descansar al granero y apenas llegaban para inspeccionar mi trabajo—. Cuando cultivas la tierra, la humedad de las capas más profundas se expone al cielo. Eso es lo que atrae a las nubes. La lluvia sigue al arado, con la misma seguridad que el atardecer sigue al amanecer. Recuerden eso, niños. Es una ciencia en la que pueden confiar.

No era la primera vez que dejaba caer esa pizca de sabiduría, y mi hermano y yo habíamos estado cultivando con nuestro padre desde que aprendimos a caminar, así que conocíamos la teoría tan bien como él lo hacía. Siempre arábamos dos veces después de la cosecha, primero para pulverizar la capa superficial del suelo y romper la corteza superior en pequeños terrones. Después, pasábamos por la tierra con las gradas de discos, un proceso que rompía los terrones por completo, dejando el suelo fino y sedoso, lo que, según decía papá, daba espacio a las semillas para crecer. Compramos el tractor nuevo después de la cosecha excelente de 1929 y eso hizo que todo el proceso fuera mucho más fácil.

Pero ese día, mientras observaba cómo una nube de polvo se posaba sobre el campo, sentí una punzada de ansiedad. Normalmente llovía en otoño, poco después de arar, tal como decía papá. Pero se suponía que también llovía en primavera y verano, y ese año las nubes parecían haber olvidado cómo funcionan.

—Espero que tengas razón con lo de la lluvia, papá —dije con cautela—. Últimamente ha estado muy seco.

—La sequía va y viene —dijo papá encogiéndose de hombros—. Ya verás eso en la vida. Lo bueno, lo malo..., lo emocionante, lo aburrido. La vida se trata de los altibajos entre esos extremos y, a veces, simplemente hay que aguantarlos con paciencia.

Estaba muy bien que papá hablara así. Toda su vida se había basado en dejarse llevar por los cambios de humor. Incluso cuando las cosas eran más fáciles, antes de ese año seco, papá tenía días buenos y días malos, y éramos yo, Henry y mamá quienes le completábamos el trabajo cuando él estaba deprimido. Yo adoraba a mi papá, pero a veces era tan pasivo que casi me volvía loca. Henry y yo intercambiamos una mirada, y supe que mi hermano estaba pensando lo mismo.

—Volvamos a la casa —dijo papá—, tenemos tiempo suficiente para pasar por el estanque antes del atardecer.

Suspiré mientras todos subíamos al tractor. Esta vez, papá conducía y Henry y yo nos sentamos en la pequeña plataforma, viajando hacia atrás.

—Va a haber vacas en el barro —dije, inclinándome para susurrarle algo al oído a mi hermano. Cultivábamos cereales principalmente, pero teníamos un pequeño rebaño de vacas para carne y, cuando podíamos pedir prestado un toro para que las montara, había terneros para vender y leche para beber.

Las vacas vivían en un estrecho rectángulo adyacente a nuestro patio con un gran estanque en el borde. El agua del estanque casi había desaparecido después del año seco, lo que dejaba una amplia franja de barro estancado alrededor de los bordes.

Incluso eso se estaba secando rápidamente, aunque todavía se encontraba lo suficientemente húmedo como para que una vaca se hundiera en él; era muy peligroso.

En cualquier otro momento, habríamos trasladado esas vacas a otro campo, pero necesitábamos arar para preparar la siembra, lo que implicaba remover todo lo que podría haber sido alimento. Y no había una manera fácil de mantenerlas alejadas de ese barro. Todos los días, durante más de una semana, habíamos tenido que sacar al menos una vaca del barro.

—Allí hay agua limpia —se quejó Henry. Habíamos instalado un abrevadero nuevo para ellas contra la valla, a unos cuantos metros de distancia—. ¿Por qué carajo se quedan atascadas esas estúpidas vacas?

—Han estado bebiendo de ese estanque desde que nacieron, por eso —le dije—. Tenemos que enfrentarnos a los hechos y venderlas. De todos modos, tarde o temprano nos quedaremos sin alimento en ese campo.

Ahora no había una sino dos vacas en el barro; una atrapada hasta la mitad de sus piernas, la otra se encontraba enterrada más allá de sus hombros y estaba débil por haber luchado todo el día. Juntos, papá, Henry y yo logramos sacar a mano a la primera vaca del lodo poco profundo. La operación de rescate de la otra vaca fue más complicada porque estaba demasiado cansada para ayudarse sola. Papá le pasó una cuerda alrededor del cuello y la ató al tractor, y yo la alejé lentamente del borde del estanque, tirando de ella, mientras Henry y papá se paraban en el lodo y la empujaban desde atrás. Estábamos todos exhaustos, sucios y desanimados cuando llegamos a casa. Terminamos cubiertos con una gruesa capa de barro que olía tan mal que el olor se pegó a nuestra piel durante días.

—Deberíamos vender las vacas —dije.

Papá suspiró con impaciencia.

—Cualquier día lloverá y pronto el estanque volverá a llenarse. Y, finalmente, las vacas se darán cuenta de que hay una manera fácil de beber sin arriesgar el cuello.

—Bueno, por cómo van las cosas en este condado, el precio por cabeza seguramente bajará —dije.

—Déjame las decisiones de negocios a mí —dijo papá abruptamente—. No venderemos las malditas vacas —dicho esto, volvió pisando fuerte al tractor y se dirigió al granero sin nosotros. A mí y a Henry nos pareció bien. La casa estaba a sólo unos pasos de distancia.

—¿Y mientras tanto seguimos sacando las vacas del barro todos los días? —me quejé.

—Tendrán que aprender a usar el abrevadero cuando se acabe el agua —Henry se encogió de hombros. Luego suavizó su tono—. Tienes que dejar de asumir lo peor todo el tiempo.

Gemí y comencé a caminar hacia la casa.

—Eres tan testaruda como las vacas, Lizzie —me gritó Henry, riéndose.

Lo ignoré y caminé a paso firme hasta la casa. Me lavé lo mejor que pude con agua fría de la bomba manual. Cuando estaba terminando, mi madre me trajo una toalla.

—¿Qué tiene a tu padre de tan mal humor? —preguntó en voz baja.

—Otra vez las vacas estaban en el barro del estanque —murmuré, tomando la toalla con gratitud—. Le dije que deberíamos venderlas.

—Está convencido de que va a llover —suspiró y se encogió de hombros con esa actitud amable y paciente que tiene—. Papá está haciendo lo mejor que puede. Todos lo estamos haciendo.

Esa noche no pude dormir. Había tan poco que podía decir. No tenía el control. No pude hacer que lloviera, que papá enfrentara la realidad; no pude alejar a las vacas del barro.

Mi familia aceptó que era un problema que no podía resolverse, pero en lo profundo de esa noche, consideré la misma situación y decidí que no tenía por qué ser un problema en absoluto.

A la mañana siguiente, me puse un sombrero ancho de cuero sobre mi pelo cobrizo y le subí la solapa a una de las viejas camisas de Henry para protegerme el cuello del sol. Luego tomé una pala y caminé de regreso al estanque.

—Por Dios, ¿qué estás haciendo? —preguntó Henry. Era la hora de comer, pero yo seguía trabajando, así que mi madre lo envió con un balde para el almuerzo y un poco de agua. Si el día anterior había estado un poco sucia, ahora lo estaba completamente, porque llevaba horas paleando el barro.

—Exactamente lo que me dijiste. Dejé de asumir lo peor y empecé a esperar lluvia.

Metí la pala en el barro más firme para que quedara en posición vertical y me dejé caer sobre mis piernas junto al estanque. Henry me miró con evidente diversión mientras intentaba limpiarme las manos para poder comer los sándwiches. Después de un momento o dos, me di cuenta de que era un ejercicio inútil y que estaba hambrienta, así que tomé los sándwiches de todos modos.

—Entonces, ¿cuál es el plan? —preguntó Henry, poniéndose en cuclillas a mi lado.

—Voy a raspar cada pedacito de tierra húmeda del estanque para ampliar su capacidad.

Henry me miró a mí y luego al estanque, y luego volvió a mirarme con incredulidad.

—Eso te llevará días.

—Sí. —Lo miré con los ojos entrecerrados—. A menos que alguien me ayude.

Echó la cabeza hacia atrás y se rio.

—Estás loca, hermana.

Henry volvió a arar con papá esa tarde.

Mi madre vino y me ayudó un rato, pero tenía su propio trabajo que hacer, así que no se quedó mucho tiempo.

Y durante tres largos días, la mayor parte del tiempo por mi cuenta, recogí, excavé y alisé todo el campo seco en una capa fina, de modo que ya no fuera un peligro para el ganado. Sin otra alternativa, las vacas finalmente se dieron cuenta de que necesitaban usar el comedero.

De todos modos, vendimos las vacas unos meses después, cuando las costillas empezaron a asomar a través de su piel. El precio del forraje había subido tan rápido que no podíamos justificar el coste de mantenerlas. Para entonces, el mercado estaba inundado de vacas flacas como ellas, así que las vendimos por una miseria.

El estanque pronto se convirtió en un enorme cráter seco en el campo, con el doble de profundidad que antes, listo para almacenar una gran cantidad de agua que nunca había tenido.

Yo era una idealista que amaba tanto mi tierra y mi vida que, cuando el momento lo requería, no me importaba trabajar hasta tener las manos enrojecidas si eso significaba convertir un problema en una oportunidad.

Ese era el tipo de mujer que yo fui alguna vez.

3

SOFIE

Huntsville, Alabama
1950

Hasta que se metió en la cama, justo después del atardecer, Gisela se mantuvo pegada a Jürgen, aunque Félix todavía le tenía miedo. Nos llevaría tiempo volver a conectarnos como familia. Mientras me bañaba para refrescarme, me recordé a mí misma que, por surrealista que fuera, estábamos en Estados Unidos para quedarnos y que algo que teníamos de sobra era tiempo.

Recién bañada y con ropa de dormir limpia, me reuní con Jürgen en la mesa del comedor. La casa solo tenía muebles esenciales, además de un solitario ramo de flores en la mesa del comedor que Jürgen compró para hacer el lugar más acogedor.

Abrió una botella de vino y, mientras esperaba, se puso a leer unos papeles. ¿Había notado las hebras de plata en la línea del nacimiento de mi pelo, tal como yo noté que el suyo empezaba a escasear en la coronilla? Jürgen cerró la carpeta y apartó los documentos mientras me sentaba a su lado. Luego sirvió dos copas de vino.

—Hasta hoy, cuando te vi en el autobús, tenía miedo de que cambiaras de opinión.

—Lo pensé dos veces. Constantemente —admití, aceptando un vaso—. Berlín es un desastre, pero es mi hogar.

—¿Por qué decidiste reunirte conmigo?

—Por ti, sobre todo —admití. Jürgen dejó su vaso y tomó mi mano. Me había estado tocando toda la tarde, apartándome el pelo de la cara, ahuecándome la mejilla, abrazándome. Después de cinco de los años más solitarios de mi vida, estaba disfrutando de la atención que recibía—. Alemania sigue en ruinas, y el destrozo de la psique nacional y de la cultura es aún peor. Pero me habría quedado allí, lamentando todo lo que pasó, sintiéndome destrozada por todo eso, probablemente por el resto de mi vida.

Una vergüenza repentina se dibujó en la mirada de Jürgen. Sabía que estaba pensando en los millones de almas heridas o asesinadas en nuestro nombre..., bajo nuestra vigilancia. Yo también lo hacía, repasando constantemente recuerdos y hechos, como si esta vez, al reproducirlos en mi mente, pudiera cambiar el resultado.

—Pasé los primeros años después de la guerra concentrada en sobrevivir y fue bastante difícil superar cada día. Era como si hubiera estado sonámbula, y cuando llegó tu carta y me enteré de que habías sobrevivido, de repente me desperté. A pesar de todo lo que ha sucedido, la crisis ha terminado y ahora tiene que haber un después. No sé cómo superaremos la guerra, pero sí sé que Gisela, Félix y yo tenemos la mejor oportunidad de encontrar la felicidad contigo. Por eso estoy aquí, para estar contigo, para construir un futuro contigo, para hacer el bien aquí contigo.

—Pero... —dijo Jürgen con cautela— ¿Y Laura?

Ya tenía pensado escribirle a nuestra hija mayor para contarle lo de Huntsville y enviarle una fotografía nuestra con Jürgen, por si eso la ablandaba. En cierto modo, sabía que esos esfuerzos serían inútiles. No tenía idea de cómo dejarla ir.

—Unos meses después de que terminara la guerra, tuve una experiencia especialmente triste. Era difícil encontrar comida, todavía no había electricidad y yo estaba muy embarazada de Félix —admití con tristeza—. Me pregunté en voz alta si alguna vez sabríamos qué te pasó. Laura me dijo que, si escribías y ella encontraba tu carta, la quemaría. Sabía que lo decía en serio, había estado recogiendo el correo todos los días y pensé que era una buena señal que estuviera tratando de ayudar. Hasta el día de hoy, ella es más leal a los nazis que a su familia. Cuando traté de convencerla de que viniera con nosotros para estar contigo, se escapó para estar con él, en su lugar. No la he vuelto a ver desde entonces.

Me resulta muy difícil imaginar a Alemania después de los nazis, recuperando su alma y reconstruyéndose de una manera más amable y saludable —dije, sacudiendo la cabeza—. Me sorprende menos oír que niños como nuestra Laura luchan por seguir adelante. Ella fue alimentada a la fuerza con ese veneno durante los años más impresionables de su vida. Sé que hubo un punto en el camino en que los resultados podrían haber sido diferentes, pero no puedo imaginar dónde pudo ser.

—Yo también me hago esa pregunta constantemente —dijo Jürgen, mirándome fijo.

—¿Es seguro hablar aquí? —pregunté, inmediatamente desconcertada al pensar que la conversación se desviaría hacia temas polémicos.

Él me dirigió una mirada comprensiva.

—Sí, mi amor.

—¿No hay dispositivos de escucha en esta casa? ¿Estás seguro?

—Estoy seguro.

—Es solo que… eso fue lo que pensamos la última vez —sabía lo pequeños que podían ser esos dispositivos, la forma inteligente en que podían ocultarse—. Recuerdo lo difícil que fue para mí.

—Es difícil acostumbrarse a eso, pero te prometo que es verdad —su expresión se suavizó de repente—. Debes tener muchas preguntas. Déjame tratar de responderlas antes de que las hagas.

Unos días después de que Berlín cayera en manos de los soviéticos, Jürgen y yo estábamos acostados en nuestra cama, abrazados, mientras planeábamos su rendición. Llamaron a la puerta justo después del amanecer y él la abrió ansiosamente, esperando encontrar soldados soviéticos que lo llevaran adentro. Pero esos hombres eran estadounidenses, estaban millas por delante del resto de las fuerzas estadounidenses en una misión encubierta para recuperar a mi esposo. Él fue voluntariamente. Lo vi caminar por el sendero y luego, durante más de tres años, no tuve idea de qué fue de él. Di a luz a Félix y celebré tres cumpleaños con él antes de poder decirle a Jürgen que habíamos concebido un cuarto hijo.

La vida en Berlín se fue haciendo cada vez más difícil durante esos años. Jürgen y yo vivíamos en una gran villa en el suburbio de Lichterfelde West y habíamos heredado el edificio de al lado, incluido el pequeño departamento, ahora vacío, que una vez fue el hogar de la tía de Jürgen, Adele. Teníamos inquilinos en su edificio, pero todos estaban sin trabajo y eso significaba que nadie pagaba el alquiler. No podía desalojarlos; Adele no era la única que habría vuelto del más allá para atormentarme si lo intentaba, sino que cualquier nuevo inquilino tendría el mismo problema de todos modos. Desesperada por mantenerme a mí misma y a los niños, alquilé nuestra casa principal al ejército estadounidense, y Laura, Gisela, Félix y yo nos apiñamos en el departamento de una habitación de Adele. Al principio, el flujo constante de soldados estadounidenses por el barrio me resultó incómodo, pero me hice amiga de todos los que pude. Tal como esperaba, de vez en cuando alguno se compadecía de mí y trataba de averiguar qué le había pasado a mi marido, pero siempre volvían con la misma noticia: su destino era un secreto absoluto. No podían decirme si estaba vivo o muerto.

—Me tuvieron en Berlín durante unas semanas —me dijo Jürgen en voz baja—. Después de eso, me encarcelaron en Fort Bliss, en Texas. El programa de cohetes estadounidense estaba en sus inicios, pero me sentí afortunado de poder enseñarles. A cambio, ellos me enseñaron inglés y, por suerte, lo aprendí rápidamente. —Antes sólo hablaba inglés básico, pero no me sorprendió que Jürgen ahora lo hablara con fluidez. Siempre había aprendido rápido los idiomas.

—¿Pero no se te permitió contactarnos?

—Yo era un prisionero y todo el proyecto era de alto secreto. Seguí pidiendo permiso para escribirles y me lo negaron una y otra vez. Pero después de un año más o menos, busqué a Christopher Newsome, que es uno de los funcionarios de la Oficina del Secretario del Ejército. Sabía que él estaba involucrado en el plan para traernos aquí, así que le pregunté cuándo me enviarían a casa para enfrentar el juicio. Me dijo que no había ningún plan para devolverme a Alemania y que no enfrentaría ningún juicio porque mi historial había sido… resuelto.

En sus primeras cartas, Jürgen simplemente mencionó que estaba trabajando con el gobierno estadounidense. Más tarde, me dijo que nos habían aprobado para reunirnos con él en Huntsville y que había comprado una casa, así que supuse que estaba disfrutando de algún tipo de libertad. Sentía una curiosidad desesperada por saber cómo había sucedido eso, pero no se me había ocurrido que su situación fuera tal, por increíble que esto pareciera.

—Pero hay otros alemanes aquí, algunos de ellos deben saber. Seguramente conocerán la verdad.

—Sí —concedió Jürgen—. Pero los que saben tienen sus propios secretos. Entiendo tus preocupaciones, Sofie. Yo también estaba preocupado por este acuerdo, así que le pregunté a Christopher qué pasaría si alguna vez se descubrieran los esqueletos que había en mi armario.

—¿Qué dijo?

—Dijo que los esqueletos no sólo habían sido enterrados, sino que habían sido borrados —respondió Jürgen en voz baja—. Mis archivos oficiales pintan el retrato de un hombre que sobrevivió a los años nazis ileso y sin un solo compromiso moral. Sólo un puñado de altos funcionarios saben que esa no es la historia completa.

— Nadie sobrevivió a los años nazis sin compromiso moral —susurré.

—Tal vez los funcionarios estadounidenses también lo sepan. Tal vez por eso hayan hecho esto. Christopher dijo que ni siquiera Calvin Miller, mi jefe aquí en Redstone Arsenal, tiene idea de que mi expediente oficial es ficticio. Incluso se habla de la ciudadanía dentro de unos años.

—Ciudadanía… —repetí.

—¿Qué opinas al respecto? —Jürgen vaciló.

—Siempre seré alemana, pero ya no sé qué significa eso. Estados Unidos se ha convertido en mi hogar y lo será aún más ahora que tú y los niños están aquí.

—Estoy agradecido. Me siento aliviado. Pero... —sacudió la cabeza, con sombras en su mirada—. Sé que no merezco esta segunda oportunidad, pero me la han ofrecido. Es una gracia asombrosa, ¿no? ¿De qué otra manera podría responder a eso sino trabajando incansablemente para construir una vida aquí de la que pueda estar orgulloso? No borrará lo que sucedió en casa, nada puede hacer eso. Lo máximo que puedo esperar es volver a estar orgulloso algún día del hombre que me mira en el espejo.

—Siempre quisiste que tu trabajo beneficiara a la humanidad. Ampliar nuestro alcance y comprensión.

—Exactamente —dijo sonriendo con tristeza—. Ahora poseo la oportunidad de hacerlo y tengo la intención de aferrarme a ella con ambas manos.

—Entonces eso es lo que haré yo también.

Más tarde esa noche, desempaqué mis últimas prendas en la cómoda de nuestro dormitorio, tomé una manta multicolor hecha jirones de mi maleta y la extendí al final de la cama. Esa manta y la pequeña colección de fotos que traje de Alemania eran mis posesiones más preciadas. Una era una foto de mis primeros tres hijos. Georg y Laura estaban sentados en el suelo con las piernas cruzadas, radiantes, con los ojos cerrados. Gisela era una recién nacida tumbada sobre una alfombra frente a ellos. Parecía un momento de la vida de otra persona, pero lo adoré de todos modos. Así era como necesitaba recordar a Georg y Laura: inocentes, felices, sin mancha.

La siguiente foto era de Jürgen y yo el día de nuestra boda, jóvenes, felizmente enamorados y tan despreocupados, como si el mundo solo tuviera paz y felicidad para ofrecernos. Luego había una foto de la tía abuela de Jürgen, Adele, sentada en su patio, sonriendo serenamente mientras miraba más allá de la cámara, hacia el santuario que ella misma había construido a lo largo de muchos años.

La última foto era una con mi mejor amiga, Mayim. Estábamos de pie, agarradas del brazo, en el vestíbulo de la mansión de mi familia en Potsdam, con las maletas a nuestros pies, sonriendo como locas mientras estábamos en el umbral de la edad adulta. Una cadena con la estrella de David colgaba alrededor de su cuello, claramente contra su piel pálida. Mi última niñera tomó esa foto cuando Mayim y yo estábamos a horas de embarcarnos en el viaje para terminar la escuela en Lausana.

Sabía que esa noche tendría pesadillas, desde la guerra las tenía, y esperaba que Jürgen también las tuviera. Besé suavemente cada una de esas fotos y luego las dejé en la mesa de noche para que nos cuidaran a mí y a Jürgen mientras dormíamos. Tal vez su presencia nos traería paz, porque si bien esa pila de fotos representaba tanta pérdida, también contenían mucho amor. La suma total de esos momentos era la mujer en la que me había convertido.

4

SOFIE

Berlín, Alemania
Octubre de 1930

Siempre me ha gustado el principio del otoño. Las calles repletas de árboles que rodean mi casa en Lichterfelde pasaron rápidamente de estar cubiertas de follaje estival a estar cubiertas de rojos, dorados y cafés intensos. En octubre todavía hacía suficiente calor como para que no necesitáramos abrigos, pero no tanto como para que fuera incómodo. Me casé con Jürgen a principios del otoño de 1929. Doce meses después, a principios de otoño de 1930, descubrí que estaba embarazada de mi primer hijo.

Se lo conté a Jürgen y a Mayim de inmediato, pero semanas después, finalmente estuve lista para compartir la noticia con nuestro círculo más amplio de amigos, empezando por Lydia zu Schiller.

Cuando organicé un almuerzo con Lydia, tenía pensado contarle la noticia tan pronto Mayim y yo nos sentáramos. Pero todo cambió de un momento a otro. Ahora parecía que toda Alemania estaba tratando de procesar los resultados de nuestras últimas elecciones.

—Todavía no lo puedo creer —dijo Mayim, mientras miraba fijamente el menú. Estaba muy preocupada por ella. Tenía la impresión de que se encontraba en estado de shock, como si hubiera presenciado un accidente o se hubiera lastimado—. Incluso en estos tiempos tan alocados, no esperaba esto.

—¡Ciento siete escaños! Ahora son el segundo partido más importante del Reichstag —dijo Lydia. Luego me miró. Se refería al Partido Nacionalsocialista Obrero Alemán (NAZ), conocido como el Partido Nazi—. Sé que no te gusta la política, Sofie, pero la legislatura pasada sólo tuvieron doce escaños y, antes de eso, era un partido marginal. Nadie los tomaba en serio.

Lydia tenía razón al decir que yo no era una experta en política. Aun así, su tono condescendiente me irritó. No me fascinaba la política como a Jürgen ni estaba tan decidida a ascender en la escala social de Berlín como para estar al tanto de las figuras y modas más populares como Lydia y su marido, Karl. Sin embargo, eso no significaba que fuera ignorante. Mi mejor amiga era judía. Por supuesto que me di cuenta cuando un partido fundado sobre una plataforma de antisemitismo tuvo un ascenso repentino y sorprendente a la prominencia.

—Es terrible —dije, apretando la mano de Mayim—. Pero debemos mantener el ánimo. Esto no es una representación de quiénes somos como nación. La gente tiene miedo de la inestabilidad política y el aumento del desempleo no ayuda —Mayim levantó la mirada hacia mí y volví a apretar su mano—. Incluso las familias ricas están pasando apuros.

Afortunadamente, no era mi caso. Mi patrimonio familiar estaba en auge. De hecho, en ese momento mi padre estaba en Nueva York, aprovechando las consecuencias del desplome de Wall Street para ampliar su negocio. La familia de Lydia también estaba bien. Su padre poseía una riqueza extraordinaria y Karl era descendiente de reyes prusianos y emperadores alemanes. Como hijo mayor de su familia, heredó una fortuna increíble cuando sus padres fallecieron.

Sin embargo, el padre de Mayim, Levi, había solicitado cuantiosos préstamos para apuntalar su negocio durante la crisis de hiperinflación que siguió a la Gran Guerra. Durante años trabajó hasta el cansancio para cumplir con los pagos y mantener su empresa a flote. Luego llegó el desplome de Wall Street en 1929 y, cuando los bancos empezaron a tener dificultades, le exigieron el pago del saldo de los préstamos de Levi años antes de lo previsto.

Tan solo un año antes, la familia de Mayim disfrutaba de un estilo de vida de lujo que rivalizaba con el de las familias más ricas de Alemania. En el lapso de unos pocos meses, perdieron todo lo que tenían.

Lydia se movió torpemente en su silla y luego le lanzó a Mayim una mirada vacilante.

—¿Cómo está tu padre?

—Ha encontrado trabajo —dijo Mayim, forzando una sonrisa—. Así que algo es algo.

—Pero… ¿su negocio?

—Se fue. Y la casa también.

—Debe haber retenido algo. ¿Su dinero, sin duda? ¿Alguna obra de arte o una propiedad o dos? —insistió Lydia, como si la alternativa fuera imposible. Mayim se encogió de hombros sin comprometerse y nos sumimos en un momento de silencio ligeramente tenso. La comprensión finalmente apareció en el rostro de Lydia y me dirigió la mirada horrorizada de una mujer rica que nunca había considerado que alguien de su clase social pudiera llegar a ese punto, estar sin dinero.

—Tengo novedades, Lydia —dije bruscamente. Ella todavía parecía agotada, pero alzó sus delgadas cejas en señal de interrogación y yo sonreí—. Estoy embarazada. El médico dice que daré a luz en enero.

Afortunadamente, la conversación avanzó rápidamente a partir de ese momento de incomodidad, ya que, como era previsible, Lydia chilló. Luego, con mucho cuidado, logré unir dos nuevos hilos de conversación: la charla sobre bebés y la charla sobre la búsqueda de pareja, mientras hablaba del joven ideal: rico, guapo y preferiblemente judío. Hombres con los que Lydia o yo pudiéramos emparejar a Mayim. Me sentí muy mal por ella y deseé que pudiéramos reunirla con un joven adecuado. Ella anhelaba desesperadamente tener su propia familia, pero los pretendientes potenciales en nuestros círculos sociales se acabaron cuando lo hizo la riqueza de su familia.

Lydia sabía desde hacía meses que Mayim vivía en una de mis habitaciones de invitados. Tal vez ahora que conocía la verdad sobre las circunstancias de Levi, deduciría que Mayim no se estaba quedando conmigo para hacerme compañía mientras Jürgen iba a la universidad a trabajar en su tesis todos los días. En el nuevo departamento de su familia solo había dos habitaciones. Jürgen y yo insistimos en que Mayim viviera en una de nuestras habitaciones libres cuando nos enteramos de que compartía habitación con su hermano, Moshe. Intentamos invitar también al resto de su familia, pero se negaron.

Después de comer, Mayim se disculpó para ir al baño y Lydia se inclinó hacia delante y susurró con un asombro audible.

—¿Es verdad? ¿No tienen nada? ¿Cómo puede ser?

—Levi se sentía tan culpable por la pérdida de sus empleados que estaba decidido a pagarles la mayor cantidad posible de sus liquidaciones. Vendió todo lo que tenían, hasta los cubiertos. Ahora trabaja como empleado en el Ayuntamiento de Berlín y viven en una Mietskaserne en Mitte —un edificio de vivienda, y en este caso, uno de los peores de Berlín—. Su situación es muy mala, Lydia. Por favor, intenta ser comprensiva.

—Lo haré. Dios mío, ni siquiera puedo imaginarme cómo sería eso, y especialmente para ellos. ¿Cómo diablos lo están afrontando?

—Mejor que tú o yo, supongo —admití.

—Sólo quiero decir que debe ser especialmente difícil para ellos —estaba insistiendo en ese punto y yo no entendía por qué.

—¿No sé qué quieres decir?

—Sofie, Dios mío. Ya sabes cómo son los judíos. Les encanta el dinero.

La camarera vino a limpiar nuestros platos, así que nos quedamos en silencio y cuando terminó, Mayim regresó. Ella y Lydia volvieron a hablar con facilidad sobre mi embarazo, pero yo permanecí en un silencio incómodo.

Más tarde, nos despedimos en la cuneta frente al café. Lydia besó mi mejilla, luego la de Mayim y nos saludó con la mano mientras se subía al asiento trasero de su coche. Mayim y yo nos subimos al mío, mientras mi chófer se incorporaba al tráfico.

—Estás muy callada —murmuró—. ¿Te sientes mal?

—Estoy bien —le dije, forzando una sonrisa—. Sólo estoy cansada.

¿Por qué me sentí tan perturbada por el comentario de Lydia? Era una frase al azar, un estereotipo tonto y reduccionista sobre el que la gente bromeaba todo el tiempo. Traté de convencerme de que Lydia no había querido decir nada con eso. No era antisemita. ¿Cómo podía serlo? Era una de las mejores amigas de Mayim.

Además, Mayim ni siquiera escuchó lo que dijo Lydia, así que no había causado ningún daño. En realidad no.

5

LIZZIE

Huntsville, Alabama
1950

—Voy a llegar tarde, Henry —dije, moviendo el peso de un pie a otro mientras miraba debajo del cofre de mi auto—. Calvin va a pensar que no voy a ir. ¿Puedes...?

—Lizzie, estoy trabajando tan rápido como puedo. ¿Podrías...? —Mi hermano se presionó la palma de la mano contra la frente y respiró hondo y lentamente. —No voy a trabajar más rápido sólo porque sigas insistiendo.

—Lo siento —dije débilmente—. Peleamos, eso es todo. Realmente no quiero ir a esa cosa.

Henry frunció los labios mientras apretaba un perno en mi motor con una llave.

—Todavía no puedo creer que él sea parte de esto —murmuró mi hermano, sacudiendo la cabeza.

Conocía bien esa sensación. Llegaba tarde a una fiesta destinada a dar la bienvenida a un grupo de familias alemanas a su nuevo hogar en Huntsville, celebraban su llegada como si fueran dignatarios especiales. Yo ni siquiera había salido de mi casa y ya se me ponía la piel de gallina.

Durante nuestro matrimonio, mi marido y yo rara vez estuvimos en desacuerdo. Pero en el año transcurrido desde que Calvin fue transferido de El Paso a Huntsville, rara vez habíamos pasado más de un día sin discutir sobre los hombres a los que ahora se refería como nuestros alemanes. Dijo que todos en la base los llamaban así, pero cada vez que escuchaba esas palabras, quería gritar.

Mi hermano salió de debajo del capó y lo cerró de golpe. Parecía que, ya fuera trabajando en Chicago procesando reclamaciones de seguros, en el ferrocarril de Tennessee o vendiendo billetes en una feria de Nashville, las cosas inevitablemente se complicaban y Henry acababa volviendo a vivir conmigo y con Calvin. Nunca nos importó que Henry viniera a vivir con nosotros; incluso habíamos añadido un pequeño estudio sobre el estacionamiento de la casa para que tuviera su propio lugar privado. Cuando Henry me dijo que volvería, llamé a varios sitios hasta que le encontré trabajo en un almacén de madera a unos pocos kilómetros de allí. Después de unas semanas, parecía que le iba bien.

Aun así, si hubiéramos tenido otros familiares supervivientes en cualquier otro lugar que no fuera Huntsville, le habría sugerido que fuera a verlos. Henry pasó menos de un año en Europa en los últimos días de la guerra y nunca habló de su estancia allí, pero había vuelto hecho polvo. Y ahora mi hermano no tendría por qué vivir en una ciudad plagada de alemanes.

Henry había cambiado incluso desde que lo vi en Navidad. A veces tenía una mirada vidriosa y confusa, como si estuviera borracho. Era aún más desconcertante que hubiera ganado quizás veinte o treinta kilos en sólo cuatro meses y que su cuerpo, una vez musculoso, ahora pareciera hinchado. Me preocupaba que no se hubiera sentido bien, pero Henry dijo que había estado comiendo demasiada comida frita en esa feria ambulante. No podía quitarme esa sensación. Esa no era toda la verdad. ¿Cuánta comida frita podía comer un hombre?

Se secó las manos en los muslos y me dirigió una mirada oscura.

—Listo. Bujías nuevas. Diviértete con tus amigos nazis.

Estaba bromeando, pero su tono era tan amargo que sentí una punzada de culpa. De repente hizo una pausa y luego añadió suavemente.

—Lizzie, por favor ten cuidado.

—Calvin dice que no son una amenaza —dije, pero me quedé en silencio.

Eso fue lo que dijo Calvin. El problema era que, al principio, Calvin luchó con uñas y dientes para que esos hombres no pudieran entrar en la comunidad, y con razón.

—Hombres como esos son una amenaza mientras sigan respirando —dijo Henry abruptamente.

—Ni siquiera quiero ir —insistí. Asistir al almuerzo me parecía una traición a mi hermano. Podía quedarme en casa, pero esa opción me parecía una traición a mi marido—. Calvin dice que es importante que le muestre mi apoyo.

Henry se encogió de hombros y se volvió hacia la casa.

De vez en cuando recordaba el júbilo que sentí el día que regresó a casa después de la guerra. En su momento me pareció un milagro que hubiera regresado físicamente ileso. Pero después de cinco años de altibajos, estaba claro que, si bien el cuerpo de Henry estaba intacto, su mente no lo estaba. También sabía exactamente quién era el culpable. Y estaba a punto de ir a beber champán y comer bocadillos con un grupo de ellos, en un césped de las instalaciones del Arsenal de Redstone.

6

LIZZIE

Condado de Dallam, Texas
1933

Mi padre y yo estábamos uno al lado del otro, mirando fijamente un campo amplio y llano. De vez en cuando, él resoplaba o tosía con un sonido tan seco como la tierra. Una nube de polvo se cernía sobre el campo y a nuestro alrededor, pero esta vez no había nada sutil en ella. Había entrado una niebla café. Tomaría tiempo para que ese polvo volviera a caer a la tierra y más tiempo que saliera de nuestros pulmones.

—Ahora lloverá —dijo papá, señalando con satisfacción el campo que acabábamos de arar—. Seguro que sí. La lluvia sigue al arado, tan seguro como el atardecer sigue al amanecer.

Era uno de los días buenos de papá, así que no le señalé que su teoría había sido refutada por completo. Habíamos arado justo después de la cosecha en 1930, 1931 y 1932, pero hacía años que no llovía lo suficiente. Asentí como si le creyera, pero ya no sabía qué creer.

—¿Se quedarán los dos todo el día admirando su obra o traerán el tractor al granero para que pueda echarle un vistazo a ese disco? —gritó Henry.

Papá y yo nos giramos hacia el sonido de la voz de mi hermano y lo encontramos pavoneándose de camino hacia nosotros.

—¿Por qué ese chico siempre parece que acaba de inventar el helado? —murmuró papá. Asentí con la cabeza, desconcertada.

Por mucho que adorara a mi hermano, rara vez lo entendía. Henry nació con un carácter alegre y un encanto que le permitía salir airoso de cualquier apuro. Eso fue una suerte, porque se metía en más líos que la mayoría.

—Vaya, ustedes son uña y mugre —se rio Henry cuando se acercó.

—Arar es un trabajo polvoriento, Henry —le recordé—. No lo sabes porque nunca has hecho nada.

Echó la cabeza hacia atrás y se rio, luego hizo un gesto vago con la mano hacia mi cuerpo polvoriento.

—No lo dije porque ambos parecen como si alguien los hubiera enterrado vivos. Lo dije porque están ahí de pie con las manos en las caderas. Incluso tienen esa cara de pocos amigos que tanto les gusta a ambos. —Lo miré con enojo y Henry se rio de nuevo—. ¿Terminaste con el tractor? Tengo una cita con Betsy esta noche, así que si quieres volver a arar mañana, tengo que empezar ahora.

Me agradaba Betsy y no estaba celosa de que Henry tuviera a alguien especial. A pesar de nuestra terrible situación financiera, él todavía salía varias noches a la semana para verla, pero no le reprochaba la gasolina que gastaba conduciendo el Modelo T hasta Oakden. Llevaban más de un año saliendo y Henry había querido proponerle matrimonio durante casi el mismo tiempo.

Había tenido suficientes citas estos últimos años como para haber decidido en silencio que el romance no era para mí. Me gustaban las cosas más simples, la sensación de la tierra arenosa en mi piel después de arar un campo, la alegría del nacimiento de un potrillo, la visión de los primeros retoños verdes que brotaban de la tierra mientras las semillas de trigo germinaban. No había nada que disfrutara más por la noche que sentarme bajo las estrellas, tomando sorbos cautelosos de la ginebra de baño que Henry preparaba en secreto dentro del granero, disfrutando del silencio de las altas llanuras con mi hermano a mi lado. Aunque admito que, las noches en que Henry salía con Betsy, me sentía terriblemente sola. No tenía idea de qué iba a hacer cuando finalmente tuviera el dinero para casarse con ella.

—No puedes llevarte el coche esta noche —dijo papá abruptamente, volviéndose hacia el tractor.

—¿Qué? —la sonrisa característica de mi hermano se transformó en un ceño fruncido.

—Pero, papá, Betsy y yo estábamos...

—Necesitamos ahorrar gasolina.

Antes de que Henry pudiera decir otra palabra, papá subió y puso en marcha el tractor. El motor rugió y, sin demora, pasó junto a nosotros. Tosí cuando el tractor me echó encima una nueva ola de polvo y fue el turno de Henry de fruncir el ceño.

—Ni siquiera puedo llamarla para decirle que no voy a ir —se quejó, sacudiendo la cabeza. Papá dijo que no podíamos justificar la tarifa mensual del servicio para tener el teléfono conectado—. ¿Qué le pasa? Hoy no parecía un mal día.

—Tal vez simplemente se siente cansado de estar en el tractor durante cinco horas.

Empezamos a caminar de regreso a la casa en silencio hasta que Henry murmuró.

—Puede que sea el trigo, ¿sabes? El juez Nagle me dijo anoche que incluso las mejores cosechas se vendían a sólo sesenta centavos por fanega.

—¿Qué puede saber él? No sabe absolutamente nada sobre agricultura, por lo que sé.

El juez Nagle era el padre de Betsy y la persona más rica que conocíamos. A medida que la pequeña ciudad de Oakden, en el noroeste de Texas, fue creciendo durante las últimas décadas, había comprado y alquilado la mayoría de las nuevas propiedades comerciales de la ciudad. La familia Nagle asistía a la Iglesia Metodista de Oakden, igual que nosotros, y yo lo conocía desde hacía suficiente tiempo para darme cuenta de que era propenso a la condescendencia cuando se trataba de quienes cultivábamos los alimentos que él comía.

Henry frunció los labios, pero no dijo nada, así que insistí.

—Papá dijo que no importaba que no cosecháramos ni mil fanegas porque el precio sería más alto.

—Recuerdo lo que dijo papá. No tenía ningún sentido en ese momento, pero confié en él porque parecía muy seguro de ello. Los periódicos dicen que la gente de las ciudades no tiene dinero ahora con esta depresión. Ni siquiera tienen dinero para comprar comida. El precio del trigo cambia según la demanda.

—¿Qué pasaría si realmente sólo obtuviéramos sesenta centavos por fanega?

Henry se encogió de hombros y luego, sin rumbo fijo, pateó una piedra en la tierra blanda bajo nuestros pies mientras caminaba.

—No lo sé. Supongo que intentaremos vender el tractor.

Me detuve en seco.

—No —dije rotundamente. Henry me miró con dolor.

—Lizzie, no hay mucho más que vender.

La familia de Betsy vivía en una casa de dos pisos justo detrás del juzgado de Oakden, su casa tenía varias salas de estar y plomería interior. Nosotros ni siquiera teníamos luz eléctrica y aun así me consideraba afortunada de que el retrete estuviera más cerca de mi dormitorio, por lo que mis viajes nocturnos al baño eran cortos. Cada paso contaba en esas crudas noches de invierno. Sabía que éramos gente humilde, pero nunca había pensado en nosotros como pobres.

—No te asustes todavía —me aseguró Henry—. Sólo estoy adivinando. Dijiste que hoy era un buen día, ¿verdad?

—Sabes tan bien como yo que los días buenos no tienen nada que ver con el dinero ni con las cosechas ni con nada de eso —murmuré. El mal humor de papá no era el típico mal humor. No sólo aparecía cuando las cosas iban mal y no siempre desaparecía cuando las cosas se volvían más fáciles.

Henry se encogió de hombros.

—Preguntémosle más tarde. Tal vez durante la cena.

—¿Qué pasa si dice que tenemos que vender el tractor?

—Vendemos el tractor y nos conformamos con los caballos durante un año o dos, hasta que tengamos una mejor cosecha. Tiene que llover en algún momento, y cuando lo haga, el rendimiento volverá a subir y el precio no importará tanto.

Tal como lo había hecho durante toda mi vida, me consolé con la confianza de mi hermano. De todos modos, pronto estuve demasiado ocupada alimentando a los animales como para preocuparme. Henry arregló el disco tambaleante del arado y mamá preparó sopa de frijoles blancos para la cena. Pero mientras ella limpiaba la mesa después de que comiéramos, Henry se aclaró la garganta.

—¿En cuánto se vendió el trigo, papá? El juez dijo que incluso el grano de mejor calidad se vendía a sólo sesenta centavos la fanega.

Mi madre se quedó paralizada, con la mano todavía extendida hacia mi plato. Miró con pánico a Henry y luego a papá. Luego forzó una sonrisa.

—No hablemos de eso ahora.

—Sí, es verdad —dijo papá—. El grano de primera calidad se vendía a sesenta centavos. Nosotros, a cuarenta y dos.

Las palabras cayeron como una bomba en el centro de la habitación.

Henry y yo tomamos aire y mamá se hundió en su asiento, apoyando los platos sobre la mesa frente a su pecho.

—¿Venderemos el tractor? —preguntó Henry en voz baja.

—No puedo —dijo papá de forma tajante.

Me alegré inmediatamente de que la venta del tractor no saliera a la luz. A pesar de todo, aclaré.

—¿No puedes? No lo harás, quisiste decir.

—No, Lizzie. No podemos —dijo mamá en voz baja—. Quiero decir, podríamos, pero no nos serviría de nada. Debemos mucho más de lo que vale la financiación ahora.

—Pero... lo compramos en 1929. ¿No deberíamos haberlo pagado ya? —dijo Henry.

Papá resopló con impaciencia y puso los ojos en blanco hacia el techo.

—Señor Jesús, dame fuerzas. Henry, ¿cómo voy a dejarte solo si no tienes el buen sentido de saber que se necesitan años para devolver el dinero de un tractor?

—¿Y cómo voy a saberlo, papá, si no me cuentas estas cosas? —preguntó Henry con rigidez.

—Bueno, ya que estamos aclarando las cosas —empezó mi madre con dulzura—, hay algunas cosas más que deberían saber. Estamos un poco atrasados con los pagos del tractor y más que un poco atrasados con los impuestos a la propiedad —Jadeé y ella me dirigió una sonrisa triste—. Sabías que estos últimos años han sido difíciles y que había mucho en juego en la cosecha de este año. No queríamos preocuparlos con los detalles, pero ya son adultos. Dios mío, Lizzie, ya tienes diecisiete años. Papá y yo estábamos de novios cuando yo tenía tu edad. Tenemos que dejar de protegerte.

—Niños, no necesitan preocuparse porque mañana voy a ver al gerente del banco —dijo papá, empujando su silla hacia atrás—. Nos dará una línea de crédito para ponernos al día con todo y llegar a la cosecha del año que viene. Y pronto lloverá; probablemente cualquier día, ahora que hemos arado. Ya verás, todo volverá a la normalidad el año que viene.

Había sido un día de un calor abrasador y, como papá estaba en Texline, en el banco, Henry y yo arábamos el campo trasero mientras mamá enlataba algunos huevos. El sol estaba bajo en el oeste y yo disfrutaba del calor más suave del atardecer mientras recogía los huevos del gallinero. Estaba quemada por el sol, como me pasaba casi todos los días del verano y, a veces, también del invierno. Mi madre siempre decía que mi «bonito pelo rojo era una bendición». Como mi lugar favorito en el mundo estaba bajo ese gran cielo de Texas, constantemente me recordaba que la piel blanca fantasmal que lo acompañaba también podía ser una maldición.

De pequeña, le dije a mi madre que quería ser granjera cuando fuera mayor. Ella me dirigió esa mirada tierna que suelen poner los padres cuando los hijos piden algo imposible, en parte diversión, en parte lástima, en parte cariño.

—Las niñas no se convierten en granjeras, cariño. Las niñas se convierten en las esposas de los granjeros. Eso es lo que serás.

Incluso cuando era niña, eso me parecía absurdo. Mi madre era tan granjera como mi padre. Si él estaba trabajando en el campo, ella a menudo estaba a su lado o en la casa cuidando ese huerto que era casi una granja en sí mismo. Cuando papá quería comprar el tractor, mi madre estaba presente en cada llamada y en cada reunión, y juntos tomaban la decisión entre dos modelos. El temperamento de mi madre era de hierro fundido. Nada la asustaba. Nada la perturbaba y nada era demasiado difícil para ella.

Las niñas podían ser granjeras. Lo había visto con mis propios ojos, mi madre lo era.

Oí el rugido de un motor mientras ponía los últimos huevos del día en mi cesta. Como estábamos tan lejos de la carretera principal, no había mucho tráfico, así que supe que era papá, y la aceleración violenta y el rechinar de los engranajes eran una señal inequívoca de que la reunión no había ido bien.

Cuando entré, encontré a mi madre sentada a la mesa con un cuenco de chícharos semi descascarados delante de ella. Forzó una sonrisa, pero pude ver la tensión en su boca. Mi padre estaba en su habitación con la puerta cerrada. Si era de día y la puerta estaba cerrada, mi padre estaba en la cama y no iba a salir pronto.

—No nos darán el préstamo —dijo en voz baja. Desde la crisis bancaria, el gerente no podía prestar dinero tan fácilmente como antes. No entendíamos las nuevas reglas. Todos los bancos habían estado cerrados durante un tiempo, a principios de año. Cuando se agudizó la depresión, se había producido una avalancha de pánico entre la gente—. Papá pensó que la granja sería una buena garantía, pero el banco dijo que el precio de la tierra está bajando tan rápido que no pueden arriesgarse. No tenemos nada más que ofrecer como garantía.

La camioneta arrancó en ese momento y corrí hacia la puerta, justo a tiempo para ver a Henry girar las ruedas mientras lo sacaba de regreso por la entrada.

—Esos chicos nuestros, Lizzie —suspiró la madre, sacudiendo la cabeza con tristeza—. Ninguno de ellos tiene la prudencia de conducir correctamente cuando están molestos.

—¿A dónde va Henry?

—Supongo que irá a ver a Betsy —dijo, tomando los guisantes.

—¿Qué vamos a hacer?

Ella pensó en eso durante un largo tiempo, lo suficiente como para que yo tomara asiento frente a ella y comenzara a ayudarla con los guisantes antes de que respondiera.

—Sabes, realmente no tengo idea de cómo lo haremos, pero estoy segura de que lo resolveremos —dijo finalmente—. Esta no es la única crisis que tu papá y yo hemos atravesado juntos, cariño. Cuando nos casamos, papá quería ampliar la granja a

400 hectáreas y solía decir que necesitaríamos un montón de niños para ayudarnos a administrarla. Pero ese primer año... —suspiró y se volvió hacia la estufa, donde los guisantes estaban ahora al fuego, burbujeando junto a una sartén con papas, chisporroteando en grasa de tocino—. Sabes, me tomó algunos años quedar embarazada después de casarnos. Luego tuvimos a esa pequeña niña que nació demasiado pronto y me puse muy enferma después de dar a luz.

Mi madre nunca dijo su nombre en voz alta, pero yo sabía de Elsie, la bebé que nunca tuvo la oportunidad de respirar. En los días que tocaba ir a la iglesia, mamá siempre se vestía temprano. Una hora o más antes de que tuviéramos que irnos, ella caminaba unos treinta metros hasta el árbol solitario en nuestra propiedad. En el verano de 1909, cuando mamá y papá tomaron posesión de las primeras ochenta hectáreas de tierra alrededor de ese lugar, ella había traído cinco pequeños retoños de roble vivo de Texas, con la intención de cultivarlos todos juntos en una fila para crear un lugar sombreado donde sus futuros hijos pudieran jugar. Uno a uno, a pesar de sus mejores esfuerzos, los primeros cuatro árboles murieron. Mamá había sido mecanógrafa en Chicago antes de casarse con papá. No sabía nada sobre el cultivo de plantas hasta que aprendió de la manera más difícil, en la tierra.

Después de que el bebé murió, papá construyó un pequeño banco junto al último árbol que sobrevivió y escribió el nombre de Elsie en la parte posterior. Ese era el lugar de los recuerdos de mamá. Cuando aprendí a leer, pregunté por las letras grabadas en el respaldo de esa silla. En un tono inquietante y desigual, mamá me contó sobre la pequeña niña que no sobrevivió.

—El médico vino a verme unos meses después de que ella naciera. Le pregunté si podía tener otro bebé y me miró con desdén y me dijo: «Señora Davis, algunas personas simplemente no están destinadas a ser padres». Pero yo sabía en mi corazón que estaba destinada a ser madre.

No sabía cómo decirle que yo también sabía algo en mi corazón. Toda mi vida sentí que no estaba destinada a ser madre. Tal vez me había traumatizado la forma en que ella habló de ese pobre bebé perdido. Tal vez había tenido demasiado miedo de ese asiento desgarrador debajo del roble cuando era pequeña, o tal vez había dejado que mi fascinación por la agricultura fuera demasiada, como decía a veces mi madre cuando me regañaba para que fuera más amable con los chicos de la iglesia. Quería desesperadamente que encontrara un chico con quien salir. Pero incluso a la edad de diecisiete años, estaba segura de mi decisión.

El problema era que todavía no podía entender cómo evitar ser madre. Henry heredaría la granja, así que parecía que la única manera de conseguir mi propia granja era al casarme. El matrimonio significaba tener hijos, y los hijos significarían menos tiempo para dedicarlo a la agricultura y más tiempo para cambiar pañales y dar de comer a mis hijos, más tiempo para ocuparme de la casa, menos de lo que sabía que amaba.

—Dos años después, nació Henry y, finalmente, tú también te uniste a nosotros —dijo mamá, con una mirada más suave. Agitó una mano vagamente y agregó—. Durante ese primer año después de que perdimos a la bebé, todo parecía desesperanzador. Estábamos completamente solos en esta pequeña casa, con esa gran tristeza. —Sonrió y luego asintió, como si se hubiera convencido a sí misma también—. Este momento se siente igual que ese otro. No sé cómo saldrán las cosas, pero en mi corazón, estoy segura de que todo estará bien. Todo lo que tú y yo tenemos que hacer es no perder la fe y mantener la frente en alto.

7

SOFIE

Huntsville, Alabama
1950

Ese día, una multitud se había reunido bajo la sombra de un grupo de robles. Me alegró ver que, después de unos minutos, los niños estadounidenses y alemanes se mezclaban libremente. El idioma no suponía una gran diferencia cuando se trataba de trepar a los árboles y jugar a las atrapadas.

Las formalidades comenzaron cuando un hombre dio una palmada y nos llamó a todos al orden, luego tomó un micrófono y se subió a un palco. Se presentó como Christopher Newsome, y un joven que estaba a su lado tradujo sus palabras a un alemán perfecto. Newsome señaló a un caballero alto y barbudo con lentes gruesos que agrandaban sus ojos.

—Estoy seguro de que todos conocen a Calvin Miller, el director general de este programa. —Más traducción y luego algunos aplausos—. En primer lugar, a nuestros nuevos amigos alemanes, ¡bienvenidos a Estados Unidos! —Traducción. Aplausos—. Ahora, a todas ustedes, señoras americanas, quiero que me escuchen con atención. Estas mujeres han venido desde todo el mundo para empezar una nueva vida aquí y tenemos que apoyarlas. Hagan una nueva amiga hoy. Hagan planes de reunirse para tomar un café, para cenar o para reunir a los niños para jugar, ¿de acuerdo? —Aplausos más débiles. El estallido de las botellas de champán.

Los alemanes habían estado trabajando junto a los científicos estadounidenses en Fort Bliss durante algún tiempo antes de que todos fueran transferidos a Huntsville y su relación era evidente. Jürgen pronto estuvo rodeado de hombres que escuchaban atentamente cada una de sus palabras. Al menos una cosa no había cambiado en mi marido, esa mirada obsesivamente concentrada en sus ojos cuando hablaba de cohetes me resultaba tan familiar como la palma de mi mano.

Tomé una copa de champán y caminé de manera perezosa alrededor, observando a la multitud. Las mujeres rápidamente formaron dos grupos distintos. Las estadounidenses eran el grupo más ruidoso, sus voces y risas resonaban en el césped. Al otro lado de la mesa, las mujeres alemanas estaban de pie, apiñadas como si todas estuvieran tratando de esconderse, con voces y miradas bajas. Me serví un plato de comida y luego me acerqué al lado alemán.

Los ojos de Claudia se iluminaron.

—Todos, conozcan a mi nueva vecina, Sofie —dijo.

—Hola —dije, agitando la mano vagamente. Reconocí varios rostros de mujeres que había conocido una o dos veces a lo largo de los años en Alemania—. Oh, hola, Greta. Margarethe, ¿cómo estás? Ha pasado tanto tiempo. Elsa, me alegro de verte también. —A las demás las saludé con la mano y les sonreí—. Es un placer conocerlas a todas.

—Sofie es la esposa de Jürgen Rhodes —añadió alegremente Claudia.

¿Me imaginaba la tensión? Era como si las sonrisas en los rostros de aquellas mujeres se intensificaran un poco cuando me acerqué, pasando de genuinas a forzadas. Miré de nuevo a Claudia, que parecía desconcertada.

No me desconcertó. Precisamente por esto deseaba que ninguno de los antiguos trabajadores de Jürgen hubiera llegado a Estados Unidos.

—Realmente necesito más de ese pollo —dijo Greta.

—Iré contigo —añadió Margarethe.

—Oh, necesito encontrar un baño —dijo una de las otras mujeres.

—Sé dónde está —intervino Elsa—. Te lo mostraré.

El grupo se dispersó rápidamente.

—Eso fue extraño —dijo Claudia lentamente—. Probablemente es que algunas de esas mujeres ya llevan unos meses aquí en Estados Unidos y tal vez se ha formado una pequeña camaradería.

—Gu-ten tag —dijo una voz estadounidense y nos dimos vuelta para ver que una mujer bajita y rubia se había unido a nosotros. Hablaba muy lentamente, pero pronunciaba mal.

—Hola, hablo inglés —dije y luego hice un gesto hacia Claudia—, pero mi amiga no.

—¡Oh! —dijo la mujer estadounidense, sorprendida pero visiblemente aliviada—. Estoy tratando de ser amigable, pero es terriblemente difícil cuando hablamos idiomas diferentes.

—Todos aprenderán con el tiempo —le dije—. Yo soy Sofie y ella es Claudia.

—Hola —dijo Claudia con torpeza. La mujer nos sonrió.

—Soy Avril Walters.

Claudia se disculpó y caminó unos pasos para unirse a un pequeño grupo de mujeres alemanas. Una por una, todas sus miradas se dirigieron hacia mí y luego apartaron la mirada rápidamente.

—¿Quién es tu marido? —preguntó Avril. Señalé a Jürgen y sus ojos se abrieron de par en par—. ¿Jürgen Rhodes es tu marido? Bueno, ¿no es eso increíble? Mi marido dice que es un genio.

—¿Cuál es el tuyo? —pregunté. Señaló a dos hombres que estaban de pie uno al lado del otro en la mesa. Reconocí a uno como Calvin Miller, por lo que sabía que su marido debía haber sido el hombre a su lado.

Miré de nuevo a las mujeres alemanas y vi que Claudia estaba susurrando con una de ellas, con el ceño fruncido. Sacudió la cabeza con fiereza, luego me miró, pero ahora, cuando nuestras miradas se cruzaron, apartó sus ojos. Se me hundió el corazón. Los hombres alemanes habían sido traídos a Estados Unidos como prisioneros, e incluso aquellos que conocían la historia de Jürgen no tenían otra opción que trabajar con él, especialmente al principio. Para las esposas era diferente. Habíamos llegado como mujeres libres y podíamos socializar o negarnos a hacerlo como nos pareciera conveniente.

—Estoy muy emocionada de conocerte —dijo Avril, sorprendiéndome con el volumen de su voz y su entusiasmo—. Nunca había conocido a alguien de Alemania antes. ¿Cómo aprendiste a hablar inglés tan bien?

—Tuve niñeras británicas cuando era joven y a veces viajábamos con mis padres —dije distraídamente, observando cómo Claudia intentaba evitar mi mirada.

—¿Sabes qué, Sofie? —dijo Avril, dedicándome una cálida sonrisa—. Deberíamos tomar un café la semana que viene.

8

LIZZIE

Condado de Dallam, Texas
1933

Papá no salió de su habitación esa noche y mamá se reunió con él tan pronto como terminó su comida.

Decidí que a Henry no le importaría que saqueara su reserva de ginebra, así que entré en su dormitorio y saqué la botella que estaba debajo de su cama. Cuando escuché el sonido del Modelo T al regresar, lo fui a encontrar en la terraza.

—Hola, hermana —me saludó. Me quitó la botella de ginebra de la mano, la abrió y bebió unos cuantos tragos generosos sin preámbulos. Nunca pareció notar el ardor como yo.

Cuando terminó, hizo un gesto hacia nuestro lugar habitual. Nos gustaba sentarnos un poco lejos de la casa, lo suficientemente lejos del dormitorio de mamá y papá para poder beber ginebra y quedarnos despiertos hasta tarde. Hubo un tiempo en que nuestro lugar estaba cubierto de pasto.

Nos sentamos en las sillas bajas de madera que Henry nos había preparado durante un invierno tranquilo. Apenas se veía un destello de luna, lo que significaba que podía ver más estrellas. Miré con esperanza hacia la más mínima nube en el horizonte y dije una rápida oración para que se convirtiera en algo. A mi lado, Henry estaba bebiendo mucho más de lo que solía hacerlo.

—¿Fuiste a ver a Betsy?

—No —dijo de repente—. Fui a ver al juez Nagle. Le pregunté si nos podía prestar algo de dinero. —Sentí una punzada de dolor al pensar en Henry rogándole al padre de su chica que nos rescatara—. ¿Qué otra opción tenemos? —argumentó—. No conocemos a nadie lo suficientemente rico como para ayudarnos, y tenemos que hacer algo. Además, ha comprado la mitad de Main Street en los últimos diez años. Ese hombre tiene más dinero que Dios. También podría compartir algo.

—¿Cómo podríamos pagarle? —dije con incertidumbre.

—De la misma manera que íbamos a pagarle al banco, sembramos una cosecha —dijo Henry, encogiéndose de hombros.

—El banco se quedaría con la granja si no pagáramos, ¿no? —mi hermano asintió y yo dije con impaciencia— ¡Bueno, el juez Nagle haría algo aún peor! ¿De verdad crees que te dejaría ver a Betsy si lo defraudaras con un préstamo? ¿Y mucho menos casarte con ella?

—Nunca me iba a dejar casarme con Betsy, Lizzie —dijo Henry en voz baja, con dolor en el corazón—. Me lo dijo esta noche. Dijo que le agrado y que por eso me dejaba estar al lado de su hija, pero en realidad debería haber puesto fin a las cosas desde hace tiempo.

—Lo siento mucho —susurré afligida.

—El juez nunca iba a dejar que su hija se casara con un hombre que ni siquiera puede permitirse un teléfono para llamarla.

—Entonces, si terminas con Betsy, ¿él te dará el dinero? —dije vacilante—. Eso suena como si te estuviera sobornando o chantajeando.

—No fue así en absoluto. Simplemente tuvimos una conversación honesta y, francamente, necesaria. Llegamos a un acuerdo. Él no me está dando el dinero, me lo está prestando. Podremos devolverlo el año que viene, cuando llegue la cosecha.

—Pero ¿qué pasa si…? —comencé a preguntar.

Pero me interrumpió, repentinamente urgente y animado.

—Nunca en la historia del mundo ha habido una sequía que no terminara. Lo busqué en la biblioteca de Oakden hace unas semanas. Las sequías van y vienen, sí. Pero siempre terminan en unos pocos años. Tuvimos un poco de lluvia hace unas semanas ¿recuerdas?

—¡Era menos de un cuarto de pulgada! —exclamé.

—¡Pero así es como empieza! —dijo Henry, inclinándose hacia delante para apoyar los codos en las rodillas—. ¿No lo ves, Lizzie? El patrón meteorológico cambia lentamente, un cuarto de pulgada aquí y allá se convierte en media pulgada y luego en más y luego es suficiente. La lluvia normal llegará antes de que termine el invierno.

—¿Y si te equivocas? —Henry tomó otro trago de bebida y luego exhaló lentamente.

—Por eso pedí dos años para devolverlo. No hay posibilidad de que la sequía dure más de un año. Además, si me equivoco, perderíamos la granja de todos modos, así que no hay diferencia. —Al ver mi jadeo, me lanzó una mirada impaciente—. ¿Qué crees que sucede cuando la gente no paga sus impuestos sobre la propiedad, Lizzie?

Se me revolvió el estómago. Dejé mi taza en el polvo y tomé algunas respiraciones profundas hasta que pasó,

—¿Cuánto pediste prestado?

—Sé cuánto habríamos obtenido por una buena cosecha en un año. Ese es el monto que pedí prestado.

—Pero la granja debe valer mucho más que eso.

—Ahora mismo, esta tierra apenas vale el papel en el que está la tinta de la escritura, por eso el banco no nos ayudó. Pero… sí, a largo plazo probablemente valga más de lo que pedí prestado. —Se movió torpemente y luego bajó la voz para admitir—. Es solo que el juez Nagle no estaba muy entusiasmado al principio. Le agrado, pero es astuto, ¿sabes? Tuve que demostrarle que hablaba en serio sobre esto. Pero en realidad no aceptaría la granja. Es un buen hombre y, además, no es como si le faltara dinero. ¿Qué querría él de este lugar?

—Papá no va a estar contento con esto.

Henry se encogió de hombros, todo calmado y confiado nuevamente.

—En realidad no tiene muchas opciones. El juez redactó un contrato y lo firmé de inmediato. Betsy irá al banco cuando abra mañana y depositará el cheque en la cuenta de papá.

A la mañana siguiente, la puerta del dormitorio de mis padres estaba cerrada cuando me levanté, tuve la sensación de que papá no lograría levantarse de la cama ese día. Salí a usar el baño, pero mientras estaba allí oí a papá y a Henry gritando. Corrí de regreso a la casa justo cuando la puerta del dormitorio se cerró de golpe otra vez y un Henry desafiante caminó pisando fuerte por el pasillo, uniéndose a mamá en la cocina.

—¿Qué has hecho, Henry? —susurró la madre, visiblemente molesta. Él levantó la barbilla con obstinación.

—Ya van a ver —nos dijo a las dos—. Todo cambiará la próxima temporada. Ese dinero nos va a salvar.

Tal vez papá estaba agotado por la sequedad y la desesperanza, o tal vez sabía que Henry finalmente había hecho lo correcto, porque por mucho que se quejara, papá ni siquiera intentó devolverle el dinero al juez.

9

LIZZIE

Huntsville, Alabama
1950

Mientras conducía hacia la fiesta, mi intención era buscar a Calvin y disculparme. Tenía una excusa perfecta para mi tardanza. No era la primera vez que mi coche necesitaba que lo arreglaran.

Pero cuando me acerqué a Calvin, escuché fragmentos de la conversación que se desarrollaba a su alrededor. Estos hombres hablaban inglés, pero gran parte de la conversación tenía un fuerte acento. La burla de Henry sobre mis nuevos amigos nazis resonó en mis oídos y sentí una oleada de indignación.

No.

Simplemente no estaba bien que estas personas se mezclaran con el resto de nosotros, disfrutando del sol en sus caras, bebiendo champán y riendo tan libremente.

Me di la vuelta y me dirigí directamente hacia unos rostros más familiares. Mis amigas Becca, Juanita y Gail estaban allí con un puñado de otras mujeres. Avril Walters también estaba allí, hablando. Estaba charlando tranquilamente con una mujer a la que no conocía, una mujer de pelo castaño rojizo, tez lechosa y clara de la que no pude evitar sentir celos. ¿Esta nueva mujer era alemana? Miré a los grupos y rápidamente decidí que debía ser la esposa de uno de los nuevos científicos estadounidenses. El equipo de Calvin se había expandido tan rápidamente que era difícil seguirle el ritmo.

—Parece que necesitas una bebida —dijo Becca, y tomó una copa de champán de la mesa para entregármela.

—Gracias —murmuré. Bebí el vaso de un trago y miré a las mujeres alemanas. Bajé la voz—. No puedo creerlo. ¿Se supone que debemos relacionarnos con ellas como si no supiéramos de dónde son?

—No hace falta que susurres, cariño —se rio Becca suavemente—. Parece que ninguna de esas mujeres habla una palabra de inglés. Y así quiere el señor Newsome que las invitemos a tomar un café para ayudarlas a que se instalen.

La miré con incredulidad.

—¿Vas a hacerlo?

—Bueno, es difícil cuando ni siquiera hablan el mismo idioma, pero sí, iba a intentarlo. Por el programa, ya sabes, pero... —hizo una mueca— no parece correcto, ¿verdad?

—Estas personas deberían estar siendo juzgadas en Núremberg, no bebiendo champán en Huntsville. Infectarán esta ciudad como una enfermedad. —Tomé una segunda copa de champán y miré a la multitud. Elijah Klein estaba con los hombres, pero su esposa, Leah, estaba detrás de Becca, lanzando miradas decididamente incómodas a los alemanes—. Ya es bastante malo que estos monstruos no estén en prisión, pero ¿hacerlos trabajar, codo a codo, con los judíos estadounidenses?

—No está bien —dijo Leah rotundamente—. No quería venir hoy, pero Eli insistió. Odio que esté trabajando con estos hombres.

—¿Cómo lo soporta? —preguntó Becca en voz baja.

Leah suspiró con impaciencia.

—Dice que el fin justifica los medios. Honestamente, ¿en verdad es así? ¿Qué importa si lanzamos un cohete al espacio? ¿A quién le importa?

—Kevin dice que si no trabajamos con estos hombres, los soviéticos nos ganarán la partida —murmuró Becca, sacudiendo la cabeza. Todos nos quedamos en silencio. Nadie quería que los soviéticos nos vencieran en nada.

—El problema no es que estemos trabajando con ellos —dije—. El problema es que están aquí como hombres libres.

—¡Los alemanes asesinaron a millones de personas! ¡Millones de judíos! —dijo Leah con voz temblorosa—. No deberíamos darles la bienvenida a este país.

Una pequeña multitud se estaba reuniendo a nuestro alrededor mientras hablábamos; las mujeres estadounidenses terminaban sus conversaciones privadas y escuchaban las mías.

—¿Vas a invitar a estas mujeres a tomar un café, ayudarlas a instalarse y todo eso? —preguntó una mujer—. Iba a hacerlo, pero no me pareció bien...

—No lo hagas —dije de repente—. Especialmente si te hace sentir incómoda.

—¿Cómo podría alguien sentirse cómodo con esta situación? —comentó otra mujer—. Estoy tan feliz de que hables, Lizzie.

—No tenemos por qué darles la bienvenida —dije rotundamente, mirando a cada una de las mujeres a medida que mi confianza crecía—. Podemos tomar una postura. Quiero decir, por el amor de Dios, alguien tiene que hacerlo.

—Disculpe —dijo una voz. Miré hacia donde estaba la voz y vi que la mujer con la que Avril estaba hablando se había unido a nosotros—. Sí, muchos alemanes cometieron errores terribles en una época de inmensa presión, pero sería injusto que nos pintaran a todos con el mismo pincel. Hay muchos estadounidenses malos, al igual que hay alemanes malos. No deberían asumir que somos Nazis, y no deben asumir que somos culpables. Algunos de nosotros ni siquiera sabíamos lo que estaba sucediendo.

Hablaba en un inglés claro y fluido, pero su acento era inconfundible, al igual que la expresión defensiva de sus ojos. Una descarga de adrenalina recorrió mi cuerpo.

—¿De verdad esperan que creamos que ustedes, los alemanes, no tenían idea de lo que estaba sucediendo en su propio país? —pregunté con incredulidad y luego miré a la multitud de mujeres que nos escuchaban. Algunas asintieron para animarme mientras yo me burlaba—. Si el gobierno estadounidense decidiera cometer genocidio, yo haría algo.

—Y dígame, señora, ¿qué hace usted cuando va a un restaurante y hay un cartel en la ventana que dice sólo blancos? —preguntó la mujer, señalándome agresivamente con el dedo—. ¿Usted hace algo? Tal vez debería mirar hacia su propio patio trasero antes de emitir juicios generalizados sobre cosas que no entiende. —Su tono era desdeñoso y altivo, y todas las esposas de los miembros del programa de cohetes estadounidenses nos miraban fijamente. Mi vergüenza y mi mal genio estallaron.

—Odio que Huntsville esté segregada, pero nunca me convencerás de que es lo mismo que hicieron ustedes. He oído las noticias y he leído los periódicos. Sé el tipo de cosas que han descubierto los juicios de Núremberg. —Sus labios se tensaron, pero el hecho de que no tuviera una réplica inmediata solo me aseguró que tenía razón en tomar una postura—. ¿Puedes decirme honestamente que no tenías idea sobre los campos? ¿Que no tenías idea sobre las cosas terribles que se estaban haciendo en nombre de tu país, cosas que se estaban haciendo en tu nombre?

Esperaba que lo negara, pero en cambio, frunció el ceño y bajó la mirada cuando el silencio comenzó a extenderse. No sentí ningún triunfo ante el rubor que se apoderó de sus mejillas, solo una sensación de horror y disgusto.

—Lo sabías —susurré, atónita—. Bueno, ¿no es eso algo? Señora, si lo sabía y no hizo nada, entonces es tan culpable como los hombres que empujaron a esas personas inocentes a las cámaras de gas. ¿Cómo se mira siquiera al espejo?

—¡Basta! —susurró Calvin. Me sobresalté y miré más allá de ella para ver a mi marido caminando hacia nosotros, con los ojos muy abiertos por la incredulidad y la decepción.

Sólo entonces me di cuenta de que todo el público se había quedado en silencio. Decenas de personas nos miraban a mí y a la mujer alemana. Los únicos asistentes a la fiesta que no se habían detenido a contemplar el espectáculo eran los niños, que seguían riendo y jugando juntos.

De vez en cuando, tenía un momento en el que sentía que salía de mi vida y la miraba desde fuera. Cada vez que eso sucedía, me quedaba una pregunta sorprendente cuya respuesta nunca podía encontrar. ¿Cómo llegué aquí?

Mientras Calvin ofrecía sonrisas tranquilizadoras a las mujeres y tomaba suavemente mi brazo para alejarme de la fiesta en el jardín, tuve un momento así, un instante crudo y chocante en el que tuve la clara impresión de que, de alguna manera, me había quedado atrapado viviendo la vida de otra persona.

10

SOFIE

Berlín, Alemania
1933

Esa noche llegué a casa más tarde de lo planeado y, cuando entré, esperaba que Jürgen estuviera durmiendo en la cama. No estaba preparada para afrontar sus preguntas sobre por qué mi cena con Lydia había durado seis horas.

Sabía que Mayim estaría despierta, escuchando a los niños desde la sala de estar. Georg tenía casi tres años y Laura ocho meses. Ambos dormían mal, pero Mayim a menudo leía hasta altas horas de la madrugada y ayudaba con los niños durante la noche. Este era uno de los aspectos mágicos de tener a mi mejor amiga viviendo bajo mi techo. Mayim era más que una simple invitada para mis hijos, incluso más que una casi tía. Era casi como una segunda mamá para ellos, una parte vital y muy querida de nuestra estructura familiar.

La encontré acurrucada en uno de los sillones de la sala de estar leyendo a la luz de una lámpara. La manta sobre su regazo era una creación propia, un revoltijo de colores tejidos con hilos que le sobraban de sus muchos otros proyectos. Como solía hacer, tenía el fuego encendido. Me quité los zapatos de tacón al entrar en la habitación y suspiré aliviada cuando mis pies cansados tocaron el suelo frío. La suela de mi zapato izquierdo estaba muy gastada y se me estaba formando una ampolla.

Apenas podía creer que no pudiera permitirme ni siquiera reparar un zapato. Mi vida cambió por completo en una sola tarde hace tres años, unos meses después de que mi padre muriera de un derrame cerebral durante un viaje de negocios a Nueva York. Mi hermano Heinrich tenía veintiséis años más que yo y era poco más que un extraño. Pero como era el mayor, Heinrich heredó la finca de los von Meyer y le tocó a él dar la noticia de que mi generoso estipendio mensual ya no existiría. Mi padre hipotecó hasta el límite todas las propiedades de la familia, incluida la villa de la ciudad, la casa que nos había regalado a Jürgen y a mí por nuestra boda. Heinrich aceptó que nos quedáramos con la casa, pero sólo con la condición de que asumiéramos también la hipoteca.

Nunca me faltó nada material y supuse que siempre sería así. Resultó que a nuestro padre se le daba mucho mejor aparentar una riqueza extrema que administrar la modesta fortuna que poseía.

—¿Cómo te fue? —preguntó Mayim mientras cerraba el libro y me miraba. Me dejé caer en la silla frente a ella y me esforcé por encontrar las palabras adecuadas.

Habían sido unos meses estremecedores en Berlín. Primero vino la destrucción del edificio del Parlamento, el Reichstag, y luego una serie de ataques comunistas en todo el país que apenas se pudieron evitar. Había leído en el periódico los detalles de la campaña terrorista planeada: bombas escondidas bajo puentes y en estaciones de tren, mujeres y niños utilizados como escudos humanos, la ejecución de un gran número de funcionarios públicos, veneno en el suministro de agua de Berlín.

Incluso a pesar de todo eso, nunca había estado tan aterrorizada como en la manifestación a la que asistí con Lydia.

—Hubo muchos análisis apasionados de los problemas que enfrentamos como nación, muchos indicios de quién es el verdadero culpable.

—¿Quién podría ser? —dijo Mayim a la ligera, pero pude escuchar la rigidez de sus palabras.

—Se las arreglaron para odiar a los judíos durante horas y horas sin pronunciar la palabra judío ni una sola vez.

—Adaptan su retórica según el lugar donde se celebre la manifestación. En el campo pueden decir lo que realmente piensan. Pero estamos en una ciudad cosmopolita, así que supongo que aquí saben ocultar su odio bajo una apariencia de respetabilidad.

Al final de la manifestación, me sentí físicamente enferma y esa sensación surgió de nuevo mientras estaba sentada en mi sala de estar y pensaba en lo que había escuchado.

—¡Es posible una Volksgemeinschaft! —gritó un orador, mientras pintaba la imagen de una comunidad del pueblo alemán que sonaba casi utópica, hasta que continuó con referencias a la pureza racial sobre la que se construiría. Otro miró al pasado y encontró un villano que no necesitaba nombrar.

—¡El Tratado de Versalles fue diseñado sólo para paralizarnos! Fuimos apuñalados por la espalda por aquellos que lo aceptaron. —Todos sabíamos que esto era una clara referencia a la antigua teoría de la conspiración de que Alemania en realidad no había perdido la Gran Guerra, sino que nuestros valientes soldados fueron traicionados por aquellos en casa, en su mayoría judíos, que fomentaron el malestar y socavaron el esfuerzo bélico.

Otro hombre habló en términos generales, enumerando una larga lista de los desafíos que afrontamos como nación, desde los problemas económicos hasta la inestabilidad política cada vez mayor, y luego simplemente se encogió de hombros.

—Alemania debería ser para los alemanes. No soportaremos más nuestra desgracia nacional. —Ese uso de la palabra desgracia tocó una fibra incómoda. Lo había visto en los carteles nazis repartidos por la ciudad, generalmente debajo de una caricatura cruda y ofensiva de un judío.

—La gente parecía cautivada, Mayim. Como si estuvieran bajo un hechizo —dije con inquietud—. Fue un evento ostentoso, casi como un concierto, con una orquesta y un coro y un entusiasmo y una pasión desbordantes. No entiendo cómo un poco de música y algunos discursos teatrales pudieron convertir a una multitud como esa en un grupo de antisemitas furiosos.

Un destello de incertidumbre cruzó el rostro de Mayim. Habíamos sido mejores amigas desde antes de empezar la escuela primaria; nuestras familias alguna vez residieron en mansiones gemelas, una al lado de la otra, en Potsdam. La conocía lo suficiente como para saber que tenía algo que decir.

—Di lo que piensas —le pedí. Mayim suspiró con impaciencia.

—No tienes idea de lo antisemita que es realmente este país, Sofie, no puedes entenderlo como lo hace mi familia.

—Tu familia es mi familia —dije. Fui una sorpresa tardía para mi madre, que me dio a luz cuando tenía cuarenta y ocho años. Anna von Meyer no tenía ningún interés en empezar a criarme nueve años después de tener su quinto hijo, así que generalmente dejaba mi cuidado en manos de mis niñeras. Mi familia era fría y formal, así que prefería pasar el tiempo en la casa de Mayim, con su encantadora y cálida madre y su jovial y amable padre. Incluso el hermano pequeño de Mayim, Moshe, siempre me había molestado y divertido.

—Eres mi mejor amiga en el mundo entero, una hermana si no de sangre, al menos por elección. Pero no puedes saber lo que es realmente vivir toda tu vida bajo la sombra del odio. Despertarte cada mañana sabiendo que hay una gran parte de tus compatriotas que preferirían verte desaparecer. Has visto los grandes momentos de abierta agresividad, pero no notas la forma en que la gente me mira cuando voy en el tranvía. Puede que notes el cartel de prohibido a los judíos en las ventanas de algunas tiendas, pero no oyes el tono de voz del tendero mientras cuenta mi cambio. La forma en que la gente bromea sobre mí y mi familia, a veces delante de nuestras narices. Dijiste que era como si la multitud de esta noche se hubiera convertido en furiosos antisemitas por la manifestación, ¿no? —Asentí lentamente y ella se encogió de hombros—. Todo lo que Hitler y los de su calaña están haciendo es conectar con algo que siempre ha estado ahí.

Yo sabía que, en otros países, incluso en Polonia, donde nació la madre de Mayim, muchos judíos vivían en barrios o distritos judíos. En Alemania era diferente. En mi país, especialmente en Berlín, los judíos vivían, estudiaban y trabajaban junto a todos los demás, tanto que a menudo no tenía ni idea de si una persona era judía o no, a menos que su apellido lo delatara. Por primera vez se me ocurrió que tal vez nuestra sociedad integrada también daba cabida a sutiles incidentes de intolerancia. Incluso

Lydia a veces hacía esos comentarios tontos y casuales sobre los judíos.

—¿Qué pasa con gente como Lydia y Karl? —pregunté vacilante—. Tú y Lydia son amigas.

—Lydia y yo éramos amigas —dijo Mayim en voz baja—. Apenas la veo estos días. Dudo mucho que ella o Karl hayan pasado mucho tiempo socializando con alguien con un apellido como Nussbaum desde que se unieron al Partido.

Ése fue el otro gran shock, y uno que todavía no podía soportar: Lydia y Karl se habían unido al partido nazi.

—¿Pero por qué? —pregunté bruscamente cuando me lo dijeron, estaba demasiado sorprendida como para moderar mi reacción.

—Tal vez su política haya tenido algunos aspectos menos que agradables a lo largo de la historia —admitió Lydia—. Pero los otros partidos sólo ofrecen la misma retórica cansina, sin ningún plan para estabilizar la nación. Decidimos invertir nuestro dinero y nuestro tiempo en un partido que estamos seguros de que puede ganar.

—Cuando los nazis lleguen al poder, acabarán con toda la locura y las cosas volverán a la normalidad —añadió Karl agradablemente.

—Pero ¿a qué precio? —preguntó Jürgen. Parecía tan conmocionado como yo.

—El partido sabe que tiene que acabar con esos elementos rebeldes para ganar las elecciones, se lo puedo asegurar —dijo Karl, y luego llegó la primera de incontables invitaciones—. ¿Por qué no vienes a un mitin con nosotros algún día?

Era cierto que la frialdad de Lydia hacia Mayim había sido más pronunciada ese año, pero también era cierto que la distancia había ido creciendo entre ellas desde hacía mucho más tiempo. Me moví incómodamente y Mayim suspiró.

—¿Crees que se trata de las circunstancias financieras de mi familia y no porque seamos judíos? Quizás ese sea un factor.

—¡Sé que es un factor! —dije, levantando las manos en señal de frustración. Si alguna vez tuve alguna duda sobre lo superficiales que son nuestros círculos sociales, la verdad me ha quedado bien clara en los últimos años. No fue solo Lydia la que se alejó de Mayim. Uno a uno, la mayoría de sus amigos se habían ido alejando. Jürgen y yo no habíamos ocultado deliberadamente nuestras propias circunstancias a nuestros amigos, pero habiendo sido testigos de la creciente marginación hacia Mayim, apenas habíamos publicitado nuestra lucha.

—Sería diferente si supieran de tu situación —dijo Mayim, leyendo correctamente mis pensamientos.

—No, no lo sería —dije riéndome miserablemente.

—Eso es exactamente lo que quiero decir, amiga mía —dijo Mayim con dulzura—. Ni siquiera lo ves. La gente que ya no me invita a sus fiestas siempre busca una excusa para excluirme. Nunca ha sido socialmente aceptable admitir que no quieres invitar a la chica judía a la fiesta, pero está bien dejar fuera a la chica pobre.

Sentí un pinchazo en el pecho. La miré fijamente por un momento, pensando en la injusticia que había en todo aquello.

—¿Te duele que haya ido esta noche? —le pregunté de repente. La mirada de Mayim se suavizó.

—Sé exactamente por qué fuiste. ¿Te dijo Karl algo más sobre el trabajo?

Como la mayoría de los empleadores en Alemania, la universidad de Jürgen luchaba con un presupuesto cada vez más limitado y habían reducido los salarios del personal a más de la mitad. Sus ingresos ya no cubrían nuestros gastos de manutención, a pesar de que habíamos despedido a todo el personal doméstico y vendido nuestros coches. Ahora estábamos vendiendo mis reliquias familiares, pero era una solución a corto plazo. Algunas habitaciones ya estaban desprovistas de todo, salvo los muebles más esenciales.

Por eso me pareció un milagro cuando Karl llamó a Jürgen para preguntarle si le interesaba un nuevo trabajo. Karl no dijo mucho, sólo que era una oportunidad nueva, emocionante y lucrativa, y que se pondría en contacto pronto. Pero los días se convirtieron en semanas, y cada vez que intentaba organizar una reunión informal con los zu Schiller, ellos estaban ocupados haciendo campaña a favor de los nazis. Hablé con Lydia por teléfono varias veces, pero no pudo o no quiso decirme nada.

—Karl te contará más cuando los vea a ambos —repetía ella.

Cada vez que se celebraba un acontecimiento nazi importante en Berlín, Lydia hacía que su personal nos repartiera entradas gratuitas para la manifestación. Yo solía tirarlas a la basura, pero cuando llegaron las últimas entradas, la impaciencia me venció y decidí ir.

Fue un plan torpe y fallido. Karl ya estaba en la manifestación cuando el coche de Lydia llegó a recogerme y, aunque se sentó con nosotros durante el acto, estuvo ocupado con asuntos oficiales antes y después, y no tuve oportunidad de hablar con él.

—Tenemos que ceder en algo —le susurré a Mayim con un nudo en la garganta—. Ya no podemos permitirnos este lugar, aunque lo vendamos, no saldaremos la hipoteca. ¿A dónde iríamos?

Mayim se levantó y vino a sentarse a mi lado, apoyando su mano sobre la mía.

—Vete a la cama, Sofie —dijo suavemente—. Todo se verá mejor por la mañana.

Ella tenía una manera de tranquilizarme, sin decir mucho.

—¿Qué haría sin ti? —Mayim me dirigió una suave sonrisa.

—No tengo ni idea. Por suerte, no me voy a ir a ningún lado.

Poco después me metí en la cama, tan agotada que apenas podía mantener los ojos abiertos, pero en cuanto mi cabeza tocó la almohada, mi ansiedad resurgió. Incluso la amenaza muy real de perder mi hogar palideció de repente en comparación con el miedo de que los hombres que había oído hablar en esa manifestación pronto pudieran estar en el poder. Pensé en Mayim y temblé de miedo.

—No estuviste cenando con Lydia esta noche, ¿verdad? —dijo Jürgen, sobresaltándose. Me giré hacia él con sentimiento de culpa. Estaba acostado boca arriba, completamente despierto y mirando fijamente al techo.

—Cené con ella...—admití—. Luego fuimos a la manifestación.

—Sofie, ¿en qué estabas pensando?

Estaba molesto, pero cuando las lágrimas llenaron mis ojos, suspiró profundamente y se acercó a mí. Me relajé de inmediato y me hundí en la comodidad de sus brazos.

—Pensé que sentías lo mismo que yo sobre los nazis —dijo.

—Sí, lo hago. Solo esperaba que, si lograba crear una oportunidad para ver a Karl, él me contaría más sobre ese trabajo.

—Bueno, ¿lo hizo?

—Nunca tuve la oportunidad de hablar con él.

—He intentado llamarlo varias veces.

—¿Lo hiciste? —no lo había mencionado, pero sabía que Jürgen se sentía culpable por no poder apoyarnos, así que odié obligarlo a hablar de ello.

—Los jóvenes buscan trabajo para intentar ayudar a sus familias, hoy en día nadie tiene capacidad para estudiar. ¿Qué pasa si no hay trabajo para mí en el nuevo año académico?

—No puedo ni siquiera pensar en eso —dije. Jürgen estaba trabajando para obtener su doctorado cuando mi hermano le dio la noticia de que necesitábamos generar nuestros propios ingresos y, aunque se vio obligado a abandonar sus estudios, rápidamente lo emplearon para enseñar. Sin embargo, solo unos años después, las cosas eran diferentes. Seis millones de alemanes estaban sin trabajo en una economía gravemente deprimida. Si Jürgen perdía ese trabajo, era poco probable que encontrara otro.

—Karl ha estado tan ocupado que no he podido hablar con él por teléfono y ya no tiene tiempo para asistir a nuestras reuniones —admitió Jürgen. Karl y Jürgen fueron miembros fundadores de la Verein für Raumschiffahrt, la Sociedad para los Viajes Espaciales, y pasaban las mañanas de los sábados trasteando con cohetes caseros en un vertedero abandonado en las afueras de Berlín. Su sueño era diseñar un cohete que llevara al hombre a la Luna, una perspectiva tan absurda que me costó entender por qué Jürgen siquiera la consideró—. Eso es lo que me preocupa, Sofie. Últimamente, Karl está muy ocupado con su trabajo en el Partido. No puedo imaginarme que algún puesto que él conozca pueda interesarme.

—¿Crees que el trabajo está con los nazis? —dije con el corazón hundido.

—Me temo que sí.

—El fervor de esta noche me sorprendió. No sé qué le sucederá a este país si esos hombres llegan al poder.

—Hay quienes creen que los nazis provocaron ese incendio en el Reichstag, ya sabes.

—¿No fue el holandés?

—¿Un holandés con problemas mentales, con una vaga relación con un partido comunista independiente en su país natal, fue capaz de destruir por sí solo el edificio del Parlamento alemán? —preguntó Jürgen con ironía.

Pensé en que lo único que se interponía entre esos terribles ataques terroristas planeados contra esta ciudad eran las SA. El Sturmabteilung era una de las ramas paramilitares del partido nazi. También se los conocía como camisas pardas, por su uniforme, y habían sido fundamentales para descubrir una amenaza terrorista masiva la semana anterior. Me aterrorizaba pensar que estábamos a días de la catástrofe y que lo único que nos salvaba era una de las organizaciones paramilitares nazis.

—Los nazis aún no han publicado ni una sola prueba sobre esos ataques terroristas, a pesar de que prometieron que lo harían de inmediato. Creo que al menos debemos considerar la posibilidad de que el complot terrorista no fuera real.

—Pero los periódicos dicen…

—Éste es mi punto, mi amor —me interrumpió Jürgen—. Los periódicos dicen lo que los nazis quieren que digan, ahora que el decreto sobre el incendio del Reichstag les permite controlar lo que se publica. ¿No te parece extraño que un hombre inestable supuestamente cometa un acto de terrorismo y al atardecer del día siguiente el gobierno haya descubierto algún complot fantástico para trastocar la vida tal como la conocemos, haya arrestado a la mayoría de sus oponentes y haya aprobado un decreto que anula nuestras protecciones constitucionales? Si realmente tienen esta evidencia abrumadora, ¿por qué necesitarían el derecho a arrestar y detener a sus oponentes indefinidamente, sin siquiera un juicio? ¿Y por qué necesitarían acabar con la prensa libre o con nuestro derecho a la privacidad personal? En el contexto de algunas de las cosas que esos hombres han dicho en el pasado, esta toma de poder nazi me deja con una sensación de ansiedad.

—Seguramente ni siquiera los nazis mentirían sobre acontecimientos tan graves que cambiaron el mundo —dije con incertidumbre—. Si esos informes fueran falsos, ¿cómo podríamos volver a confiar en lo que dicen los políticos? No podíamos hacerlo.

—No sé qué decirte, Sofie. Lo que más me preocupa es que en tiempos de crisis económica como estos, con hombres muriendo de hambre en las calles, la gente emita sus votos impulsivamente por desesperación en lugar de por razón y compasión. Los nazis lo saben y presentan deliberadamente un frente poderoso; por eso les encanta realizar desfiles militares. Eso es lo que temo, que los anuncios sobre los complots terroristas fueran diseñados para generar más incertidumbre y luego presentarse como la única solución.

Hacía tiempo que me sentía preocupada por el futuro, pero aquella fue la primera noche que mis preocupaciones me mantuvieron despierta hasta el amanecer. Y tenía razón en preocuparme. Unas semanas más tarde, cuando se anunciaron los resultados de las elecciones, nos enteramos de que el cuarenta y cuatro por ciento de los alemanes había votado al partido nazi. Uniéndose a las fuerzas del Partido de los Trabajadores, obtuvieron fácilmente una mayoría en el parlamento.

Los nazis ya no eran un partido marginal, ya no rondaban en los márgenes del sistema político alemán. Ahora estaban en el centro mismo y desde allí podían moldearlo todo a su antojo.

11

LIZZIE

Condado de Dallam, Texas
1935

—¿Estás lista madre? —llamó Henry— ¡Vamos!

Ahora sólo veía a Betsy en la iglesia y no quería desperdiciar ni un minuto de su única oportunidad de estar con ella.

—Está en el árbol —murmuré mientras me miraba en el espejo del pasillo, girando a un lado y al otro para verme desde todos los ángulos. Había perdido algo de peso ese año y mis vestidos me colgaban como sacos, así que mi madre me trajo uno de sus vestidos viejos para que lo usara como atuendo de domingo. Era un estilo antiguo, de algodón rígido con pequeños botones negros en la parte delantera del corpiño, que terminaban en una falda pesada y acampanada.

—Ve a buscarla, hermana —me suplicó Henry—. Sabes que odio ir allí.

—Yo también —dije con insistencia. Había algo desconcertante en la actitud de mi madre los domingos por la mañana cuando visitaba ese banco. A menudo se sentaba encorvada y derretida. Anhelaba profundamente, como si su dolor todavía estuviera fresco, pero tuviera que condensarlo en una sola hora cada semana. Elsie estaba muerta desde hacía más de veinticinco años. Que su madre todavía estuviera tan triste después de todo ese tiempo nunca dejaba de confundirnos a Henry y a mí.

Henry miró su reloj y luego suspiró con impaciencia y salió de la casa. Oí movimiento en el dormitorio de mamá y papá, así que caminé rápidamente por el pasillo, llamé y abrí la puerta, conteniendo la respiración mientras esperaba para ver cómo estaba papá ese día. Desde que Henry pidió prestado ese dinero, el patrón de sus días buenos y malos se invirtió. Era como si hubiera sufrido una lesión terrible que lo dejó con una discapacidad permanente, solo que la lesión no era en su cuerpo, sino en su orgullo.

Papá no estaba vestido para ir a la iglesia, pero había algunas señales positivas. Había abierto las cortinas y estaba sentado en la cama, leyendo el periódico que habíamos traído de Oakden el domingo anterior. En los días muy malos, papá apenas parecía darse cuenta de que yo estaba allí. Mamá decía que no era su culpa.

—Es agotador tratar de darle sentido a cosas que no lo tienen —me dijo—. Tu papá es un granjero hasta los huesos. Cuando la agricultura no funciona como debería, él es solo una cáscara de su verdadero yo.

La sequía cambió muchas cosas y para mí tampoco tenía sentido. Aun así, me levantaba de la cama y hacía mi parte. Mi madre, Henry y yo no teníamos otra opción. Teníamos que acostumbrarnos a una nueva forma de trabajar, porque la explotación agrícola requería cuatro sujetos. El precio por fanega de trigo en la cosecha de 1934 fue más alto, y eso podría haber sido un alivio si no hubiera sido la peor temporada de nuestra historia, tanto en términos de la condición del grano como de la producción. Vendimos sólo seiscientas fanegas, cada una de las cuales se vendía a unos miserables treinta y tres centavos.

Ese año no arreglamos la deuda con el juez Nagle. Ni siquiera logramos hacer los pagos regulares. Henry decía que mantuviera la frente en alto, pero sabía que ya era demasiado tarde. Aunque lloviera a cántaros, este año no habría cosecha. No tenía ni idea de lo que íbamos a hacer, salvo pedirle al juez Nagle que nos diera más tiempo.

—Estás guapa como un cuadro —dijo papá, y si la sorpresa en su rostro era una indicación, estaba tan sorprendido por su comentario como yo. Hice una reverencia simulada y murmuré algo sobre que era el vestido antiguo de mamá—. Oh, lo recuerdo bien. Ella solía usarlo cuando éramos novios. Te queda tan bien como le quedaba a ella entonces —dejó el periódico en su regazo y me miró con el ceño fruncido—. Lizzie, tienes casi diecinueve años. ¿Cuándo vas a conseguirte un novio?

—No quiero un novio —dije levantando la barbilla.

—Tu madre y yo nos casamos cuando ella tenía tu edad.

—Papá.

—¿Qué? Sabes que es verdad.

—Quizá no soy apta para todo eso —murmuré avergonzada.

—Tonterías. ¿No quieres una granja propia? ¿Niños?

—Yo... —No quería desperdiciar un día excepcional diciéndole que no—. Por supuesto —mentí, convenciéndome de que estaba bien mentir el domingo si era solo una mentira a medias. Después de todo, quería una granja propia. El hecho de que probablemente necesitaría un marido para ello era una realidad incómoda con la que todavía estaba tratando de hacer las paces.

—Entonces tal vez podrías establecer contacto visual con algunos de los chicos de la iglesia —sugirió papá mientras recogía el periódico—. Ese sería un buen comienzo.

Me detuve en el armario de ropa blanca de camino al Modelo T, a buscar una pequeña toalla para proteger el vestido, luego me detuve nuevamente para acariciar al caballo y revisar su arnés. Jesse y Joker era todo lo que nos quedaba en cuanto a ganado aparte de las gallinas, y aunque las gallinas todavía nos daban mucho, los caballos eran el activo más valioso que teníamos ahora.

Un día, un hombre del banco llegó sin previo aviso para cargar el tractor en la parte trasera de un camión. La única señal de que alguna vez lo habíamos poseído era el montón de deudas que había dejado atrás. Por esa misma época, ya no podíamos justificar el coste de funcionamiento del Modelo T. Intentamos venderlo, pero como había tantos coches en venta, nadie quería pagar un precio justo. Henry y yo quitamos el motor y luego quitamos todos los cristales y metales superfluos de la carrocería para aligerarla al máximo. Cuando terminamos, armamos un mecanismo para sujetar los caballos, convirtiendo el auto en un carro elaborado. Muchos otros tuvieron la misma idea. Los llamamos carros Hoover, en honor al presidente al que amábamos culpar por nuestras miserables circunstancias.

—Vamos, Lizzie —gritó Henry con impaciencia mientras yo acariciaba la nariz de Jesse. Ella nos llevaría a la iglesia ese día y Henry ya estaba en el asiento del conductor, sosteniendo las riendas.

Mi madre me sonrió desde el asiento del copiloto, complacida por su entusiasmo, y yo suspiré y me dirigí hacia atrás. Los huevos de la semana estaban todos cuidadosamente empaquetados en el asiento a mi lado, listos para ir a la tienda de comestibles de camino a la iglesia. Me limpié el costado del asiento con la toalla antes de subirme. Mientras Henry conducía el carro por el camino de entrada, el polvo se levantó a nuestro alrededor, miré el vestido blanco y sentí una punzada de desesperación.

—Hoy hay mucho polvo —dijo mamá, pero el polvo que levantaban las ruedas era la menor de nuestras preocupaciones. El polvo y las tormentas de arena soplaban con tanta regularidad que teníamos toda una rutina cuando veíamos una en el horizonte. Henry encerraba los caballos en el granero, mi madre se apresuraba a sacar la ropa del tendedero y yo corría de una habitación a otra comprobando que las ventanas estuvieran cerradas. Era el trabajo de mi padre preparar su dormitorio para que pudiéramos refugiarnos allí. Para cuando todos corriéramos adentro, él ya estaría listo para cerrar la puerta detrás de nosotros y poner una toalla mojada contra el hueco que había debajo. Tenía comida y agua dentro de su armario, escondida debajo de una manta para protegerla del polvo. Papá colgaba una sábana húmeda sobre la ventana para atrapar la suciedad que amenazaba los huecos. En la cama, tenía un balde esperando con paños de cocina húmedos para que nos los pusiéramos sobre la boca y un pequeño bote de vaselina para que nos la untáramos en las fosas nasales. La suciedad en el aire durante una tormenta de verano nos había irritado tanto el revestimiento de la nariz que todos tuvimos hemorragias nasales durante días.

Todo esto no era suficiente. La tierra, la arena o el polvo se colaban entre los huecos de las tablas del suelo o de las paredes, y cuando pasaban las tormentas fuertes, los paños de cocina mojados estaban negros, rojos o amarillos por la suciedad que habían mantenido alejada de nuestros pulmones, y había montículos de tierra alrededor de los rodapiés. Cada tormenta era diferente, dependiendo de si la tierra venía de Oklahoma, Ohio o Kansas, o tal vez de la granja de al lado. Al principio, mirábamos la tierra y discutíamos su posible origen, analizando el color, la textura y la dirección del viento. Cuando las tormentas llegaron casi todas las semanas, la novedad de nuestro juego de detectives de la suciedad había desaparecido. Una tormenta duró veinticuatro horas completas. Para entonces, estábamos tan acostumbrados a ellas que ni siquiera nos asustamos. Simplemente nos sentábamos en la habitación de mamá y papá y escuchábamos el aullido del viento durante horas y horas.

—¿Cuánto tiempo vamos a estar atrapados aquí? —murmuré en un momento dado.

—Esa no es la manera correcta de verlo, Lizzie —me reprendió mamá con dulzura—. Tenemos un techo sobre nuestras cabezas. Un lugar donde resguardarnos. Nos tenemos los unos a los otros.

—No estamos atrapados aquí —añadió Henry—. Estamos a salvo.

Pero con el tiempo, incluso mi madre se había cansado de las tormentas incesantes y del polvo que parecía infiltrarse en cada resquicio de nuestras vidas. Ahora, cuando llegaba una tormenta, nos quedábamos sentados en un silencio deprimente y pesado, escuchando el viento que bañaba de polvo nuestra casa, nuestros campos, nuestra huerta y nuestro granero.

Incluso en una hermosa mañana de domingo, camino a la iglesia, era imposible ver el sol o el cielo azul brillante. Lo único que distinguíamos era polvo.

—Buenos días, señora Davis —nos saludó el juez Nagle, asintiendo cortésmente mientras nos reuníamos en el vestíbulo de la iglesia antes del servicio—. Y usted también, señorita Lizzie.

—Su mirada se posó en mi hermano y añadió en voz baja—: Henry.

—Buenos días, señor. Señora Nagle, se ve hermosa hoy —dijo Henry, pero se apresuró a pronunciar las palabras. Era evidente que sólo tenía ojos para Betsy, que estaba de pie junto a sus padres. Se veía hermosa como siempre. Ese día llevaba un vestido amarillo con una falda suave que le rozaba las pantorrillas. Probablemente lo había confeccionado ella misma, porque Betsy cosía por diversión, aunque podía permitirse comprar ropa confeccionada.

—Me encanta tu vestido, Lizzie —dijo Betsy con sinceridad—. ¡Esos botoncitos tan bonitos! Te sienta muy bien.

Me sonrojé, avergonzada por la atención, pero recordé mis modales lo suficiente como para agradecerle antes de ir a sentarme. Cualquier otra chica podría haberse burlado de mí con un cumplido por un vestido tan viejo, pero Betsy era agradable. El juez y la señora Nagle también eran buenas personas, por supuesto, aunque el comportamiento del juez Nagle me ponía cada vez más nerviosa.

Henry dijo que yo estaba imaginando cosas, pero con cada domingo que pasaba, el juez Nagle parecía un poco más frío con nosotros, con Henry en particular. Eso tenía mucho sentido para mí. Henry había pedido prestado todo ese dinero dos años antes, y había prometido devolverlo antes de la próxima cosecha. El juez sabía tan bien como cualquiera que ahora no teníamos casi ninguna posibilidad de hacerlo.

Me tragué el nudo que tenía en la garganta cuando empezó el servicio. El pastor Williams estaba en buena forma, y nos ofreció otra variación del tema de la época, mantén la fe. Dios está al mando. Todos los domingos se trataba de un ángulo similar, porque ¿qué más se podía decir a la gente que sufría tanto? Toda nuestra economía dependía de los productos agrícolas y, después de tantas cosechas fallidas, los agricultores hacía tiempo que se habían quedado sin ahorros y estaban con la última gota de fe. La calle principal de Oakden era una de ellas. Una larga hilera de ventanas tapiadas porque todas las tiendas, salvo las más esenciales, ya habían quebrado. Vi lo vacía que estaba la canasta de la colecta cada semana y, sin embargo, cada domingo, el pastor Williams subía al púlpito para hablar de resiliencia, esperanza y fe.

—Inclinen la cabeza y oren conmigo —dijo al final del sermón. Pero cuando incliné la cabeza, miré hacia el otro lado del pasillo y sentí un escalofrío que me recorrió la espalda. Todos los demás estaban rezando, pero el juez Nagle miraba fijamente a Henry.

El juez no estaba enojado. Estaba desconsolado. De alguna manera, eso fue peor.

Intenté hablar con Henry mientras salíamos a almorzar, pero mi hermano estaba ocupado charlando con las señoras mayores de la iglesia. Cuando lo agarré del brazo, me hizo un gesto de impaciencia con la mano. Como era el chico más guapo y popular de la ciudad, en la iglesia Henry se tomaba unas pequeñas vacaciones del estrés y el aislamiento de la granja. La mayoría de las semanas me conformaba con encontrar un rincón tranquilo para esperar a que terminara de encandilarme con las conversaciones.

—Señorita Davis, hoy está muy guapa —dijo una voz profunda. Miré con impaciencia hacia el origen de la voz y encontré a Chad Glass, un chico unos años mayor que yo. Era bastante hábil y educado, pero era mecánico. La última persona en la tierra con la que quisiera salir sería alguien que ni siquiera tuviera una granja para ofrecerme.

—Gracias, Chad. Discúlpame, por favor —dije, rodeándolo para perseguir a Henry. Pero mis pasos se hicieron más lentos cuando vi que estaba con el juez Nagle. Los dos intercambiaron algunas palabras en voz baja en el vestíbulo. Entonces Henry tomó aire y siguió al juez Nagle hacia la puerta. Caminé rápidamente detrás de ellos y llegué a la puerta justo a tiempo para verlos cruzar la calle y desaparecer juntos en el juzgado del otro lado de la calle.

Dudé una fracción de segundos antes de salir de la iglesia, trotando con paso vacilante con los viejos zapatos de mi madre, hasta que llegué a las ventanas de la oficina del juez Nagle. Al principio no oí nada, pero un repentino sonido de deslizamiento lo arregló. El juez estaba murmurando algo sobre el calor y había abierto la ventana, lo que me permitió escuchar el bajo murmullo de voces.

—...hijo, lo entiendo. Pero sé que has visto Main Street. Más de la mitad de los negocios que han quebrado están en edificios sobre los que tengo hipotecas. Todavía tengo que pagar al banco, pero nadie me paga el alquiler. Ni siquiera puedo vender esas tiendas porque esta ciudad se está muriendo. Necesito que me devuelvas ese dinero. Todo. Una parte. Lo que puedas conseguir.

—Lo siento mucho, señor —dijo Henry. Podía imaginarme a mi hermano manteniendo el contacto visual, luciendo tranquilo y sereno, mientras comenzaba a entrar en pánico por dentro. Parte del encanto mágico de Henry era su habilidad para parecer neutral incluso cuando se sentía culpable como el demonio—. Como seguramente ya sabe, este año la cosecha tampoco parece muy buena para nosotros.

—Seguro que tienes algún activo que puedas vender.

—Señor, ya ni siquiera tenemos un tractor. Intenté vender el coche, pero nadie lo compró.

—Nos encontramos en un callejón sin salida —dijo el juez. Hubo una pausa. Entonces su voz apenas era un más que un susurro—. Henry, creo que no te das cuenta de lo desesperado que estoy. Han pasado casi dos años, hijo. En todo ese tiempo no has hecho más que darme unos cuantos centavos y me debes cientos de dólares.

—Lo sé, juez —dijo Henry con urgencia—. Pensaré en alguna cosa. Realmente lo haré.

Hubo una breve pausa. Me llevé la mano a la boca.

—¿Sabes lo que pasaría si intentara demandarte, Henry?

—No, señor.

—El caso se presentaría en el tribunal de Dalhart. ¿Sabes quién es el juez allí?

—No, señor.

—El juez es Nolan Wickingham. No digo que él dictaría sentencia a mi favor, Henry, pero sí digo que fui a la facultad de derecho con él y que fui el padrino de su boda.

—Señor, se lo prometo. Haré todo lo que esté a mi alcance para devolverle el dinero lo antes posible. Pero no tengo nada que ofrecerle, incluso si decidiera demandarme.

—Tienes tierra.

—Mi padre tiene tierras —lo corrigió Henry. Podía oír el pánico en su voz y lo sentía en mi pecho.

—No estoy tan seguro de que el juez Wickingham lo vea de esa manera, Henry. Ese activo será tuyo muy pronto. Tal vez los tribunales consideren conveniente pasarme la tierra un poco antes para que pueda venderla y recuperar mis pérdidas.

—Señor —graznó Henry—. No quiero faltarle al respeto, pero ¿quién está comprando tierras de cultivo ahora mismo?

—Nadie compra tiendas en una ciudad moribunda en medio de ninguna parte, pero sé que podría encontrar a alguien que me quite de encima una granja de doscientas hectáreas por el precio justo.

—Señor, por favor.

—No quiero hacer esto, Henry. ¿Me escuchas? Necesito que encuentres algo de dinero de alguna manera o no tendré otra opción. —Escuché un movimiento repentino en el interior, preocupada porque el juez se estaba moviendo hacia la ventana, entré en pánico y corrí de regreso a la iglesia. Entré justo cuando mi madre puso su mano en la puerta, aparentemente a punto de venir a buscarnos. Tenía un plato de comida en la otra mano.

—¿Dónde diablos has estado? —preguntó, mirándome confundida—. Te estás perdiendo el almuerzo. Ve rápido antes de que se acabe toda la buena comida. —Cuando me quedé congelada en el lugar, recuperando el aliento, bajó la voz y agregó—. Sabes tan bien como yo que ésta es la mejor comida que tendrás en toda la semana. ¡Éste no es el momento de andar por ahí vagando!

Poco después, vi a Henry y al juez entrar en el vestíbulo. Henry tenía el mismo color de piel que mi madre (cabello castaño cálido y piel que se bronceaba en lugar de quemarse), pero ese día estaba más pálido que nunca. Le hice un gesto con la mano y señalé la silla que estaba a mi lado, donde estaba el plato de comida que le había preparado. Gotas de sudor le cubrían la frente mientras movía el plato para sentarse.

—¿Todo bien? —le pregunté.

—Está todo bien —mintió, forzando una respuesta poco convincente. Sonrió mientras comenzaba a picotear la comida.

Al día siguiente, Henry y yo fuimos a ver la cosecha en uno de los campos más alejados de la casa. Montamos a caballo. Andaban uno al lado del otro, con sus cascos hundiéndose en el fino polvo a cada paso. Mis mejillas estaban quemadas por el viento y nada de lo que hacía parecía ayudar. Traté de untarlas con vaselina para protegerlas, pero cuando caminé desde la casa hasta el granero, la vaselina estaba cubierta de polvo. Lo mejor que podía hacer era usar un pañuelo sobre la parte inferior de mi cara durante la mayor parte del día que pudiera soportar. El viento se había vuelto implacable y soplaba durante semanas; la única diferencia cada día era si había viento o tormenta. Ese día fue algo intermedio.

La noche anterior había querido hablar con Henry, pero, por más decidida que estuviera, él parecía igualmente decidido a evitarme. Se había ido a dormir a la misma hora que mamá y papá.

Ahora era mi oportunidad.

—Te seguí a ti y al juez hasta el juzgado y escuché por la ventana —le dije a Henry, y decidí que lo mejor era soltarlo sin más. La única señal que dio de que había oído lo que dije fue la forma en que apretó la boca—. ¿Crees que tiene razón? ¿Realmente podría quedarse con la granja?

—Éste es su juego, ni siquiera sé las reglas que debo seguir. Tal vez el juez Nagle simplemente dijo que se quedaría con la granja para asustarme. Parece tan desesperado como nosotros, así que supongo que es posible. Simplemente no sé ni con quién hablar. No podemos permitirnos un abogado propio. Ni siquiera tengo una copia del contrato.

—Entonces, ¿qué hacemos? —pregunté, sintiéndome mal.

Henry detuvo su caballo y se agachó. Sacó una pala pequeña del juego de herramientas que llevaba en la silla y, en silencio, empezó a cavar, haciendo volar el polvo por todas las plantas marchitas del campo. Ese año, menos de la mitad de las semillas habían germinado y la mayoría de las plantas que lo hicieron murieron antes de formar siquiera cabezas de semillas. Nuestros campos contenían hilera tras hilera de tallos cafés irregulares y deformados. Incluso las malas hierbas eran inusualmente escasas ese año. Todo lo que parecía capaz de producir el suelo era alguna que otra mancha de cardo ruso o de ortiga. Los cardos muertos rodaban por todos los campos en las tormentas de polvo, se quedaban atrapados en el alambre y proporcionaban un marco sobre el que se asentaba el polvo, hasta que todas las vallas desaparecieron bajo un montículo de tierra.

—¿Qué estás haciendo? —le pregunté a Henry, pero él siguió cavando. Cavó hasta que su frente estuvo cubierta de mugre por el polvo y el sudor, hasta que su cara estuvo roja por el esfuerzo. Sabía que no había resistencia en la tierra. Y eso no cambió ni siquiera mientras Henry cavaba treinta centímetros... sesenta centímetros... y avanzaba cada vez más, hasta que se encontró parado en un agujero.

Después de un rato, me bajé del caballo y me acerqué, tocando suavemente su hombro para llamar su atención. Henry me miró, con los ojos desorbitados por el pánico y enrojecidos por el sudor y la irritación del polvo, y tal vez algunas lágrimas. Henry no era así, normalmente estaba tranquilo como una lechuga, incluso cuando se había equivocado.

—Mira esto —dijo con la voz quebrada—. Míralo, Lizzie. Dicen que había tierra húmeda por todas partes en estas altas llanuras, más abajo, a un metro de altura. No importaba lo seca que fuera la estación, la humedad siempre estaba allí. Pero mira esto. Míralo.

Miré hacia abajo y vi el agujero polvoriento en el que se encontraba.

—No me extraña que los cultivos no crezcan —susurró con tristeza—. Estamos intentando cultivarlos en un maldito desierto.

Con Henry de pie en ese agujero, por primera vez en nuestras vidas, yo era más alta que él. Le di una palmada en los hombros y lo sacudí suavemente.

—Lo siento —dijo, aclarándose la garganta y levantando la barbilla—. Lo siento, Lizzie. No te preocupes, te prometo que todo estará bien. Voy a solucionar esto. Tal vez pueda conseguir un trabajo en un campo petrolífero. Leí en el periódico que había trabajos en El Paso, en uno de esos proyectos del New Deal. Me mudaré y recibiré un salario. Entonces podremos quedarnos con la granja y pagarle.

Mamá y papá consideraron seriamente dejar ir a Henry a buscar trabajo después de la mala cosecha de 1931. Papá lo convenció de que no lo hiciera porque esperaba que las cosas mejoraran rápidamente y que si las tierras tenían un buen año, o incluso en un año razonable, hubiera sido difícil administrar la granja sin Henry. Pero era demasiado tarde para eso. Los periódicos estaban llenos de historias de gente del campo como nosotros que había dejado sus granjas con la esperanza de encontrar mejores condiciones en las ciudades, solo para encontrar que allí las cosas eran de otro tipo.

—¿Qué vamos a hacer? —susurré de forma irregular.

Henry salió del agujero, se sacudió el polvo y volvió a subirse al caballo.

—Lo mejor que podemos hacer es bajar al campo más alejado y ver si hay buenas noticias allí. Luego volveremos a la casa, recogeremos los huevos y daremos de comer y de beber a los caballos. —Asintió, como si estuviera hablando consigo mismo más que conmigo—. Sí, eso es todo. Un pie delante del otro. Pensaremos solo en el siguiente paso y lo haremos una y otra vez durante el tiempo que sea necesario hasta que las cosas mejoren.

Después de ese día en el campo, Henry simplemente dejó de hablar. Seguía trabajando tan duro como siempre, siempre arreglando o construyendo algo, aprovechando al máximo cada minuto de luz solar. Pero tan pronto como se ponía el sol, se iba a la cama, y la mayoría de las mañanas yo tenía que despertarlo porque, por primera vez en su vida, dormía hasta tarde. Ni siquiera quería ir a la iglesia.

Un sábado por la noche, después de que él se hubiera ido a dormir temprano, otra vez, me senté sola bajo las estrellas, mirando hacia arriba a través de la neblina de polvo persistente. Estaba tratando de averiguar qué hacer. No quería alertar a mamá y papá sobre la situación con el juez porque no pensaba traicionar la confianza de Henry, pero tampoco podía quitarme la sensación de que mi hermano necesitaba ayuda.

Cuando oí que se abría la puerta, supuse que Henry había cambiado de idea sobre irse a la cama, pero fue mamá quien se hundió en su silla frente a mí. Me sobresalté y casi dejé caer mi taza de ginebra en mi prisa por esconderla.

—Dame un poco de eso —dijo.

—Es... eh... Madre...

—Sé lo del alcohol de grano de Henry, Lizzie —dijo, haciendo un gesto para agarrar la taza. Sorprendida, se la pasé, pero me sorprendí aún más cuando golpeó la taza. Ella se estremeció, luego exhaló y apoyó la cabeza contra el respaldo de la silla—. Crees que eres como tu papá, ¿no? —dijo ella, con los ojos todavía cerrados.

—Soy como papá —respondí. Todo el mundo siempre lo decía. Papá y yo éramos famosos por nuestra rapidez para poner mala cara o señalar lo negativo de una situación, a diferencia de mamá y Henry, que eran como el sol en medio de la lluvia.

—Cariño, eres como yo en todo. Tienes el pelo de tu padre y su carácter pragmático, pero eso es todo. Eres fuerte como un buey en cuerpo y espíritu. Esos chicos nuestros no son como nosotros.

—No sé qué quieres decir —dije.

—Tú y yo somos supervivientes, Lizzie. Seguimos avanzando. Encontramos un camino, y si no hay ninguno, lo hacemos. Esos chicos son más propensos a derrumbarse y a romperse que tú y yo a considerar siquiera rendirnos.

—Henry no es así —argumenté—. Henry es como tú.

—No te engañes, cariño. No sé qué le pasa a Henry en este momento, pero ese chico está tan atormentado como tu padre en sus peores días.

—El juez Nagle quiere que se liquide el préstamo —solté. Mi madre respiró profundamente—. Está presionando a Henry para que le dé dinero. El juez tiene sus propios problemas porque muchos de sus inquilinos se han arruinado. Dice que podría demandar a Henry para quedarse con la granja, aunque la escritura está a nombre de papá. No puede ser cierto, ¿no?

—Cariño —dijo mamá con dulzura—, si papá hubiera podido conseguir ese préstamo del banco hace dos años, ya habríamos perdido la granja.

Me sobresalté al darme cuenta de que tenía razón. Tanto si el dinero venía del juez Nagle como si venía del banco, no teníamos forma de devolverlo. Miré los campos iluminados por la luna y sentí una punzada de presunto dolor por una pérdida que ni siquiera me había dado cuenta de que era inevitable.

—Madre, me encanta este lugar.

—Lo sé, Lizzie, a mí también. Pero ¿sabes qué es lo que más me gusta? —la miré y, en la oscuridad, vi la dulce sonrisa que me ofreció. Extendió su mano y apretó la mía—. Esta familia, cariño. La familia lo es todo. Pensé que ya te lo había enseñado.

—Sí, lo hiciste —dije. No éramos el tipo de familia que dice «te quiero» o expresa sus sentimientos en voz alta, pero ella me había enseñado de otras maneras. Incluso las horas que pasó en el banco cerca del roble de Texas me reafirmaron que lo realmente importante en la vida es amar de manera tan profunda que a veces te atormenta de verdad.

—El tiempo nos falló, no el juez. Al menos nos dio una oportunidad y nos compró dos años más aquí. Deberíamos estarle agradecidos, no asustados ni enfadados con él. Conociendo al juez como lo conozco, sé que no nos pediría dinero a menos que realmente lo necesitara. Apuesto a que está tan angustiado por esto como nosotros.

Había una fuerza y una dignidad en esa declaración que me dejaron atónita. Miré a mi madre a la luz de la luna, toda calma y compasión, aunque ella acababa de reconocer que estaba al borde de perderlo todo.

—¿Cómo eres tan fuerte? —pregunté.

—Eso es lo que intento decirte, Lizzie. Eres igual que yo. Sé que dicen que las mujeres son el sexo débil, pero no hay nada de débil en las mujeres de esta familia. La fuerza de las generaciones corre por nuestras venas. No importa lo que nos depare la vida, siempre encontramos la manera de seguir adelante. Y me parece que quienes somos fuertes tenemos la obligación de cuidar a los demás cuando no lo son. —De repente, mi madre se puso de pie—. No vas a resolver esto sentada y sola esta noche. Mañana no vayamos a la iglesia. Podemos sacar a papá y a Henry a dar un paseo en coche si hace buen tiempo. Tal vez puedan tener algo de perspectiva si los sacamos de la granja.

12

LIZZIE

Huntsville, Alabama
1950

Había oído a Calvin usar un tono brusco varias veces durante los años que llevábamos casados, pero nunca lo había dirigido hacia mí. No sabía muy bien cómo reaccionar.

—¿En qué diablos estabas pensando?

—¡Pensaba que esto era una locura! —solté, señalando la ventana de su oficina y la fiesta civilizada que se desarrollaba en el césped a unos cientos de metros de distancia—. ¿Traen aquí a un montón de familias nazis y las dejan vagar libremente y creen que todo va a estar bien?

—No todos los alemanes eran nazis, Lizzie —suspiró.

—Pero algunos de esos hombres sí lo eran —dije en voz baja. Calvin inhaló profundamente—. Estoy dispuesta a jugar el juego en público, pero cuando estamos solos tú y yo, no debería tener que fingir que no lo sé.

—¿A eso le llamas jugar el juego? —dijo Calvin, agitando la mano vagamente hacia la ventana que daba a la fiesta—. Este nuevo programa es una oportunidad de oro para Huntsville y es una oportunidad de oro para mí. Necesito tu apoyo en esto. —Me burlé con impaciencia y Calvin echó la cabeza hacia atrás con frustración.

—¿Sabes siquiera a quién le estabas gritando ahí abajo?

—¿Acaso importa? —exclamé.

—Era Sofie Rhodes, Lizzie. La esposa de Jürgen Rhodes. Oh, demonios. —De todos los científicos alemanes, sólo había un puñado de ellos que Calvin parecía admirar y Jürgen Rhodes estaba en lo más alto de esa lista—. Esperó cinco años para que ella se uniera a él aquí, y antes de que yo tuviera la oportunidad de presentarme, tú comenzaste una discusión con ella.

—Ella empezó la discusión conmigo —murmuré.

—¡No importa! —gritó y me sobresalté por la sorpresa.

Calvin cerró los ojos con fuerza y respiró temblorosamente.

—Lizzie, eres mi esposa. Aunque no puedas apoyarme, necesito que finjas que me apoyas en todo momento.

—Te apoyo —le respondí—. Pero tú también te indignaste por todo esto hace unos años. Estos hombres no cambiaron. Tú sí lo hiciste.

Me di la vuelta y salí de su oficina, cerrando de un portazo. Mi temperamento estaba a flor de piel mientras caminaba desde el edificio de oficinas, cruzaba el césped y regresaba a la fiesta. Cuando regresé, me alegré de ver a la familia Rhodes caminando por el césped hacia los autos. Me sentí un poco como si Sofie Rhodes estuviera huyendo de nuestra discusión, y eso fue infinitamente satisfactorio.

Sin embargo, Brianna estaba llorando, sentada torpemente en el regazo de Becca, con la cara apoyada en el cuello de su madre. Mi corazón se encogió al verla. Con el paso de los años, me había encariñado mucho con Brianna y también con su hermana Ava.

—¿Qué es todo esto? —le pregunté, sentándome al lado de Becca.

Brianna señaló un raspón desagradable que tenía en la rodilla.

—Esa chica alemana me empujó.

Justo cuando mi ira comenzaba a desvanecerse, estalló nuevamente. Becca estaba sacudiendo la cabeza con disgusto.

—Yo no lo vi, pero Avril sí. Dijo que la chica alemana vino, se acercó corriendo al árbol y empujó a Bri. Ella ni siquiera se disculpó.

—Típico —murmuré, sacudiendo la cabeza. Aparté un mechón de pelo de la cara de Brianna y le dije en voz baja—. No te preocupes por eso, cariño. Mantente alejada de esos niños, ¿de acuerdo? Estarán en tu escuela esta semana, pero no tienes que jugar con ellos. No está bien que estén aquí. Eres una buena chica, así que sé que quieres agradarle a la gente, pero no tienes que aceptar algo cuando sabes que no está bien.

El sol estaba bajo en el cielo cuando aparqué en la entrada, pero las luces estaban apagadas en el departamento de Henry. Calvin me seguiría en su propio auto una vez que terminara de despedirse de los invitados. Todavía estaba enojado conmigo y eso me molestaba, pero no estaba segura de qué hacer al respecto.

Encontré a Henry en mi cocina. Una olla de papas hervía furiosamente en el fogón trasero y, en el de enfrente, estaba friendo pollo.

—Mmm —dije sorprendida—. Qué rico huele.

—Estaba aburrido, así que pensé en cocinarnos algo de cenar —dijo mirando el sartén—. ¿Cómo te fue con los nazis?

—Terrible —murmuré, tirando las llaves y el bolso sobre la mesa—. Uno de sus hijos empujó a la pequeña Brianna y luego se negó a pedir disculpas. Una de las mujeres incluso se peleó conmigo.

Henry me miró alarmado.

—¿Quién se peleó contigo?

—¿Sabes cómo Calvin habla de Jürgen Rhodes? ¿El hombre que diseñó esos cohetes V-2 que tanto daño hicieron a Londres? —Henry asintió—. Bueno, estaba hablando con Becca, y entonces la esposa de Jürgen empezó a gritarme sobre. —Me detuve. Todo era un poco confuso, mi memoria estaba borrosa por el champán y la ira que había sentido—. Algo sobre cómo la segregación es lo mismo que los campos de exterminio. —Hice una pausa. Eso no era exactamente así, pero se acercaba bastante.

Henry me miró fijamente, con la mandíbula abierta, pero con los ojos un poco vidriosos, como si no estuviera siguiendo bien la conversación.

—La segregación es terrible —dijo.

—Lo sé —suspiré. Como había vivido en El Paso durante años, no era ajena a la intolerancia. La mitad de esa ciudad era mexicana, o de ascendencia mexicana, y la gente blanca a menudo actuaba como si eso fuera algo malo. Huntsville era como dos ciudades separadas que coincidían en un mismo lugar y parecía que tener empleados negros maltratados en una misma casa era algo normal para algunos. Lo odiaba, pero no estaba preparada para admitirlo ante Sofie Rhodes.

—Mi división liberó un campo en Alemania —dijo Henry. De repente, volvió su atención al pollo.

Ahora me tocaba a mí sentirme aturdida. Henry hablaba tan poco de su misión que hacía tiempo que había dejado de preguntarle al respecto.

—¿Lo hiciste? —dije aturdida.

—Era abril, como ahora —murmuró, casi para sí mismo—. Había flores silvestres creciendo al costado del camino a medida que avanzábamos y esa mañana estaba pensando en Betsy. Unos años después de alistarme, le escribí y le pregunté cómo estaba. Ella me respondió y me dijo que se había casado con un hombre y que estaba esperando un bebé. Apuesto a que el bebé es muy lindo, sin embargo, me alegré de que no me enviara una fotografía.

—Nunca me dijiste nada de eso.

—Quería que supiera que había encontrado mi lugar, ¿sabes? Que pensaba en ella con cariño y que siempre lo haría. Y desde esa primera carta, me ha escrito con cierta regularidad. Si hubiera encontrado una manera de casarme con ella, habría recogido esas flores silvestres en Alemania y las habría conservado para llevárselas a casa.

—¿Y el campamento? —le pregunté con delicadeza. Tomó las pinzas y sacó un trozo de pollo de la sartén para ponerlo en un plato—. ¿Henry? —le pregunté.

La puerta de la entrada se cerró de golpe y Henry se sobresaltó. Dejó caer las tenazas y tocó accidentalmente la placa caliente cuando intentó levantarlas. Luego gritó de dolor y pánico mientras miraba hacia la puerta de la cocina cuando apareció Calvin desprevenido.

Desde que empezaron los problemas de Henry, sospeché que tenía lo que llamaban fatiga de combate, aunque nunca había logrado que se hiciera ver por un médico. Un día, fui a la biblioteca de El Paso para buscar información. Uno de los libros que leí era del doctor Braian. Decía que cuando un hombre sufría fatiga de combate, el trauma de la guerra no volvía a él en forma de recuerdos, sino de reacciones.

En momentos como aquel en la estufa, realmente parecía que el cerebro de Henry se había apagado y que cada movimiento que hacía era puro instinto, sin filtros.

—¿Henry? —dije suavemente, pero él seguía mirando alrededor de la habitación como si no estuviera seguro de dónde estaba. Hablé más fuerte, acercándome a él, tratando de llamar su atención—. ¡Henry! ¿Estás bien? Cariño, estoy aquí contigo.

—¿Qué está pasando? —preguntó Calvin, preocupado. Henry nos empujó y pasó a Calvin, atravesó el pasillo a grandes zancadas y salió por la puerta trasera hacia su departamento, cerrando de golpe la puerta mosquitera. Calvin me miró, buscando heridas—. ¿Te lastimó?

—¡Por supuesto que no me hizo daño! —dije con irritación.

Habían pasado cinco largos años desde que terminó la guerra. La mayor parte del tiempo pensé que había llegado a aceptar que Henry nunca volviera a ser como era, pero de vez en cuando descubría que tenía que volver a llorarlo. Señalé a mi hermano mientras miraba fijamente a Calvin—. Esto es lo que hicieron esos bastardos. ¿Y Christopher de verdad cree que los voy a invitar a tomar un café aquí?

—Ya sabes que no me importa ayudar a Henry, como y cuando sea posible. Pero si tener a los alemanes en la ciudad es demasiado para él, deberíamos intentar encontrarle otro lugar donde quedarse, porque esta gente no se irá a ninguna parte.

Nos miramos el uno al otro, el espacio entre nosotros estaba denso por la tensión, y luego Calvin suspiró miserablemente y salió de la cocina, como si no pudiera soportar seguir discutiendo conmigo. Lo entendí. También odiaba discutir.

Ya me sentía bastante culpable por la naturaleza inusual de nuestro matrimonio. Odiaba añadir más culpa al encontrarme en el otro lado de un desacuerdo sin una solución fácil.

Pero esto era muy importante.

La injusticia de la situación era demasiado grande para que yo la ignorara, ni siquiera para complacer a mi marido.

Cuando fui a ver a Henry a su habitación una hora después, él estaba acostado en la cama, mirando la pared.

—¿Estás bien? —le pregunté tímidamente.

—Sí —dijo. Su voz todavía estaba ronca—. Lamento todo lo que pasó en la cocina.

—Últimamente pareces estar mucho mejor —dije en voz baja. Henry había estado monótono e irritable en Navidad, pero desde que regresó hace unas semanas, incluso Calvin notó que parecía mucho más tranquilo. Henry suspiró y se encogió de hombros sin comprometerse—. ¿Tu mano está bien?

Se giró hacia mí y levantó el puño. Tenía la piel de los nudillos destrozada y se le estaba formando un moretón. Al principio me quedé confusa. Había estado preguntando por la quemadura de la estufa, pero esto era otra cosa.

—¿Cómo te hiciste eso?

—Lo siento —susurró, señalando la pared al lado de la puerta. Me di vuelta y vi los cuatro agujeros irregulares que había hecho en el panel de yeso. Me tragué un suspiro—. Lo arreglaré cuando reciba mi próximo cheque de pago.

—Ni te preocupes por eso —dije, pero mi voz sonaba tensa. A pesar de todos los problemas que había tenido Henry a lo largo de los años, ese tipo de violencia destructiva era algo nuevo y no estaba muy segura de qué hacer con ella.

Le di una palmadita suave en el hombro y me levanté para salir de la habitación, pero cuando di mis primeros pasos Henry me llamó.

—¿Lizzie?

—¿Sí?

—No está bien —dijo—. Esa gente viene aquí después de lo que hicieron. A veces paso por Sauerkraut Hill y hay algunas casas realmente bonitas allí. Me preocupa que las familias de los bloques que los rodean no se den cuenta de quiénes son realmente sus nuevos vecinos. Y, además, ¿por qué a esos hombres se les han dado trabajos tan cómodos colaborando con el mismo ejército que perdió a tantos buenos hombres al derrotarlos?

—Lo sé, Henry —suspiré.

—De todos modos, ¿por qué vinieron aquí?

—Al principio, los hombres no tenían otra opción —le recordé—. Los trajeron a Estados Unidos como prisioneros, pero ahora la vida aquí es bastante buena. ¿Por qué se marcharían?

Él también suspiró y se alejó de mí, mirando fijamente la pared otra vez.

—No está bien —murmuró—. No está bien.

Estuve de acuerdo, pero cuando salí de su departamento, solo agradecí que Henry no supiera ni la mitad.

13

SOFIE

Berlín, Alemania
1933

Unos días después de que se anunciaran los resultados de las elecciones, llevé a los niños a visitar a la tía abuela de Jürgen, Adele. Cuando abrí la puerta que separaba nuestros patios, Laura estaba sobre mi cadera, mordiéndose el puño y babeando sobre mi hombro. Georg corrió delante y se detuvo para inspeccionar unas flores de manzanilla que florecían en el borde de un macetero. Se agachó para recoger un ramo y, a continuación, agarrando los tallos con fuerza en su regordete puño, caminó lentamente delante de mí, en línea recta hacia la entrada del departamento de Adele. Cuando la encontramos preparando el té de la mañana en la mesa del comedor de su cocina, Georg corrió hacia ella para mostrarle las flores.

—¡Oma! —la saludó. Georg había visto a Adele casi todos los días de su vida, pero cada vez que entrábamos en su casa, parecía sorprenderse de encontrarla allí—. Flor. Flor azul.

—Son flores blancas, Georg —dijo. Adele hizo un gran espectáculo al tomar el ramo improvisado e inhalar el aroma como si fuera una rosa. Apoyó el ramo en la mesa, luego tomó a mi hija de mi cadera y rápidamente puso una galleta de jengibre dura en su mano—. Mastica eso. Te ayudará con esas encías adoloridas.

No tenía ni idea de cuántos años tenía Adele. Decía que era de mala educación preguntar y si alguien lo intentaba, se negaba a responder. Era la hermana mayor de la difunta abuela de Jürgen, y él suponía que tendría unos setenta y tantos u ochenta y pocos. Adele llevaba religiosamente un sombrero en la calle, incluso en invierno, y su rostro era sorprendentemente suave. Llevaba siempre el pelo largo y blanco recogido en un moño o, para ocasiones especiales, en elaboradas trenzas.

Al igual que Mayim, ella era parte del círculo de nuestra pequeña familia. Adele adoraba a Mayim y a Jürgen, y también adoraba a mis hijos. Sus sentimientos hacia mí eran obviamente más complicados.

—¿Por qué Sofie? —escuché que le preguntaba a Jürgen cuando él y yo empezamos a salir—. Es una niña mimada, superficial.

—Es maravillosa —dijo Jürgen simplemente, y aunque eso me reconfortó, el saber que Adele no aprobaba nuestra relación pesó sobre nuestro noviazgo en los primeros años.

Jürgen tenía siete años cuando su casa familiar en Friburgo fue bombardeada en los últimos días de la Gran Guerra. Sus padres y su hermana pequeña, Ilsa, fallecieron. Adele estaba en Berlín, al otro lado de Alemania, llorando la pérdida de su propia familia, sus dos hijos y su amado esposo, Alfred, que murieron en el frente.

—Tres miserables telegramas durante tres miserables meses, y luego me quedé sola —me dijo.

Pero entonces llegó un cuarto telegrama. Era de un amigo de los padres de Jürgen y le informaba a Adele que Jürgen había quedado huérfano y que ella era la única familia que pudieron encontrar para que se hiciera cargo de él. La hermana de Adele, la abuela de Jürgen, había fallecido años antes y, hasta que llegó ese telegrama, Adele no se dio cuenta de que su sobrino se había casado y tenía su propia familia.

Aun así, hizo que su chófer la llevara a recoger a Jürgen al día siguiente, diez largas horas en coche recorriendo el país. Desde entonces, lo había cuidado. Incluso ahora que era un adulto con su propia familia, a veces todavía lo trataba como un bebé.

Con el paso de los años, había logrado hacer las paces con la renuencia de Adele a aceptarme. También había logrado aceptar la realidad de que, de todos modos, tenía la obligación de cuidarla. Ella había sido una bendición para mi esposo, y eso significaba que yo iba a hacer todo lo posible por ser una bendición para ella, le gustara o no.

—¿Cómo estás? —le pregunté, y ella puso los ojos en blanco, como si la pregunta en sí fuera absurda.

—Estoy bien —dijo, volviendo rápidamente su atención hacia Laura. Le hizo cosquillas en la mejilla y mi hija sonrió, abriendo tanto la boca que en la encía inferior se veían los brotes inflamados de sus nuevos dientes—. ¿Dónde está nuestra Mayim hoy?

—Parecía ansiosa. Le sugerí que fuera a visitar a sus padres.

—Ah, eso es bueno —dijo Adele, asintiendo con satisfacción, pero también con sorpresa, como si fuera un gran milagro que yo hubiera hecho algo que la complaciera—. Ella los necesita, y ellos la necesitan a ella mientras esperamos a ver qué va a hacer el gran bufón con este país.

Caminé alrededor de la mesa para llenar su tetera con agua. Una vez que la puse en el fuego, me di vuelta para intentar tranquilizarla con palabras que yo misma no podía creer.

—Probablemente volveremos a las urnas antes de que nos demos cuenta y prevalecerá el sentido común. Solo tenemos que mantener la calma y la paciencia.

—No te atrevas a entrar en mi casa y hablarme como si fuera una vieja tonta senil, Sofie von Meyer Rhodes. —Adele apoyó suavemente a Laura sobre una alfombra en el suelo junto a Georg y luego se dejó caer en una silla junto a la mesa de la cocina mientras me lanzaba una mirada penetrante—. Incluso si hubiera otras elecciones mañana, esos nazis no respetarían los resultados. Empezaron como matones en 1920 y desde entonces no han hecho más que fomentar la inestabilidad. Soy lo bastante mayor para saber que la historia no es un archivo, es una bola de cristal. La gente no cambia, y los partidos políticos cambian aún menos. Desde el mismo inicio del partido su intención ha sido clara. Planean segregar a los judíos de la sociedad aria y despojarlos de sus derechos.

—Sólo tenemos que guardar la calma y mantener la cabeza fría —repetí. Tenía mucha práctica en ignorar los desvaríos de Adele y su tendencia a juzgar apresuradamente—. De todos modos, no hay nada que podamos hacer al respecto ahora.

Adele suspiró con cansancio y luego volvió su atención a los niños, sentados en la alfombra a su lado.

—Sólo me preocupo por ustedes, los jóvenes, ¿saben? Ojalá, Dios me lleve pronto y pueda estar con Alfred y nuestros hijos, pero tú y estos bebés tienen mucho que vivir, y también Mayim y su familia. No puedo imaginar cómo un hombre como Hitler puede traer algo más que caos, especialmente para los judíos.

—Podríamos hablar de esto todo el día y no lo solucionaríamos. Hablemos de algo más agradable.

—En realidad, hay otros asuntos desagradables que tú y yo debemos discutir —dijo Adele, luego inclinó la cabeza hacia mí—. He estado esperando una oportunidad para hablar a solas. No creas que no he notado que tus obras de arte y tus muebles se han evaporado en los últimos seis meses. Sé que las cosas son difíciles para ti y para Jürgen. Él me dice que estás decidida a conservar la casa de tu familia, y lo entiendo mejor que la mayoría.

Al igual que yo, Adele había crecido en una familia de considerable riqueza, y Alfred les proporcionaba a ambos una vida cómoda. Pero Adele inesperadamente se encontró con un niño pequeño a su cargo justo cuando comenzó la crisis de la hiperinflación.

Despidió a su personal y, cuando eso no fue suficiente para estabilizar su situación financiera, reformó la casa ancestral de su familia y la convirtió en departamentos. Se quedó con el más pequeño para ella y Jürgen y alquiló el resto. Su departamento ahora comprendía solo la parte trasera de la planta baja de su edificio. Su sala de estar delantera era un departamento tipo estudio ocupado por una pareja bávara de edad avanzada, y su entrada y la escalera eran espacios comunes para todos sus inquilinos.

Adele se quedó con su cocina original, un baño, su dormitorio y, lo más importante, acceso privado a su patio. Convirtió ese lugar en una especie de granja en miniatura, donde críaba gallinas y conejos, y una pequeña colección de árboles frutales, bayas y verduras que crecían en cajas y bañeras. Adele tenía una red de amigas viudas en toda la ciudad, y en los peores momentos, había visto un flujo aparentemente interminable de mujeres de cabello plateado que la visitaban todos los días y se iban con una canasta de frutas y verduras. Una vez vi a la mejor amiga de Adele, Martha Breuer, sosteniendo una caja mientras esperaba el carrito. Cuando me acerqué a ella, una delgada oreja gris apareció de la parte superior.

—¿Eso es un conejo? —dije sin comprender.

—Dos —se rio entre dientes.

—¿A dónde diablos llevas eso? —le pregunté, y Martha se encogió de hombros.

—En mi barrio hay una familia pobre que están esperando a un nuevo bebé. Adele insistió en que me quedara con esta pareja de conejos para cría. El próximo verano tendrán carne fresca para el bebé.

Adele era inteligente, trabajadora, testaruda y compasiva. A veces me dolía que pareciera capaz de amar sin límites a los desconocidos, pero aun así parecía tener poco afecto por mí.

—Sofie, tú y yo también sabemos que mi sobrino es un hombre de gran inteligencia pero no está exento de limitaciones —Adele suspiró profundamente—. Ambas sabemos que es poco probable que encuentre trabajo fuera del ámbito académico, e incluso cuando la economía se estabilice, los ingresos familiares serán modestos. ¿Cuál es tu plan para el futuro?

—Nos las vamos arreglando —dije con frialdad. Pero no se equivocaba en cuanto a las perspectivas laborales de Jürgen. Su carrera universitaria se había centrado en ingeniería y física, pero sus estudios de posgrado se habían basaban estrictamente en los cohetes, una tecnología que todavía estaba en pañales. La última vez que fui a un lanzamiento de una Sociedad Espacial, había visto el pequeño prototipo volar hasta una altura de cuarenta o cincuenta pies, luego inclinarse de manera alarmante para caer de nuevo hacia el grupo de hombres que lo habían diseñado, lo que hizo que todos se dispersaran en pánico. Nadie iba a pagarle por jugar con juguetes peligrosos.

—¿Por qué no aprovechas el dinero que te queda y remodelas tu casa, como hice yo? Podrías vender o alquilar los pisos superiores como departamentos.

—Nadie compra departamentos ahora, tía Adele —señalé afuera.

—Una casa siempre vale algo, Sofie, incluso en un mercado desfavorable —dijo con condescendencia—. Ahora bien, si fueras realmente inteligente, podrías vender todo el terreno y mudarte aquí.

—¿Se están marchando algunos de sus inquilinos?

—Nadie se va a ir —dijo de repente—. Quise decir que podrías mudarte a este departamento conmigo. Sería un poco estrecho.

—¿Un poco estrecho? —repetí incrédula. Cuando Jürgen era un niño, ella le dio el único dormitorio mientras ella dormía en el sofá de su cocina. ¿Pensaba que podía poner a mis hijos en su bañera para dormir todas las noches?—. Tía Adele, es una oferta muy generosa, pero simplemente no es práctica. No cabríamos aquí. ¿Y a dónde iría Mayim?

—Ella tendría que volver a casa, por supuesto, pero el resto de ustedes vivirían aquí gratis. Podrían vivir de las ganancias de la venta de su casa durante mucho tiempo si fueran cuidadosos con ello, independientemente de lo que pase con el trabajo de Jürgen.

—Mi padre pidió un préstamo con la villa como garantía cuando el mercado estaba en alza —la interrumpí, sonrojándome—. Si la vendemos ahora, perderemos la casa de mi familia y seguiremos teniendo una deuda. Lo único que podemos hacer es aguantar y esperar que las cosas mejoren.

—Pensar ilusiones no es un plan…

—Pero lo único que me queda es hacerme ilusiones —dije con brusquedad. Me di la vuelta y retiré la tetera del fuego demasiado rápido, salpicando gotas de agua hirviendo sobre mi piel. Maldije y tiré la tetera al fregadero, luego me eché agua fría en la mano. Me aparecieron pequeñas manchas de irritación en la piel, aunque no era una quemadura grave, me dolía más el orgullo que la mano. Adele se levantó, se acercó a mí lentamente y miró por encima de mi hombro hacia mi mano.

—Sabes que mi intención es morir en esta casa, tal como nací aquí. Pero, Sofie, el apego a nuestros hogares familiares no significa que no podamos adaptarnos. Simplemente debes encontrar una mejor manera de seguir adelante.

No me quedé a tomar el té. Recogí a los niños y me fui a casa a cuidar mi adolorida muñeca y mi orgullo herido.

Cuando Karl nos invitó a reunirnos con él y Lydia para hacer un picnic el sábado por la mañana, Jürgen y yo estábamos indecisos sobre si aceptar o no su invitación.

—Quizás tenga novedades sobre este trabajo y sería bueno saberlo de una manera u otra —dijo Jürgen con tono serio—. Además, quiero preguntarles qué piensan sobre estas nuevas leyes.

El gobierno nazi utilizó la Ley Habilitante y aprobó la Ley para la Rectificación de la Pena de la Nación y del Reich, que permitía al canciller y a su gabinete crear legislaciones y convertirlas en ley sin el apoyo del parlamento. Hitler argumentó que esto era necesario para lograr estabilidad, pero a mí me parecía cada vez más evidente que cualquier inestabilidad que estuviéramos padeciendo era producto de su diseño y de su placer.

—¿Qué pasa si no nos gustan sus respuestas? —pregunté vacilante.

—Entonces al menos sabremos que la amistad ha terminado —suspiró Jürgen.

Así fue como nos encontramos tumbados sobre una alfombra bajo un antiguo roble rojo en el parque que hay entre nuestras casas, comiendo pan de centeno espeso con mantequilla cultivada y salami con queso tierno. Karl y Lydia dejaron a sus gemelos pequeños, Horst y Ernst, en casa con su niñera, pero Georg y su hijo de cuatro años, Hans, estaban corriendo en círculos alrededor de la alfombra. Invité a Mayim, pero ella optó por quedarse en casa con Laura.

Pasamos unos minutos poniéndonos al día, comentando las travesuras de los niños e intercambiando bromas. Lydia y Karl se disculparon profundamente por su falta de disponibilidad durante los últimos meses.

—Este país ha estado a la deriva durante demasiado tiempo. Sabíamos que debíamos hacer nuestra parte para asegurar nuestro futuro nacional —explicó Lydia.

—¿Qué opinas sobre...? —empecé a decir. Luego me interrumpí. Me resultaba muy incómodo sacar a colación el tema de la tolerancia del nuevo gobierno hacia la violencia contra los judíos, y no estaba muy segura de por qué, dado que siempre había pensado que Karl y Lydia eran personas razonables, y todavía tenía la esperanza de que estuvieran silenciosamente horrorizados por todo aquello, como Jürgen y yo. Lo intenté de nuevo—. Me preguntaba qué piensas sobre...

—Estás preocupada por las nuevas leyes, especialmente en el contexto de las políticas raciales nazis, ¿no? —dijo Karl, sonriéndome con dulzura. Asentí y él añadió—. Alinearse con un partido político siempre requiere un cierto grado de compromiso.

—¿No te preocupa que Hitler gobierne ahora una dictadura? —Jürgen preguntó escéptico. Karl negó con la cabeza.

—El parlamento es tan hostil a este nuevo gobierno. ¿De qué otra manera podría el partido generar estabilidad sino eludiéndolos?

—Prometió restablecer la ley y el orden —nos recordó Lydia—. Es algo difícil de lograr sin tomar algunas decisiones difíciles a lo largo del camino.

—¿Y esos informes sobre las barricadas en negocios judíos? ¿De los acosos a los judíos en las calles? ¿De las quemas de libros? —Jürgen frunció el ceño—. ¿Qué opinas de estas cosas?

—Algunos incidentes fueron reales, pero el resto de lo que dices son en su mayoría rumores. —Karl se encogió de hombros—. Ya sabes cómo se propagan los rumores, especialmente en ciertas comunidades.

—¿A qué comunidades te refieres, Karl? —pregunté frunciendo el ceño.

—¿Podrían mirar eso? —dijo Lydia de repente, y todos seguimos su mirada hacia donde estaban sentados Hans y Georg, uno al lado del otro, en el suelo, con una pequeña colección de piedras entre ellos—. Sofie, debemos reunir más a Hans y Georg. Crecerán y se convertirán en queridos amigos, tal como lo somos nosotros cuatro. —Karl también se volvió para mirarlos y sonrió suavemente al verlos. Pero Jürgen y yo intercambiamos una mirada. La conversación había terminado, pero yo no me sentía nada tranquila.

—¿De qué hablaban hoy Karl y tú cuando se alejaron de nosotros? ¿Mencionó el trabajo? —le pregunté a Jürgen más tarde esa noche una vez que estábamos en la cama. Había estado inusualmente callado durante la cena. Cuando Georg hizo muecas tontas y Mayim y yo le dedicamos las risas que él claramente esperaba, Jürgen apenas logró sonreír.

Pero ya llevaba casada el tiempo suficiente con él para saber que Jürgen necesitaba el amparo de la oscuridad para hablar abiertamente de sus preocupaciones. Y en cuanto puse la cabeza sobre la almohada, la curiosidad me venció.

—¿Recuerdas unas semanas antes de las elecciones, cuando la Sociedad Espacial realizó nuestro último lanzamiento? —preguntó Jürgen.

—Sí.

—Karl trajo una audiencia sin avisarnos. Resulta que los hombres eran altos funcionarios del partido nazi.

Eso me sobresaltó. Me incorporé y encendí la lámpara de mi mesa de noche, luego me giré y lo miré con el ceño fruncido. Jürgen también se incorporó y tomó sus lentes de la mesa de su lado de la cama. Nos miramos fijamente.

—¿Sabías quiénes eran en ese momento?

—No, no lo sabía, pero me sentí humillado y, francamente, irritado con Karl por haber traído a alguien. Además, en ese momento no parecía importar mucho. —Jürgen respiró profundamente—. Pero resulta que los nazis quieren establecer su propio programa de cohetes. Karl me dijo hoy que el puesto que ha estado insinuando sería en una nueva división dentro de la Artillería del Ejército.

—¿Un trabajo? ¿En cohetes? —Me quedé tan sorprendida que no pude ocultar mi sorpresa.

—Nunca te has tomado en serio mi trabajo —dijo Jürgen de repente. Tenía razón, no lo había hecho, pero por una buena razón.

—¡Al menos la mitad de las veces, tus cohetes explotan sin previo aviso! Incluido este lanzamiento del que estamos hablando, si no recuerdo mal. ¿No fue eso lo que pasó? —Él no respondió, así que insistí de nuevo—. ¿Flotó...?

—Voló, Sofie. Los cohetes no flotan, son impulsados con fuerza.

—... durante quince segundos. Luego explotó. ¿No dijiste que un trozo de escombro golpeó a uno de los otros miembros de la Sociedad Espacial y le hizo un agujero en el abrigo? —Ante esto, Jürgen se quedó en silencio. Suspiré con impaciencia—. Se me permite ser un poco escéptica. Estás hablando de volar a la Luna con algo que no puede elevarse más que unos pocos pies del suelo.

—¿De verdad crees que habría invertido estos años en los cohetes si no fuera una tecnología viable? Actualmente, nuestros prototipos no son fiables, pero inevitablemente se perfeccionarán. Cada lanzamiento fallido es un experimento del que podemos aprender.

—¿Han ofrecido trabajo a todos los del grupo de cohetes?

—Empezaremos Karl y yo, aunque sospecho que pronto se pondrán en contacto con otros. A pesar de lo entusiasmado que está Karl con los cohetes, no es ningún científico. Se ocupará de los aspectos comerciales del programa y quieren que yo dirija la parte técnica.

—¿Y el objetivo final es enviar a un hombre al espacio? —pregunté, porque eso todavía me parecía tan improbable que apenas podía creer lo que escuchaba. Los cohetes con los que experimentaba el grupo de Jürgen no sólo no eran fiables, sino que eran del tamaño de un juguete.

—Existe la posibilidad de que tengan un motivo oculto.

—¿Para qué más podrían quererlos?

—Sofie, piensa en los lanzamientos a los que has asistido. La mitad de las veces, los cohetes explotan, ¿no? —Lo miré sin comprender y él me instó—. Explotan como una bomba. Es un desafortunado efecto secundario de la volatilidad del combustible. Pero imagina lo que podrían hacer si los usáramos intencionalmente como dispositivos explosivos.

A mí siempre me parecieron juguetes peligrosos, juguetes tontos. Pero enseguida comprendí que, en manos equivocadas, esos juguetes podían tener un propósito claramente oscuro.

Los amigos de Jürgen eran muy cuidadosos al manipular los cohetes, aun así, de vez en cuando alguien sufría alguna lesión. El mejor lanzamiento que habían logrado jamás se mantuvo en el aire durante cinco minutos antes de explotar, pero explotó de todos modos.

—¿Crees que quieren… convertirlos en armas?

—Intentar llegar al espacio tiene sentido en términos de reconstruir nuestra reputación internacional. El simple hecho de llevar un aparato al borde de la atmósfera atraería elogios de todo el mundo.

—Sería increíble —susurré—. ¿Pero es posible?

—Con el equipo y el presupuesto adecuado, estoy seguro de que podríamos producir cohetes capaces de viajar muchos kilómetros.

—¿Cuántas millas?

Casi podía ver cómo giraban los engranajes de su mente mientras pensaba en ello. Después de un momento, respondió:

—La Luna está a 200.000 millas de distancia, y aunque sigo creyendo que se puede hacer, no estoy convencido de que la veré en mi vida. El borde del espacio está a unas sesenta millas… Con suficiente dinero y unas cuantas décadas de desarrollo, es probable que sea posible. El problema es que al diseñar un cohete que pueda viajar sesenta millas verticalmente, sin quererlo habríamos diseñado también un dispositivo explosivo que podría aterrizar lejos de su punto de lanzamiento. —Ante mi mirada inexpresiva, explicó pacientemente—. La gravedad es una fuerza inmensamente poderosa. Solo necesitarían desarrollar formas de controlar el ángulo de la caída para poder dirigirse al punto de impacto. Es una idea horrible, pero un cohete bien diseñado podría bombardear países a larga distancia, sin necesidad de un piloto.

—Pero tenemos prohibido el rearme, según los términos del Tratado de Versalles. Y la explosión de bombas…

—Ah, ya ves, ahí está el truco, ¿no? El Tratado no menciona los cohetes —suspiró Jürgen—. Sólo un puñado de personas en el mundo habían oído hablar de ese concepto en 1919, cuando se redactó el Tratado.

—Oh.

—Si los representantes de cualquier otro canciller de nuestra época me hubieran hecho esta oferta de trabajo, habría aceptado que una misión espacial fuera el objetivo, probablemente sin pensarlo dos veces.

—Desde que te conozco, siempre has imaginado que un día alguien te pagaría por trabajar en estos prototipos.

—Mis ingresos universitarios son, en el mejor de los casos, impredecibles ahora. No soy un gran profesor, pero podría serlo en esto. Y corremos un riesgo real de perder esta casa. Pero a pesar de todo eso…

—Es demasiado arriesgado. —Terminé en voz baja—. Si aceptas el trabajo y los nazis te dijeran que los convirtieras en bombas, sería demasiado tarde para protestar. —Jürgen asintió. Parecía aliviado de que yo también me diera cuenta de eso. La puerta se cerró en el momento en que se abrió, pero aparentemente yo estaba ansiosa por torturarme, porque pregunté—. ¿Karl mencionó el salario?

—El presupuesto es prácticamente ilimitado. El salario es acorde con la importancia de mi conjunto único de intereses y habilidades. Se están instalando en Kummersdorf, pero me darían un coche para el viaje. Incluso me pagarían para que terminara mi tesis doctoral mientras trabajo. Pero si esta tecnología funciona como imagino, podría convertirse en el arma más destructiva que el hombre haya visto jamás. Estaría poniendo ese poder en manos de un régimen que ya me aterroriza.

Nos quedamos en silencio. Después de un rato, Jürgen me pidió que apagara la luz. Nos acomodamos en una nueva posición, uno al lado del otro, con las manos entrelazadas. Me quedé mirando el techo durante un largo rato. Cuando el despertador junto a nuestra cama marcó la 1:00 a. m., Jürgen se aclaró la garganta.

—Lo siento. Quiero darte todo, brindarte el tipo de vida que tú, Georg y Laura merecen —susurró—. Pero los riesgos son demasiado grandes. —Después de un momento, su mano se apretó sobre la mía—. Lo entiendes, ¿no?

—Por supuesto que sí —susurré tristemente.

—Los nazis son peligrosos, mi amor.

—Te lo dije inmediatamente. Sé que no puedes aceptar el trabajo... —Él negó con la cabeza y yo me quedé callada, frunciendo el ceño—. Bueno, ¿qué quieres decir?

—Sólo quiero asegurarme de que estamos en la misma página sobre esto en caso de que intenten ejercer alguna presión para obligarnos a actuar —dijo Jürgen suavemente.

—¿Qué te hace pensar que harían eso? —dije alarmada.

—Hay pocas personas en Alemania que podrían realizar este trabajo.

—Es una razón más para decir que no, pero tenemos que entender que puede que no les guste si me niego.

—Pase lo que pase —prometí— apoyo tu decisión.

Fue una promesa fácil de hacer en la oscuridad de la noche, cuando no teníamos idea de que la decisión ya había sido tomada por nosotros.

14

LIZZIE

Huntsville, Alabama
1950

Calvin fue un ingeniero aeronáutico civil en la división de aviación experimental de Fort Bliss durante la guerra. Después de que terminó, fue ascendido discretamente a un proyecto clasificado, tan secreto que, al principio, no me dijo ni una sola cosa al respecto.

Me disuadí con demasiada facilidad de presionarlo para que me diera los detalles, distraída como estaba por el comportamiento de Henry después de la guerra. El resto del mundo estaba de fiesta, pero mi hermano dormía a todas horas del día y de la noche, y se ponía irritable cada vez que intentaba animarlo a salir de casa. Luego vino la bebida y después de eso empezó a desaparecer durante días, regresando arruinado o golpeado, o a veces simplemente golpeado.

Después de un año, Henry me dijo que necesitaba valerse por sí mismo y anunció que se iba de El Paso. Traté de convencerlo de que se quedara y Calvin también lo intentó, pero Henry estaba decidido a saber qué era lo mejor para él. Estábamos preocupados, pero él era un adulto. Tuvimos que dejarlo ir

Sólo después de que Henry se fue, Calvin finalmente me contó la verdad sobre su nuevo trabajo. Estaba supervisando a un puñado de científicos altamente capacitados y especializados, capturados en Alemania después de que terminó la guerra y llevados a Estados Unidos bajo el programa de la Operación Paperclip.

Supe de inmediato que algo andaba mal en ese acuerdo. Aunque mi sentido común no me decía que invitar a un grupo de científicos alemanes a Estados Unidos era una mala idea, el tono tenso e incómodo de Calvin sí lo decía.

—Hay un dossier sobre cada uno de ellos —dijo con voz pesada—. Los he leído todos y sugieren que estos hombres eran genios y pasaron toda la guerra haciendo descubrimientos científicos. Aparentemente, sus manos están limpias.

—Pero tú no crees que eso sea verdad.

Calvin se subió los lentes y se frotó los ojos.

—Nadie puede saber lo que te voy a decir, Lizzie. Tiene que quedar entre tú y yo.

—Por supuesto.

—Es demasiado conveniente. Le pregunté a Newsome cuándo estaba en la ciudad la semana pasada. Al principio insistió en que los expedientes eran completos, totalmente exactos. Sólo cuando lo presioné admitió la verdad. Parece que algunos..., tal vez la mayoría... de los científicos alemanes con los que trabajamos eran miembros activos del partido nazi. Incluso ha visto pruebas de que algunos de los científicos de mayor rango eran oficiales de las SS.

Se me secó la boca. Seguí las noticias sobre los juicios de Núremberg tan de cerca que casi resultaba insalubre. Sabía perfectamente de qué clase de maldades eran responsables las SS.

—¡Esos alemanes deben haber mentido a nuestros funcionarios! Nuestro gobierno nunca permitiría sus ingresos si supieran la verdad —susurré con un enfermizo tono de disgusto.

—Truman sólo permitió que la Operación Paperclip continuara con la condición de que no se incluyera a ningún miembro del partido nazi. Sin embargo, la habilidad que estos hombres tienen para ofrecernos es muy valiosa. Incluso los alemanes jóvenes con los que trabajo tienen una habilidad mucho mayor que la de cualquiera de los estadounidenses de mi equipo. Un científico alemán de alto nivel fue considerado tan importante que un equipo de soldados estadounidenses fue enviado a Berlín para capturarlo antes de que se asentara el polvo sobre la capitulación alemana. Se pusieron en riesgo vidas estadounidenses para asegurar el conocimiento de ese hombre. Puedo imaginar fácilmente a funcionarios de la Oficina del Secretario del Ejército mirando a alguien como él y decidiendo encubrir su historia.

—Christopher Newsome no debe sentirse cómodo con esto —dije con inquietud.

—Dijo que ahora ha comprendido la lógica del asunto. Cree que quienes estaban involucrados en el Partido probablemente fueron obligados a afiliarse.

—Se vieron obligados —me burlé—. No hay ninguna circunstancia en la tierra que nos hubiera convencido a ti o a mí de unirnos al partido nazi.

Calvin me miró impotente.

—Eso es exactamente lo que dije.

—¿No tienes derecho a saber con quién estás trabajando? Estos hombres podrían ser asesinos, Calvin —insistí.

—Estoy frustrado y preocupado, claro. Pero supongo que tengo que recordarme a mí mismo que estos alemanes están encerrados en la base y no representan una amenaza para nadie en Fort Bliss. Podemos aprender de ellos ahora y luego enviarlos a casa para que sean juzgados más tarde, si eso es lo que requiere la situación.

Pero con el paso de los años, cada vez más científicos alemanes fueron llevados al otro lado del Atlántico. Y a medida que el tamaño del equipo se expandía, sus privilegios también lo hicieron, hasta que los alemanes vivieron y trabajaron en la base, pero fueron libres de hacer lo que quisieran. Calvin protestó ferozmente por esto, pero sus súplicas cayeron en oídos sordos.

—Entonces... ¿estos hombres aún enfrentarán juicio una vez que terminen de compartir ¿sus conocimientos contigo? —le pregunté a Calvin un día.

—Pensé que ese era el plan, pero... parece que no lo harán. Se les ofrecerán empleos permanentes. Tal vez incluso la ciudadanía.

—Pero dijiste... tú dijiste que algunos eran probablemente miembros del partido. ¡Algunos podrían incluso haber sido oficiales de las SS! —exclamé furiosamente—. No podemos dejar que se conviertan en estadounidenses. ¿Qué pasó con la justicia para sus víctimas?

—A mí tampoco me entusiasma, Lizzie. Pero estos hombres sí que pueden cambiar el mundo. Sus habilidades y conocimientos pueden ser la base de un programa espacial. ¡El espacio! Uno de los científicos más experimentados está convencido de que podemos llevar a un hombre a la Luna, y ¿sabes qué? Estoy empezando a creerle.

—¿La luna? —repetí mirándolo con incredulidad.

—¿Trabajar con estos hombres? Sí. Esta es la oportunidad de mi vida —dijo apasionadamente—. No he hecho nada destacable con mi vida, Lizzie. Ni siquiera tenemos hijos. Pero si podemos aprender a aceptar el compromiso moral de trabajar con estos alemanes, podría pasar a la historia como el hombre que llevó a este país al espacio. Éste podría ser mi legado. Dime que lo entiendes.

La nuestra era una relación complicada, pero yo adoraba a mi marido y quería complacerlo. Podía ver que él quería mi aprobación, pero no podía dársela, y resultó que en realidad no la necesitaba.

Le rogué que buscara otro trabajo, pero de todas formas se quedó en el programa. Y por primera vez en más de once años de matrimonio, nos encontramos en lados opuestos de una división moral, sin ningún punto en común.

15

SOFIE

Berlín, Alemania
1933

Estábamos cenando cuando llamaron a la puerta principal. Los niños habían estado inquietos y Mayim y Jürgen se habían turnado para atenderlos, pero yo acababa de terminar mi comida, así que hice un gesto hacia mi plato mientras me levantaba.

—¿Esperamos a alguien? —preguntó Jürgen. Sacudí la cabeza y abrí la puerta principal. Me sobresalté al encontrar a Karl en el umbral, llevando un pequeño cohete a escala montado sobre un soporte. Habían pasado unos días desde que Jürgen le había dicho a Karl que no aceptaría el trabajo. Ambos nos habíamos sorprendido de la facilidad con la que Karl había aceptado la negativa, pero ahora se me hundió el corazón al darme cuenta de que no la había aceptado en absoluto. Karl me dedicó una sonrisa encantadora.

—Señora von Meyer Rhodes —dijo en tono jocoso—. ¿Cómo está esta noche?

Había sido razonablemente fácil mantener a Lydia y Karl fuera de nuestra casa desde que despedimos al personal. El parque entre nuestras casas solía ser una mejor opción de todos modos, dado que nuestra casa solo tenía un pequeño patio y a Hans y Georg les encantaba correr. Cuando ese enfoque fallaba, siempre sugería su casa. Era fácilmente el doble del tamaño de la nuestra, estaba ubicada entre un jardín de acres y Lydia siempre estaba feliz de recibirnos.

Sabía que Karl y Lydia se enterarían de nuestros problemas económicos tarde o temprano, pero estaba decidida a posponerlo lo máximo posible. Como Karl llegaba sin avisar, por primera vez en mi vida temí que finalmente hubiera llegado el momento.

—Karl, no te esperábamos —dije. Su encantadora sonrisa no se movió ni un poco.

—Lo sé, y lamento haberme presentado sin avisar. Esperaba que tú y Jürgen me dedicaran unos minutos de su tiempo.

—La casa está un poco desordenada, Karl…

Eso al menos era cierto.

—Sofie, por favor, comprende que estoy aquí ante todo como amigo, aunque también estoy aquí por asuntos oficiales. No se me permitió ofrecerle el trabajo a Jürgen hasta que lo investigaran a fondo. Me sorprendió tanto como a cualquiera enterarme de sus problemas financieros. —Al ver mi expresión de alarma, levantó una mano como para tranquilizarme y su mirada se suavizó—. Estoy aquí para ayudar, amiga mía. Ambos sabemos que no puedes permitirte que él rechace este puesto.

—¿Por qué no vas a esperar al estudio de Jürgen? —dije con pesadez, señalando hacia la puerta que daba al pasillo.

—Hola, Karl —dijo Jürgen cuando apareció detrás de mí.

—Iré a preparar un poco de té —comencé a decir, pero Karl me detuvo.

—En realidad, Sofie, esperaba que te unieras a nosotros.

Fruncí el ceño y alterné mi mirada entre él y Jürgen, quien me dio un encogimiento de hombros desconcertado.

—Le pediré a Mayim que cuide a los niños.

Cuando regresé al estudio, Karl y Jürgen estaban sentados uno frente al otro junto a la ventana. El pequeño cohete a escala estaba ahora sobre la estantería de Jürgen. Lo miré mientras cerraba la puerta.

Karl siguió mi mirada.

—Este fue uno de nuestros primeros prototipos en la Sociedad Espacial —dijo—. Falló, ¿recuerdas? —Jürgen asintió lentamente—. Lo conservé, pensando que una vez que perfeccionáramos la tecnología, tú y yo podríamos mirar atrás y ver ese modelo y maravillarnos de lo lejos que habíamos llegado. Cuando me llamaste hace unos días, se me ocurrió que podría ser un buen regalo, así que lo hice montar. —Su mirada se desvió hacia Jürgen—. Quería recordarte el sueño que hemos compartido durante todos estos años.

Forcé una sonrisa, pero Jürgen todavía parecía sombrío. Me senté a su lado, él inmediatamente tomó mi mano.

—Te lo dije por teléfono —dijo Jürgen en voz baja—. Este trabajo no es para mí. Soy feliz en la universidad. Nos las arreglamos.

—Eso no es verdad y todos lo sabemos, así que ¿podemos dejar de fingir? —dijo Karl con impaciencia—. Centrémonos en el panorama general, más allá de tus finanzas. ¿Te imaginas cómo reaccionaría el mundo si lográramos el primer vuelo espacial? Si no aceptas este trabajo para resolver los problemas financieros de tu familia, hazlo por tu país. Jürgen, podrías ser fundamental para restaurar nuestra reputación en el escenario internacional.

—¿Podrías garantizar que los posibles cohetes creados con este programa nunca se convertirán en armas? —preguntó Jürgen sin rodeos. Contuve la respiración mientras miraba a Karl, que respondió con calma.

—El Tratado de Versalles nos prohíbe rearmarnos.

—No soy tonto, Karl.

Era raro que mi apacible marido levantara la voz y salté. Karl lo miró impasible.

—Lo digo tan claramente como puedo. El objetivo es el espacio —dijo rotundamente—. Este no es un trabajo para desarrollar armas para Hitler. Es como aceptar un trabajo como urbanista para la ciudad de Berlín o como secretario del Departamento de Salud. Trabajarás para el pueblo de Alemania, no para quien sea el gobierno actual. —Me di cuenta de que Jürgen no estaba convencido, sus labios permanecieron fruncidos y sus hombros rígidos. Nos sentamos en silencio durante un largo y tenso momento; luego, el tono de Karl se suavizó abruptamente mientras nos suplicaba—. Jürgen..., Sofie, prométanme que lo pensarán, ¿de acuerdo? Esta es la oportunidad de tu vida. Como tu amigo, no puedo soportar verte dejarla pasar, especialmente ahora que sé cuánto necesitan el dinero.

Jürgen me llamó la atención y negué sutilmente con la cabeza. El hecho de que Karl insistiera tanto no hizo más que reforzar mi sensación de que este trabajo no era una decisión inteligente para Jürgen. Vi el alivio en los ojos de mi marido.

—Lo siento, Karl —dijo Jürgen—. Este trabajo no es para mí.

Karl parecía frustrado, pero se puso de pie y Jürgen y yo lo seguimos hasta la puerta principal. Allí se detuvo.

—Soy tu amigo y entiendo tu decisión. Solo espero que ambos se den cuenta de que puede haber otros que no lo hagan.

Menos de una hora después de que se fuera a trabajar al día siguiente, Jürgen regresó a casa y me llamó cuando entró por la puerta principal. Lo encontré en su estudio, de pie ante su escritorio mirando fijamente una gran caja con una expresión distante en el rostro.

—¿Qué diablos haces en casa tan temprano?

—El profesor Koch dijo que esto venía de un nivel superior al suyo. Incluso del decano. Dijo que no tenían otra opción que despedirme.

—¿Quién no les dio otra opción? —dije con firmeza. Jürgen se acercó, metió la mano en la caja y sacó una carpeta que guardó en su cajón—. Jürgen, ¿quién? ¿Era Karl?

No dijo nada mientras volvía a meter la mano en la caja y sacaba un libro. Silenciosamente cruzó la habitación para colocarlo en un estante. Cuando se volteó hacia mí, me sorprendió lo pálido que estaba.

—Realmente no importa quién hizo esto porque sabemos por qué lo hicieron.

Esa noche, Jürgen y yo nos sentamos alrededor de la mesa del comedor con Adele y Mayim, tratando de encontrar una alternativa al puesto de artillería del ejército.

—Reduce tus pérdidas. Vende la casa —anunció Adele—. Vengan a vivir conmigo.

—Me mudaré a casa —dijo Mayim—. No será tan malo.

—Tía Adele, no hay suficiente espacio a menos que desalojes a un inquilino, y todos sabemos que nunca podrías atreverte a hacer eso —dijo Jürgen con suavidad—. Además, incluso si nos mudáramos contigo, no podrías mantenernos para siempre. Igualmente tendría que encontrar otro trabajo.

—¿Tal vez podría buscar un trabajo? —dije. Todos me miraron fijamente. Fruncí el ceño—. ¿Qué?

—No estás más calificada que yo para un trabajo —señaló Mayim—. Y yo ni siquiera he estado cerca de encontrarlo.

—Aunque encuentre otro trabajo, ¿quién puede asegurar que esto no vuelva a suceder? —dijo Jürgen, frustrado—. Quien haya insistido en que me despidieran hoy debe tener un poder inmenso y debe querer desesperadamente que me incorpore a ese programa.

—Estamos discutiendo esto como si todavía hubiera alguna opción —suspiró Adele—. Los hombres que hicieron que te despidieran son probablemente los mismos que gobiernan el país. Hoy están jugando con tu carrera. ¿Qué intentarán a continuación si eso fracasa?

Después de una noche sin dormir, nos despertamos y encontramos una carta del banco que nos esperaba en el suelo del vestíbulo, fue empujada por el conducto de correo mientras dormíamos. Observé ansiosamente cómo Jürgen la abría.

—¿Qué dice? —pregunté, aunque ya tenía una intuición.

Levantó la mirada del papel hacia la mía, con frustración y vergüenza en sus ojos.

—Se les ha avisado de un cambio en mis circunstancias laborales y si no puedo demostrar que tenemos una fuente de ingresos para cubrir la hipoteca, tendrán que exigirme el préstamo.

—Ya se nos ocurrirá algo, mi amor —susurré con los labios entumecidos. Me miró frustrado y entró en su estudio, cerrando la puerta con firmeza.

Después de eso, Mayim y yo llevamos a los niños a visitar a Adele. Yo intentaba con todas mis fuerzas mantener la calma, pero mientras me sentaba a tomar mi humeante taza de té, lo único en lo que podía pensar era en Jürgen solo, en su estudio.

—Dicen que este programa tiene que ver con el espacio —dije bruscamente. Mayim y Adele se quedaron mirándome—. El sueño de Jürgen siempre fue trabajar con cohetes como este. Si tiene que aceptar este trabajo, tal vez no sea tan terrible para él.

Adele suspiró y sacudió la cabeza, lanzándome una mirada frustrada.

—Recuerda lo que te digo, niña. Si Hitler quiere desarrollar un programa de cohetes, puedes apostar tu último Reichsmark a que, en algún momento del futuro, se utilizará para hacer daño a alguien.

Pero en sólo dos días, los nazis nos habían arrebatado nuestra única fuente de ingresos y amenazado nuestro hogar. Sabíamos que la presión sólo aumentaría si seguíamos resistiéndonos, pero nos quedaba muy poco, sólo las cosas más importantes de nuestro mundo, nuestra familia y nuestras vidas. Una vez que nos dimos cuenta de eso, decir que no ya no era una opción. A finales de la semana siguiente, Jürgen había empezado su nuevo y bien pagado puesto civil en las instalaciones del ejército en Kummersdorf.

16

SOFIE

Huntsville, Alabama
1950

Jürgen y yo acordamos que deberíamos tratar de instaurar una rutina lo antes posible. Un grupo de niños alemanes empezaba la escuela el lunes después de la fiesta y Gisela empezaba con ellos.

La ayudé a ponerse su vestido favorito y le peiné el cabello en dos trenzas largas, luego le mostré el almuerzo que había preparado para ella: pan de centeno oscuro con paté de hígado y Elisenlebkuchen con nueces, además de galletas para merendar. Apenas logró sonreír.

—¿Estás lista para irte? —preguntó Jürgen mientras se unía a nosotros en la cocina, vestido para trabajar. Había comprado un segundo auto para mí, pero no llegaría hasta más tarde en la semana y, de todos modos, necesitaba tiempo para aprender las reglas de tránsito. Así que, por el momento, él dejaría a Gisela en la escuela y Félix y yo caminaríamos para recogerla después.

—Mamá —susurró Gisela—. Estoy muy nerviosa.

—Quédate con los demás estudiantes alemanes. Estarán todos en la misma situación, pero la mejor manera de aprender un nuevo idioma es la inmersión. ¿No es así, papá?

—Sí, lo es —dijo Jürgen en inglés. Gisela me dirigió una última mirada aterrorizada y luego lo siguió hasta la puerta. En cuanto se fueron, me agaché para mirar a Félix a los ojos. Estaba escondido debajo de la mesa del comedor.

—¿Ya estás listo para salir, hombrecito?

—¿Se ha ido? —preguntó Félix, mirando ansiosamente a su alrededor.

—Es tu papá —lo regañé con dulzura—. Tarde o temprano tendrás que acostumbrarte a él.

—Más tarde —decidió Félix, salió y me rodeó el muslo con el brazo y apoyó la cabeza contra mí. Me agaché para tocar sus suaves rizos—. ¿Desayunamos, mamá?

Una vez que Félix comió y se vistió para el día, metí una de las tandas adicionales de Elisenlebkuchen en una bolsa de papel café y caminamos de la mano hacia la casa de Claudia. Golpeé a su puerta y, cuando abrió, le ofrecí la bolsa.

—Te traje un pequeño regalo —sonreí—. Pensé que tal vez... ¿Podríamos tomar un café para conocernos mejor?

Ella extendió la mano con cautela para tomar la bolsa, pero no se movió de la puerta. En cambio, inclinó la cabeza hacia mí.

—No he olvidado lo terrible que era en aquel entonces —dijo, bajando la voz mientras miraba a Félix—. A veces había que pagar un precio para mantener con vida a la familia. Lo entiendo, pero ¿es cierto?

—No sé a qué te refieres —respondí. Ella entrecerró los ojos.

—Creo que sí. ¿Puedes decirme honestamente que Jürgen no estuvo involucrado en lo que sucedió en Mittelwerk?

¿Cómo podía tener una sola palabra tanto poder? Cuando Claudia dijo Mittelwerk, se me cayó el estómago y me invadió una oleada de vergüenza y culpa, tan poderosa que me tambaleé por su fuerza. Félix no se dio cuenta de nada de eso. Tiró de mi mano, impaciente por entrar a jugar con Luis, el hijo de Claudia. Al final, quería contarle todo a mis hijos, pero él ni siquiera tenía cinco años. Todavía no era el momento de que escuchara una conversación como la que Claudia estaba tratando de iniciar.

Mi voz estaba cargada de emoción cuando dije:

—Como dices, Claudia, las cosas fueron muy difíciles durante la guerra.

—Algunos de mis amigos se unieron al partido o hicieron la vista gorda ante el acoso a los judíos en la calle —dijo con rigidez—. Puedo perdonar esas cosas, pero no me atrevo a dirigir un... —me miró, luego a Félix y articuló con dramatismo— campo de trabajos forzados.

—¡Él no dirigía un campo de concentración! —exclamé con fiereza, pero luego suspiré, sabiendo que ya había perdido esta batalla—. Tal vez podamos sentarnos y los niños puedan jugar mientras te cuento toda la historia. No tuvimos elección sobre lo que pasó.

Estaba segura de que si Claudia me escuchaba, comprendería la situación imposible en la que nos encontrábamos Jürgen y yo. Pero ya había tomado una decisión. Volvió a entrar y me miró de manera sombría.

—Siempre hay una opción, Sofie. Siempre.

Ella intentó cerrar la puerta, pero no podía dejar que la conversación terminara así y puse el pie para mantenerla abierta.

—Tengo entendido que tú y Klaus vivían muy lejos de Berlín durante la guerra —dije con firmeza—. Y son más jóvenes que nosotros. Supongo que Klaus era muy joven en su puesto de trabajo en aquel entonces. No sabes lo que hubieran hecho de estar en nuestra posición.

Claudia levantó la barbilla.

—En realidad, nos negamos a unirnos al Partido, y eso significó que Klaus fuera ignorado en todos los ascensos y aumentos salariales. Muchas veces esas personas nos hicieron la vida incómoda. Pero lo más importante es que nos mantuvimos a la altura de nuestro propio respeto. —Echó una rápida mirada a Felix y añadió—. Entiendo que Klaus y Jürgen trabajarán juntos, eso es inevitable, pero he recorrido un largo camino para alejar a mis hijos de la influencia de la ideología nazi. Estoy segura de que entiendes por qué no quiero que se mezclen con la familia de un hombre que la impuso.

—Pero...

—Discúlpame, tengo que hacer algunas tareas domésticas. —Empujó la puerta. Yo saqué el pie. Cuando el pestillo hizo clic, vi que Félix me miraba con ojos tristes.

—¿Voy a jugar con Luis hoy, mamá?

—Hoy no —dije con pesadez, mientras me giraba hacia casa. La miseria amenazaba con envolverme, pero me sacudí la presión. Tenía que mantener la perspectiva. Las cosas en Estados Unidos eran más complicadas de lo que esperaba, pero aun así no tan malas como todo lo que ya habíamos soportado.

17

SOFIE

Berlín, Alemania
1935

Una vez, cuando era joven, acompañé a mis padres a las vacaciones a un resort en Étretat, Francia. Me fascinó L'Aiguille, la famosa formación rocosa en forma de aguja, así como los arcos de roca que se extendían sobre el océano. Pero mi atracción favorita era una pequeña cueva escondida en el otro extremo de la playa frente al complejo turístico. Había estado explorando sus rincones toda la semana. La última mañana me senté al lado de mi niñera en la entrada de la cueva, mirando las olas rodar hacia nuestros tobillos.

—¿Cómo sucedió esto? —le pregunté. Miré hacia el techo de roca y disfruté de un escalofrío de adrenalina mientras pensaba en el peso de la famosa tiza de alabastro de la costa sobre nosotros.

—Se necesita mucho tiempo para excavar una cueva como esta —dijo—. Millones de años. Cada ola arrastra apenas una pequeña parte de la roca. Incluso esta semana, ha crecido. Simplemente ha sucedido demasiado lento para que podamos verlo.

Pensé mucho en eso después de que los nazis llegaran al poder y comenzara la oleada de decretos antijudíos. Las nuevas leyes eran tan limitadas al principio que apenas despertaron protestas. Primero vino la Ley para la Restauración de la Carrera Civil Profesional. El Servicio de Apelaciones exigía a los funcionarios públicos que demostraran su ascendencia aria. La mayoría lo hacía sin problemas. Aquellos que tenían ascendencia judía, como el padre de Mayim, Levi, eran despedidos sin hacer ruido.

Después se impusieron límites al número de estudiantes judíos en ciertas escuelas y universidades. Pocos, aparte de los directamente afectados, comprendieron siquiera el impacto de esto. Y cuando se impusieron restricciones a los médicos judíos, no se les revocaron las licencias, al menos al principio. Podían seguir ejerciendo, sólo que ahora no podían reclamar el reembolso de los fondos del seguro de salud pública. ¿Quién protestaría por un cambio administrativo menor? No los médicos arios, eso era seguro, pues se beneficiaron porque su competencia judía pronto cerró. Y para entonces, el resto de nosotros estábamos inundados de propaganda que pintaba a los judíos como obsesionados con el dinero y codiciosos. Pocos prestaron atención cuando los médicos judíos intentaron protestar.

Se aprobaron cientos de estos decretos, uno tras otro. Así es como la sociedad educada da paso al caos. El colapso que se produce al final del proceso es una consecuencia de una erosión lenta a lo largo del tiempo.

El cambio también se estaba produciendo con Lydia y Karl mucho antes de que yo lo reconociera. Antes era fácil justificar esa distancia cortés entre los zu Schiller y Mayim. Sin embargo, poco a poco, el patrón de invitarnos a Jürgen y a mí a esta o aquella salida dejando a Mayim completamente fuera de la ecuación se fue arraigando.

—¿Quizás Mayim podría venir también? —sugerí un día, cuando Lydia nos invitó a la ópera.

—Oh, sólo tengo cuatro entradas —me dijo.

Y luego, unas semanas después, cuando quise llevar a Mayim a cenar, me dijo:

—Karl y Jürgen tienen que hablar de asuntos relacionados con los cohetes, y ya sabes lo secreto que es todo eso.

Después de eso, Lydia llamó para planificar un viaje al zoológico de Berlín para el cumpleaños de Horst y Ernst. Enrosqué el cable del teléfono en mi mano, sintiéndome extrañamente nerviosa, mientras sugerí:

—Mayim puede acompañarnos. Le encanta el zoológico y será de gran ayuda con los niños.

—Oh, esta vez no habrá niñeras. Creo que será mejor que seamos solo nosotras —dijo Lydia a la ligera.

—Sabes muy bien que Mayim no es nuestra niñera, Lydia —le respondí—. ¿Tienes algún problema con ella?

—Por supuesto que no —dijo Lydia, riéndose con facilidad, como si yo fuera una tonta al preguntar—. Preferiría que fuéramos un grupo pequeño, eso es todo.

Karl y Jürgen ahora trabajaban en estrecha colaboración y no parecía haber una manera fácil de separarme de mi amistad con Lydia, incluso después de una cena que eliminó cualquier duda.

Había estado ansiosa por la cena durante semanas. Lydia me aseguró que necesitábamos vestidos nuevos para la ocasión y, aunque estaba agradecida de poder visitar a la modista sin preocuparme por el costo, su insistencia solo me recordó el hito que sería este evento. El programa de cohetes tenía casi dos años y el pequeño equipo que alguna vez estuvo compuesto solo por Jürgen y Karl había crecido a docenas de hombres. Esta sería la primera reunión social de los miembros más veteranos del personal con sus esposas y, lo más importante, el jefe de Jürgen y Karl, Otto Werner.

—Bueno, ¿no eres un espejismo? —dijo Jürgen cuando me reuní con él en el vestíbulo. Le habían pagado una gran bonificación cuando el programa de cohetes lanzó con éxito un pequeño prototipo el verano pasado, él me había dado hasta el último centavo. Ahorré una parte en la caja fuerte de la oficina de Jürgen y le di el resto a Mayim, y ella convenció a sus padres para que lo aceptaran. Después de que Levi perdiera su trabajo en la administración pública, encontró trabajo en una cantera, pero al cabo de unos meses se lesionó gravemente la espalda. Ahora no podía trabajar en absoluto; algunos días la lesión lo dejaba postrado en cama. La familia había estado sobreviviendo con el escaso salario que Moshe recibía de su trabajo a tiempo parcial en la panadería antes de la escuela, así como con la ayuda de la Reichsvertretung, la organización benéfica judía de autoayuda. Jürgen y yo acordamos que les daríamos todo el dinero que pudiéramos.

Admiré el ajuste del traje cruzado gris plateado de Jürgen y el nudo apretado de su corbata de lunares azul marino y blanco. Cogió un sombrero gris del perchero y luego extendió el codo hacia mí.

—¿Debemos?

Pero entonces aparecieron los niños en el rellano y bajaron obedientemente las escaleras para despedirse. Georg tenía cinco años y estaba deseando entrar en el programa de la escuela primaria Grundschule en verano. Laura, de tres años, tenía una combinación sorprendente de mi pelo castaño rojizo y las espesas ondas de Jürgen, sus brillantes ojos azules y mi pequeña nariz.

—Mamá, te ves muy bonita —me dijo Georg con los ojos muy abiertos. La mañana de la fiesta, fui a la peluquería y me peiné, además de comprarme un nuevo lápiz labial. Me conmovió que mi pequeño notara el esfuerzo extra.

—Gracias, tesoro.

—¿Laura también tiene lápiz labial? —preguntó Laura esperanzada. Mayim, que se unió a nosotros en el vestíbulo, ocultó una sonrisa mientras extendía una mano. Laura corrió tambaleándose por el último tramo de escaleras para tomarlo.

—Quizás puedas probarte algo mío después de cenar —dijo Mayim. Laura jadeó de alegría cuando nos despidieron con un gesto.

Estaba nerviosa por conocer a Otto. No era solo era el jefe de Jürgen y Karl y uno de los encargados del programa, también era un miembro de alto rango del partido nazi. También asistiría la esposa de Otto, Helene, así como el resto del personal de alto rango del programa de Kummersdorf y nuestros vecinos Dietger y Anne Schneider, que vivían al otro lado de la calle.

Dietger había sido nombrado recientemente Blockleiter nazi oficial, el guardián del barrio. Era la elección perfecta. Siempre había sido el chismoso del barrio, y la autoridad que conllevaba el cargo no hacía más que aumentar su capacidad de observación. No tenía ni idea de cómo se mantenía al tanto de los asuntos de todo el barrio, pero si alguien rompía una ventana, sabía cómo había sucedido, incluso antes que el propietario. Si un marido y una mujer discutían, él sabía quién tenía la culpa y quién había sido perjudicado. Fue gracias a Dietger que Jürgen, Mayim y yo nos dimos cuenta de que no teníamos otra opción que adoptar el saludo ahora estándar, el saludo hitleriano. Otro vecino de la esquina, Leopold Braunbeck, se negó a saludar a Dietger. A la mañana siguiente, Leopold fue encarcelado en uno de los horribles campos de concentración que los nazis habían creado para castigar a sus enemigos políticos. Pasaron meses antes de que liberaran a Leopold, y cuando regresó a casa era una sombra tranquila y dócil de lo que había sido.

Quizás alguna vez hubiéramos dicho una variación de hola o buen día un par de veces al día, pero ahora éramos loros absurdos, saludando a cada persona que encontrábamos con un Heil Hitler.

La notable capacidad de Dietger para mantenerse al tanto de los asuntos del vecindario era profundamente desconcertante. Al principio, me atreví a comentarlo a algunos de los vecinos y todos coincidimos en que nos sentíamos más que un poco paranoicos. Pero con el tiempo, como ninguno de nosotros podía entender cómo sabía tanto sobre nuestras vidas privadas, nos dimos cuenta de que ni siquiera era seguro especular. Una llamada de un Blockleiter a la Gestapo era garantía de problemas, que normalmente empezaban con un golpe a la puerta de tu casa en mitad de la noche.

La ventana de nuestro dormitorio del segundo piso daba a la calle y yo había oído algunas de esas visitas nocturnas. Primero se oía el rugido de un motor, luego el sonido de botas de suela dura sobre el pavimento y de hombres que corrían como ratas. Aunque no oía los golpes en la puerta ni los gritos de protesta cuando sacaban a la gente de sus casas, a menudo oía el coche alejarse a toda velocidad. Dietger siempre estaba allí, aparentemente encantado con las consecuencias de sus llamadas telefónicas.

—¿Qué debo esperar esta noche? —le pregunté a Jürgen mientras nos llevaba a la fiesta en su nuevo Daimler 15. Me apreté el estómago con las manos, tratando de calmar la ansiedad. La vida de Jürgen había cambiado por completo con ese nuevo trabajo. Ahora trabajaba de sol a sol, seis o incluso siete días a la semana, en Kummersdorf, a cuarenta minutos en coche de Berlín. Pero, aunque había sido testigo de primera mano de los cambios en la sociedad berlinesa en general, me sentía muy alejada de la vida laboral de Jürgen.

—Todo el personal está formado por científicos, solo tienes que preguntarles sobre su trabajo y podrás dejar que tu mente divague mientras ellos hablan. Eres buena en eso después de todos estos años conmigo.

—Muy gracioso. —Se me hizo nudo en la garganta y pregunté, vacilante—. ¿Y Otto y Helene?

—Nunca he conocido a Helene. Cuesta acostumbrarse a Otto.

—¿De qué manera?

—En realidad, me recuerda a tu hermano —Jürgen hizo una pausa para aclarar—. ¿Quién es el pastor? ¿Es Alwin?

—Alwin se casó con esa campesina —lo corregí. No lo culpaba por confundir a mis hermanos, todos se parecían. Él sólo los había visto tres veces, en nuestra boda y en cada uno de los funerales de mis padres—. Edwald es el pastor. ¿Otto es muy religioso?

—Es un fanático, pero no de la fe cristiana —dijo Jürgen con tono serio—. Es un hombre de partido, muy centrado en su ideología. Es duro, Sofie, no te voy a mentir. Oirás cosas que no te gustarán. Pero, por el amor de Dios, no discutas con él. No me haría ningún favor en Kummersdorf y, de vez en cuando, tengo la impresión de que sólo me tolera porque me necesita.

—Esperaba que el programa estuviera tan centrado en los cohetes que no tuvieras que lidiar con nada de eso.

Jürgen aparcó el coche, apagó el motor y, por un momento, reflexionó sobre lo que dije. Luego se volvió hacia mí.

—Mi trabajo, el trabajo de mi equipo, gira en torno a los cohetes, eso es cierto, pero no hay forma de escapar de eso, ni siquiera en Kummersdorf. Me muerdo la lengua todos los días. A cada hora, en los peores días.

—Nunca hablas de ese aspecto.

—Por supuesto que no —dijo—. Soy tu marido. Mi trabajo es protegerte, no ser una carga para ti.

—Pero… quiero apoyarte. Ayudarte.

Su expresión se suavizó y Jürgen tomó mi mano.

—Mi amor —dijo en voz baja—. Como verás esta noche, no hay nada que puedas hacer para ayudarnos con esto. Solo tenemos que mantener la cabeza baja y no llamar la atención. Asentí en silencio, pero tenía un nudo en la garganta. Siempre que le preguntaba a Jürgen sobre el trabajo, hablaba sólo de la parte científica, y nunca con demasiados detalles, porque el programa se estaba volviendo cada vez más secreto.

Nos reunimos en la sala de estar de Lydia, un espacio tan amplio que bien podría haber sido un salón de banquetes. Todos los científicos nuevos que conocí decían alguna variación de lo mismo. Jürgen es un genio. Jürgen es mi héroe. Jürgen es un visionario. Como solía hacer en las fiestas, Jürgen me seguía a todas partes como un cachorro perdido. Despreciaba los cumplidos con un gesto de la mano y, de vez en cuando, se sonrojaba de una manera que me resultaba muy entrañable.

Pero, aunque los científicos me parecieron exactamente como esperaba, Lydia me sorprendió. Habíamos hecho un gran esfuerzo para planificar nuestros nuevos atuendos y yo esperaba que Lydia deslumbrara con su nuevo vestido color ciruela, inspirado en la moda de la temporada. En su lugar vestía un Trachtenkleidung, un traje folclórico tradicional. Llevaba una falda larga y amplia de color café con una gruesa banda negra que rodeaba el dobladillo, combinada con una blusa blanca con mangas fruncidas y cuello de crochet, y encima, un corpiño negro.

Conocía a Lydia desde mi primer día en la escuela de formación profesional y nunca la había visto vestida de una manera tan anticuada. Intenté preguntarle al respecto, pero cuando no estaba ocupada con los invitados, estaba ocupada con su personal. Después de un rato, decidí que hablaría con ella cuando las cosas estuvieran un poco más tranquilas. Mientras esperaba, Jürgen y yo tuvimos la charla obligada con Dietger y Anne.

—¿Y cómo van las cosas en casa de los Rhodes? —preguntó Dietger. Sonreí cortésmente y apoyé la cabeza en el brazo de Jürgen, reprimiendo mi irritación. Él sabía cómo estaban las cosas en nuestra casa. Se pasaba buena parte de su vida mirando por la ventana de su casa, observándonos.

—He oído que estás haciendo un gran trabajo para el Reich estos días, Jürgen —dijo Anne en voz baja.

—Tengo la suerte de tener la oportunidad de trabajar con una ciencia tan apasionante —dijo Jürgen con cautela. Justo en ese momento, Otto y Helene se acercaron e intercambiaron saludos cálidos y familiares con los Schneider.

—Y tú debes ser Sofie —dijo Otto, mirándome por fin—. Es un placer conocerte.

Su tono transmitía una sensación diferente. Su ceño se frunció mientras su mirada vagaba por mi rostro y luego rápidamente por mi cuerpo, antes de fruncir los labios. Me sonrojé, cohibida, y luego miré a Helene. Otto era mayor de lo que había imaginado, al menos tenía cincuenta y tantos años, tal vez más. Era un hombre corpulento, con el pelo plateado y ralo. Helene era décadas más joven que Otto y estaba embarazada, con su pequeña barriga sobresaliendo.

Al igual que Lydia, Helene vestía un vestido de noche. A diferencia de Lydia, Helene no llevaba ni una pizca de maquillaje y su cabello claro estaba trenzado de forma torpe. «¿Será mi estilo moderno la razón del disgusto de Otto?».

—¿Tienes hijos? —me preguntó en voz baja.

—Dos —le dije sonriendo—. Georg acaba de cumplir cinco años y Laura tiene tres años.

—Tu marido es muy talentoso, Sofie —dijo Otto—. Espero que te des cuenta de lo afortunada que eres de tener hijos suyos. El Reich necesita familias arias productivas.

Me llevé el vino a la boca para beber un sorbo, pero me atraganté al tragarlo. Jürgen me dio una palmadita suave en la espalda, un gesto que era a la vez consuelo y advertencia. Esperábamos tener más hijos, pero tampoco nos preocupaba que no me hubiera quedado embarazada otra vez. Después de todo, solo tenía veinticuatro años. Aún nos quedaba mucho tiempo para ampliar nuestra familia.

En ese momento, Lydia pasó a mi lado, caminaba a la cocina. Me disculpé e insistí en que necesitaba mi ayuda. La alcancé en la cocina, donde estaba reprendiendo duramente a su personal por el retraso con los entrantes. Cuando terminó, se volvió hacia mí. Mi mirada bajó automáticamente a su ropa y ella hizo una mueca.

—Sí, lo sé. Parezco recién llegada de los campos de una granja olvidada de Dios —susurró Lydia—. Pero al parecer es el estilo más nuevo. Lo compré hoy en el Deutsches Modeamt.

El Deutsches Modeamt era un departamento de moda respaldado por el gobierno nazi que defendía a los diseñadores y tejidos alemanes. Había oído que hacían ropa preciosa, pero al ver el atuendo de Lydia, me costó ocultar mi confusión.

—Creo que esto era lo que se llevaba hace algún tiempo. ¿No hemos pasado a usar ropa más moderna?

—¿Y te has dado cuenta de que Helene no lleva maquillaje? —murmuró Lydia mientras caminábamos de vuelta a la fiesta—. Me compré un traje tradicional cuando Karl me lo pidió, pero si me dice que deje de usar delineador de ojos, me arrojaré por un acantilado.

—Dudo que Karl sepa siquiera lo que es el delineador de ojos.

Ella se rio.

—Otto dice que es poco femenino que las mujeres usen ropa o maquillaje modernos. Pero lo peor… —Ella gimió y se tocó con cuidado su melena rubia—, él dice que las alemanas nunca deben teñirse el pelo. No puedo volver a tener el pelo castaño rojizo, Sofie. Simplemente no puedo. Lydia visitaba la peluquería tan a menudo que nunca noté una sombra en la raíz de su cabello.

—Realmente no necesitas preocuparte por lo que Otto piensa —dije en voz baja—. Él no es tu marido.

—Sofie —me regañó—. ¿No te das cuenta de lo importante que es Otto? Nuestros maridos tienen la confianza de un hombre que tiene la confianza del Führer.

Pronto quedó claro que lo que Otto pensaba sobre un tema en particular era de gran interés para el resto de los comensales, y esa noche monopolizó la conversación. No importaba quién hablaba ni de qué trataba la conversación, Otto encontraba la manera de intervenir, a menudo para mostrar su desacuerdo.

Siempre me encantaron las cenas de Lydia y Karl, en ese hermoso comedor con sus techos altos y sus elaborados candelabros. Aquella noche tenía todos los ingredientes para ser una velada divertida, vestirse elegantemente y socializar con gente inteligente e importante, en un entorno hermoso y con una comida excelente. Jürgen estaba sentado a mi derecha, al lado de Otto, y a mi izquierda estaba Aldo Radtke, un recién graduado universitario y el científico más joven presente. Mientras el aroma de codillo de cerdo asado flotaba desde la cocina, bebí un sorbo de vino y me volví hacia Aldo, tratando desesperadamente de ignorar la voz retumbante de Otto.

—Sólo llevo trabajando en Kummersdorf unos seis meses, señora von Meyer Rhodes.

—Por favor, llámame Sofie.

—Sofie —dijo el joven científico y sus mejillas se sonrojaron.

—Soy ingeniero eléctrico. Verá, hay muchas formas de controlar...

Pero una vez más, Otto estaba dando un sermón. Mis oídos se agudizaron y me giré ligeramente hacia él.

—...cuando un hombre está enfermo, no se pueden tratar sólo los síntomas. Hay que librarlo de la causa subyacente de la enfermedad, los gérmenes. Lo mismo ocurre con los judíos, ¿saben? Mientras el Reich esté plagado de judíos, la sociedad no puede funcionar como debería. Por eso la máxima prioridad del partido es hacer frente a esta plaga.

Me volví completamente hacia Otto, pero estaba mirando más allá de él, a las reacciones de los que estaban en la mesa. En el pasado, cuando había escuchado comentarios tan odiosos, notaba una pausa de una fracción de segundo después de las palabras, como si el público contuviera la respiración para ver cómo responderían los demás. Incluso si nadie decía nada, esa pausa les recordaba a todos que se había cruzado un límite.

Pero no hubo pausa cuando Otto habló. Todos los invitados parecían cautivados. Un escalofrío me recorrió la espalda cuando mi mirada se posó en Lydia. Estaba sentada al lado de Karl. Sus mejillas estaban sonrosadas, por el fuego, el vino o la emoción de la velada, sus ojos brillantes. Deseaba tanto que me mirara, aunque fuera por un segundo. ¿Qué vería en sus ojos? Una vez tuvimos una buena amistad, una amistad sólida, pero mi respeto por Lydia desaparecía minuto a minuto.

—Parecen humanos, lo sé —continuó Otto, ahora más alto, complacido de tener la atención de toda la reunión—. Puede ser confuso para aquellos que aún no lo entienden, pero la ciencia es clara, los judíos son criaturas verdaderamente infrahumanas. Carecen del intelecto y la pureza moral que poseen los arios. El problema es que se han infiltrado en posiciones secretas de autoridad, moviendo los hilos de tantas naciones inferiores, incluso de nuestra nación en el pasado.

—¿Cuál es? —le susurré a Jürgen— ¿Los judíos son intelectualmente inferiores o son lo suficientemente inteligentes como para gobernar el mundo en secreto? Seguramente ambas cosas no pueden ser ciertas.

—¿Sofie? —me llamó Karl de repente—. ¿Tienes algo que añadir?

Todas las miradas se volvieron hacia mí. Imaginé dos caminos a seguir. El primero, donde repetía mi pregunta otra vez, más fuerte. Sin duda, esto era lo moralmente correcto. ¿Cómo podía quedarme de brazos cruzados?

Pero ¿cómo reaccionaría la sala? Otto se sentiría avergonzado y furioso. Aunque no me denunciara a la Gestapo por deslealtad, Dietger seguramente lo haría.

¿Quién me apoyaría si eso ocurriera? Karl fue el hombre que me puso en apuros. Lydia parecía confusa, su mirada oscilaba entre Otto y yo. Jürgen también se giró para mirarme. Vi una mezcla de pánico y súplica en las profundidades de sus ojos azules.

Mi rostro se iluminó al darme cuenta de que no tenía otra opción que elegir el otro camino, el camino menos acertado. Los nazis no sólo habían hecho que comentarios como el de Otto fueran aceptables, sino que los habían puesto de moda. Por eso no hubo pausa, ningún reconocimiento silencioso de que se había cruzado la línea. La línea se había movido. ¿Cómo demonios habían podido los nazis cambiar las cosas de forma tan rápida?

—Me da vergüenza admitirlo —dije, forzando una risa débil—. Me preguntaba qué tan lejos estaba ese codillo de cerdo. ¿No huele delicioso?

El frágil tintineo de una risa resonó en la mesa. Jürgen casi se desplomó de alivio, buscó mi mano debajo de la mesa y la apretó fuerte.

Pero los ojos de Otto se quedaron en mí, un momento demasiado largo, al igual que Dietger. Antes de que sirvieran el plato principal, estaba contando los segundos que faltaban para poder irnos.

Los invitados se estaban disculpando a las once en punto. Dietger y Anne fueron los primeros en irse, frotando sus barrigas llenas y agradeciendo a Lydia y Karl mientras se iban. Cuando Aldo se levantó para irse, tropezó al intentar empujar su silla hacia atrás. El vino y la cerveza habían corrido abundantemente durante toda la noche, y muchos de los hombres parecían desaliñados.

Hubo una intensa conversación sobre cómo regresarían todos a casa. Jürgen se ofreció a llevar a Aldo. Nos desviaríamos bastante de nuestro camino, pero no me importó, el joven claramente no estaba en condiciones de conducir. Otros decidieron conducir a pesar de la noche de excesos. Para mi sorpresa, Otto pidió ayuda.

—¿Crees que podrías encargarte de que tu chófer nos ayude a Helene y a mí a llegar a casa? —le preguntó a Karl. Había bebido bastante, pero habían pasado muchas horas y parecía relativamente sobrio en comparación con algunos de los demás.

—Iré a buscar a Gerhard —dijo Lydia, ofreciéndole a Otto una sonrisa tranquilizadora antes de volverse hacia el ala del personal. Jürgen todavía estaba enfrascado en una conversación con otro colega, así que me puse a caminar a su lado, frunciendo el ceño.

—¿Gerhard?

De pronto me di cuenta de que hacía tiempo que no veía a Fischel, el chófer de Karl. No era algo inusual, el personal de zu

Schiller generalmente permanecía invisible, a menos que fuera necesario.

—Sí —dijo ella con tono desenfadado—. Nuestro nuevo y encantador chofer.

—¿Qué le pasó a Fischel?

—Ya era hora, Sofie —dijo bajando la voz.

—¿Lo despediste? —se me cayó el estómago. Fischel trabajaba para Karl desde hacía años, incluso antes de casarse con Lydia. Pensé que los dos hombres eran amigos.

—Él siguió adelante —dijo simplemente—. Y gracias a Dios que lo hizo, porque estoy bastante segura de que Otto solo está pidiendo usar a nuestro chofer para volver a verificar que dejamos ir al judío. Realmente fue lo mejor.

Si hubiera sido una mujer más valiente, habría preguntado ¿Lo mejor para quién?

Pero ese momento en la mesa estaba tan fresco en mi mente, que ni siquiera había tenido la oportunidad de ordenar mis pensamientos sobre él.

Me quedé atrás mientras Lydia avanzaba hacia los cuarteles del personal, pero una repentina ola de tristeza me golpeó y, en lugar de esperarla, me di la vuelta y caminé de regreso hacia Jürgen y Aldo.

—No se pueden hacer esas cosas —dijo Jürgen. Todavía estábamos en la acera frente a la casa de los padres de Aldo, observando cómo el joven caminaba con paso vacilante por el sendero hacia la puerta principal. Jürgen se pellizcó el puente de la nariz, lo que hizo que sus lentes se torcieran—. Te lo dije en el coche, camino de la fiesta. Tienes que ignorar los comentarios que no te gustan. Es la única manera.

—¿Sabías que Karl y Lydia despidieron a Fischel?

Jürgen suspiró e inclinó la cabeza hacia atrás, como si mirara al cielo en busca de ayuda.

—¿Qué? —dije con impaciencia.

—Por supuesto que despidieron a Fischel.

—Pero...

—A diferencia de mí o de la mayoría de los hombres que conociste esta noche, Karl es reemplazable. No tiene una formación científica que aportar al programa, así que, en cambio, juega a la política para avanzar en su carrera —dijo Jürgen—. Hasta ahora le está funcionando. Otto le tiene cariño.

—Pero Fischel ha estado en el equipo de Karl desde que lo conocemos. No puedo creer que Karl lo despidiera sólo para ascender en la jerarquía.

—Tal vez la decisión de Karl sea similar a cuando tú y yo nos dimos cuenta de que simplemente tenemos que hacer el saludo.

—Entonces… ¿no crees que Lydia y Karl realmente se creen esa tontería sobre los judíos? —le pregunté a Jürgen con incertidumbre.

—Si están actuando, lo hacen de manera muy convincente.

—Podríamos preguntarles.

Se apartó de la acera suspirando profundamente.

—Mi intención es hacer todo lo posible para centrarme en mi trabajo. Si forzamos una confrontación con los zu Schiller, hay muchas posibilidades de que nos decepcione su respuesta y al hacer la pregunta, hemos revelado nuestro malestar. Es como escuchar a Otto cuando despotrica sobre los judíos, los discapacitados o los homosexuales. Podría replicar, quiero decir, por el amor de Dios, ¿qué ciencia es ésta? ¿Pero realmente sirve de algo? ¿Eso hace que Otto cambie de opinión? No. Lo único que hace es obligarlo a enfrentarse a la realidad de que él y yo no estamos de acuerdo. Es mejor centrarse en lo que todavía tenemos en común. En el caso de Karl, Otto y yo, es el programa de cohetes. Para ti y Lydia, son nuestros hijos y nuestra amistad.

En aquellos primeros años del régimen nazi, cada día se parecía en gran medida al anterior: cálidas cenas familiares; almuerzos en el parque con Lydia mientras nuestros hijos corrían como locos a nuestro alrededor; momentos frustrantes y maravillosos con mis hijos; Mayim y yo riéndonos de algún chiste privado o compartiendo miradas con Adele cada mañana mientras, de alguna manera, una vez más, lograba ofender a la tía de Jürgen con una sola palabra o frase.

Sin embargo, cuando me vi obligada a mirar atrás y ver cómo había cambiado mi vida en tan poco tiempo, apenas podía creer que estaba en la misma ciudad. Fuera de nuestra familia y de nuestro hogar, la nación había cambiado y cada interacción era ahora tensa.

Mientras Jürgen estacionaba el auto en la calle frente a nuestra casa, miré al otro lado, hacia la casa de los Schneider, justo a tiempo para ver cómo una cortina del piso de arriba volvía a su lugar.

—¿Dietger nos está vigilando? —preguntó Jürgen. Cuando suspiré para confirmar sus sospechas, Jürgen me miró y movió las cejas y se inclinó como si fuera a besarme—. ¿Deberíamos darle un espectáculo?

Me reí y me moví para empujarlo juguetonamente, pero él atrapó mis manos entre las suyas y su expresión de repente se volvió seria.

—Soy importante para el programa de una manera que Karl no lo es. No tengo ningún interés en unirme al partido nazi, y mucho menos en ascender en sus filas. Espero que todo salga bien, pero debes entender que... —Se aclaró la garganta y luego señaló con la barbilla hacia nuestra casa—. Espero en Dios no suceda, pero puede llegar el día en que sea un problema para un hombre como yo tener un amigo judío, especialmente uno que viva bajo su propio techo. —Abrí la boca para protestar, pero él dijo con suavidad—. Has visto lo rápido que han cambiado las cosas. Sabes en tu corazón que lo que digo es verdad.

Se me hundió el corazón. Miré hacia la casa con el pecho apretado mientras susurraba.

—¿Y si ese día llega?

—Cruzaremos ese puente cuando lleguemos a él —dijo. Me volví para mirarlo con el ceño fruncido y la mirada de Jürgen se suavizó—. Sólo quería asegurarme de que lo estuvieras pensando, porque puede llegar el día en que nuestra relación con Mayim se convierta en un problema.

A principios del nuevo año escolar, el hermano de Mayim, Moshe, se enteró de que se había reducido el cupo de estudiantes judíos de su escuela. Tenía dieciséis años y ya había decidido formarse como panadero, así que abandonó los estudios para dejar espacio para otro estudiante.

Levi y Sidonie decidieron que Moshe debería ir a Cracovia a vivir con su abuelo, porque era sólo cuestión de tiempo que se volviera ilegal para un judío incluso hornear pan en este país. Al igual que Sidonie y Mayim, Moshe era ciudadano polaco. Ésta no era una situación poco común. Había decenas de miles de personas nacidas en Alemania de padres polacos a quienes se les concedió automáticamente la ciudadanía polaca.

Para entonces, un muchacho como Moshe se había convertido en un blanco ambulante en las calles de Berlín. Los matones de las Juventudes Hitlerianas lo habían acosado varias veces y había tenido suerte de escapar con solo rasguños y moretones menores.

Mayim me pidió que la acompañara a despedir a Moshe, así que dejamos a los niños con Adele y tomamos el tranvía hasta Mitte. Cuando llegamos al edificio de departamentos, ella estaba llorando. Nos detuvimos al pie de las escaleras para que pudiera recomponerse.

—No quiero agobiar a mis padres más de lo que ya están —dijo Mayim, sollozando mientras se secaba los ojos con un pañuelo.

—Moshe es un niño fuerte e ingenioso. ¿Recuerdas aquel verano en Potsdam, cuando estaba enfermo y tu madre no le permitió acompañarnos cuando jugábamos en el arroyo? Le prendió fuego a ese trapo de cocina en el fregadero para distraerla y poder correr detrás nosotras.

Ella se rio entre lágrimas, pero el dolor y el miedo regresaron a sus ojos casi inmediatamente.

—Solo tiene dieciséis años. No deberían enviarlo lejos de esta manera. Apenas conoce a mi abuelo.

—Tu abuelo también crió a tu madre, y ella es una de las mejores personas que conozco.

Me sentí como una intrusa mientras se preparaban para despedirse, una sensación que se vio reforzada por el hecho de que no había suficiente espacio en la cocina para una quinta silla. Sidonie insistió en que yo tomara la suya, pero eso simplemente significó que se quedó detrás de mí, retorciéndose las manos y sollozando. Levi estaba a mi lado, con el rostro pálido de dolor. Mientras estaba sentado, retorcido en la dura silla de madera, estaba decidido a que la familia junta se despidiera de Moshe, y el plan original era que nos encontráramos en la estación de tren, pero ese día le dolía tanto la espalda que lo único que pudo hacer fue ir a la cocina.

—No debemos demorarnos o Moshe perderá el tren —dijo con frialdad. Después de eso, Moshe fue a buscar su maleta a su dormitorio. Cuando regresó, Mayim lo abrazó y lloró en su pecho.

—Te amo. Te extrañaré —dijo con voz entrecortada. No podía recordar cuándo creció más que nosotros, pero a los dieciséis años Moshe nos superaba en altura a Mayim y a mí. Parecía maduro para su edad, tranquilo y reservado. Cuando llegó el momento de que Moshe me abrazara para despedirse, me habló suavemente al oído.

—Cuídala, ¿quieres?

Yo tenía los ojos secos como apoyo moral de Mayim, pero la preocupación en su voz hizo que me ardieran. Me aclaré la garganta mientras nos separábamos y traté de mantener la voz tranquila.

—¿No eres tú de quien deberíamos preocuparnos, aventurándote solo al gran mundo?

Moshe meneó la cabeza.

—Sólo estaré en Cracovia —dijo. Miró a su familia y luego bajó la voz para añadir—. Ojalá pudieran venir todos conmigo. —El resto de la familia eran ciudadanos polacos, pero Levi no, y Polonia estaba emitiendo pocas visas de entrada a judíos alemanes—. Papá dice que Alemania es nuestro hogar, pero ¿es un lugar realmente hogar si ya no eres bienvenido allí? Estaré a salvo en Polonia. Ojalá pudiera decir lo mismo de aquellos que dejo atrás.

18

LIZZIE

Condado de Dallam, Texas
1935

Mi madre estaba horneando pan, lo olí en el aire antes de abrir los ojos al amanecer. El delicioso aroma superaba al olor ambiental a polvo.

Hoy iba a ser un buen día. Teníamos pan fresco, mamá sabía lo del juez Nagle y pensaba que yo era fuerte como ella.

—Anoche hablé con papá —murmuró mamá cuando entré en la cocina. Me quedé boquiabierta y ella sonrió con tristeza—. No nos guardamos secretos y él necesitaba saberlo.

—¿Cómo se lo tomó?

—Se lo tomó tan bien como cabría esperar. Por eso es aún más importante que pasemos un rato juntos hoy. Voy a preparar un picnic —me dijo con firmeza.

—¿Eso que huelo es pan? —gritó papá con voz ronca desde el dormitorio.

—Sí, Hank. Levántate y vístete. Vamos a salir.

—No me siento...

—¡Hank!

Ni siquiera podía ver la cara de papá, pero podía sentir el cambio de humor. Hubo un momento de silencio y luego un profundo suspiro antes de oírlo moverse en el dormitorio. Mi madre y yo compartimos una sonrisa.

—Uno menos —dijo en voz baja—. Falta uno.

No había forma de resistirse a mi madre en ese estado de ánimo; Henry ni siquiera lo intentaría. La rodeé con mis brazos y sentí una oleada de afecto.

—Te amo, mamá —dije. Las palabras se sintieron rígidas y torpes en mi lengua, y por un breve momento, no estuve segura de cómo reaccionaría. Ella me amaba, por supuesto que me amaba, pero ¿quería oírme decirlo? Los brazos de mi madre me rodearon y ella me apretó con fuerza.

—Yo también te amo, cariño. Ahora, hierve unos huevos. Vamos a comer sándwiches de huevo.

Era el día perfecto para hacer un picnic. Después de semanas de ese viento constante que nos dejaba tan cansados, el día estaba completamente tranquilo. La neblina de polvo se disipó y el calor se sintió prometedor en lugar de amenazante, como en los viejos días de primavera.

Una cesta llena de sándwiches de huevo y unos pepinillos con mantequilla no solucionaban nada, pero nos dieron una excusa para llevar la carretilla Hoover a Dalhart, donde nos sentamos en el parque bajo unos árboles. Habían pasado algunos meses desde que papá había intentado salir de la granja, y yo no podía recordar la última vez que habíamos salido todos juntos a divertirnos. Nos sentamos en una alfombra mientras mamá servía té dulce de un termo en pequeñas tazas de metal.

—Hoy no hay tristeza —anunció—. No quiero que nadie hable de la sequía, ni del trigo, ni de la granja, ni de lo que va a pasar. Hoy, simplemente estamos juntos. —Hizo contacto visual con cada uno de nosotros y luego agregó con insistencia—. ¿Lo entendieron?

Todos asentimos obedientemente y durante las siguientes horas era como si no tuviéramos ninguna preocupación en el mundo.

Esa misma tarde, papá y mamá nos dejaron a mí y a Henry para que hiciéramos las tareas del domingo mientras ellos iban a

Oakden a dejar los huevos en la tienda de comestibles. Cuando el carro salió por la puerta, los miré y vi que papá tenía el brazo alrededor de mamá y que ella apoyaba la cabeza en su hombro mientras él conducía.

El picnic había contribuido mucho a calmar el dolor de mi alma, y algo en ese breve atisbo de afecto entre mis padres calmó el resto.

—¿Qué estás cocinando para la cena? —preguntó Henry.

—¿Quién dice que yo cocino? Mi madre acaba de decir que tenemos que hacerlo ambos.

—Lizzie, por favor. Sabes que no sé cocinar. —Levantó las manos, siempre sucias y ásperas por el trabajo, con las uñas negras y desportilladas—. Estas manos están hechas para el trabajo de los hombres.

Yo también levanté las manos. Eran exactamente iguales a las de Henry, solo que más pequeñas. Él hizo una mueca y dijo con ironía:

—Dios, no me extraña que no puedas encontrar novio.

—Cállate, Henry —exclamé, pero me reí mientras lo decía, porque parecía mucho mejor esa tarde. El día fuera de la granja parecía haberle mejorado el humor—. Creo que prepararé pan de maíz con agua caliente y calentaré conejo enlatado para acompañarlo.

Henry tenía una relación de amor odio con esa carne de conejo enlatada. Los conejos se habían reproducido como locos durante la sequía y la población estaba ahora peligrosamente fuera de control, por lo que la comunidad tuvo que reducir el número. Nos alineábamos en un cuadrado gigante a lo largo de hectáreas de tierra, espaciados al principio, pero acercándonos gradualmente, empujando a los conejos al centro de la zona cercada. Los animales eran apaleados hasta la muerte y sus cadáveres distribuidos como alimento. Las matanzas de conejos eran desagradables, brutales incluso, pero sabíamos que eran necesarias. Henry sabía que esos animales destruirían nuestras cosechas y se reproducirían hasta apoderarse de cada centímetro cuadrado de nuestra tierra, pero no podía soportar verlos sufrir y, a pesar del hambre que teníamos, luchaba por no comérselos.

—¿Hay algo más? —preguntó.

—No es que sepa cocinar mucho. —Me encogí de hombros. Él suspiró y asintió con resignación—. También tenemos que lavar algo de ropa. —Temía a esa tarea incluso más que cocinar. Lavábamos la ropa con jabón artesanal, hecho con sebo y lejía. Era un infierno para mis manos.

—Bueno, ya que tú estás lavando y cocinando, lo menos que puedo hacer es traerte agua —anunció Henry.

—Qué caballeroso de tu parte —murmuré—. ¿Y qué vas a hacer después?

—Quizás me eche una siesta. —Me quedé boquiabierta y él echó la cabeza hacia atrás y se rio—. ¡Estoy bromeando! Mamá me pidió que quitara un poco de tierra del granero por si hay otra tormenta. —La tierra ya había llegado a la mitad del costado del granero. Solo la habíamos estado quitando de la puerta, haciendo lo mínimo para que los animales pudieran entrar y salir.

—Henry, somos idiotas —dije de repente—. Debimos habernos ofrecido a llevar los huevos.

Henry y yo nos miramos y luego ambos empezamos a reír.

Me estaba secando las manos con el delantal mientras caminaba hacia la terraza poco después de las cinco. Los finos mechones de pelo que se habían soltado de mi moño se levantaron de repente hasta quedar muy por encima de mi cabeza, al igual que los vellos de mis brazos y de la espalda. También se me erizó detrás del cuello. La extraña sensación me dejó estremecida y supe exactamente lo que significaba.

Se acercaba una nevada y dada la intensidad de la electricidad estática, iba a ser una nevada de proporciones considerables. Di dos pasos más, mirando hacia el horizonte, pero luego me detuve.

No había viento que nos avisara de lo que se avecinaba ese día, solo una silenciosa pared negra, tan alta y ancha que me pregunté si estaba viendo cosas. Eso no podía ser una tormenta de polvo, no con límites tan claros. Las tormentas de polvo no eran tan autónomas como para que se pudiera ver el cielo azul brillante justo encima de ellas. Llegaban lentamente, siempre precedidas por un fuerte viento ruidoso. Ésta no seguía las reglas.

—Recibí una descarga eléctrica con ese metal cerca del granero, era tan fuerte que me derribó. El alambre de la cerca también estaba brillando de color azul. Se siente como si una gran gaviota estuviera —dijo Henry detrás de mí, pero luego él también se detuvo en seco—. ¿Qué demonios…? ¿Cómo se le llama eso?

Nos quedamos allí mirando fijamente durante un rato más de lo debido, porque, pudiéramos comprenderlo o no, esa monstruosa pared negra se movía hacia nosotros, tragándose los campos planos de trigo medio muerto.

—Entra, Lizzie —dijo Henry. No le hice caso y me di la vuelta hacia la puerta para ver si mamá y papá, por algún milagro, ya habían regresado. Todo lo que vi fueron las gallinas corriendo en busca de refugio y el largo camino de entrada vacío que había a su lado—. ¡Lizzie! —gritó Henry— ¡Entra y prepara algo de tela!

El pánico en su voz me sobresaltó. Me di la vuelta y volví a la casa, temblando, mientras corría hacia el armario de la ropa blanca. Tomé en mis brazos un montón de toda la ropa que pude encontrar, puse algunas sábanas encima y corrí hacia el cubo que estaba al lado de la estufa. Dos minutos antes me había lavado las manos llenas de la masa del pan de maíz con esa agua, pero no había tiempo de buscar un balde nuevo.

Tiré la tela en el cubo y la llevé a a la habitación de mamá y papá. Cerré la ventana, colgué una sábana que goteaba del marco y dejé la toalla empapada cerca de la puerta, lista para tapar el hueco que había debajo. Busqué a tientas vaselina para nuestras narices en la cómoda de mamá y luego corrí por toda la casa. Todas las ventanas estaban abiertas, así que las cerré y trabé antes de volver a la terraza.

El viento se estaba intensificando y una suave brisa agitaba mi cabello destrozado por la estática. La tormenta se movía muy rápido, ya en los confines de nuestra granja. La arena se tragaría la casa en minutos.

—¡Henry! —grité con voz entrecortada—. ¡Henry, date prisa!

Subió corriendo las escaleras hasta la terraza y me agarró del codo para tirarme hacia dentro. Me detuve para cerrar la puerta y luego arranqué las cortinas de una ventana cercana para meterlas debajo de la puerta. Era otro agujero más que tapar, aunque sabía que no haría mucha diferencia.

Henry tuvo la precaución de tomar el recipiente con la masa que yo había preparado y arrojarlo al fuego, sofocando instantáneamente las llamas con un chisporroteo y una explosión de humo extrañamente delicioso con aroma a maíz. Luego tomó una linterna de la mesa de la cocina y lo seguí de regreso a la habitación de mamá y papá. Empujé la toalla mojada debajo de la puerta y él encendió la linterna.

—Hoy podemos sentarnos en la cama —me recordó Henry cuando, por costumbre, me moví para sentarme en el suelo. Sentí una punzada de angustia.

—Están ahí fuera —susurré.

—Lo sé.

—En ese coche ni siquiera hay vidrios.

—Lo sé, Lizzie. Se detendrán en la casa de alguien. Buscarán refugio. Ellos saben qué hacer.

Podíamos ver la calle cuando cubrimos la ventana de mamá y papá con la sábana. En esa dirección, podría haber sido una tarde normal. El viento se estaba levantando y levantaba el polvo alrededor de la casa, pero el sol seguía brillando. Mientras me untaba gotas de vaselina debajo de la nariz, miraba la carretera con la esperanza de ver el carrito de Hoover.

La luz dorada de la tarde se tiñó de café y gris, y luego el mundo entero adquirió un brillo café rojizo, como si el cristal se hubiera coloreado. Luego, tan rápido que apenas podía creerlo, la luz se desvaneció hasta que ni siquiera pude ver el camino de entrada vacío, a menos de un metro de la ventana del dormitorio. Habíamos sido tragados por el vientre de la bestia.

—Henry —dije con voz ronca mientras el polvo empezaba a entrar a través de las grietas del techo, las paredes y el suelo, arrastrado por un aire sorprendentemente gélido. Henry ya se había tapado la boca y la nariz con el paño húmedo y me hizo un gesto para que hiciera lo mismo.

Había estado tan tranquilo todo el día, pero ahora el viento empezaba a golpear contra la casa, hasta que toda la estructura tembló, y también Henry y yo. Nos sentamos uno al lado del otro en un silencio terrible y aterrorizado, escuchando impotentes mientras el granero se derrumbaba y una ventana en otra habitación de la casa se hacía añicos.

¿Crees que éste es el fin del mundo? —le pregunté a Henry. Después de un rato, mi voz se apagó.

—No seas tonta, hermana —dijo—. Es solo otra tormenta. Es una tormenta muy fuerte, sí, pero es solo una tormenta.

Para entonces, había tanto polvo en el aire del dormitorio de mamá y papá que se me llenaron los ojos de lágrimas. Los cerré porque no tenía sentido mantenerlos abiertos, apenas podía distinguir la llama de la linterna a medio metro de mí. Con el viento que soplaba afuera, imaginé que oía sonidos de sufrimiento: un caballo relinchando, gallinas cloqueando de angustia, toses, llantos y alguien gritando pidiendo ayuda.

—¿Oyes eso? —preguntó Henry de repente.

Allí viene de nuevo.

—Ayuda. Ven a ayudar. Por favor. Oh, Dios. Por favor.

Ambos salimos disparados de la cama, pero Henry extendió la mano para detenerme.

—Tú quédate.

—Claro que no lo haré.

Dudó sólo una fracción de segundo. Luego buscó mi mano y la apretó con fuerza.

—No me sueltes —susurró—. Si nos perdemos, nos vamos. ¿Lo oyes?

—¡Deja de tratarme como a un bebé y date prisa!

Seguí a Henry sintiendo, no con la vista. Tenía la linterna en la mano, pero por sus pasos cautelosos me di cuenta de que no ayudaba mucho.

Henry tropezó cerca de la puerta y sentí el crujido del hierro corrugado bajo nuestros pies, un trozo del techo del granero había atravesado la ventana. Luchó y logró abrir la puerta, pero se dio cuenta de que caminar afuera con ese viento cargado de tierra era como nadar en cemento. Avanzamos tan lentamente que comencé a temer que moriríamos asfixiados antes de que nos diésemos cuenta de quién nos estaba llamando.

—Ayuda... —volvió a oírse la voz y esta vez supe que era papá. Henry aceleró un poco y bajó las escaleras del porche a trompicones. Lo perdí de vista por un breve instante, así que me lancé hacia delante y me sentí aliviada cuando mi mano aterrizó en su hombro.

—¡Llama otra vez, papá! —gritó Henry.

—¡Henry, estoy aquí! —gritó papá.

—¡Sigue llamando para que podamos seguir tu voz!

Poco a poco nos acercamos al sonido de la voz de papá, pero solo cuando pateé el volante del auto por error me di cuenta de que nos habíamos pasado de la raya.

Tiré del hombro de Henry para llevarlo en la dirección correcta y avanzamos a tientas por el vagón. Finalmente, mi mano tocó un pelo cubierto de una capa de tierra blanda.

—¡Madre! —grité. Abrí la puerta del auto y me incliné. Madre estaba acurrucada detrás de papá, entre los asientos traseros y delanteros.

—Oh, cariño —dijo con voz suave y luego tuvo un ataque de tos entrecortada—. Eres una chica lista. Nos has encontrado.

Su voz sonaba ronca, débil y derrotada. Me quité el paño húmedo de la boca y lo presioné sobre la de mi madre, ignorando la forma en que ella me buscaba para protestar. Traté de reprimir la necesidad inmediata de toser, pero cada vez que respiraba, mis pulmones se llenaban de suciedad sin filtrar. Pronto estaba tosiendo y jadeando como mi madre.

—¿Qué tan lejos estamos de la casa? —gritó papá.

—Cerca —gritó Henry—. ¿A unos tres metros y medio?

—Traté de encontrar el camino, pero tenía miedo de perderme y no poder regresar con madre en el auto.

A partir de ahí, nos organizamos rápidamente. Yo seguiría a papá, agarrándome de la parte de atrás de su camisa. Papá llevaría a mamá, echándola sobre su hombro para que una mano quedara libre para agarrar la mano de Henry, y Henry iría adelante.

Henry dijo que sólo había unos tres metros y medio desde el coche hasta la casa, pero cada paso en medio de aquel polvo negro que se arremolinaba parecía una maratón. Estaba mareada por la falta de aire, como si cada bocanada de aire que inhalaba me acercara más a la asfixia. Cuando llegamos al dormitorio y Henry cerró la puerta y colocó la toalla debajo, no pude dar un paso más. Me desplomé en el suelo junto a la puerta. Los paños húmedos que habíamos llevado afuera ahora goteaban barro, otro tipo de asfixia. No había forma de filtrar el aire más que subiendo nuestras camisas secas hasta la boca, una medida tan ineficaz no nos habríamos molestado en hacer, excepto que estábamos desesperados por cualquier medida de alivio.

Durante una hora nos sentamos y esperamos. Finalmente, el viento empezó a disminuir, la oscuridad se disipó y, después de todo eso, la densidad del polvo en el aire comenzó a disminuir.

Estaba demasiado exhausta para sentir alivio. Acurrucada en ese montón de cansancio junto a la puerta, poco a poco me fui dando cuenta de que estaba herida, de que el viento lleno de arena del exterior me había quemado la piel expuesta, especialmente las mejillas.

Henry fue el primero en levantarse. Se acercó a mí y con las yemas de los dedos me quitó suavemente el polvo de la cabeza y la piel sana de la cara.

—Estás sangrando aquí —dijo suavemente, señalando mi cara.

—Ya me lo imaginaba —susurré con voz ronca y espesa. Me ayudó a levantarme y el polvo se desprendió de mi ropa, deslizándose por mi cuerpo como cascadas después de la lluvia. Parpadeé una y otra vez, tratando de aclarar mi visión borrosa, solo para darme cuenta de que mis ojos estaban tan quemados como mi piel. No volvería a ver con claridad hasta que sanaran.

—¿Mamá? ¿Papá? —dije con voz ronca, mientras buscaba a tientas la cama. Podía oír el traqueteo de la respiración de mamá desde la puerta, incluso por encima del sonido del viento que se apagaba. Pero solo cuando me acerqué me di cuenta de lo mal que estaba. Papá la abrazó y le tocó la piel del rostro con suavidad, susurrándole al oído. Tenía una extraña sonrisa de pánico en el rostro, como si estuviera tratando de mantener la calma. Tenía un lado de la cara magullado, la piel alrededor del ojo estaba negra, morada e hinchada.

Me senté suavemente al lado de mi madre y tomé su mano. Estaba helada, así que la froté entre mis dedos para calentarla.

—¿Qué pasó? —preguntó Henry, acercándose a mi lado.

—Traté de vencer a la arena, pero llegó muy rápido —dijo papá con voz ronca—. Nunca había visto nada igual. Perdí completamente la orientación cuando oscureció; no dejaba de entrar y salir del auto tratando de averiguar dónde estábamos. No pude encontrar ningún punto de referencia que reconociera, y el granero no estaba donde esperaba. Me encontraba muy nervioso, así que pensé que habíamos entrado por la puerta equivocada. Jesse se movía con dificultad y golpeaba el carro mientras se encabritaba, tuve que salir para quitarle el arnés, pero me tiró al suelo. Eso es lo último que recuerdo por un tiempo.

—¿Por qué mamá está tan mal? —le pregunté a papá. Él parecía muy afectado.

—Debió haber desenganchado a Jesse y luego, de alguna manera, me metió de nuevo en el auto, porque cuando recuperé la conciencia, yo estaba en el asiento trasero y ella estaba acurrucada sobre mi cara, tratando de protegerme del polvo. No sé cuánto tiempo estuvo expuesta de esa manera. Demasiado tiempo. La tierra se estaba acumulando alrededor de nosotros en el auto; pensé que nos ahogaríamos en ella.

Todos miramos a mamá. Sus labios estaban teñidos de azul y la piel de su rostro tenía un tono grisáceo.

—Necesitamos un médico —dijo Henry.

—¿Cómo? —preguntó papá con voz entrecortada, mirando hacia la ventana. Ya era posible ver el sol en el horizonte, pero pronto anochecería y la visibilidad aún era limitada por el polvo. El granero estaba completamente enterrado; por la altura del montículo, podía decir que se había derrumbado bajo el peso del polvo. La pobre Joker se había ido y, ya sea que saliera corriendo hacia la tormenta o se asfixiara, Jesse también lo había hecho.

Nuestro vecino más cercano estaba a tres millas de distancia y, al igual que nosotros, la familia Hutchinson no tenía ni teléfono ni coche. Existía la posibilidad de que, si uno o más de nosotros intentábamos ir caminando hasta allí, incluso en la oscuridad y al final de la tormenta, nos encontráramos con que no estaban en condiciones de ayudarnos. Y entonces tendríamos que caminar tres millas de vuelta, en la oscuridad.

—Iré —dijo Henry.

—No puedes —dijo papá rotundamente, sacudiendo la cabeza. Henry abrió la boca para protestar y papá exclamó—. ¡Maldita sea, Henry! ¿Pensarías algo por una vez en tu maldita vida? ¿Y si la tormenta se desata de nuevo? La única razón de que madre y yo no nos asfixiáramos inmediatamente fue que teníamos el coche para refugiarnos. No vale la pena correr el riesgo.

—Pero... parece... —empezó a decir Henry, luego se interrumpió.

—Papá —susurré, con un tipo diferente de lágrima llenando mis ojos ahora—. No sé si mamá podrá esperar hasta mañana.

—Bueno, tiene que hacerlo —dijo papá, pero luego su expresión se desmoronó y miró a Henry y a mí, con remordimiento en su mirada—. Ella me mataría si te dejara salir allí otra vez. Solo tenemos que esperar —volvió su atención a mamá, le besó la frente y le susurró suavemente—: tienes que aguantar, Ida, ¿me oyes? Solo hasta que salga el sol. Entonces te conseguiremos ayuda.

Henry salió a traernos agua fresca y a evaluar los daños, pero se negó a darnos detalles de lo que había visto. Papá se quedó en el dormitorio con mamá, pero yo tomé una escoba y me puse a limpiar. Barrí tanta suciedad de la casa que había montones de ella, de dos y tres pies de alto, a lo largo del borde de la terraza.

En una hora, estaba oscuro de nuevo, esta vez como debía serlo, ya que el sol finalmente se había ocultado.

No sé cuándo me di cuenta de que mi madre no iba a sobrevivir. Tal vez debí haberlo sabido desde la primera vez que vi lo mal que estaba, o tal vez fue mejor que no me diera cuenta, ya que de todos modos no había nada que pudiera hacer. Sin embargo, poco a poco, a lo largo de las horas de esa larga noche, comencé a preguntarme y luego a sospechar y luego un gran temor se apoderó de mí.

Papá lloraba de vez en cuando, a veces con lágrimas silenciosas rodando de sus ojos, que de todos modos podrían haber sido por el polvo. Otras veces todo su cuerpo se estremecía con sollozos. Henry se sentaba en el suelo, en un rincón de la habitación, abrazándose a sí mismo mientras miraba al vacío. Tomé un paño limpio y húmedo y limpié el polvo de la cara y las manos de mi madre. Le humedecí los labios y trató de echarse agua a la boca. Su respiración se hizo más superficial a medida que avanzaba la noche y el matiz gris y azul en su piel se hizo más evidente, incluso a la tenue luz de la lámpara de queroseno.

—Iré de todos modos. Caminaré hasta Oakden si es necesario —soltó Henry, poniéndose de pie a trompicones, pero papá lo calló de inmediato.

—Aún hace viento afuera y no tenemos idea de si la tormenta ya pasó. ¡No voy a perder a dos de ustedes en una noche!

Henry se desplomó de nuevo y la siguiente vez que intenté que mi madre bebiera un poco de agua, ésta se le escurrió de los labios a la almohada. Estaba flácida y pesada contra la ropa de cama.

—Por favor, despierta, madre —dije con voz entrecortada. Todavía tenía arenilla en los ojos, en el pelo e incluso entre los malditos dientes. Todos estábamos cubiertos de lo que nos la estaba arrebatando y no había forma de arreglarlo. Solo teníamos que sentarnos sobre ella—. Madre, te amo. Por favor, despierta.

Poco después, exhaló un último suspiro suave y no volvió a respirar. Para entonces, todos estábamos demasiado exhaustos para llorar. Nos sentamos alrededor de su cuerpo en la cama, papá y yo sosteníamos su mano, Henry se desplomó junto a sus muslos. Los horribles acontecimientos de esas últimas doce horas empezaron a sentirse distorsionados, como si estuviera atrapada en un sueño surrealista. Henry finalmente se subió a la cama junto al cuerpo de mamá, como si estuviera demasiado cansado para sostenerse. Yo también me estiré, todavía sosteniendo su mano.

No tenía intención de quedarme dormida, pero los altibajos de ese día me quitaron toda la fuerza del cuerpo y el sueño simplemente me invadió. Un rato después, un fuerte ruido me despertó sobresaltada. Me incorporé, confundida y con los ojos vidriosos, y luego miré hacia el cielo, alrededor de la habitación.

El cuerpo de mi madre estaba en la cama a mi lado. Henry también se levantó de un salto, sus ojos estaban tan rojos como la piel de su cara.

Sin embargo, papá no estaba a la vista. Me bajé de la cama para buscarlo e investigar el sonido, pero Henry extendió su mano para detenerme.

—No —susurró—. No.

—Pero ¿dónde está…?

—Quédate aquí —susurró, y algo en su tono me asustó tanto que lo hice. Lo vi salir corriendo de la habitación y mi corazón empezó a acelerarse con una nueva oleada de miedo confuso. Entonces finalmente miré a mamá.

Afuera el sol salía y ella estaba bañada por la delicada luz de un nuevo día, arrojando un brillo rosado sobre su piel. Le toqué la mejilla, diciéndome que nos habíamos equivocado y que ella todavía estaba allí, pero su piel estaba fría y realmente se había ido. ¿Cómo podríamos seguir adelante sin ella?

No todos lo haríamos.

Algunos de nosotros ni siquiera lo intentaríamos.

Y entonces supe qué había sido ese ruido. Salí corriendo de la cama detrás de Henry, atravesé la casa y la terraza polvorienta, tropezando con los montículos de tierra blanda que habían quedado esparcidos por toda la casa y el jardín.

Me detuve en seco cuando doblé la esquina de la casa más cercana al banco y al roble vivo de Texas. El sol salía detrás del árbol, proyectando vibrantes tonos rosa, rojo y dorado sobre la nueva mañana.

Era una silueta, vi el contorno de aquel árbol maltratado y vi el banco debajo de él, luego vi a mi hermano de rodillas en la tierra, acunando el cuerpo de mi padre en sus brazos.

19

SOFIE

Huntsville, Alabama
1950

—¿Cómo te fue el día de hoy? —me preguntó Jürgen al entrar en la casa esa tarde. Yo estaba sentada en el sofá, Félix a un lado mirando la televisión y Gisela al otro, llorando de manera miserable en mi hombro. Lo miré fijamente y su rostro se ensombreció—. ¿Qué pasó?

—¡Aquí los niños no comen pan de verdad! —lloró mi hija.

—Eh... —Jürgen me miró confundido—. Los americanos comen mucho pan, Gisela. Quizá estés confundida.

—Su pan no es integral, es blanco. Es diferente y todos se reían de mí porque comía el pan equivocado. No sabía ninguna de las palabras que decía mi maestra, los niños de la señora Schmidt dijeron que no podían jugar conmigo. Los otros niños alemanes tampoco querían jugar conmigo y los estadounidenses ya me odiaban, así que me senté sola. Odio estar aquí.

Más tarde, cuando Gisela se calmó un poco, nos retiramos a nuestra habitación y cerramos la puerta.

—Hoy hablé con Claudia —le conté a Jürgen—. Me dijo que no quiere que sus hijos se mezclen con los nuestros. Dijo que una cosa es que Klaus trabaje contigo, pero que ella ha llegado demasiado lejos para proteger a sus hijos de la ideología nazi como para permitirles que se mezclen con gente como nosotros.

Jürgen se frotó la cara con cansancio.

—¿Debería hablar con ella? ¿O con Klaus?

Pensé en la ira que contenían los ojos de Claudia y negué con la cabeza.

—No. Al menos todavía no. Pero si los niños alemanes no quieren jugar con Gisela y los niños estadounidenses tampoco, ella se va a sentir miserable.

—Démosle un poco de tiempo. Podemos empezar con su almuerzo; si la comida es realmente algo tan importante, iremos ahora mismo al supermercado y compraremos comida americana.

—Ni siquiera sé qué comen los niños estadounidenses. —Hice una mueca.

—Entonces quizá necesitemos encontrarte una amiga americana —dijo con énfasis.

Y de repente, me acordé de Avril Walters.

—¡Mamá! —escuché a Gisela gritar desde el patio delantero a la mañana siguiente.

—Sofie, ¿puedes venir aquí, por favor? —llamó Jürgen. Estaba en el baño peinándome y suspiré, frustrada por la interrupción. ¿Qué estaban haciendo? Habían salido por la puerta principal hacía apenas unos minutos. Avril Walters llegaría en una hora y yo tenía que lavar los platos antes de que ella llegara.

—¿Qué pasa? —grité mientras caminaba hacia la puerta principal. Miré a Félix, que estaba sentado a unos treinta centímetros de la televisión, con los ojos muy abiertos mientras miraba la pantalla. Parecía decidido a sentarse frente a él cada minuto que estuviera despierto. No me hacía mucha gracia, pero me tranquilizaba pensar que al menos estaba escuchando algo de inglés.

Encontré a Gisela sentada en el umbral de la puerta, apoyando la frente en la palma de la mano. Me miró con tristeza.

—¿Qué pasa?

—Mira —murmuró—. No son sólo los niños de la escuela los que nos odian. Son todos.

Jürgen estaba al costado del camino, de pie junto a Claudia y Klaus. Varios otros vecinos también habían salido de sus casas para ver de qué se trataba el alboroto. Era un hermoso día, había un cielo azul y el sol era brillante.

Sin embargo, nadie miraba al cielo porque todos tenían la vista fija en la carretera. Dejé a Gisela en la puerta y fui a ver, pero mi corazón se hundió al acercarme. En letras rojas y toscas, casi tan altas como la estrecha calle, alguien había pintado la palabra nazis. El grafiti había sido colocado cuidadosamente justo en la entrada de la calle, en el centro, frente a nuestra casa.

—Yo puedo solucionarlo. Tú ve a ese taller sobre protocolos de seguridad —le dijo Jürgen a Karl mientras me acercaba—. Pero, Claudia, dado que Sofie no está muy al día con las normas de tránsito estadounidenses, ¿te importaría llevar a Gisela a la escuela con Mila?

Jürgen la miró con esperanza. Claudia murmuró algo en voz baja sobre que era la primera y la última vez, lo siguiente que supimos fue que estaba saliendo marcha atrás de la entrada de su casa con Gisela en el asiento trasero.

Llamé a Avril para posponer nuestro café hasta la mañana siguiente. Se horrorizó cuando le conté lo del grafiti y su reacción me tranquilizó. Algunos estadounidenses eran amables, después de colgar Jürgen llamó a la policía. Me senté en la sala de estar con Félix y escuché la conversación.

—...justo enfrente de mi casa, eso está en 1401 Beetle Avenue, señor... Sí, dice nazi... No estoy seguro de lo que quiere decir... Bueno, no, señor... En realidad, sí, pensé que vendría a... Ya veo. ¿Acaso en este país no es un delito dañar la propiedad pública? No, no entiendo. Sí, está bien. Gracias. De acuerdo.

Llegó a la puerta de la sala de estar con expresión sombría.

—¿Qué van a hacer? —pregunté.

—El oficial Johnson dijo que si me molestaba... podía pintar encima —sacudió la cabeza con incredulidad.

—¿No vendrán a investigar?

Jürgen se desabrochó la corbata mientras meneaba la cabeza.

—Pero... ¿por qué no? ¡Esto es acoso!

—El policía dijo que debido a las circunstancias era de esperarse—murmuró Jürgen con amargura—. Me sugirió que tal vez debería comprar la pintura al por mayor para tener algo listo para la próxima.

20

LIZZIE

El Paso, Texas
1935

Henry y yo vendimos todo lo que pudimos en una venta de garaje y compramos boletos de autobús para El Paso. Llegamos un ventoso día de primavera de 1935, apenas una semana después de enterrar a nuestros padres y nos alojamos en una pensión con todo lo que nos quedaba en el mundo cuidadosamente empacado en dos maletas.

Nunca había estado en una ciudad. Solo había visto fotos en los periódicos, así que pensé que sabía cómo sería, pero no estaba preparada para la sobrecarga sensorial. Los autos y los camiones pasaban rugiendo junto a nosotros, la gente iba a toda prisa y los letreros de las tiendas, las calles y la ropa eran muy brillantes. Incluso el aire olía mal, como si un tractor acabara de hacer explosión justo cerca de mí.

No había tiempo para despedirnos de la tierra que amábamos ni para comenzar a llorar a nuestros padres, pero como me encontraba completamente fuera de lugar, la inmensidad de la pérdida y la brusquedad del cambio me golpearon a la vez. No había llorado mucho más que el día que mamá y papá nos dejaron. Ni siquiera lloré cuando el pastor Williams nos recogió en la granja para llevarnos a la parada del autobús. Pero no fue el humo del tubo de escape del automóvil lo que me hizo escocer los ojos mientras miraba alrededor de la pequeña habitación que Henry y yo compartiríamos. Él dejó su maleta sobre la cama y yo dejé la mía en el pequeño sofá, mirándola fijamente para que Henry no viera las lágrimas en mis ojos.

—Lizzie —dijo con dulzura, y cuando me recompuse y me volví para mirarlo, sonrió y señaló una cuerda que colgaba del techo. En mi casa, las luces eléctricas eran sólo para los ricos, pero era evidente que la pensión no era un lugar para gente rica. La contradicción me resultó desconcertante. Caminé rápidamente por la habitación para tirar de la cuerda. La luz parpadeó, así que tiré de la cuerda nuevamente para apagarla y luego repetí el proceso, distraída momentáneamente por la novedad—. Y también la plomería interior —dijo Henry, mientras se estiraba en la cama y cruzaba los brazos debajo de la cabeza—. ¿Ves? Está bien. Y, una vez que empiece a trabajar para el CCC, tendrás esta habitación para ti sola.

Henry estaba convencido de que encontraría trabajo en la ciudad, todo gracias a un artículo que había leído en el periódico sobre el Cuerpo Civil de Conservación de Roosevelt, el CCC. Le faltaban sólo unos meses para cumplir veinticinco años y, por lo que sabíamos, el programa era sólo para jóvenes de hasta veinticinco años. Aunque Henry tenía el presentimiento de que lo aceptarían de todos modos.

—¿Qué clase de trabajo crees que voy a conseguir, Henry? —Moví la pila de sábanas hacia un costado del sofá y me senté. Era mullida, abultada y olía sospechosamente a sudor de otra persona.

—Bueno, hermana, solo tienes que preguntarte qué quieres hacer. A mí me gusta trabajar con las manos, arreglar cosas, construirlas. ¿Qué te gusta a ti?

—La agricultura —dije rotundamente. Henry hizo una mueca.

—Estamos en la ciudad ahora.

—Eso es lo que quiero hacer, Henry. Lo único que sé hacer es conducir un tractor, recoger huevos, ayudar a una yegua cuando está preñada. Puedo coser un botón, pero no sé coser un vestido. No tengo ninguna habilidad.

—Mañana saldrás y hablarás con algunos empleadores.

—Y si el CCC te contrata, ¿vivirás ahí? —pregunté. Me temblaba la voz, pero levanté la barbilla. Me dije a mí misma que las cosas habían cambiado y que solo necesitaba tiempo para acostumbrarme, pero me aterrorizaba separarme de Henry. Lo único que me había ayudado a superar esa terrible semana era la esperanza de que él se aseguraría que ambos estuviéramos bien.

—No tienes miedo, ¿verdad? Parece que tú nunca has tenido miedo de nada.

Si tan solo él supiera. No había muchas cosas en la vida que me asustaran, pero la idea de estar sola en esa ciudad era suficiente para provocarme calambres en el estómago.

—No seas ridículo —dije de repente y comencé a arreglar el sofá—. Solo me pregunto cuándo tendré una buena cama.

Pero sólo dos semanas después, Henry y yo nos encontrábamos de pie en la calle con las maletas a nuestros pies. Por muy baratas que fueran, las tarifas de la pensión nos habían dejado sin dinero, y el CCC no le ofreció trabajo a Henry. Incluso si lo hubieran contratado, su empleo sólo habría durado hasta que cumpliera veinticinco años. Faltan apenas dos meses. Ni siquiera el encanto de Henry pudo eludir los criterios de elegibilidad para un programa gubernamental de gran demanda. Nos enteramos de que, cuando el CCC publicaba vacantes en el pasado, la fila de solicitantes se extendía por varias cuadras de la ciudad. Por cada puesto de trabajo potencial en El Paso, había cien o más candidatos desesperados.

—Todo irá bien —dijo Henry con firmeza—. Quizá durmamos al aire libre esta noche, pero mañana surgirá algo bueno.

Ya me estaba cansando un poco de la insistencia de Henry en que las cosas iban a mejorar, pero no me serviría de nada desanimarlo.

Recogí mi maleta y señalé hacia el oeste.

—Vi un campamento de personas sin hogar por allí —dije con cansancio.

—Veamos si podemos encontrar algún lugar donde dormir allí abajo.

Los días empezaron a convertirse en semanas, pero yo estaba demasiado cansada para llevar la cuenta del tiempo habíamos estado en la ciudad. Encontramos un trozo de lona desechado y Henry lo transformó en una especie de tienda de campaña, tendida con una cuerda entre un árbol y el costado de un puente, en un campamento lleno de otras tiendas de campaña improvisadas. Dormimos sobre pilas de periódicos viejos que recogí de los botes de basura mientras Henry hacía cola en una iglesia, esperando que le dieran las mantas viejas de alguien.

Henry y yo recorrimos la ciudad llamando a todas las puertas pidiendo trabajo hasta que conocimos sus callejones sin salida, de la misma manera que una vez conocimos todos los campos de la granja. Al final del día, nos reuníamos en un comedor de beneficencia para cenar.

Por la noche, mientras yacíamos de pies a cabeza bajo la carpa, pensaba en mi madre. Sabía lo que diría si todavía estuviera con nosotros. Ella me recordaría que yo era fuerte, que había sobrevivido. Me diría que tuviera fe, que siguiera adelante, incluso cuando parecía que no había esperanza.

Entretanto esperaba, oraba y trataba de ser paciente mientras perseveraba, me encontré con una emoción que nunca había sentido antes: empecé a sentirme perdida.

Después de unos meses, conocí el centro de El Paso al derecho y al revés, pero todavía no podía entender quién era yo en ese lugar ni quién se suponía que fuera.

Un día había estado llamando a las puertas del distrito industrial y llegué un poco temprano para encontrarme con Henry en el comedor de beneficencia para cenar. No quería hacer fila sola, así que estaba perdiendo el tiempo cuando me encontré parada frente a la puerta del nuevo hotel Hilton, el edificio más alto del centro de El Paso. Observé la opulenta entrada principal y luego miré hacia arriba, a lo largo de veintiún pisos asombrosos, hasta los balcones de la azotea.

En ese momento, una mujer apareció por el callejón que había junto al edificio. Reconocí el cansancio en su rostro, lo había visto en el espejo cientos de veces. Era la mirada de alguien que había trabajado honradamente durante un día y que había llegado al final de la jornada con la dignidad intacta.

Conocía esa sensación. Quería volver a tener ese tipo de cansancio con tanta desesperación que podía sentirlo. Aquella mucama exhausta que salía del hotel representaba el primer destello de familiaridad que había experimentado en meses. Tal vez se hubiera reído si hubiera sabido lo inspirada que estaba por las bolsas bajo sus ojos, sus hombros caídos y sus pies que se arrastraban por el puro cansancio, pero cuando la vi, también vi un camino a seguir. Había pasado meses intentando encontrar trabajo y cada puerta a la que tocaba permanecía cerrada. Algo tenía que cambiar.

Iba a dominar la vida en la ciudad, tal como había dominado todas las habilidades que había necesitado en la granja. Todavía no sabía cómo lo haría, pero acababa de decidir dónde.

21

LIZZIE

Huntsville, Alabama
1950

Mientras abría la puerta del restaurante, evité cuidadosamente mirar el cartel de «Solo blancos» que colgaba en la ventana. Desde que Sofie Rhodes mencionó esos carteles, los veía con mayor atención dondequiera que iba.

Otra vez llegué tarde ese día. Me di cuenta de que una de las camisas de Henry que estaba en el tendedero tenía manchas, así que la volví a llevar adentro para tratarla con blanqueador. Henry lavaba su propia ropa. Era un bendito hábito que había adquirido en el ejército, pero las manchas más complicadas, como la pintura, estaban más allá de su habilidad. No le gustaba que lo tratara como un bebé, así que, incluso una vez que había sacado la pintura se había secado, tuve que lavar rápidamente el olor a blanqueador de su camisa y colgarla en el tendedero para que no se diera cuenta de que había intervenido.

Me había costado mucho motivarme a bañarme, arreglarme el pelo y maquillarme después de eso. Una parte de mí siempre quería saltarse esos almuerzos, pero obligarme a ir me había ayudado. Se había convertido en un hábito arraigado. Ahora mis tacones resonaban contra las baldosas del restaurante mientras caminaba rápidamente hacia la mesa donde estaban sentadas las mujeres de Fort Bliss.

—¡Casi empezamos sin ti! —dijo Becca con ligereza.

Extendí la mano para alisarme el cabello y forcé una sonrisa.

—Lo siento —dije—, ha sido un día muy ajetreado.

Hice una pausa para abrazarla a ella y a Juanita, luego a Gail e incluso a Avril. En lo que respecta a Avril, siempre fui amable, cálida cuando me convenía y nunca confiada. Había aprendido esa lección a las malas, en algún momento.

Las cinco intercambiamos notas sobre la mudanza: quién estaba desempacando, qué niños disfrutaban de la nueva escuela, quién tenía los peores vecinos. Luego Becca suspiró feliz.

—Me alegro mucho de que hayamos acabado todas juntas aquí, después de todo —murmuró, bajando la voz—. Parece como si nos hubiéramos mudado de una ciudad emergente a un pequeño pueblo moribundo.

—Mis nuevos vecinos están muy emocionados de que estemos aquí —dijo Gail, sonriendo para sí misma—. Uno de ellos dice que algún día Huntsville será conocida como la ciudad de los cohetes. Tal vez estemos llegando justo al comienzo de algo asombroso.

—¿Y qué piensa tu nueva vecina de estos nazis? —preguntó Becca con ironía. Gail se encogió de hombros.

—No parece preocuparle demasiado que algunos sean alemanes. Además, Trevor dijo que en realidad no son nazis. Dijo que sólo tenían empleos gubernamentales comunes en Alemania. No es culpa de ellos que el gobierno esté dirigido por el mismísimo diablo.

—Me resulta muy difícil creerlo —dijo Becca impotente. Ella me miró—. Desde el principio dijiste que había algo podrido en todo el acuerdo, ¿no es así, Lizzie?

Nunca oculté mi preocupación o desagrado por el programa en el que estaba trabajando Calvin, pero como él me había pedido, nunca le dije a nadie por qué. Traté de encogerme de hombros sin comprometerme.

—¿Sabes lo que me dijo Bob una vez? —anunció Juanita de repente. Todos se giraron para mirarla y ella se inclinó hacia delante y susurró—. Dijo que había oído rumores en Fort Bliss de que algunos de esos científicos realmente pertenecían al partido nazi. Incluso había oído que algunos estaban en las SS.

—Si eso fuera cierto, no habría forma de que los hubieran traído a este país —dijo Gail de forma abrupta.

—No me lo he inventado, Gail —dijo Juanita a la defensiva—. Uno de los traductores se lo contó a un ingeniero y ese ingeniero a Bob. Dijo que alguien de nuestro gobierno falsificó registros alemanes para que más hombres pudieran venir.

—No deberías decir esas cosas —espetó Gail—. No es justo. Si esos hombres tuvieran algo que ver con lo que pasó allí, estarían pudriéndose en una cárcel o ejecutados en Núremberg, no libres en nuestras calles.

Bajé la mirada hacia el menú, deseando poder esconderme debajo de la mesa. Cuando pasó un largo momento y nadie dijo nada, levanté la vista de mala gana, solo para encontrarme con toda la mesa mirándome a mí.

—¿Sabes quién lo sabría con seguridad? —dijo Juanita, observándome atentamente.

—Calvin —dijo Avril.

—No estaba muy emocionado cuando se les permitió por primera vez moverse libremente por El Paso, ¿verdad? —dijo Becca, y luego amablemente me recordó—. Es solo que recuerdo que me dijiste que había estado discutiendo con Christopher Newsome cuando los dejaron salir de la base por primera vez.

Miré rápidamente a Avril, reacia a confirmar. A Calvin no le haría ninguna gracia que su nombre apareciera en esos rumores, sobre todo porque posiblemente había algo de cierto detrás de ellos. Pero no se me ocurría cómo salir de la discusión sin mentir. En cambio, traté de desviarla.

—Poco importa si eran verdaderamente nazis o si tenían empleos regulares en el gobierno. Porque incluso si tenían empleos regulares, se quedaban en esos empleos. Gail, sabes tan bien como yo que si Truman de repente se convirtiera en un monstruo como Hitler, tu dulce Trevor sería el primero en dimitir. El hecho de que estos hombres no hicieran eso me dice que apoyaban lo que hacían los nazis.

—Sé que no estás contenta de que estén aquí, Lizzie, pero ¿de verdad crees que los alemanes son peligrosos? —preguntó Becca, con su voz en un susurro.

—Mi hermano dice que los hombres así son siempre peligrosos. Y todos ustedes saben que él sirvió en Europa, así que él lo sabría.

—Entiendo que estos hombres alemanes saben muchísimo de cohetes —dijo con frustración—. Lo que no entiendo es por qué la mayoría de los científicos estadounidenses del equipo han asumido tan rápidamente que son dignos de una vida cómoda aquí. Son nazis en el peor de los casos, o simpatizantes nazis en el mejor.

—No estoy segura de que sea sol y arcoíris para todos ellos —dijo Avril, en un tono que presagiaba algún chisme sumamente delicioso. Odiaba los chismes de Avril y yo misma había sido víctima de ellos. Parecía deleitarse en causar drama—. Sofie Rhodes me llamó hace unos días y me rogó que fuera a tomar un café porque su pequeña niña está teniendo algunos problemas en la escuela. Le pregunté a Patty y me dijo que ni siquiera los niños alemanes juegan con Gisela Rhodes. Tenía sentido que los niños estadounidenses se mostraran un poco cautelosos con estos nuevos estudiantes, pero ¿los alemanes condenando al ostracismo a uno de los suyos? —Nos dirigió una mirada triunfante—. Y supongo que todas se han enterado de lo que pasó ayer en Sauerkraut Hill. —Cuando negamos con la cabeza, Avril se inclinó hacia delante y murmuró—. Justo antes de que tuviera que ir a encontrarme con ella para tomar un café, Sofie llamó para cancelar. Durante la noche, alguien pintó la palabra nazis en su calle.

—¿Es cierto, Lizzie? —preguntó Gail. No estaba segura a qué se refería.

—¿Qué pasa con la calle? Es la primera vez que oigo...

—Sobre la falsificación de registros. Sobre que algunos de estos hombres son miembros del partido nazi, o incluso de las SS. —Hizo una pausa y entrecerró los ojos—. Si alguien puede saberlo con seguridad es tu marido, y cambiaste de tema cuando Becca te preguntó.

Me aclaré la garganta. Nunca se me dio bien mentir.

—No debería decirlo —dije con frialdad, pero se produjo un jadeo colectivo en toda la mesa. Miré de reojo a Avril Walters.

Parecía escandalizada y encantada a partes iguales. Se me cayó el alma a los pies.

—¿Sabes quiénes de los alemanes eran nazis? ¿Quiénes estaban en las SS? —susurró Becca en estado de shock. Sacudí la cabeza apresuradamente, mi mente daba vueltas mientras intentaba averiguar cómo deshacer el desastre que estaba causando. Calvin me mataría si se enteraba.

—Si eso es verdad, apuesto a que sólo lo habrían hecho por los científicos con los que realmente estaban desesperados por trabajar —dijo Gail lentamente. El resto de nosotros nos quedamos en silencio mientras pensábamos en la superestrella del equipo científico—. Y… —Gail asintió hacia Avril—, dijiste que los niños alemanes estaban marginando a esa chica Rhodes. Puede ser que tener un padre oficial de las SS sea un estigma demasiado grande incluso para ellos. Los demás alemanes sabrían la verdad.

—Pregúntale a Calvin esta noche —suplicó Becca.

—No me quiere decir nada. Sigue enfadado por la fiesta y sé que está harto de hablar de esto —miré a Avril y de repente fruncí el ceño—. ¿Dijiste que ibas a tomar un café con Sofie Rhodes? Pensé que no íbamos a hacer eso.

—Oh, se siente tan sola —dijo Avril con tristeza—. No pude evitarlo. Ya sabes que soy una persona muy sensible.

22

SOFIE

Berlín, Alemania
1935

Había llegado el primer día de Georg en la escuela primaria. Mayim se quedó en casa con Laura para que pudiéramos acompañarlo solos a la escuela. En la puerta principal, se inclinó para besarle la mejilla.

—Que tengas un buen primer día, Georg —dijo. Él le sonrió y le mostró los dos dientes delanteros que le faltaban, un hueco que hacía que ciertos sonidos se le escaparan con un ceceo. Le echó los brazos al cuello a Mayim.

—Te lo contaré todo esta noche, Mayim. Te lo prometo.

—Sé que lo harás, amiguito —dijo riendo, abrazándolo con fuerza. Laura bajó corriendo las escaleras, casi tropezando, y luego se lanzó sobre Georg en un fuerte abrazo.

—Que tengas un buen día —dijo, cerrando los ojos con fuerza mientras lo abrazaba. Georg le devolvió el abrazo y se quedaron así por un segundo. Mayim y yo intercambiamos sonrisas silenciosas. Cuando Laura liberó a su hermano, tomó la mano de Mayim. Luego, casi abrumada por la emoción, se puso de pie detrás de la pierna de Mayim. Su mirada cayó al suelo mientras murmuraba—. Adiós, Georg.

Georg levantó la barbilla y respiró profundamente como si estuviera preparándose para despedirse y dijo con valentía:

—Adiós, Laura.

Tomé la mano de Georg cuando salimos a la acera frente a nuestra casa, pero él no se dio cuenta o se mostró reacio a tomar la mano de su madre ahora que era un niño grande. Eso me dolió. Parecía que en un momento estaba temblando de nervios mientras sostenía a mi bebé recién nacido por primera vez y al siguiente estábamos caminando hacia la escuela.

—¿Tienes miedo? —pregunté.

—No, mamá —dijo—. Hans y yo nos lo vamos a pasar genial. Hans era un año mayor que Georg y ya iba al colegio, pero los chicos eran los mejores amigos.

Lydia y Hans estaban esperando en la puerta de la escuela. Los chicos corrieron uno hacia el otro, se encontraron en un dueto de charlas y gritos emocionados, luego atravesaron la puerta hacia el patio de juegos sin siquiera despedirse.

Por las emociones se me llenaron los ojos de lágrimas. Lydia se rio suavemente mientras me daba una palmadita en el hombro.

—El primer día es el más difícil, Sofie, pero no hay necesidad de preocuparse ¡Estos maestros se llevarán a tu bebé y lo transformarán! Dejará este lugar bien encaminado para convertirse en un hombre alemán fuerte, el tipo de hombre que enorgullecerá a la nación.

Miré hacia el patio de la escuela con la esperanza de ver a Georg por última vez. Un escalofrío helado me recorrió la espalda cuando mi mirada se posó en la bandera del Reich, que ondeaba suavemente con la brisa sobre el patio de recreo.

* * *

Pronto encontramos un nuevo ritmo para nuestros días, nuestra rutina ahora estaba basada en las horas escolares de Georg.

—Me gustaría poder llevarlo —dijo de repente Mayim, una mañana mientras yo me ponía los zapatos en la puerta de entrada, tratando de recuperar el tiempo perdido porque íbamos tarde. Forcé una sonrisa.

—De todos modos, pronto podrá caminar por sí solo.

Berlín sólo ofrecía hostilidad a una mujer como Mayim, y eso significaba que no era seguro para mis hijos salir con ella. Además,

Georg era un miembro novato de la comunidad escolar y todos estábamos ansiosos por lo que dirían los demás niños y padres si se enteraban de lo de Mayim. Podía imaginarme a la multitud de padres en la puerta oyendo su nombre hebreo y retrocediendo de la sorpresa. Era incómodo y horrible, pero Mayim y yo sabíamos que era mejor que se quedara en casa.

Durante el verano, a Mayim, Adele y a mí nos gustaba sentarnos en el patio después de que los niños se fueran a dormir. Compartíamos una copa de vino, dispuestas a soportar el zumbido de los mosquitos por la compañía y la posibilidad de una brisa fresca al atardecer. Una de esas tardes, Adele trajo fresas de su jardín, cortadas en rodajas gruesas y maceradas con azúcar fina. Todavía hacía calor esa noche, pero para mi gran diversión, Mayim se envolvió en su manta tejida de todos modos.

—Laura estaría celosa si lo supiera —dijo, sirviéndose una fresa.

—Laura no tiene por qué estar celosa —dijo Adele con desdén—. Yo guardé mis mejores fresas para los niños, como siempre hago.

Mayim y yo compartimos una sonrisa. Estiré las piernas y apoyé la cabeza contra la pared que había detrás de mí, contemplando las siluetas de los árboles y los edificios que había detrás de nosotros, mientras el sol dorado se ocultaba tras ellos.

—¿No estará Jürgen esta noche otra vez? —dijo Adele. Podía oír la desaprobación en su voz—. Entonces trabajará el fin de semana. Tienes que ayudarlo a encontrar cierto equilibrio.

—¿Y cómo me propones que lo haga, tía Adele? —pregunté, tragando un suspiro. No se equivocaba. Jürgen dormía cada vez más en el sofá de su oficina.

—¿Oíste lo de la señora Haas? —nos preguntó Adele con tristeza, refiriéndose a una de sus amigas viudas—. La Gestapo. Se la llevaron hace unas noches. No estaba más involucrada en actividades desleales al Reich de lo que yo en una calabaza. Estaba peleando con Walter Berner. Él vive arriba de ella, ¿recuerdas? Simplemente no le gustaba la forma en que su perro ladraba por la noche. Parece claro que llamó a la Gestapo por despecho, y ahora esa pobre y frágil anciana está en un campo de concentración en algún lugar.

Mayim y yo intercambiamos una mirada sobre la evaluación que Adele hizo de la señora Haas como frágil y anciana, dado que la mujer probablemente era al menos diez años más joven que Adele. Aun así, la idea de que la Gestapo la sacara a rastras de su casa me hizo sentir mal.

—Tía Adele —bajé la voz—. No deberías especular de ese modo. Nunca se sabe cuándo alguien está escuchando. —El patio era relativamente seguro, estaba rodeado de otros patios y no podía oír ningún movimiento, así que supuse que estaban vacíos. Pero más allá de los patios había ventanas, y ¿cómo saber quién podría estar detrás de ellas?

—Especularé todo lo que quiera, Sofie —dijo Adele, mirándome con desdén—. ¿Qué van a hacer? ¿Arrestarme por señalar algo absolutamente obvio?

—De verdad que tienes que hablar más bajo —susurró Mayim, con un tono ligeramente asustado. Adele suspiró y asintió.

—Sí, está bien. Gracias, Mayim.

—Todas las noches, antes de acostarme, repaso cada interacción que tuve durante el día y me pregunto: ¿hice algo que pudiera percibirse como desleal? —dijo Mayim suavemente, me sorprendió—. Algunas noches no puedo dormir porque me preocupa haber dicho algo sin querer que pudiera llamar la atención y causarnos problemas a todos.

—Odio que tengas que vivir así —susurré con un nudo en la garganta.

—Para ti, el cálculo es diferente, Mayim —dijo Adele con dulzura—. Y tienes toda la vida por delante. Así no se puede vivir. ¿Has pensado en eso? ¿Cómo será tu futuro?

—Pienso en ello todos los días.

Adele tomó un sorbo de vino.

—No lo digo a la ligera, pero tienes que irte de Alemania. Pienso en ti como pienso en nuestra Sofie, como la nieta que Dios se olvidó de darme, aunque en una versión menos molesta.

—Gracias, tía Adele —dije con ironía. Ella guiñó el ojo, pero luego se puso seria—. Y… ¿A dónde irían los Nussbaum?

Adele miró a Mayim con una mirada intensa.

—¿No podrías tú y tus padres ir simplemente a Cracovia con Moshe?

—No es sencillo, señorita Adele —respondió Mayim—. Mi pasaporte dice que soy polaca, pero nunca he vivido en otro lugar que no sea aquí. Además, mi padre no puede ir a Polonia sin más. Incluso si pudiera conseguir un visado, no podría soportar el viaje en tren con la espalda apretada. Las cosas en Berlín no están bien, pero tengo suerte de tenerte a ti, a Jürgen, a Sofie y a los niños.

—Y tú —dijo Adele, volviendo su atención hacia mí—, ¿has pensado en lo que pasará si insisten en que le pidas a Mayim que se vaya?

—No es ilegal tener un mejor amigo judío —dije con rigidez.

—Sofie —suspiró con impaciencia—. Puede que llegue el día en que sea realmente ilegal.

—Odio que estemos discutiendo esto —susurré.

—No discutirlo sería peor —dijo Adele abruptamente—. Tenemos que afrontar los hechos —dijo, volviéndose hacia Mayim—. Sabes que no soy rica, pero entre todas podríamos encontrar el dinero para la visa de tu padre.

—De verdad, gracias —dijo Mayim con tristeza—. Pero ese no es el problema en absoluto.

—Por favor, Mayim —la instó Adele—. Por favor, intenta pensar de otra forma. Parece que el peligro se acerca a esta casa cada amanecer. Apenas puedo dormir por las noches, preocupada por todos ustedes.

Más tarde, Adele se disculpó para retirarse y, después de cerrar la pequeña puerta de la cerca que separaba nuestros patios, Mayim me preguntó:

—¿Tiene razón?

—No lo sé —admití. Después de una pausa, dije—: Mayim, tengo mucho miedo por ti. Y por tus padres. Alemania ya no parece un lugar seguro.

Mayim apartó la mirada de mí y la dirigió hacia la luz rojiza y dorada que enmarcaba el edificio de departamentos que había detrás de nosotros. Escuché los sollozos que intentaba disimular y me estiré para apretarle el antebrazo. Se volvió hacia mí con las mejillas mojadas por las lágrimas.

—¿Cuánto empeorará esto antes de mejorar?

—No lo sé —admití—. Simplemente no lo sé.

Después de unos meses en la escuela, Georg estaba orgulloso de traer su primera bolsa de lectura para practicar en casa.

—¿Los leo contigo? —sugerí mientras terminaba de vestir a Laura después de su baño. Georg jadeó horrorizado.

—Estos son libros especiales para el hogar. Solo para mí y para Mayim.

Le di un beso de buenas noches y lo observé mientras caminaba hacia su habitación, sosteniendo la mano de Mayim. Metí a Laura en su cama y luego bajé a preparar té para mí y para Mayim.

Cuando se reunió conmigo en la sala de estar unos minutos después, el color había desaparecido de su rostro. Se sentó frente a mí y dejó la bolsa de Georg sobre la mesa de café que había entre nosotros.

—Ábrelo —dijo con voz ronca.

Abrí la bolsa y saqué los libros. En la tapa del primero había una imagen de un desfile callejero. La mayoría de los adultos y los niños estaban haciendo el saludo militar y no menos de ocho banderas y pancartas con esvásticas se exhibían en la escena. Hice un sonido de sorpresa y Mayim se inclinó hacia adelante, con movimientos espasmódicos, mientras sacaba el resto de los libros para colocarlos uno al lado del otro.

Me acerqué para agarrar el siguiente libro, *Niños, ¿qué saben del Führer?* Hojeé las páginas y vi cómo se desarrollaba una ficción sobre un Hitler benévolo que estaba devolviendo la gloria a la patria. El segundo libro se llamaba *El mestizaje* y, aunque la portada mostraba a un adorable cachorro, sólo tuve que hojear las primeras páginas para darme cuenta de que era una parábola simplista que desalentaba las relaciones entre arios y judíos.

Cuando tomé el tercer libro ilustrado, me temblaban las manos. Se llamaba *Nunca confíes en un zorro en el páramo verde y nunca confíes en un judío por su juramento.* En la primera página, un apuesto hombre ario estaba representado al lado de un hombre corpulento y tosco que aparentemente representaba a los judíos.

Cuando levanté la vista, Mayim estaba llorando.

—Por favor, dime que no le leíste esto, Mayim —susurré enfermizamente.

—Ése era el que quería —dijo con voz entrecortada, señalando el último libro—. Le gustaba más la portada. Logré convencerlo de que debíamos leer uno de sus libros y se distrajo con facilidad, pero eso no durará para siempre. Tarde o temprano, se dará cuenta de que los judíos sobre los que está aprendiendo son los mismos que la judía de su casa.

—Hablaré con él... —comencé a decir, pero sus ojos se abrieron con alarma.

—¿Y qué le vas a decir? —preguntó ella, y luego bajó la voz hasta convertirla en un susurro—. ¿Decirle que el Führer está equivocado? ¿Que los judíos no son el enemigo? No puedes decirle esas cosas. Si las repite en la escuela, recibirás una visita de la Gestapo.

—Pero no puedo dejarle pensar que esto está bien —le respondí en un susurro.

Mayim se atragantó con un sollozo.

—Debe haber hablado de mí en clase. Su maestra le dijo que se asegurara de que los leyera con él. Ella estaba tratando de demostrar algo.

Me sentí agradecida de que Jürgen volviera a casa esa noche. Él me había advertido que llegaría tarde, pero lo esperé despierta.

—¿Qué pasa? —preguntó mirándome a la cara.

—Tenemos que hablar —dije con tristeza.

—¿Podemos hablar mientras me doy un baño? —preguntó con voz cansada. Pasó la mano por encima de su traje arrugado y luego se frotó la piel erizada de las mejillas—. Hace un calor infernal ahí fuera y tiene días que no me baño. Ha sido una semana muy larga.

Lo seguí hasta el baño y le expliqué lo que había pasado.

—No podemos decir nada —dijo abruptamente Jürgen.

Dejé de caminar y lo miré con el ceño fruncido, sorprendida por su tono.

—Pero… ¿quizás deberíamos buscar otras escuelas? Tal vez…

—Casi todos los maestros de escuela son ahora miembros de la Liga Nacional Socialista de Maestros. El periódico dijo que más del 95 por ciento lo son.

—¡Los periódicos mienten! —susurré. Lo sabía mejor que nadie. La prensa era un brazo del Departamento de Propaganda, controlaban hasta el tipo de letra en que se imprimían los periódicos.

—Quizás los periódicos mientan sobre algunas cosas, pero no sobre esto. El plan de estudios se ha estandarizado en las escuelas públicas y privadas. Podríamos trasladar a Georg a cualquier escuela del país, pero esto no va a desaparecer.

—Entonces, ¿se supone que debemos aceptar que esta tontería le lavará el cerebro?

Jürgen suspiró mientras entraba en la bañera. Recogió agua para lavarse la cara y luego apoyó la cabeza contra la pared de azulejos que tenía detrás.

—Todos los padres alemanes sensatos están atrapados, igual que nosotros —dijo Jürgen con voz cansada—. No creo que tengamos derecho a quejarnos. La jaula en la que estamos atrapados es, al menos, dorada.

—Tarde o temprano, se dará cuenta de que Mayim es judía. Su maestra se encargará de ello.

Nos miramos fijamente el uno al otro bajo la dura luz del baño. Jürgen volvió a cerrar los ojos.

—Lo sé —susurró, sacudiendo la cabeza—. Pero no sé qué hacer al respecto.

Más tarde, me estiré en mi lujoso colchón en la hermosa casa que tanto había querido conservar, pero nunca me había sentido menos cómoda.

Apenas unas semanas después, Georg parecía hundirse en un estado de desánimo y no me quería decir qué le pasaba. Después de varios días de intentar animarlo, llamé a Lydia para ver si ella o Hans podían arrojar algo de luz.

—Es de esperarse —dijo con tristeza.

—No sé qué quieres decir.

—Hans dijo que los chicos se han estado burlando de él por... —Ella hizo una pausa y luego su tono se endureció—. Sofie, ya lo sabes.

—¿Mayim? —susurré.

—No puedes albergar a un judío en tu casa y esperar que otros niños no lo noten.

—No estamos albergando a nadie. Es perfectamente legal que ella esté aquí.

—A veces los niños son más perceptivos de lo que creemos —dijo—. Mira, ¿por qué no vienes mañana por la mañana a tomar el té y podemos hablar de esto? Odio que tu hijo esté triste y que haya pasado tanto tiempo desde que nos pusimos al día. Estoy segura de que podemos resolver esto.

Había pasado un tiempo desde la última vez que vi a Lydia. Todos nuestros viejos amigos estaban cada vez más involucrados en las actividades del partido nazi y yo me estaba alejando cada vez más. Sin embargo, estaba desesperada por ayudar a Georg, así que acordamos que me encontraría con Lydia en su casa al día siguiente.

Pero en cuanto colgué el teléfono, me invadió una oleada de frustración y rabia. Levanté el auricular y marqué el número directo de Jürgen.

—Necesito que vengas a casa esta noche.

—No puedo —dijo automáticamente. Su equipo se estaba preparando para otro lanzamiento de prueba y no parecía haber tiempo en su agenda para nada más—. Hay un panel que nos está dando algunos problemas...

—Creo que a Georg lo están acosando en la escuela y estoy harta de tener que lidiar sola con cada pequeña cosa que ocurre en esta familia. Necesito que vengas a casa esta noche.

—Está bien —suspiró Jürgen—. Está bien.

—Bien —dije con brusquedad, pero cuando Jürgen entró por la puerta principal, mi impaciencia hacia él ya se había disipado. Lo acerqué a mí y le di un beso en la mejilla.

—Lo siento —dije.

—Yo también —dijo—. Sé que llevas la carga de la familia. No te lo agradezco lo suficiente.

—Estoy preocupada por Georg. Lydia dijo que algunos de los chicos lo han estado molestando por lo de Mayim.

—Ah —dijo Jürgen, haciendo una mueca. Luego suspiró profundamente—. Lo llevaré a la cama esta noche y hablaré con él, de hombre a hombre.

Por primera vez en mucho tiempo, los seis estábamos en casa para comer. Nos sentamos al final de la larga mesa del comedor formal, Laura felizmente acomodada entre Adele y Mayim, Georg a mi lado frente a ellas y Jürgen a la cabecera de la mesa.

Me invadió el calor que ardía en mi pecho ante el simple placer de estar todos juntos alrededor de una mesa servida con buena comida. Adele sirvió jugosas lonchas de pollo asado, mientras que Mayim y yo empezamos a servir las verduras. Pero cuando ella intentó echar zanahorias en el plato de Georg, él apartó la cuchara con agresividad. Su expresión era hosca y se negó a mirarla.

—¿Qué te pasa, amiguito? —le preguntó con dulzura—. ¿No te sientes bien?

—Georg —dije, sorprendida—. Te encantan las zanahorias.

Él levantó la mirada y luego miró alrededor de la mesa, sus ojos se llenaron de lágrimas mientras pasaba su mirada de mí a Jürgen y Adele.

Me di cuenta entonces de que estaba haciendo todo lo posible para evitar mirar a Mayim, bajando la mirada hacia la mesa cada vez que pasaban junto a ella.

—Yo tampoco quiero zanahorias —dijo Laura, como si sintiera la oportunidad de evitar sus verduras.

—Todos comerán zanahorias —dijo Jürgen con firmeza, pero Georg estalló en sollozos ruidosos, empujó su silla hacia atrás y salió corriendo de la habitación. Mayim y yo intercambiamos miradas de sorpresa, mientras Jürgen también apartaba su silla de la mesa—. Déjame hablar con él.

Dejé a Laura con Adele y Mayim y seguí a Jürgen y Georg por el pasillo, pero me quedé afuera del dormitorio de Georg, fuera de la vista.

—¿Qué pasa, Georg? —preguntó Jürgen suavemente.

—Papá —dijo Georg con voz ronca—. ¿Es cierto? ¿Mayim es una sucia judía?

Hubo una larga pausa. Podía escuchar mi pulso en mis oídos mientras esperaba que Jürgen respondiera.

—No utilices esas palabras, por favor —dijo Jürgen con cautela—. Pero sí, es cierto que Mayim es judía. ¿Por qué te preocupa eso, Georg?

—La señora Müller dice que los judíos son enemigos del Führer. ¿Nos va a hacer daño?

—¡Por supuesto que no nos hará daño! —dijo Jürgen, nervioso y frustrado.

—Pero los chicos dicen que si ella está en nuestra casa nos robará el dinero y nos hará enfermar —Georg soltó un sollozo estremecedor—. Papá, Hans no quiere jugar conmigo en la escuela porque dice que tengo gérmenes judíos sucios. ¡Dijo que incluso podríamos morir!

—Eso es una tontería, Georg. Sabes que Mayim no es peligrosa.

—Pero Hans dijo...

—Sé lo que dijo Hans —respondió Jürgen de repente. Casi podía oír cómo giraban los engranajes de la mente de mi marido. Defender a Mayim era invitar a la Gestapo a los problemas. Defender a Mayim era fracturar nuestra familia. Hizo una pausa y luego llamó con impotencia—. ¿Sofie?

Doblé la esquina y me reuní con él en la habitación. Jürgen estaba sentado al final de la cama de Georg. Yo me senté junto a su almohada. Él se incorporó y me abrazó, llorando de repente de nuevo.

—Mamá —lo oí gemir—. No quiero que Mayim me dé más zanahorias.

Lo rodeé con el brazo y miré a Jürgen por encima de su cabeza. Los hombros de mi marido se hundieron mientras miraba fijamente la alfombra.

Le dimos a Georg la opción de volver a la mesa para comer sus zanahorias. Nos dijo que sólo quería irse a la cama. Con lágrimas en los ojos, le di un beso de buenas noches y lo dejé hacer lo que quisiera. Cuando salimos de la habitación de Georg, Mayim estaba en su propia habitación y su puerta estaba cerrada.

—Déjame acostar a Laura y luego me iré —Adele dijo en voz baja—. Parece que ustedes dos necesitan hablar.

—Gracias, tía Adele —dijo Jürgen y se inclinó para besarle la mejilla.

Nos retiramos al estudio con una botella de vino. Cerré la puerta con llave y caminé junto a sus estanterías repletas de libros hacia los sillones del rincón. El estudio se había llenado de polvo con la ausencia de Jürgen. Odiaba limpiar y podríamos habernos permitido contratar a una empleada doméstica, pero no se me ocurría cómo hacer que alguien entrara en el santuario de nuestro hogar sin llevar consigo la ideología nazi.

Simplemente no había forma de escapar.

Me dejé caer en un sillón y estiré el cuello para mirar el ornamentado yeso del techo.

—Podríamos irnos de Alemania —dije de repente. Jürgen estaba descorchando el vino en su escritorio, pero se detuvo y me miró sorprendido.

—¿A dónde iríamos?

—Adele ha estado intentando convencer a Mayim de que vaya a Cracovia con su abuelo y Moshe. Podríamos hacer las maletas y marcharnos de Berlín.

—Vamos a desarraigar a toda nuestra familia y mudarnos a Polonia sólo porque el abuelo de Mayim vive allí —dijo Jürgen con ironía, mientras nos servía una copa de vino a cada uno. Me desplomé. Era una idea terrible—. No me gusta la idea de Polonia. Para empezar, ninguno de nosotros habla polaco, pero podríamos plantearnos irnos de Alemania.

—¿Y entonces a dónde iríamos?

—¿Inglaterra? Mi inglés es básico, pero sabes que lo aprendería rápido, podrías ayudarme.

—O Francia —sugerí, ya que ambos también hablábamos un francés rudimentario. Nos miramos fijamente, como si estuviéramos evaluando cuán posible era esto—. ¿Cómo sobreviviríamos?

—Encontraría trabajo en una universidad.

Su salario bajaría y tendríamos que volver a intentar hacer rendir nuestro dinero lo máximo posible. La pobreza parecía casi atractiva si venía acompañada de la libertad de criar bien a mis hijos.

Sólo una cosa me hizo reflexionar.

—Los padres de Mayim dependen del dinero que le hemos estado dando —dije con inquietud. Le habíamos estado dando dinero a Mayim todos los meses desde que nuestras propias finanzas se habían estabilizado, y yo sabía que ella le pasaba casi todo ese dinero a Levi y Sidonie.

Jürgen lo pensó un momento. Luego suspiró.

—Sospecho que preferirían que ella estuviera a salvo en el extranjero con nosotros. Encontrarían otra manera.

—¿Y Adele?

Esta vez no hubo ninguna duda antes de que Jürgen dijera:

—Intentaremos convencerla para que se una a nosotros también.

—Ella nunca estaría de acuerdo.

—Lo sé —se frotó los ojos—. Ella nació en esa casa...

—Y morirá en esa casa —concluí con un suspiro—. ¿De verdad quieres abandonar el programa de cohetes?

—La verdad, Sofie, sería un alivio —admitió, mirando fijamente su copa de vino. Tenía los hombros rígidos y la expresión tensa. En el tiempo transcurrido desde que aceptó ese trabajo milagroso, mi marido había envejecido. Tenía líneas finas alrededor de los ojos y bolsas debajo de ellos.

—¿No te ha ido bien?

—Hitler está reconstruyendo el ejército alemán. Pronto será de conocimiento público —jadeé en estado de shock—. Otto dice que Hitler espera que el mundo se quede de brazos cruzados y que luego la remilitarización se convertirá en una bola de nieve. El programa de cohetes ha logrado avances increíbles, pero eso solo significa que, si nos pidieran que convirtiéramos la tecnología en un arma, podríamos hacerlo en tan solo unos pocos años. Llevo un tiempo intentando averiguar cómo salir de aquí, pero no va a ser fácil —admitió, bajando la voz hasta convertirla en un susurro—. Me necesitan demasiado. Nunca me dejarán marcharme. Tendremos que hacerlo rápido y en silencio. Si te lo tomas en serio...

—Lo hago —solté.

Nuestras miradas se cruzaron en el vino. Él asintió.

El sábado. Elegiremos una frontera, buscaremos las carreteras secundarias y haremos como si fuéramos a dar un paseo en coche.

—¿Este sábado?

—Si vamos a hacer esto, tenemos que hacerlo de inmediato.

—Está bien —susurré y mi ritmo cardíaco se aceleró.

—Habla con Mayim mañana. Yo hablaré con Adele. Aparte de eso, no podemos decir ni una palabra más.

23

LIZZIE

Huntsville, Alabama
1950

Calvin estaba apoyado contra la puerta de la cocina, mirando hacia el techo como si estuviera rezando para tener paciencia. No podía permitir que mi hermano oyera esta conversación, así que esperé hasta que Henry se acostó antes de confrontar a Calvin sobre las sospechas de Gail.

—¿Y entonces? ¿Es verdad? —pregunté—. ¿Jürgen Rhodes estuvo en las SS?

—Lizzie, cariño, sabes que no puedo hablar contigo sobre esto —dijo Calvin, pero evitó mi mirada mientras hablaba.

—Dios mío —susurré, con la boca seca—. Vive en Sauerkraut Hill con el resto, ¿no? Hay un oficial de las SS que vive a dos manzanas de nuestra casa. ¿Libre en nuestra comunidad?

—Ni siquiera yo lo sé con seguridad —dijo Calvin rotundamente—. Pero sí, cuando Newsome admitió que había visto pruebas de que un científico de alto rango estaba en las SS, se refería a Jürgen.

—¡Esto es un escándalo!

—Lizzie, no te pongas así de nerviosa.

—Incluso tú dijiste al principio que no estaba bien…

—¡Nunca debí haberte dicho nada sobre esto! Nunca se me ocurrió que terminaríamos viviendo en la misma comunidad que estos hombres —dijo Calvin.

—¡Porque sabías que era peligroso!

—Al principio estaba nervioso, sí, pero en lo que respecta a Jürgen, estoy seguro de que el bien que puede aportar a este país supera con creces cualquier riesgo que pudiera haber supuesto.

—¡Calvin, tienes a un oficial de las SS trabajando con judíos estadounidenses! —dije sin aliento—. ¿De verdad crees que de repente decidió que, después de todo, son dignos de respirar?

—Jürgen trabaja en estrecha colaboración con Eli Klein y nunca lo he visto hablar con ese hombre sin el máximo respeto. Créeme cuando te digo que ese hombre no tiene ningún interés en nada que no sea la cohetería y su familia.

—Los hombres así no cambian, Calvin —susurré. Mi voz se endureció por la emoción mientras lágrimas de confusión brotaban de mis ojos. Calvin me tocó suavemente el brazo, con la mirada firme.

—La guerra es brutal, Lizzie. Incluso si los rumores son ciertos, es posible que exista todo un contexto que jamás podremos entender.

—La guerra es brutal por culpa de hombres como ese. Esta guerra no empezó, los nazis lo iniciaron. Los nazis la perpetuaron. Los nazis asesinaron a millones de personas inocentes. No hay duda alguna de quiénes son los villanos aquí.

Ambos oímos movimiento en el pasillo. Calvin y yo nos miramos alarmados. Entonces él se dio la vuelta y abrió la puerta. Henry estaba allí de pie, con el ceño fruncido.

—Pensé que te habías ido a la cama —solté. No podía haber sonado más culpable si lo intentara.

—Sólo quería un vaso de leche —dijo Henry a la defensiva. Se movió lentamente, abrió el refrigerador, vertió la leche y guardó la botella. Cuando salía de la habitación, me lanzó una mirada fulminante.

—Buenas noches —dije débilmente.

—Buenas noches, Henry —añadió Calvin.

—Hmm —dijo Henry, frunciendo el ceño. Lo observamos hasta que desapareció por la puerta trasera y regresó a su departamento encima de la cochera.

—¿Crees que lo escuchó? —dijo Calvin.

—No —dije, mientras mi ritmo cardíaco se calmaba—. No habría estado tan tranquilo si lo hubiera hecho.

—Henry no puede saber lo que acabamos de hablar, Lizzie. No sólo porque se supone que nadie debería saberlo. En el caso de Henry, no sería bueno que lo supiera.

—Mi primera preocupación siempre es el bienestar de Henry —espeté.

Esa noche me desperté con un ruido sordo y luego un grito de dolor. Me levanté de la cama y corrí al pasillo. Calvin estaba allí, de pie en la puerta de su dormitorio. Nunca habíamos compartido habitación, algo que dejó perplejo a Henry la primera vez que se quedó con nosotros. Le expliqué que Calvin roncaba terriblemente y, aunque al principio mi hermano no parecía convencido, el zumbido que resonó en el pasillo más tarde esa noche cuando Calvin se fue a la cama, pareció tranquilizarlo.

Entonces me puse al lado de Calvin y me froté los ojos cansados mientras murmuraba:

—¿Ése es Henry?

—Creo que sí —dijo Calvin.

—¡Lizzie! —escuché a Henry gritar. El sonido provenía de la cocina. Calvin corrió delante de mí por el pasillo y abrió la puerta de la cocina justo cuando Henry gritaba—. ¡Déjala en paz!

Su voz sonaba tensa y se movía con violencia. Busqué el cable para encender la luz, pero Calvin me agarró la mano.

—Está sonámbulo —susurró—. Deja la luz apagada y lo tranquilizaremos con delicadeza. —Levantó un poco la voz y dijo con firmeza—. Henry, estás a salvo. No hay nadie aquí.

—Henry —llamé en un tono suave—. Cariño, despierta. ¡Estás bien! Henry se movía por la habitación como si estuviera enredado con un asaltante invisible y, mientras agitaba los brazos, tiró el frutero al suelo. Las manzanas rodaron por las tablas del suelo. Yo suspiré impaciente mientras tiraba del cable de la luz. Calvin me miró incrédulo.

—Uno de nosotros se iba a romper un tobillo si no lo hacía —dije. Y Henry se lanzó mientras Calvin estaba distraído.

—¡Soy yo! —gruñó Calvin, mientras Henry lo tiraba violentamente al refrigerador. Los lentes de Calvin se cayeron al suelo.

—Henry —dije sin aliento, agarrándole el brazo y tirando de él. Henry me sacudió y yo me tambaleé hacia atrás, chocando con la puerta y soltando un grito de dolor.

En ese momento, Henry se alejó de Calvin y miró a su alrededor sin comprender, como si no tuviera idea de dónde estaba. Pronto se agachó y se acurrucó cerca de la estufa, jadeando como si hubiera estado corriendo, agarrándose la frente con las manos. Empujé a Calvin para agacharme junto a mi hermano. De cerca, noté el sudor en su piel y las lágrimas en sus ojos.

—Estuvo aquí —dijo Henry, todavía aturdido. Miró a su alrededor la habitación, luego sacudió la cabeza—. ¿Adónde fue?

—Fue sólo un sueño —dijo Calvin en voz baja—. Estabas solo.

Henry parpadeó para limpiarse las últimas lágrimas y luego frunció el ceño a Calvin.

—¡Sé la diferencia entre un sueño y la realidad! Él estaba en esta casa.

—Esto ya ha sucedido antes —le dije—. ¿Recuerdas? Cuando llegaste por primera vez a casa con nosotros en El Paso.

Los sueños eran muy vívidos cuando regresó de Europa y a menudo deambulaba por la casa, profundamente dormido. Una noche lo encontré parado frente a su auto, con las llaves en la mano, pero profundamente dormido. Comencé a esconderle las llaves después de que se fuera a la cama.

Sin embargo, esos sueños parecían diferentes a los de este episodio. En aquel entonces, incluso cuando Henry actuaba en un sueño, siempre estaba completamente alerta en cuanto yo le hablaba; de inmediato se daba cuenta que había estado soñando. Y nunca antes había hecho daño a nadie. Me estremecí al pensar qué podría haberle sucedido a Calvin si Henry no hubiera despertado en ese momento.

—Había alguien aquí, Lizzie. Debe haber sido Rhodes —Henry insistió. Calvin se agachó y palpó el suelo hasta encontrar sus lentes. Suspiró al darse cuenta de que estaban rotas y Henry lo miró consternado—. ¿Qué le pasó a tus lentes, Calvin? ¿Te lo hizo Rhodes?

—Estabas aquí solo —repitió Calvin. Henry frunció el ceño y sacudió la cabeza.

—Debió haberse ido antes de que entraras —hizo una pausa y luego asintió, como si se hubiera convencido a sí mismo—. Eso es. Debe haber... —Su mirada se desvió hacia la ventana y frunció el ceño nuevamente. Estaba cerrada, con el pestillo puesto. Sus ojos volaron hacia la puerta—. Debe haber salido por ahí. Por el pasillo. Por la puerta trasera.

—¿Por qué no duermes en la habitación de invitados esta noche? —sugerí.

—Tenemos que llamar a la policía —dijo Henry. Me miró con impaciencia, como si yo fuera la irracional.

—No había nadie aquí, Henry.

—¡No me estás escuchando! —exclamó, alzando de nuevo la voz—. No estoy loco. Sé lo que vi.

—¿Por qué no llamamos a la policía por la mañana? —preguntó Calvin.

Me miró a los ojos y asentí sutilmente.

—Buena idea —dije con gentileza—. Si alguien estuvo aquí, es obvio que se ha ido. Vamos a dormir un poco y a tratar de resolver esto en la mañana.

Una vez que acomodé a Henry en la habitación de invitados, fui al dormitorio de Calvin y cerré la puerta detrás de mí. Calvin estaba sentado en su cama y ya tenía sus anteojos de repuesto. Miraba fijamente las tablas del piso, con expresión seria.

—Seguro que nos escuchó —murmuré.

—Lo sé.

—¿Qué hacemos?

—Necesita ver a un médico.

—¿Un médico? —repetí—. ¿Para qué? ¿Para las pesadillas?

—No sé qué tipo de episodio fue ese, pero fue más que una pesadilla.

Negué con la cabeza.

—No necesita que un médico le diga que está loco, Calvin. Simplemente ha tenido una mala noche y, de todas formas, es culpa nuestra, ya que nos ha oído hablar de... —Me aclaré la garganta—. De tus colegas.

—Te golpeó contra esa puerta y estaba listo para arrancarme la cabeza. Estoy preocupado por él, cariño.

—Yo también, pero él odia a los médicos.

—¿Quieres que hable con él? —Negué con la cabeza—. Entonces tienes que hacerlo, Lizzie. Por favor, solo pregúntale cómo está. Quizás sólo necesita unas pastillas para dormir.

Esa noche dormí en el sofá porque estaba en la habitación de enfrente a la habitación de invitados. Cada vez que Henry se movía, yo me ponía de pie de golpe, lista para ir en su ayuda.

Henry entró a la cocina y recogió una de esas manzanas magulladas que había devuelto al frutero a las 2:00 a. m. Estaba vestido y listo para trabajar, pero parecía tan exhausto como yo cuando le dio un mordisco a la manzana y se sentó frente a mí.

—¿Estabas hablando con alguien hace un rato? —le pregunté con cautela. Me bañé tan pronto como me desperté, con la esperanza de estar vestida cuando Henry despertara, pero casi tan pronto como me metí al agua, oí a Henry hablando en el pasillo. Cuando me vestí, él ya había regresado a su habitación.

—Sí, llamé a Walt para avisarle que llegaría tarde —dijo. Dio otro mordisco a su manzana y me di cuenta de que tenía garabateado con tinta en el dorso de la mano el número 1401 be av. ¿Qué significaba eso? ¿Era algo relacionado con la madera, un recordatorio para hacer algo en su trabajo?—. Luego llamé a la policía. Alguien vendrá pronto.

—¿Qué? —dije, con el corazón encogido—. No, Henry. Sé que lo de anoche te pareció real, pero fue solo uno de esos sueños que solías tener. Ni siquiera has conocido a Jürgen Rhodes. ¿Cómo puedes saber cómo es?

—¿Cuántos alemanes más en esta ciudad tienen problemas contigo, eh? —preguntó Henry, frunciendo el ceño—. Sé lo que he oído.

—Cuando nos despertaste, estabas en la cocina, dando tumbos sin que nadie te viera —dije con inquietud—. Sabes que no soy fan de esos alemanes, pero en este caso, el intruso estaba en tu imaginación.

Henry frunció el ceño por un momento. Luego hizo una pausa.

—Bueno, no estaría mal que la policía viniera a revisar la casa.

¡Diablos! ¿Cómo iba a comunicarme con él? Ni siquiera tuve tiempo de pensarlo, porque alguien llamó suavemente a la puerta. Salí corriendo detrás de Henry cuando se levantó rápidamente para abrir.

El policía era un hombre de mediana edad y mirada penetrante. Se encontraba en el vestíbulo y miró hacia la sala de estar, con una libreta en la mano. Henry se presentó y luego me señaló.

—Oficial Johnson, ella es Lizzie Miller. La señora de Calvin Miller. Calvin estuvo aquí anoche, pero ahora está trabajando en Redstone Arsenal. Trabaja allí en el programa de cohetes.

—Soy el detective Johnson, señora Miller —dijo el oficial de policía—. Encantado de conocerla.

—Yo también —dije débilmente. Luego añadí—. Mi marido y yo no vimos nada.

—Parece que el intruso entró, se dio cuenta de que lo superaban en número y se fue —dijo Johnson con gravedad. Miró a Henry y añadió—. Probablemente no esperaba encontrar a dos hombres aquí. ¿Estás seguro de que el intruso era ese Jürgen Rhodes?

—Estoy bastante seguro —dijo Henry. Luego hizo una pausa—. Estaba oscuro. Pero tenía acento alemán y Rhodes tiene todo el sentido. Mi hermana tuvo una discusión con su esposa el fin de semana pasado.

El oficial se disculpó y pasó a mi lado, mirando cada una de las habitaciones. Henry y yo lo seguimos.

Traté de ver la casa a través de sus ojos. Mi hogar era una imagen de orden perfecto: muebles y obras de arte caros cuidadosamente seleccionados y ordenados; pisos de madera muy pulidos pues los limpiaba todos los días; cortinas que mantenía limpias de polvo; ventanas que lavaba una vez a la semana.

Seguramente el policía se dio cuenta de que no se trataba de un lugar en el que se hubiera producido un robo o un intento de asalto. No había ningún objeto fuera de lugar. Aun así, Henry le contó una historia al policía mientras caminaba por la casa.

—No duermo bien desde la guerra. Estaba en la cama, completamente despierto. Escuché un ruido. Fui a investigar. Vi a Rhodes en la casa. Lo perseguí. Hubo una pequeña pelea en la cocina; lo acorralé contra el refrigerador. Lizzie y Calvin oyeron el ruido y se despertaron justo después de que Rhodes saliera corriendo. Probablemente por la puerta trasera. Nunca cerramos con llave. Todo este encuentro fue tan absurdo que empecé a preguntarme si estaba soñando.

—Yo no... —interrumpí mientras Johnson observaba atentamente el pestillo de la puerta trasera—. Calvin y yo realmente no vimos ni oímos nada de eso. Nada.

¿Qué se suponía que debía hacer en esta situación? Tuve que decirle al oficial que Henry estaba imaginando cosas, pero no quería enfurecerlo y, ciertamente, no quería avergonzarlo.

—Probablemente te quedaste dormido —dijo Johnson con desdén. Exhaló una bocanada de aire y luego miró entre Henry y yo.

—Estos alemanes me preocupan —le dijo a Henry.

—A mí también —dijo Henry.

—¿Eres un veterano?

—Sí, señor.

—¿Guerra del Pacífico?

—No, señor —contestó Henry. Luego respiró profundamente y enderezó la columna—. Europa.

—Gracias por tu servicio, hijo. Debe ser preocupante tenerlos caminando por las calles de este país.

—Así es, señor.

—De ahora en adelante, sean todos muy cautelosos —anunció Johnson, mientras guardaba su libreta en el bolsillo—. Mantengan todas las puertas cerradas. Y si oyen algo, llámenos inmediatamente.

—Gracias, señor —dijo Henry con tristeza. Todos caminamos por el pasillo hasta la puerta principal en silencio. Mi corazón latía con fuerza contra mi pecho. Tenía que solucionar esto, pero no tenía ni idea de cómo.

Cuando el oficial abrió mi puerta principal, entré en pánico y solté:

—¿Va a arrestarlo?

El detective Johnson se giró para ofrecerme una mirada gentil.

—Lamento decirle esto, señora Miller, pero sería muy difícil para nosotros hacerlo cuando ninguno de ustedes lo vio con claridad. Haré algunas averiguaciones y vigilaremos de cerca su casa con una patrulla nocturna durante algunas noches, en caso de que haya más problemas.

Henry miró los números que tenía en la mano y añadió amablemente:

—Está en Beetle Avenue 1401, oficial. Por si decide entrevistarlo.

Mientras el oficial garabateaba la dirección, miré a mi hermano en estado de shock.

—¿Cómo sabes eso?

—Su dirección está en la guía telefónica pública, hermana. Solo la busqué para evitar que este oficial tan ocupado la busque, eso es todo.

Miré a Henry y luego al detective, tomé aire y lo intenté una última vez.

—Señor, Calvin y yo realmente no escuchamos nada...

—No se castigue, señora Miller —me interrumpió amablemente el detective Johnson—. Tiene suerte de que su hermano sea soldado. La vigilará.

Se quitó el sombrero y caminó a lo largo de mi terraza, luego hasta su auto que esperaba en la entrada.

—Henry —susurré inquieta—, ¿por qué Rhodes vendría a la casa de su jefe en mitad de la noche a causar problemas? No tiene sentido. No estaba aquí anoche. No había nadie.

—Estabas durmiendo —dijo Henry con dulzura—. Cierra la casa con llave mientras no estoy, ¿de acuerdo? Y si estás sola en casa, no abras la puerta a menos que estés segura de quién es.

Mi mirada se posó en el número en el dorso de la mano de Henry y dije:

—Sólo prométeme que no irás a la casa de Rhodes.

Henry suspiró impaciente.

—No estoy pensando en buscar problemas. Solo estaba tratando de ayudar, eso es todo.

Dicho esto, Henry se puso la gorra y se fue a trabajar. Me quedé en la terraza y observé cómo mi hermano desaparecía por la calle, muy preocupada, pero en cuanto lo perdí de vista, me obligué a entrar y llamar a Calvin.

—Henry llamó a la policía y esta mañana un detective vino a verme —espeté tan pronto como Calvin contestó mi llamada en su línea de la oficina.

—¿Él hizo qué?

—¿Quizás había alguien aquí? —dije, vacilante—. Henry parece muy seguro de ello.

Oí a Calvin respirar por la línea y pude imaginarme fácilmente su expresión pensativa.

—Estaba luchando contra el aire, cariño. Tú lo viste tanto como yo.

—Le aseguré que no habíamos oído nada. Se lo dije al oficial al menos tres veces —dije con voz grave.

—¿Va a haber algún problema por esto, Lizzie? ¿Debería avisar a Jürgen? ¿Debería llamar a la comisaría para intentar solucionarlo?

—Le pregunté al oficial si arrestarían a Rhodes y me dijo que no podían porque ninguno de nosotros lo había visto con claridad. Solo dijo que vigilarían la casa y que tal vez harían algunas averiguaciones.

—Lizzie —dijo Calvin en voz baja—. ¿Podrías hablar con Henry? ¿Por favor? Es urgente, cariño. Necesita hablar con un médico. Esto es grave ahora.

Acepté hablar con Henry esa noche, luego pasé el día preguntándome cómo se suponía que debía hacerlo sin avergonzarlo o hacerlo enojar.

Ese día Henry llegó a casa del trabajo antes que Calvin. Me alborotó el pelo cuando pasó a mi lado en la cocina y yo lo empujé con impaciencia con el hombro porque tenía las manos cubiertas de carne picada.

—¿Eso es pastel de carne? —preguntó, mirando esperanzado el cuenco en el que estaba trabajando.

—Claro que sí —dije alegremente. Era su favorito y yo estaba tratando de halagarlo—. ¿Cómo estuvo tu día?

—Genial —dijo—. ¿Y tú? ¿No has tenido ningún problema hoy?

—Ni pío —dije con ligereza.

Alisé lo que quedaba de carne en la sartén y me lavé las manos, luego metí la sartén en el horno. Henry se sirvió una cerveza del frigorífico y estaba sentado a la mesa leyendo el periódico.

—Henry, escucha. Estaba pensando que quizás deberías ver a un médico.

Él me miró sin comprender.

—¿Un médico? No estoy enfermo.

—Bueno, dijiste que no duermes bien —manifesté con cuidado—. Quizás unas pastillas para dormir…

—Ya las he probado —dijo Henry de repente. Esto fue una novedad para mí.

—¿Las tienes?

Henry cerró el periódico y se puso de pie, llevando la cerveza con él mientras se alejaba de la mesa.

—Esas pastillas no son para mí, hermana. Además, es bueno que no las tome. Duermo bien en este momento.

—¿Cómo es eso bueno?

—Puedo mantenerte a salvo, Lizzie. Vigilaré la casa mientras duermes.

Se alejaba con una cerveza en la mano y ya estaba en la puerta de la cocina. Su cuerpo hinchado llevaba puesto el uniforme más grande que el aserradero tenía para ofrecer y sus hombros estaban caídos. Me dolía el corazón por Henry.

—No había nadie aquí anoche, Henry —dije vacilante.

—Hermana —dijo, mirándome y forzando una sonrisa—. Sé lo que vi.

Cuando Calvin llegó a casa esa noche, Henry estaba en la sala de estar, riéndose de algo que pasaba en la televisión. Calvin me hizo un gesto para que lo siguiera a su estudio y luego cerró la puerta.

—¿Has hablado con Henry sobre un médico?

—Lo intenté —dije.

Calvin me miró con una mirada escrutadora. La compasión y la simpatía que había en sus ojos eran tan intensas que me hicieron llorar. Calvin Miller era verdaderamente el mejor hombre que conocía.

—¿Podemos darle a Henry unos días más, Calvin? —susurré—. ¿Por favor? Dejemos que se adapte mejor antes de hacer un escándalo por lo que probablemente fue solo una pesadilla vívida.

—Está bien, cariño —dijo Calvin con cuidado, aunque me di cuenta de que no estaba convencido—. Podemos darle un poco más de tiempo para que se adapte, pero si hay más problemas como los de anoche, tendremos que forzar la situación.

—Gracias.

—No quiero avergonzarlo, de verdad que no. Pero puede ser que los problemas de Henry sean finalmente tan graves que necesite aceptar ayuda.

24

SOFIE

Berlín, Alemania
1935

Jürgen y yo hablamos hasta pasada la medianoche, tratando de considerar todas las posibilidades. ¿Hacia qué frontera correríamos? ¿Cómo nos aseguraríamos de no despertar sospechas, especialmente con Dietger vigilándonos tan de cerca? ¿Qué haría Adele? Nos animaría a huir sin ella, pero nos preocupaba dejarla atrás. ¿Habría consecuencias para ella?

Había demasiadas preguntas que no podíamos responder y, como Jürgen tenía los ojos rojos de cansancio, decidimos que lo consultaríamos con la almohada. Me di vueltas en la cama, preguntándome un millón de veces si realmente lo íbamos a hacer. La última vez que miré el despertador eran las 2:33 a. m.

Me desperté menos de media hora después por un golpe en la puerta principal, el sonido fue lo suficientemente fuerte como para que las ventanas de nuestra habitación temblaran. Con los ojos vidriosos y desconcertada, me di la vuelta hacia Jürgen y lo sacudí.

—¿Qué está sucediendo?

Él gimió mientras se incorporaba, luego se puso los lentes, miró el despertador y se volvió hacia mí.

—Un golpe en la puerta a esta hora sólo puede significar una cosa, mi amor.

Nos miramos fijamente en la penumbra. Mi corazón estaba golpeando contra mi pecho, había un zumbido estático en mis oídos.

—No he hecho nada malo —susurró—. Supongo que tú tampoco.

—Mayim —dije con voz ahogada, cerrando los ojos.

—Tenemos que abrir la puerta antes de que los niños se despierten.

Me puse la bata y seguí a Jürgen por las escaleras. El corazón me latía tan deprisa que me mareé. Cuando llegamos a la planta baja, él alargó la mano para tomar el tirador y yo le agarré el codo.

—¡No podemos dejar que se la lleven! —grité, entrando en pánico tardíamente mientras imaginaba a Mayim siendo arrastrada hacia la noche. Jürgen dudó un momento y miró a la puerta y a mí. El golpeteo volvió.

—¡Abre! —gritó alguien.

—Lo siento, Sofie —susurró Jürgen con la voz quebrada—. No podemos no responder.

Encima de nosotros, una tabla del suelo crujió. Miré hacia arriba y vi a Mayim en el rellano que estaba encima de nosotros.

—¿Qué pasa? —susurró.

—¡Entra en el armario de la habitación de Laura! —susurré con fiereza. Podríamos decirles que Mayim no estaba en casa... Decirles que sólo nuestra pequeña estaba en esa habitación... ¿Nos creerían? Seguramente valía la pena intentarlo. Teníamos que hacer algo—. ¡Escóndete! ¡Por favor!

Mayim jadeó y un repentino terror cruzó su rostro, pero no se movió.

—Si me escondo ahí, Laura podría despertar y ver que me llevan —susurró. Frunció los labios, cerró los ojos y dijo débilmente—. No puedo permitir que eso suceda.

—Sofie... —dijo Jürgen. Lo miré y su mirada era tranquila—. Lo siento, mi amor. No podemos esconderla. Simplemente no podemos.

Miré hacia arriba nuevamente para ver a Mayim alejándose, pero regresó apenas un segundo después, poniéndose el abrigo, con la barbilla en alto y los ojos claros.

—¡Pero si ella no ha hecho nada malo! —grité mientras Jürgen abría la puerta y veía a un grupo de hombres en el umbral.

La Gestapo no llevaba uniforme, trabajaba a escondidas. Estos hombres podrían haber sido simplemente un grupo social que había salido a dar un paseo nocturno, de no ser por el matiz asesino que se reflejaba en sus expresiones. Cuando mis ojos se acostumbraron a la oscuridad, vi a Dietger rondando en la acera detrás de ellos.

—¿Jürgen Rhodes? —preguntó el hombre que iba delante. Jürgen asintió en silencio—. Tienes que venir con nosotros.

Mi corazón dio un vuelco.

—Pero... espera. ¿Qué? —dije con voz ahogada, dando un paso adelante. Jürgen me miró alarmado. Luego sacudió la cabeza y me miró frenéticamente mientras me acercaba un paso más. Me llevé una mano a la boca y de repente sentí miedo de vomitar.

—¿Puedo cambiarme? —preguntó Jürgen a los hombres, señalando hacia abajo, traía ropa de dormir.

—¡Ésta no es una visita social! —espetó el hombre. Jürgen no se resistió, ni siquiera cuando los hombres se lo llevaron por la puerta principal hacia la noche. Di un paso hacia la puerta vacía.

La farola de la calle brillaba afuera, aportando la luz suficiente para que pudiera ver a mi marido ser empujado hacia el asiento trasero de un coche negro. Observé hasta que el coche se alejó y la calle quedó de repente en silencio. Podría haberlo soñado todo, excepto que estaba temblando de pies a cabeza y Dietger estaba todavía de pie, justo afuera del muro bajo de piedra entre mi jardín delantero y la acera.

Entre lágrimas, lo miré a los ojos. Habíamos sido vecinos durante años y, al menos, éramos amigos. Me miró con tristeza y luego sacudió lentamente la cabeza, como si estuviera personalmente decepcionado de mí.

—¿Adónde lo llevan? —le pregunté con voz ronca.

En lugar de responder, se dio la vuelta y caminó lentamente de regreso a su casa.

Caminé por el vestíbulo durante un rato, frenética y sollozando.

—No sé qué hacer —solté después de un rato.

—¿Podrías llamar a Lydia y Karl? —sugirió Mayim. Ella también lloraba, pero se quedó en el rellano de la escalera, como si la puerta de entrada representara una amenaza para su seguridad física.

Me sentí mal por despertar a Lydia y Karl, pero para mi sorpresa, no hubo respuesta. Llamé nuevamente con el mismo resultado.

—¿Quizás se fueron? —sugirió Mayim, pero la miré y luego volví al teléfono, frunciendo el ceño.

—Pero ayer llamé a Lydia después de recoger a Georg de la escuela, ¿recuerdas? —me desplomé y sacudí la cabeza—. Se suponía que hoy íbamos a tomar el té de la mañana en su casa.

Deben estar en casa.

—¿Qué más podemos hacer?

—Tenemos que esperar —dije con voz entrecortada, y eso fue lo que hicimos, pero cada vez que miraba el reloj, me sorprendía lo poco que había pasado.

Finalmente, Mayim y yo nos trasladamos a la sala de estar y el sol empezó a asomar por el horizonte; unos rayos dorados de luz se filtraban lentamente a través de las cortinas. Mayim se levantó y nos preparó un café fuerte para prepararnos para el despertar de los niños. Nos sentamos juntas en el sofá y bebimos un sorbo de la amarga infusión.

—Pensabas que estaban aquí por mí —dijo después de un rato.

—Parecía el único motivo obvio para su visita.

—Necesitas el trabajo de Jürgen más que a mí —dijo con frialdad—. Prefiero quedarme en casa de mis padres que ver cómo la Gestapo saca a Jürgen de tu casa por mi culpa.

—Anoche Jürgen y yo hablamos de irnos.

—¿Dejar... su trabajo? —dijo ella, levantando las cejas.

—Dejar Alemania. Todos nosotros. Él, yo, tú... tal vez incluso Adele.

—Adele nunca se iría. Ella nació en esa casa, quiere morir en ella.

—Lo sé —me reí débilmente entre lágrimas. Adele nos había entrenado tan bien a todos que cada uno entendía exactamente lo que quería para el final de su vida—. De todos modos, íbamos a preguntárselo.

Pero luego hice una pausa y pensé en la secuencia de estos acontecimientos. Jürgen estaba tan convencido de que nunca lo dejarían marchar. Precisamente por eso teníamos la intención de marcharnos rápido y en silencio.

—Fue después de que te acostaras —le dije a Mayim, tratando de unir las piezas del rompecabezas—. Estábamos en el estudio. La puerta estaba cerrada. Nadie podría habernos oído.

—¿Tal vez Dietger estaba sentado afuera? —dijo—. ¿Cerca de la ventana?

—Estábamos en un rincón, en los sillones. La ventana estaba cerrada.

Me levanté y caminé por el pasillo hasta el estudio. No tenía idea de cómo podría ser un dispositivo de escucha, pero si había un micrófono en su habitación, seguramente podría encontrarlo. Mayim vino a ayudar, pero después de buscar en cada rincón y grieta, no encontramos nada.

—¿No empieza a parecer que tienen ojos y oídos en todas partes? —susurró Mayim cuando finalmente nos dimos por vencidas y dejamos caer nuestros cuerpos exhaustos en las sillas de la sala de estar—. Ningún lugar es seguro ahora, ni siquiera nuestra propia casa. Y al no poder entender cómo nos vigilan, tampoco podemos hacer nada para evitarlo.

Nos quedamos sentadas en silencio durante un buen rato. El sol ya estaba en el horizonte. El café que quedaba en la cafetera se había enfriado hacía rato.

—Mamá —dijo Georg. Me di vuelta y lo encontré de pie en la puerta, mirando a Mayim con recelo. Ella y yo intercambiamos una mirada triste y me levanté del sofá.

—Te ayudaré a vestirte para la escuela, Georg —dije con un nudo en la garganta. Odiaba tener que llevarlo de vuelta a ese lugar, pero no había otra alternativa.

Todavía no, y quizá nunca.

La niñera de Lydia estaba en la puerta de la escuela dejando a Hans.

—¿Han llamado a la señora zu Schiller? —le pregunté con indiferencia.

Ella negó con la cabeza.

—No, ella está en casa.

—Hubo una emergencia familiar y traté de llamar anoche —dije vacilante. La niñera me miró con incertidumbre.

—Hay un teléfono cerca de mi habitación. Lo habría oído si sonara.

—¿Te importaría pedirle que me llame cuando llegues a casa?

—Por supuesto.

Me senté junto al teléfono en el estudio de Jürgen, esperando que llamara Lydia. Mayim me trajo más café y luego llevó a Laura afuera, a jugar en el patio. Miré la ventana del frente de la habitación, tratando de imaginar cómo Dietger nos podría haber escuchado.

—¡Mayim dijo que se habían llevado a Jürgen! —gritó Adele, irrumpiendo en el estudio sin previo aviso. Me sobresalté y ella se agachó frente a mí, ahuecando mi rostro entre sus ásperas palmas—. Oh, Dios mío, Sofie. Lo siento mucho, tesoro. Lo siento mucho. ¿Tienes alguna idea de qué se trata esto?

—Nosotros… —miré alrededor de la habitación, de repente demasiado asustada para expresar mis sospechas, ya ni siquiera confiaba en el santuario de mi hogar—. No lo sé —dije.

Adele me abrazó y me apretó contra su delgado cuerpo con una fuerza sorprendente. Me soltó y luego se levantó.

—¿Hay alguien a quien puedas llamar? ¿Quizás a esos amigos zu Schiller?

—Traté de llamar anoche —dije—. No respondieron. Le pedí a la niñera de Lydia que me llamaran.

—Llámala ahora —dijo Adele de repente. No se me ocurrió desobedecerla. Cogí el auricular y marqué. Esta vez, la respuesta llegó en unos cuantos timbres.

—Ésta es la residencia de zu Schiller —dijo la ama de llaves.

—Hola, soy Sofie von Meyer Rhodes —dije. Luego me aclaré la garganta y pregunté—. ¿Está Lydia en casa?

Hubo una pausa incómoda antes de que la ama de llaves dijera:

—La señora zu Schiller no está disponible.

—Pero si me esperaba para tomar el té esta mañana… —dije con voz débil.

—La señora zu Schiller no está disponible, señora von Meyer Rhodes —repitió con firmeza—. Me temo que eso incluye su cita del té.

—¿Podría hablar con Karl?

—Está en Kummersdorf, por supuesto.

—¿Tuvieron algún problema con el teléfono últimamente? —susurré, cerrando los ojos.

Ante esto, hizo una pausa. Luego dijo, pensativa:

—Es de lo más extraño. Ambos teléfonos estaban desconectados. Me di cuenta esta mañana cuando estaba quitando el polvo. Debe haber sido uno de los niños.

Los niños no habían tocado esos teléfonos. Habían sido Lydia o Karl, porque sabían que yo los llamaría a una hora indecente.

Se escuchó un suave golpe en la puerta principal justo antes del mediodía. Adele se apresuró a abrir, pero Mayim y yo la seguimos a una distancia prudencial. Jürgen estaba allí, solo. Uno de sus ojos estaba morado e hinchado, casi cerrado, y estaba visiblemente desaliñado, pero parecía que no había sufrido otras heridas graves. Adele lo abrazó, murmurando oraciones de gratitud a Dios. Luego se hizo a un lado, dejándome espacio. Le rodeé el cuello con los brazos y lloré. Él permaneció inmóvil y en silencio, con las manos apoyadas en mi espalda, su respiración era regular y tranquila.

Pero cuando me aparté, vi la forma miserable en que alternaba la mirada entre Mayim y yo, y supe que esto aún no había terminado. La tía Adele se dio la vuelta y se quedó mirando el pasillo hacia la cocina, como si no pudiera soportar que la viéramos llorar, pero su voz estaba cargada de lágrimas.

—Supongo que necesitarás café.

—Eso sería maravilloso. Y lo tomaremos en el patio, gracias, tía Adele —dijo Jürgen en voz baja. Adele y Mayim susurraron mientras caminaban por el pasillo, dejándome sola con mi marido.

—¿El patio? —dije, en protesta—. Necesitas descansar.

—Estoy cansado —admitió, lo que parecía el eufemismo del siglo. Aun así, forzó una sonrisa—. La luz del sol en mi cara me ayudará a despertarme.

Nos sentamos en las sillas de hierro forjado del patio. Mayim sacó una bandeja y la colocó frente a nosotros con pan de centeno y mermelada de grosella negra de Adele. El café era tan fuerte que pude olerlo cuando salió por la puerta trasera.

Una vez que ella se fue, Jürgen deslizó su brazo alrededor de mis hombros y respiró profundamente, como si me estuviera respirando.

—Sabían que estábamos hablando de irnos. Por eso me llevaron. Mis opciones son limitadas, pero simples. Estoy vivo y trabajo para el programa de cohetes... o... —se interrumpió y tragué saliva—. Es como dije anoche. Me necesitan demasiado como para dejar que me vaya.

Jürgen me soltó con suavidad y se sirvió una taza de café. Bebió un sorbo con cuidado y luego se tocó la cuenca del ojo hinchada, haciendo una mueca de dolor.

—Dijeron que si un empleado de alto nivel como yo se relaciona con judíos, se envía un mensaje equivocado al público.

—Bueno —dije, intentando mantener la calma—. Podemos...

—Sofie, ella tiene que irse. Tenemos que borrarla de nuestras vidas. Eso es lo que dijeron —su voz se agudizó por el disgusto—. Bórrala. Ella es como tu hermana y eso significa que es como mi hermana. Ella es parte de nuestra familia.

—No podemos —dije con voz ahogada y afligida.

—Seremos un ejemplo para el público de una manera u otra. ¿Entiendes lo que eso significa? Significa que, si no somos un ejemplo de cómo rechazar a un amigo judío, seremos un ejemplo de lo que le sucede a la gente que no lo hace. No sé cómo sobreviviremos si pierdo este trabajo, y mucho menos si...

—Me preguntaba cuándo sucedió esto —susurré—. Mayim pensó que tal vez Dietger estaba afuera de la ventana.

—Me repitieron lo que dijimos tú y yo anoche —dijo Jürgen—. Dietger no habría podido oírnos con tanta claridad si hubiera estado fuera. Era como si la Gestapo estuviera en la habitación con nosotros.

—Revisé el estudio esta mañana —dije, sacudiendo la cabeza—. Seguramente si hubiera un micrófono allí, ¿podríamos verlo?

—Tal vez no —dijo Jürgen, vacilante, y me miró—. En Kummersdorf se habló de un diseñador de armas que se había vuelto rebelde. Dicen que lo atraparon por una actitud pasiva. En su despacho había un dispositivo de escucha. La Gestapo estaba supuestamente sentada en el edificio de al lado escuchando cada palabra que decía. Nunca me tomé en serio los rumores hasta anoche. ¿Dispositivos de escucha secretos? ¿Tan pequeños que una persona ni siquiera los notaría, tan pequeños que ni siquiera se pueden encontrar? La idea en sí parece muy fantasiosa. Pensé que el rumor era sólo más propaganda. A la Gestapo le vendría bien que la gente pensara que podían oírnos incluso en la privacidad de nuestras oficinas o de nuestros hogares.

—Pero… no hay señales de ningún dispositivo en esa habitación. ¿Es posible que hayan inventado micrófonos invisibles que ni siquiera necesite electricidad? Debe haber otra explicación.

—Si le dijeras a un ingeniero electrónico que tengo cohetes bastante fiables que se disparan con regularidad, probablemente diría que es absurdo. Por lo que sabemos, alguien que trabaja para Army Ordnance ha diseñado micrófonos pasivos que realmente podrían ocultarse a simple vista. Tenemos que actuar como si fuera cierto.

—¿Tenemos que asumir que pueden escuchar todo lo que decimos? ¿Adondequiera que vayamos?

—Probablemente estemos a salvo aquí —susurró—. Tal vez haya formas de ocultar el sonido de nuestros susurros en el interior, pero tendremos que tener cuidado. Nunca sabremos en qué habitaciones están escuchando —señaló el edificio de Adele, que estaba al lado—. Ni siquiera en qué casas.

—Dietger estaba allí cuando te secuestraron anoche —dije con un nudo en la garganta. La existencia de semejante tecnología podría explicar su capacidad mística de meter las narices en los asuntos de todo el mundo. Me sentí físicamente enferma—. Traté de llamar a Lydia después de que la Gestapo te secuestrara. No sabía qué más hacer. No respondió y esta mañana su ama de llaves me dijo que anoche desconectaron sus teléfonos.

Jürgen y yo nos miramos fijamente, conectando los puntos de la única manera que tenía sentido.

—Sabían que llamarías —dijo finalmente Jürgen.

—Tú eras amigo de Karl y yo era amiga de Lydia mucho antes de que tú y yo empezáramos a salir —dije—. Si no podemos confiar en ellos, ¿en quién podemos confiar?

La respuesta estaba en los ojos de mi marido. De cara al futuro, no tendríamos que confiar en nadie fuera de nuestra familia.

—¿Qué hacemos con Mayim? —preguntó.

Nunca pude decidirme a enviar a Mayim lejos, pero ella no podía quedarse. No podíamos permitir que les lavaran el cerebro a nuestros hijos, pero no teníamos otra opción que permitirlo.

No pude unir mis pensamientos de una manera que tuvieran sentido.

—Mi amor —dijo Jürgen de repente. Me volví hacia él y me sonrió con dulzura. La piel alrededor de su ojo hinchado se arrugó—. Déjamelo a mí, ¿quieres? Déjame pensarlo.

Después de eso, él entró a dormir una siesta. Mayim se retiró a la casa de Adele con Laura y yo fui a la casa de al lado para unirme a ellas. Adele me preparó un té con leche empalagosa y cada vez que terminaba una taza, me la llenaba de nuevo. Al final, nos sentamos casi en silencio, salvo por el sonido de la charla de Laura mientras se movía de un lado a otro. Sostuve esa última taza de té en mis manos, demasiado llena para beberla, pero me reconfortaba el calor.

Cuando Jürgen se despertó, se unió a nosotros e insistió en que yo también me fuera a casa a dormir la siesta. Cuando me desperté de nuevo, salí del dormitorio y fui a la sala de estar, donde encontré a Jürgen y Mayim sentados uno frente al otro en los sofás. Mayim estaba llorando y se secaba los ojos con un pañuelo.

—Ya había decidido irme, Sofie —dijo.

—Pero ¿cómo sobrevivirás? —pregunté consternada.

—Soy fuerte. Mi familia es fuerte —dijo con la voz entrecortada—. Además, no tenemos elección. Sabes que es verdad, aunque desees que no lo sea.

En el vestíbulo, menos de una hora después, me encontré frente a mi mejor amiga, mirándola fijamente a los ojos.

—Voy a estar bien —insistió Mayim, pero estaba pálida y yo sabía que ella no lo creía más que yo. Cada vez más me daba cuenta de que ella y su familia estaban en peligro. Hasta ese momento, en el vestíbulo, me engañé a mí misma creyendo que, mientras estuviera en nuestra casa, estaría a salvo.

Pero yo me había convertido en alguien que se sentaba en una cena y hacía chistes sobre codillo de cerdo cuando un hombre hablaba de Mayim y su familia como alimañas. Yo era alguien que dejaba que mi hijo leyera libros antisemitas. Yo era alguien que permitía que enviaran lejos a mi mejor amiga, incluso cuando nuestro país le daba la espalda.

Ella estaba en peligro y yo era parte del problema, no de la solución. Simplemente no sabía cómo solucionarlo sin poner en riesgo la vida de Jürgen. Era una posición imposible e insoportable.

—No sé cómo pasar el día sin ti —lo dije de golpe.

—Yo tampoco —susurró ella, con voz entrecortada—. Eso es algo que tendremos que resolver las dos.

—Quiero que mis hijos sean como tú —dije, con lágrimas calientes rodando por mis mejillas—. Quería que me ayudaras a formarlos para que fueran mejores personas. No sé cómo ser una buena madre sin tu ayuda.

—Tonterías. —Me puso una mano en el pecho y la aplastó sobre el corazón—. Está todo aquí, Sofie. Ya eres mejor madre de lo que crees.

Ahora los dos sollozábamos, cada vez más angustiadas. Habíamos sido niñas juntas, atravesamos la adolescencia, esos primeros pasos valientes hacia la edad adulta al terminar la escuela. Ella había estado a mi lado cuando me casé con Jürgen y tuve a mis hijos.

Aunque sabía que no merecía su amor, estaba segura de que yo era tan importante para Mayim como ella lo era para mí. Eso era parte de lo maravilloso de ella, que me amara profundamente, a pesar de mis defectos.

—Sofie —dijo Jürgen. Había llevado sus maletas al coche y la estaba esperando para llevarla al departamento de sus padres. Me miró con impotencia—. Mayim y yo tenemos que irnos.

La rodeé con mis brazos una última vez y le susurré con fiereza al oído.

—Ve con Moshe. Vete a Polonia. —Ella se puso rígida y yo sollocé. Bajé aún más la voz, hasta que supe que tenía que esforzarse para oírme—. Por favor. Por favor. Adele estaba en lo correcto. Alemania ya no es un lugar seguro para ti. Hace mucho que no lo es.

Adele vino esa noche y nos preparó la cena. Sabía que las salchichas y el puré de papas habrían estado salados, mantecosos y deliciosos, pero empujé la comida por todo el plato, demasiado angustiada para comer. Georg y Laura también estaban inquietos, cada uno protestando por ofensas fingidas que yo estaba demasiado deprimida para reconocer. Cuando Laura le arrojó un trozo de salchicha a Jürgen, aparentemente sin provocación, él empujó su silla hacia atrás y dijo con severidad:

—Arriba. Ahora. Los dos.

Los niños se sobresaltaron visiblemente por la actitud apacible de su padre y subieron de manera obediente las escaleras, seguidos de cerca por Jürgen. En cuanto Adele y yo nos quedamos solas, me eché a llorar. Ella rodeó la mesa, se sentó a mi lado y apoyó su mano sobre la mía.

—Esta noche podrás ponerte de mal humor, Sofie von Meyer Rhodes, pero mañana te levantarás, saldrás de la cama y seguirás adelante. No siempre son los árboles más fuertes los que sobreviven a la tormenta. A veces son los árboles que se doblan con el viento. Y tú, mi tesoro, te encuentras en medio de un huracán —bajó la voz hasta convertirla en un susurro casi imperceptible, tan débil que tuve que esforzarme para escucharla a pesar de que sus labios estaban contra mi oído cuando añadió—. Insisten en que te conviertas en nazi, así que finge ser la mejor nazi que puedas ser. En el fondo, siempre sabrás lo que es verdad y lo que es correcto, y no pueden tocar tu corazón. Pero ahora no tienes elección sobre la fachada que presentas. Tu marido y tus hijos cuentan contigo para que juegues el juego —empujó la silla hacia atrás y dijo con firmeza—. Sólo necesitas una taza de té fuerte y un poco de azúcar. Todo va a estar bien. Ya verás.

No parecía que todo fuera a estar bien, ni esa noche ni a la mañana siguiente cuando Jürgen y yo recorrimos todas las habitaciones de la casa, eliminando los recuerdos de Mayim, borrándola de nuestras vidas como nos habían ordenado. No pude decidirme a deshacerme de las fotos, las cartas y las tarjetas de cumpleaños, así que Jürgen lo hizo por mí, quemándolas en la chimenea de la sala de estar, justo al lado del lugar donde a ella le gustaba sentarse a leer. Me quedé con la manta tejida. Sería mi objeto de consuelo ahora para brindarme un tipo diferente de calidez cuando el mundo se hubiera vuelto tan frío.

Georg dijo que estaba feliz de que Mayim se hubiera ido, pero podía sentir su dolor, incluso si no sabía cómo darle sentido. Él se despertaba por la noche llamándola y yo entraba corriendo para encontrarlo llorando en sueños. Me prometí a mí misma que cuando todo terminara, lo llevaría al campo y repararía todo el daño que esos años le estaban haciendo a su alma. En verdad, no tenía idea de si ese tipo de curación era siquiera posible. ¿Acaso un adulto no es solo un niño moldeado por la experiencia? ¿Cómo aprende una persona a no odiar, cuando ese odio ha sido impreso en ella desde una edad tan temprana?

El dolor de Laura fue tan inflexible como el mío al principio.

—Solo quiero comer la comida de Mayim —comenzó diciendo tercamente—. Solo quiero que Mayim me bañe. Solo quiero que Mayim me vista.

Lo peor que dijo fue:

—¡No, mamá! Sólo quiero los abrazos de Mayim —después de que un día se raspara la rodilla. Pero ella tenía cinco años, y los niños de cinco años son, como mínimo, adaptables.

Con el tiempo, Laura dejó de preguntar por Mayim, y Georg dejó de llamarla por las noches y, por más aliviada que me sentí, fue como perderla de nuevo.

25

SOFIE

Huntsville, Alabama
1950

Jürgen estaba sentado en la sala de estar, tratando de hacer que Félix aceptara una pequeña camioneta de madera. Félix se encontraba detrás del sofá, mirando la camioneta con nostalgia, pero se negaba a salir a buscarlo.

Llamaron a la puerta, Jürgen suspiró y se levantó para abrir, dejando la camioneta en el suelo. Me quedé en la sala de estar con Félix, escondiendo una risa cuando salió de detrás del sofá, recogió la camioneta y la llevó inmediatamente a su escondite.

—Él es tu papá —dije en voz baja.

—Es un extraño —murmuró Félix mientras comenzaba a rodar el camión arriba y abajo del respaldo del sofá.

—Félix, ve a sentarte con Gisela, por favor —murmuró Jürgen desde la puerta, mientras regresaba con otro hombre detrás. Rápidamente acompañé a mi hijo por el pasillo hasta la habitación de Gisela. Cuando regresé, encontré al invitado sentado frente a Jürgen, con expresión solemne. No llevaba uniforme, pero algo en su postura rígida hablaba de autoridad, tal vez incluso de ira o agresión. Sentí que mi ritmo cardíaco se aceleraba mientras tomaba asiento con cuidado al lado de Jürgen.

—¿Puede decirme dónde estaba anoche a las 2:00 a. m., señor Rhodes? —dijo el hombre. Jürgen y yo nos miramos uno al otro con desconcierto.

—Por supuesto que estaba aquí —dijo Jürgen sin comprender—. Dormido.

—¿Habla inglés? —le preguntó el hombre a Jürgen, mirándome.

—Sí, lo hablo —dije de repente. Me aclaré la garganta y dije—: Soy Sofie Rhodes. No entendí tu nombre.

—Detective Johnson —dijo. Reconocí ese nombre. Era el policía con el que Jürgen habló por teléfono el día que alguien hizo un grafiti en nuestra calle—. ¿Puede confirmar que su marido estaba durmiendo en su cama anoche, señora Rhodes?

—Por supuesto que sí —dije. Un extraño y frío escalofrío me recorrió el cuerpo y vi con nitidez una pequeña y húmeda celda de cemento. Intenté tranquilizarme y recordarme que la policía estadounidense no era la Gestapo, que Jürgen y yo no acabaríamos separados y encerrados nunca más. Aunque mi mente conocía la verdad, mi cuerpo no la sabía y mi estómago se revolvía violentamente. Podía ver el terror en los ojos de Jürgen. Sabía que una parte de él también estaba allí.

—¿Visitaste la casa de Miller anoche?

—¿Calvin Miller? —dijo Jürgen, confundido—. No, señor. Nunca he estado en su casa, pero estuve trabajando con él todo el día.

—Alguien entró en su casa anoche, aparentemente buscando a su esposa. ¿Me estás diciendo que no fuiste tú?

—¡Claro que no fui yo! —exclamó Jürgen—. ¿Por qué habría de entrar en la casa de mi jefe y al día siguiente ir a trabajar como si nada hubiera pasado? Eso es una locura.

—El intruso tenía acento alemán, señor Rhodes. Y parecía estar buscando a la señora Miller. Entiendo que usted... —su mirada se dirigió hacia mí— y la señora Miller tuvieron un altercado el fin de semana pasado.

—No fue un altercado —dije en voz baja mientras miraba la alfombra, incapaz de mirar al detective a los ojos—. Fue un desacuerdo. Lamento mucho que les haya pasado esto, pero no tuvo nada que ver con nosotros.

El oficial dobló su cuaderno y se lo guardó en el bolsillo. Se levantó y Jürgen hizo lo mismo. Los dos hombres se miraron fijamente, ambos de pie.

—Estoy seguro de que ya sabes que este pueblo no pidió que vinieras aquí.

—Lo entiendo —dijo Jürgen con calma—, pero su gobierno sí lo hizo. Estamos comprometidos a ser buenos ciudadanos y a contribuir con algo a su nación. No quiero problemas con usted ni con los Miller, detective Johnson. Tiene mi palabra al respecto.

—Francamente, señor Rhodes, las palabras de un nazi no significan mucho para mí. Eso es lo que dice el grafiti que hay frente a su calle, ¿no? —bajó la voz y su tono se oscureció al repetir la palabra—. ¿Nazi? —Jürgen abrió la boca para protestar, pero luego lo pensó mejor.

—Anoche no estuve en casa de los Miller, señor —repitió Jürgen con firmeza—. No tengo ningún problema con la señora Miller, ni tampoco mi esposa. Trabajo en estrecha colaboración con Calvin Miller. Hasta ahora su familia no ha tenido ningún problema conmigo y no lo tendrán.

—Debe saber, señor Rhodes, que si hay algo en lo que están de acuerdo los muchachos de la estación es en que, si existe la posibilidad de arrojar a uno de ustedes a nuestra celda, la aprovecharemos.

Después de que el detective se fue, Jürgen y yo nos sentamos en el sofá, uno al lado del otro.

—¿Qué diablos está pasando? —le pregunté inquieta.

—No lo sé. Y no sé qué hacer. —Se pellizcó el puente de la nariz—. Vi a Calvin en el laboratorio esta mañana temprano. Parecía un poco cansado, pero no dijo nada al respecto —Jürgen cerró los ojos con fuerza—. Las cosas han estado un poco tensas desde la fiesta.

—Lo siento —dije débilmente.

—No, no —Jürgen hizo un gesto con la mano en mi dirección, vagamente desdeñoso—. Sé que no habrías hablado sin provocación. Es que... ya sabes cómo pueden ser los hombres con sus esposas. Él la protege, como debe ser, y sabiendo que ustedes dos tuvieron ese desacuerdo... Supongo que las cosas han estado tibias entre nosotros. Pensé que era mejor que simplemente nos pusiéramos a trabajar en lugar de tratar de resolverlo. Pero ahora… ¿cómo voy a hablar con él sobre esto?

—Creo que esto debe ser obra de su esposa —susurré. Jürgen frunció el ceño—. Ella dejó muy claro que no nos quiere aquí. Tal vez solo esté intentando causarnos problemas. Puede que Calvin ni siquiera lo sepa.

—Entonces… ¿hablo con él sobre esto mañana?

Me encogí de hombros.

—¿Con qué fin? ¿Entonces se va a casa y discute con su esposa?

Jürgen asintió lentamente.

—Tiene mucha influencia, Sofie —murmuró, cerrando los ojos por un momento—. Realmente no puedo permitirme el lujo de ponerme en el lado malo de Calvin Miller. Su recomendación algún día será decisiva para mi solicitud de ciudadanía.

Despertamos a la mañana siguiente y nos encontramos con que de nuevo habían pintado grafitis en nuestra calle. Letras rojas brillantes por toda la entrada de la calle, sobre la pintura negra de la última vez. Ya estaba seco cuando Klaus salió de su casa para ir a trabajar y lo notó. Vino a avisarnos.

—Por suerte seguí el consejo del detective Johnson y compré pintura a granel, —suspiró Jürgen.

—Esto es ridículo —murmuró Klaus, mirando la pintura con resentimiento. Otras familias se acercaban a sus puertas, pero las mujeres rápidamente llevaron a sus hijos adentro después de ver la pintura. Hubo una breve reunión entre los hombres alemanes después de eso, la mayoría de ellos ya vestidos para trabajar como Jürgen.

Los observé por la ventana mientras permanecían en la calle y miraban la pintura. ¿En qué estaban pensando? La verdad era que muchos de estos hombres eran miembros del partido nazi. ¿Se sentían avergonzados por el recordatorio o simplemente frustrados por la incomodidad? La respuesta estaba allí, en los hombros encorvados y las bocas fruncidas.

Después de unos minutos, Jürgen regresó a la casa, ya desabotonándose la camisa.

—¿Qué vamos a hacer? —le pregunté. Se encogió de hombros con tristeza.

—No hay mucho que podamos hacer si la policía no está interesada en ayudarnos. Pensamos en formar un grupo de hombres para vigilar la calle e intentar atrapar al agresor, pero parece que no tiene mucho sentido. ¿Qué haríamos con ellos una vez que los detuviéramos? Los hombres están de acuerdo en que la mejor estrategia es pintar sobre el asunto y esperar que el culpable se aburra del juego.

Me quedé de pie en la terraza y observé cómo Jürgen se ponía a trabajar, pintando con cuidado las palabras de la calle. Los acontecimientos de la noche anterior, y ahora esto, me dejaban inquieta y confusa. Trataba de mantener la perspectiva, recordándome a mí misma que había esperado un período de transición en el que las cosas podrían ser incómodas, pero entonces un hombre dobló la esquina y entró en nuestra calle, en la acera frente a nuestra casa. Lo había visto antes, ese primer día cuando llegamos de la estación de autobuses. Tal vez tenía que pasar por nuestra calle cuando caminaba hacia el trabajo.

El hombre se detuvo a unos diez metros de donde Jürgen estaba pintando sobre el grafiti. Jürgen lo miró y le hizo un gesto de saludo con la cabeza, que el hombre no le devolvió. Se quedó mirando la calle durante un largo rato, con el rostro desencajado en una sonrisa burlona. Luego el extraño continuó tranquilamente su camino.

Esperé hasta que estuvo lo suficientemente lejos para no oírme antes de bajar las escaleras de la terraza y salir al camino principal. Cuando me acerqué a Jürgen, se volvió hacia mí y se encogió de hombros.

—Pensé que vivir en un vecindario con otras familias alemanas sería lo mejor, pero parece que hay algunas desventajas en que todos sepan en qué calle vivimos.

—Sí, yo diría que hay algunas desventajas —murmuré—. Vi a ese hombre el primer día que llegamos y no era menos hostil.

—Todo irá mejorando. Esto todavía es nuevo para todos. Con el tiempo, la ciudad se acostumbrará a nuestra presencia aquí.

—Eso espero —dije en voz baja, extendiendo la mano. Jürgen la tomó y la apretó suavemente—. Y esta vez, al menos, estaremos juntos en la lucha.

26

LIZZIE

El Paso, Texas
1937

Después de dos largos años en El Paso, finalmente había logrado forjarme una vida. Todo empezó a cambiar cuando dejé de esperar que se me abriera una puerta y comencé a buscar formas de abrirla a la fuerza.

Me propuse un trabajo de limpieza en el Hilton y, como un cartel en la ventana delantera me aseguraba que no estaban contratando, empecé a quedarme en el pasillo cerca de la entrada del personal. Desde lejos, vi que el personal se acercaba a esa puerta trasera con los brazos cargados de basura, luchando por llevarla a los contenedores industriales que estaban un poco más abajo en el pasillo, y luego tenían que apoyar la basura en el suelo mientras quitaban las pesadas tapas de los contenedores. Un segundo par de manos hizo que todo ese proceso fuera mucho más fácil, así que convertí su problema en una oportunidad y me designé asistente de basura no oficial del Hilton.

Hice esto por semanas durante lo peor de un invierno sombrío, usando varias capas de ropa para no congelarme. Henry pensó que me había vuelto loca, hasta el día en que la encargada del servicio de limpieza llegó a la puerta y me saludó por mi nombre. No me ofreció trabajo de inmediato. En cambio, me dejó limpiar la sala de personal y trabajar en la lavandería del hotel, lugares en los que nunca vería a un huésped ni sus pertenencias.

—No puedo pagarte —dijo sin rodeos—. Pero te puedo prometer que, si eres hacendosa y demuestras que eres digna de confianza, estarás al frente de la fila cuando surja un puesto.

Seis semanas después, cuando una de las mucamas renunció para casarse, mi arduo trabajo dio sus frutos. Teníamos 130 habitaciones para atender y yo era la primera en levantar la mano para completar una tarea, incluso si era onerosa o particularmente sucia. Eso hizo que me ganara la simpatía del resto del equipo. No diría que hice amigos en el trabajo, pero sin duda me gané el respeto de la señora Thompson y las otras mucamas y, lo que era más importante, aprendí a encajar.

El trabajo de ama de llaves nos proporcionó suficientes ingresos para que Henry y yo volviéramos a la casa de huéspedes, pero un alojamiento mejor no fue la solución mágica para arreglar el estado de ánimo de Henry como esperaba que lo fuera. Su encanto lo había definido, pero era imposible conseguir empleo con su encanto cuando siempre parecía encontrarse al final de una fila de hombres desesperados.

Mi hermano nunca me había mentido antes, así que le creí cuando dijo que había estado buscando trabajo durante el día, pero no me sorprendió que su búsqueda de empleo estuviera yendo mal. Incluso ahora que tenía acceso a una lavandería y a un baño, Henry no se arreglaba. Me desconcertó tanto como me frustró.

—Tal vez si..., ya sabes, te levantaras un poco más temprano —sugerí. Luego respiré profundamente—. Tal vez también podrías afeitarte. Podría darte algo de dinero para que compres ropa nueva...

—¡No me juzgues, Lizzie! —espetó. Henry nunca había sido de los que hablaban con dureza a cualquiera, especialmente a mí. Algo estaba cambiando en él. Había una opacidad en sus ojos.

La pensión era mucho más cómoda que el campamento de personas sin hogar, pero pensé que, si tenía un depósito por adelantado para el alquiler de un departamento, estaríamos en buena posición para mudarnos una vez que Henry encontrara trabajo. En unos pocos meses, tenía un pequeño fajo de billetes en un sobre. Me sentí devastada el día que volví a casa del trabajo y lo encontré desaparecido.

—No deberías haber dejado dinero en la habitación —dijo Henry cuando le dije que nos habían robado. Retrocedí, aturdida por su tono brusco.

—¿Dónde más lo dejaría? —Necesitaba que un hombre fuera al banco a firmar por mí para abrir una cuenta, lo cual Henry se ofreció a hacer, pero yo trabajaba tantas horas que simplemente no habíamos encontrado el tiempo.

—¡No lo sé, Lizzie! —exclamó—. Este lugar no es mucho mejor que el campamento de personas sin hogar. ¡Estoy harto del ruido y del olor a col de la maldita cocina y de esperar para usar el baño!

—Pero… es todo lo que podemos permitirnos —dije, atónita. Se frotó la cara con una mano, respiró entrecortadamente unas cuantas veces y luego soltó un suspiro. Me lanzó una mirada miserable.

—Lo siento. Nunca pensé que sería así.

—Lo sé —dije con inquietud—. Surgirá algo…

—Tal vez deberíamos intentar ir a otro lugar. He oído que en California hay más trabajo, incluso en el campo. Podríamos quedarnos con parte de tu salario y comprar billetes de autobús. Probaremos suerte allí.

—No, Henry —dije, sorprendida. Trabajar en el campo me parecía mucho mejor que trabajar en una casa, pero no podía dejar un trabajo real por la oportunidad de conseguir uno teórico, especialmente después de lo mucho que me había empeñado en conseguirlo.

—Entonces, tal vez debería irme —dijo rotundamente—. Hoy hice fila para preguntar sobre este nuevo programa de compensación por desempleo. Me darán cinco dólares por semana durante catorce semanas. Podría ahorrarlo todo y usarlo para pagar el autobús.

—Algo surgirá —dije con un nudo en la garganta—. Por favor, no te rindas todavía.

Yo ya trabajaba seis largos días a la semana, pero al ver que el estado de ánimo de Henry empeoraba, me desesperé por cambiar algo, cualquier cosa que pudiera ayudarlo. Cuando le dije a la encargada de limpieza que necesitaba más dinero, me encontró un turno de noche en el restaurante del hotel, atendiendo mesas. Finalmente, Henry y yo nos mudamos a un departamento.

Era un quinto piso sin ascensor, con sólo tres habitaciones pequeñas, pero teníamos nuestra propia cocina y baño. Experimenté un nuevo nivel de cansancio trabajando turnos dobles todos los días, pero además del aumento en mi salario, hubo otros beneficios inesperados. En esa pequeña hora entre mis trabajos, podía tomar el ascensor hasta la cima del Hilton.

El balcón de la azotea se había convertido en una hermosa zona al aire libre para los invitados. Desde un lado, podía ver el Río Grande hasta México y, desde el otro, montañas, afloramientos rocosos y un espacio abierto y despejado. Caminaba hasta el borde y dirigía mi vista hacia el noreste, mirando hasta que se me llenaban los ojos de lágrimas, como si al mirar con suficiente atención pudiera ver todo Nuevo México, hasta mi casa en el condado de Dallam.

La cima del Hilton El Paso no era tan sagrada ni tan pacífica como los momentos que mi madre pasaba en esa pequeña silla con Elsie, pero la idea era la misma. Tenía que comprimir todo mi dolor y mi añoranza en esos pocos minutos cada día. Era el único momento en el que me quedaba quieta el tiempo suficiente para reconocer todo lo que había perdido y lo perdida que estaba en El Paso.

Una noche, puse un plato humeante de comida delante de uno de nuestros huéspedes habituales. Su nombre era Calvin Miller, se alojaba en el hotel una o dos noches por semana, a veces más. Le gustaba alojarse en una habitación en el piso más alto disponible, se rumoreaba que era viudo y que asesoraba sobre nuevos aviones en Fort Bliss.

No me habría fijado en Calvin si me hubiera cruzado con él por la calle. Supuse que tendría unos treinta y tantos años, probablemente quince más que yo. Era alto y fibroso, con una prolija barba oscura recortada al ras del rostro, y llevaba unos lentes de cristales gruesos que magnificaban sus ojos color avellana. Después de haber limpiado su habitación, sabía que era meticulosamente limpio y que siempre viajaba con montones de libros de texto de aeronáutica. En general, Calvin parecía y se comportaba como alguien demasiado inteligente para una existencia normal.

—Esta noche no está como siempre, señorita Lizzie —dijo.

—Todo está bien, señor Miller —dije, tan alegremente como pude, pero me costó mucho esbozar una sonrisa profesional en mi rostro. Una noche antes me habían asaltado mientras regresaba a casa. El ladrón se había llevado mi bolso y las llaves del departamento, pero no dinero, ya que esa semana no tenía ni un centavo. Incluso trabajando tan duro, apenas cubría los gastos del departamento.

—Tiene esta línea de preocupación, señorita Lizzi. Justo aquí —Calvin se tocó el lugar entre las cejas.

—Supongo que estoy cansada —dije, sonrojándome—. ¿Puedo ofrecerle algo más?

—Está tranquila esta noche, ¿eh? —dijo. Eran casi las diez y en el restaurante solo quedaba una mesa de hombres de negocios terminando sus bebidas. El restaurante cerraría pronto y entonces comenzaría con la limpieza—. ¿Has comido?

—Yo… eh… normalmente como cuando termino mi turno.

—Tome asiento, señorita Lizzie —dijo, señalando la silla que tenía frente a él y luego su plato. Había pedido lo de siempre: bistec, papas fritas y una guarnición de verduras—. Comparta esto y charle conmigo.

—Oh, no, yo…

—Vamos —me dijo Calvin con tono persuasivo—. ¿No has oído que soy un viudo solitario? A tu jefe no le importará que te sientes un minuto y me hagas compañía. Si te metes en problemas, les diré que insistí.

Eché otro vistazo a la sala, justo a tiempo para ver cómo los hombres de negocios a los que había estado sirviendo dejaban caer las servilletas en los platos. Uno de ellos me hizo un gesto con la mano al marcharse y, como Calvin y yo estábamos solos en el restaurante, me hundí en la silla vacía que había frente a él.

—¿Creció aquí, señorita Lizzie?

Negué con la cabeza.

—Mi familia tenía una granja cerca de Oakden.

—¿Oakden…? No sé dónde está.

—No me sorprende. Es un pueblo diminuto en el condado de Dallam.

—¿Qué te trae a El Paso?

—Mi hermano y yo vinimos aquí buscando trabajo. Perdimos la granja en la sequía.

Hizo una mueca.

—Muchas familias están perdiendo sus granjas estos días. Lo siento.

Asentí en silencio y él giró el plato para que las papas fritas estuvieran más cerca de mí. Justo cuando comencé a decirle que no tenía hambre, mi estómago rugió ante el olor. Suspiré y tomé una.

—Gracias. ¿En qué trabaja, señor Miller?

—Llámame Calvin, por favor —dijo—. Soy ingeniero aeronáutico. Trabajo para una empresa especializada en Albuquerque.

—¿No está Albuquerque muy lejos de aquí?

—No muy lejos, cuatro o cinco horas, dependiendo del tráfico en el camino. Éste es solo un contrato temporal —dijo.

—Estoy preocupada por mi hermano —admití de repente, sin saber por qué me sentía cómoda compartiendo esto con un extraño—. No puede encontrar trabajo. No sé cómo ayudarlo.

—¿Cuántos años tiene él?

—Tiene casi veintisiete años.

—Lo suficientemente mayor como para valerse por sí mismo.

—No siempre es tan sencillo.

Calvin asintió y luego me ofreció una sonrisa tranquila.

—Todo depende de lo grande que sea tu corazón, supongo.

Cuando llegué a casa esa noche, Henry estaba en la cama. Me di la vuelta, encendí la luz de la pequeña cocina y me senté a su lado.

—¿Henry? —susurré.

Entreabrió un poco los ojos y me miró bajo la luz tenue que entraba por la puerta de la cocina. Tenía los ojos inyectados en sangre y olía a whisky.

—Saqué el dinero de la despensa —dijo tristemente.

—¿Tomaste el dinero que era para pagar la factura de la luz?

—No es la primera vez que lo hago. Saqué ese dinero de tu sobre en la pensión —se le quebró la voz al confesar—. Lizzie, no sé lo que estoy haciendo.

Parecía tan abatido que ni siquiera pude enojarme, pero estaba muy dolida. Parpadeé rápidamente para limpiarme las lágrimas de los ojos antes de que Henry pudiera verlas.

—Está bien —mentí inquieta—. ¿Lo has tomado todo esta vez?

—No. Más o menos la mitad.

—Está bien —susurré.

—Lizzie, no sé cuánto tiempo más podré seguir así. —El aire en la habitación estaba cargado de tensión. Mi hermano parecía realmente exhausto y de repente tuve una comprensión aterradora, estaba cansado por el esfuerzo que le costaba seguir respirando. Cuando parpadeé, lo vi acunando el cuerpo de papá debajo de ese árbol en la granja, el sol saliendo detrás de ellos, todo nuestro mundo cambió con una decisión en una fracción de segundo—. Te estoy decepcionando, Lizzie. Soy una carga para ti y...

—No te atrevas a hablar así. Eres la única familia que tengo ahora y nunca serás una carga para mí. —Parpadeé, no pude limpiar las lágrimas antes de que las viera—. Somos un equipo, ¿no? Siempre lo hemos sido.

—No es un equipo cuando un jugador hace todo el trabajo, hermana —susurró. Luego ofreció una débil sonrisa—. Oye, escucha... Estoy cansado y tú también debes estarlo. Necesito volver a dormir.

Era cierto, estaba exhausta. Aun así, tenía demasiado miedo para quedarme dormida, en caso de que no estuviera allí cuando me despertara.

—Tiene de nuevo esa línea de preocupación entre los ojos, señorita Lizzie —dijo Calvin, unas semanas después. Habíamos adquirido la costumbre de charlar las noches que él estaba en el hotel, y yo generalmente esperaba con ansias su compañía, pero esa noche me sentí inusualmente frágil, como si me pinchara, me deshice en un charco de lágrimas.

Había trabajado tres domingos seguidos para poder pagar la factura de la luz, pero tenía que guardar el dinero en mi casillero en el trabajo. Henry estuvo desapareciendo durante días.

Dejé el filete y las papas fritas de Calvin en la mesa y forcé una sonrisa.

—Ha sido un día largo, eso es todo.

Esa noche, Calvin se entretuvo comiendo. Yo ya había terminado de limpiar, pero él seguía sentado allí, tomando notas en los márgenes de un documento. Miré el reloj de la pared. Eran poco más de las once.

—Lo siento mucho, señor Miller —dije acercándome a su mesa—. El restaurante está cerrado ahora.

—Lo sé —dijo. Cerró una carpeta sobre su documento, luego levantó su maletín y lo colocó sobre la mesa—. Hay un restaurante al final de la calle donde podemos ir a tomar un batido o podemos charlar un rato mientras te acompaño a casa. Tú decides.

—Gracias, Calvin —dije en voz baja—. Te lo agradezco, pero estoy bien. De verdad.

Sólo cuando dije esas palabras, una lágrima se deslizó sobre mi mejilla. Mortificada me la limpié con el dorso de la mano, pero la expresión de Calvin solo se suavizó.

—Lizzie.

—Estoy bien —insistí débilmente—. Estoy bien. Sólo estoy cansada.

Estaba agotada de tanta preocupación y totalmente exhausta. Todas las noches, mientras caminaba hacia casa, me preguntaba qué encontraría al abrir la puerta del departamento.

—Vamos —dijo Calvin suavemente, levantándose en toda su estatura—. Déjame colocar esto en mi habitación y te veré en el vestíbulo en unos minutos.

Estaba sentada frente a Calvin en el restaurante de la esquina, con un batido de leche intacto frente a mí. Él se lo había devorado y ahora me escuchaba atentamente mientras yo hablaba sin parar sobre mi hermano.

—Mi padre tuvo esos periodos negros toda su vida, días buenos y días malos, pero especialmente cuando la sequía empeoró. Quiero decir, las cosas estaban mal, no me malinterpretes, pero a veces parecía que las cosas estaban peor para papá que para cualquier otra persona. —Luché por encontrar palabras mientras me frotaba la frente—. Hay una oscuridad que corre por los hombres de mi familia. Henry no es perezoso ni exagera. Sé que las cosas realmente le parecen desesperanzadoras, pero ni siquiera está tratando de encontrar trabajo ahora. En realidad, no. ¿Sabes a qué me refiero?

—Sí.

—El orgullo de Henry está herido porque lo apoyo y eso es parte del problema. Pero ¿qué se supone que debo hacer? ¿Dejar mis trabajos y volver a vivir en un campamento de personas sin hogar otra vez?

—¡Dios mío, Lizzie! Por supuesto que no deberías hacer eso.

—Creo que a nuestro padre le pasó lo mismo y apuesto a que Henry lo sabe. Papá dependía tanto de mamá, y luego, cuando ella murió, él ni siquiera lo intentó, ni un solo día. Él... —me interrumpí, renuente a decir las palabras en voz alta. Calvin hizo una mueca y luego se inclinó hacia delante.

—¿Tu padre se quitó la vida? —asentí y me inundaron las emociones. Había sobrevivido a muchas cosas, pero no tenía idea de cómo seguiría adelante si perdía a Henry—. A veces la mente puede jugarle una mala pasada a una persona —dijo Calvin con una mirada amable—. No hay nada de qué avergonzarse, ni tú ni Henry. Para tu hermano, lo mejor es probablemente la estructura de un trabajo, una razón para levantarse de la cama cada día y un sueldo, para que pueda volver a sentirse orgulloso.

—Lo sé —dije con voz grave—. No quiero decir que no lo haya intentado. Al principio realmente lo intentó todo.

—Tal vez pueda hacer algunas averiguaciones para ti.

—¿Lo harías? —dije sorprendida—. Apenas me conoces.

Ni siquiera has conocido a Henry.

—No puedo prometerte nada —dijo, encogiéndose de hombros—. Pero puedo hablar con algunas personas. Déjame ver qué puedo hacer.

La semana siguiente, cuando regresó a la ciudad, Calvin volvió a sugerir que fuéramos a tomar un batido después de que yo terminara mi turno. Mientras caminábamos desde el hotel hacia el restaurante, fue directo al grano.

—Sé que esto puede no ser lo que tenías en mente, Lizzie, pero ¿Henry ha considerado enlistarse en el ejército?

Me puse rígida.

—Es difícil enlistarse hoy en día.

—Lo es. El ejército ha rechazado a más hombres de los que ha aceptado en los últimos cinco o seis años. —La depresión había golpeado duramente incluso al gobierno y los presupuestos militares no eran los de antes—. Tenía la esperanza de poder encontrarle algún trabajo en la base, pero no hay nada allí, no para un civil. Pero si Henry está dispuesto a enlistarse, podría recomendarlo. Hablé con un oficial del ejército y me dijo que eso significaría algo.

—¿Por qué harías esto por nosotros?

—Me gustas —dijo Calvin encogiéndose de hombros—. A veces me siento solo aquí. Me haces compañía. Somos amigos ahora, ¿no?

—Supongo que sí —dije, pero luego dudé—. Pero tendría que ir a la base a vivir, ¿no?

—Por supuesto y no hay garantía de que lo destinen aquí.

—No creo… —Me quedé en silencio, sin saber cómo expresar mis pensamientos sin insultar a mi hermano. Henry no podía manejar una carrera militar. ¿Cómo manejaría una carrera militar? Ni siquiera podía imaginarlo con un uniforme.

—Eso significaría tres comidas calientes al día, un techo sobre su cabeza y, lo más importante, una estructura y un motivo para levantarse de la cama. Lo sé con certeza, todo hombre necesita un propósito.

Cuando abrí la puerta esa noche, me invadió de inmediato una oleada de olor corporal. El departamento estaba tranquilo y silencioso, las luces se encontraban apagadas. En noches anteriores había encendido la luz de la cocina para no molestar a Henry, pero esa noche no le ofrecí esa amabilidad. Encendí la luz principal, la que estaba justo encima de su cama. Las mantas crujieron y, en un movimiento furioso, se las puso sobre la cabeza.

—No empieces, hermana —murmuró Henry, con la voz cargada de sueño. Crucé la habitación con unos cuantos pasos rápidos y luego arrojé las mantas hacia atrás. Henry se cubrió la cara con los brazos y emitió más sonidos de irritación y queja. No se había afeitado ni bañado y todavía llevaba los pantalones del día anterior.

—Deberías enlistarte en el ejército —dije de golpe. Henry se quedó quieto y luego abrió los ojos poco a poco, entrecerrándolos por la luz de la bombilla.

—Cuando llegamos, fui a una carpa de inscripción. Esperé en la fila todo el día y ni siquiera tuve la oportunidad de sentarme para una entrevista. Estaban rechazando a casi todo el mundo.

—Pero si te aceptaran, ¿querrías enlistarte? —pregunté sorprendida.

Henry se arrastró hasta quedar sentado, todavía frotándose los ojos.

—Mi padre me dijo una vez que hay hombres que están hechos para esa vida y otros que no. No sé si soy el tipo de hombre adecuado —murmuró Henry, rascándose distraídamente las desaliñadas patillas de su mejilla.

Me quedé mirando a mi hermano, absorbiendo las sombras bajo sus ojos y la desolación de su mirada. Sabía exactamente a qué se refería Henry, era tierno y sensible en el mejor sentido de la palabra. ¿No serían esos rasgos una desventaja para un hombre en el ejército?

Pero estábamos en paz y, de todos modos, Henry no tendría que permanecer en el ejército para siempre. Todo lo que necesitábamos era darle una estructura a su vida, apuntalarlo durante unos años hasta que la economía se recuperara y pudiera encontrar un trabajo civil.

—Mi amigo del hotel conoce a un funcionario de admisión y cree que puede conseguir que te acepten. Tienes que hacerlo —respiré profundamente—. Te estoy pidiendo que lo hagas.

Henry parpadeó. Luego frunció el ceño.

—Pero, Lizzie... —empezó a protestar, pero yo extendí la mano para tomar la suya y la apreté con fuerza.

—No podemos seguir así. No podemos, Henry.

Observé las emociones reflejadas en el rostro de mi hermano. Primero vinieron la vergüenza, la culpa y el remordimiento. Luego llegó la frustración, la irritación y la ira. Pero todo esto se desvaneció tan rápido como había surgido, y luego Henry miró hacia otro lado mientras asentía.

Para entonces, simplemente parecía resignado.

27

LIZZIE

Huntsville, Alabama
1950

—¿Cómo estás, Henry? —le pregunté una noche, unas semanas después. Estaba moviendo la cazuela por mango, con expresión distante hasta que levantó la mirada y me dedicó una sonrisa cansada. Parecía de mal humor, pero era difícil estar segura, ya que apenas lo había visto más de unos minutos seguidos en semanas. Henry había estado entrando temprano y regresando tarde a casa, e incluso había aceptado algunos turnos de fin de semana.

—No estoy acostumbrado a pasar tantas horas de pie. Ya me acostumbraré. —Reprimió un bostezo y luego echó la silla hacia atrás—. Puede que me vaya a dormir. Mañana tengo que volver a empezar temprano.

—Walt seguro que te hace trabajar duro —le comenté mientras se levantaba. Henry se encogió de hombros.

—Me ofrezco como voluntario para cualquier turno que pueda conseguir. Estoy agradecido por el trabajo.

Llevó su plato al fregadero y, mientras lo hacía, un trozo de papel se le cayó del bolsillo, revoloteó hasta el suelo y aterrizó debajo de la mesa, justo a mi lado. Me incliné y lo recogí.

—¿Necesitas esto? —pregunté. En la parte superior de la página había una gran «S» y debajo una especie de horario. Los días anotados en el lado izquierdo, seguidos de columnas con horas garabateadas. El papelito estuvo en mi mano por un segundo, el tiempo suficiente para que me diera cuenta de que la mañana del viernes estaba subrayada, antes de que Henry me lo arrebatara de los dedos.

—Uf. Por suerte no lo perdí —dijo con una risa forzada—. Es mi horario de trabajo de la semana, así que puedo completar mi planilla de horas el viernes.

La explicación tenía todo el sentido y debería haber sido tranquilizadora, pero si decía la verdad, ¿por qué Henry me arrebató el papel?

En general, mi hermano parecía tranquilo. No había vuelto a haber incidentes a medianoche, ni historias disparatadas sobre intrusos, ni llamadas innecesarias a la policía. Se había entregado de lleno a su trabajo en el almacén de madera, tal como yo esperaba que lo hiciera.

Si estaba un poco retraído, probablemente era porque estaba cansado de intentar causar una buena impresión en el trabajo. Esto fue algo bueno. Durante años, había esperado y rezado para que Henry encontrara un trabajo que le permitiera seguir adelante y, a pesar del comienzo difícil, parecía que mis oraciones finalmente habían sido respondidas.

—¿Alguna vez hablaste con Jürgen Rhodes sobre..., sobre eso del detective y Henry? —le pregunté a Calvin una mañana.

Bebió un sorbo de café pensativamente y luego explicó con delicadeza.

—El hecho de que tú y Sofie Rhodes hayan empezado con un pie tan desafortunado hace que las cosas entre Jürgen y yo sean un poco incómodas.

—Oh.

—Vivió y respiró para traerlos aquí, Lizzie. Durante años. Siempre que habla de su esposa, su adoración por ella es evidente. Pensé en advertirle el día que Henry llamó a la policía, pero la oportunidad nunca se presentó. Luego pensé que si hubiera habido algún problema, Jürgen me lo habría mencionado —Calvin dejó la taza de café y pareció prepararse antes de preguntar con gravedad—. ¿Ha sucedido algo más?

—No, no —me apresuré a asegurarle—. Han pasado algunas semanas y, como esperaba, Henry parece haberse adaptado bien. Sólo tenía curiosidad.

Pero no dejaba de pensar en esa conversación que tuve con Calvin mientras tomaba un café. Me llevó unos días darme cuenta de por qué me hacía sentir tan incómoda.

Tenía que pensar en esos alemanes como monstruos, especialmente en Rhodes, dadas las sospechas que tenía Calvin sobre su pasado. Me resultaba inquietante pensar en el mismo hombre como una persona común, con una familia a la que amaba y una esposa a la que adoraba.

Cuando Becca llamó para invitarme a otro almuerzo con las esposas de Fort Bliss en lo que ella ya llamaba nuestro restaurante habitual, una imagen de ese cartel de sólo blancos en la ventana pasó por mi mente y me estremecí.

—Ven, por favor —suplicó Becca—. Necesito todo el apoyo moral que pueda conseguir. Avril está en una campaña de seducción en solitario, decidida a convertir a Sofie Rhodes en su nueva mejor amiga. Ya sabes cómo se pone. Y lo bueno es que estoy segura de que sacará algún chisme delicioso de ello.

La incomodidad se me clavó como una piedra en el estómago. Siempre había odiado esos almuerzos y sabía cómo terminaría ese en particular. Avril sería toda dulzura y alegría, pestañeando inocentemente, pero habría verdadero veneno en sus palabras. No quería sentir simpatía por Sofie Rhodes, pero al mismo tiempo sabía que Avril asistiría a ese almuerzo con el único propósito de traicionar a su nueva amiga.

Pensé en mi jardín. Pensé en la dicha y la tranquilidad que sentía al estar allí afuera, con tierra bajo mis uñas y aire limpio en mis pulmones.

—Estoy muy ocupada en este momento —le dije con ligereza—. Tendré que perdérmelo esta semana.

28

SOFIE

Berlín, Alemania
1936

Laura comenzó la escuela en el verano de 1936. En su primer día, la acompañé hasta la puerta y luego volví sola a la casa de Adele para tomar el té de la mañana.

Yo seguía visitando a Adele todos los días, pero ya no me decía a mí misma que hacía esas visitas por ella. Ahora que me sentía tan sola, finalmente me di cuenta de que Adele no lo estaba. Tenía una red de amigas por toda la ciudad, mujeres fuertes e independientes como su mejor amiga, Martha, que también había sobrevivido a su marido y sus hijos. Adele estaba ocupada con esas amigas, su jardín y sus inquilinos. Siempre me había molestado un poco tener que cuidar de ella. Solo cuando Mayim se fue finalmente me di cuenta de que Adele nunca me necesitó en absoluto.

—¿Cómo le fue a Laura? —me preguntó cuando entré por la puerta trasera.

—Ni una lágrima. Al menos, no de ella —dije, mientras colocaba el sombrero sobre la mesa de la cocina. A mí también se me habían caído algunas durante el camino a casa. No podía creer que mi bebé estuviera en la escuela—. Durmió fatal, pero fue por la emoción, no por la ansiedad.

—Es nuestra chica —dijo Adele riéndose mientras vertía agua hirviendo en una tetera. Se volvió hacia el mostrador y sacó una bandeja—. Te preparé un pastel de miel de abeja. Pensé que podrías necesitar el regalo.

—Gracias —dije, sorprendida. Ella sonrió y cortó un trozo, volcándolo sobre un plato con el borde del cuchillo. Yo corté el pastel con un tenedor y suspiré feliz cuando se derritió casi por completo en mi lengua. El pastel, las almendras glaseadas con miel y la crema pastelera sabían a pura alegría.

—Escucha, tengo un pequeño problema y esperaba que pudieras ayudarme —dijo Adele. Fruncí el ceño ante su tono inesperadamente sombrío.

—¿Qué es?

—Uno de mis inquilinos está pasando por dificultades económicas —me dijo—. Eso significa que estoy teniendo algunas dificultades para llegar a fin de mes.

—¿Ah, sí? —dije, sobresaltada—. ¿Qué inquilino? ¿Quieres que hable con ellos?

—No, no —dijo ella, sacudiendo la cabeza lentamente—. Ya he hablado con ellos y van a intentar enmendarse. Es que mientras se ponen al día, me preguntaba si podrías prestarme un poco de dinero.

—Por supuesto —dije sin dudarlo—. Solo dime qué necesitas y cuándo.

Se lo comentaría a Jürgen la próxima vez que llamara, pero sabía que a él no le importaría.

Sabiendo que la casa estaba conectada con algún tipo de sistema de vigilancia por audio, Jürgen y yo actuábamos todo el tiempo cuando estábamos solos, decíamos y hacíamos todas las cosas que se esperaba que hicieran los buenos padres nazis.

Pero Jürgen y yo teníamos sistemas para intentar recuperar al menos un poco de privacidad. A veces teníamos que conectarnos a un nivel genuino o nos volvíamos locos.

A veces, cuando estaba en casa, salíamos de Berlín y hacíamos largas caminatas y los niños corrían delante de nosotros a través del bosque o trepaban a las copas de los árboles mientras Jürgen y yo susurrábamos. Otras veces nos escondíamos en el baño, abriendo todos los grifos para tapar el sonido de nuestras voces. Trasladé la radio a nuestro dormitorio y la encendía todas las noches, estuviera Jürgen en casa o no. Teníamos conversaciones preparadas sobre cómo me estaba volviendo insomne y necesitaba el ruido de fondo para dormir.

En realidad, era una tapadera, una manera de protegernos de oídos curiosos cuando nos tapábamos la cara con las mantas para susurrar.

—Hola —susurraba, aunque para entonces ya llevábamos horas juntos. Siempre sentía que me estaba quitando una máscara asfixiante cuando nos cubríamos la cabeza con esas mantas. Aunque había tan poco aire y, de vez en cuando, teníamos que bajarlas, tomar aire y volver a sumergirnos.

Hablamos de Lydia. Se había transformado en la esposa nazi perfecta, ya no se teñía el pelo ni se maquillaba y estaba embarazada... otra vez. Sentí emociones muy complicadas por ella, una mezcla de nostalgia por nuestra amistad, que alguna vez fue genuina, y matices de desconfianza, resentimiento y dolor. Nunca la había confrontado por la forma en que me decepcionó la noche en que secuestraron a Jürgen. No había forma de hacerla responsable sin llamar la atención sobre nuestra deslealtad hacia el Reich. Ahora veía a Lydia solo cuando era necesario, e incluso entonces era educada pero distante.

Jürgen me contó sobre su trabajo. Acababa de supervisar el lanzamiento de prueba de un nuevo prototipo, el primer lanzamiento de prueba de la historia en Kummersdorf ante un público.

—Ha habido mucho escepticismo sobre la tecnología. Karl y Otto quieren ampliar el programa, pero primero necesitan demostrar a los funcionarios que el concepto es viable.

—¿Entonces conseguirás la financiación?

—Sí. El general aprobó la solicitud después de ver el lanzamiento.

—¿Y eso qué significa?

—Para empezar, es un bono —dijo Jürgen. No sentí ni la más mínima emoción, solo arrepentimiento. En otro tiempo, le habría dado ese dinero a Mayim, pero ahora no tenía ni idea de dónde estaba ni cómo la estaban pasando. Cada vez que me venían a la mente los Nussbaum, sentía un profundo e inquebrantable dolor—. Podemos dárselo a la tía Adele —dijo Jürgen, y eso alivió un poco el dolor que sentía en el pecho. Como esperaba, no le preocupó en absoluto su petición de ayuda financiera. Adele era lo suficientemente independiente como para que supiéramos que sólo pediría ayuda si realmente la necesitaba—. Esa es la buena noticia. La mala noticia es que están hablando de trasladar todo el programa a un nuevo sitio de desarrollo.

—¿Dónde?

—Peenemünde —No reaccioné, así que aclaró—. En el mar Báltico.

—¿Cuatro horas de viaje?

—Más bien cerca de las cinco.

—Supongo que no me estás invitando a mí ni a los niños a mudarnos contigo.

—No. Nos van a construir alojamiento, pero no será amigable para la familia.

—Nunca estás en casa tal como están las cosas.

—Lo sé.

—¿Entonces esto va a empeorar?

—Probablemente.

Lo digerí, agradecida por la oscuridad total debajo de las sábanas, que ayudaban a esconder las lágrimas en mis ojos.

—A veces, parece que vivir esta vida es como escuchar una pieza musical interpretada por un principiante. La mayor parte de la canción está bien, ¿no? La mayor parte del tiempo estoy absorto en mi trabajo. El prototipo que lanzamos esta semana es como una versión infantil del dispositivo que podría llevarnos a la luna algún día y funciona, Sofie. Ayudé a que eso sucediera y estoy orgulloso de eso. Tenemos esta casa preciosa. Niños perfectos. Estamos sanos. Ya no tenemos que preocuparnos por el dinero, pero… hay notas disonantes… a veces incluso frases discordantes. Y tenemos que seguir sonriendo a pesar de todo. De hecho, tenemos que sonreír aún más fuerte cuando escuchamos esos sonidos, solo para disimular lo discordantes que son.

—A veces no sé si podré soportarlo.

—Sofie, créeme, ayuda concentrarse en las partes que puedes soportar.

—Y para ti, esos son los cohetes.

—Así es. Y para ti, lo importante es esta casa, ¿no? ¿Este estilo de vida? —No tuve valor para decirle que esas cosas habían perdido su brillo hacía tiempo, pero él leyó correctamente mi silencio—. Tiene que haber algo. ¿Los niños? ¿El nuevo bebé?

Acababa de descubrir que estaba embarazada de nuevo, pero mis sentimientos al respecto eran confusos. En mis dos primeros embarazos, se lo dije a Jürgen y luego a Mayim antes que a nadie, incluso a Adele. Me resistía a romper la tradición, aunque sabía que era inevitable que tuviera que hacerlo.

Incluso me sentía en conflicto por traer otro niño a este mundo. Cada día, Georg y Laura se alejaban un poco más de mí, aunque todavía vivíamos todos bajo el mismo techo. Lo mismo ocurriría con este bebé, a menos que algo cambiara drásticamente antes de que tuviera la edad suficiente para empezar la escuela.

Pero Jürgen estaba en lo correcto, tenía que haber algo positivo en qué concentrarme para poder superar cada día.

—Los niños —le respondí en un susurro—. Tú y la tía Adele.

—Recuerdo cuando ustedes dos no se llevaban bien.

—Hoy en día —confesé— no sé qué haría sin ella.

Georg cumplía ocho años y lo único que quería era hacer una fiesta con Hans. Intenté sugerirle con delicadeza que fuera con otros niños, pero Georg y Hans tenían el tipo de amistad que yo había compartido con Mayim, así que no pude negarme a la propuesta.

Invitamos a Adele al picnic, pero cuando se enteró de que la familia zu Schiller estaría allí, de repente le empezó a doler la cadera. En lugar de eso, vino a desayunar con nosotros antes. Comimos filetes de jamón y huevos. Ella trajo una foto de Jürgen de su primer cumpleaños en su casa.

—Aquí tenía ocho años —le dijo a Georg, mostrándole la imagen descolorida en blanco y negro—. Y se parecía mucho a ti. ¿Ves?

—Podríamos ser gemelos, papá —dijo Georg, sosteniendo la foto junto a su rostro. Había un gran parecido, aunque Georg hubiera heredado de mí un tono más oscuro de ojos azules. Jürgen y Georg se sonrieron el uno al otro y luego se fundieron en una especie de mueca de imagen tonta. Laura suspiró con impaciencia ante sus payasadas.

—Se está volviendo una niña muy seria. Tal como te recuerdo —dijo Adele con ironía, mirándome.

—Tenía miedo de ti. Recuerdo haber hablado con May... —Me detuve justo a tiempo, tomé aire para recomponerme y continué con la mayor fluidez que pude—. Con mis amigos sobre la cascarrabias Sra. Rheinberg que vivía al lado de nuestra casa en la ciudad.

Cuando era niña, Adele y Jürgen eran una pareja un tanto extraña en la casa de al lado de la casa de mi familia en la ciudad. Un día visité nuestra casa en Lichterfelde West y aquel chico flacucho y con lentes que vivía al lado de repente me pareció irresistible. Más tarde, admitió que había estado intentando conectar conmigo durante años y se quedaba mudo cada vez que establecíamos contacto visual.

—La cascarrabias de la señora Rheinberg —dijo Adele riéndose entre dientes. Luego se puso de pie con dificultad. A veces me resultaba fácil olvidar la avanzada edad de Adele porque, por lo general, no tenía problemas de salud, pero últimamente había notado que, de vez en cuando, hacía muecas de dolor y que algunos días se veía especialmente pálida. Si le preguntaba, murmuraba algo vago sobre que su corazón ya no era lo que era—. Ven al jardín —dijo—. Quiero enseñarte una flor especial.

Había dejado salir a las gallinas para que escarbaran un poco y ahora las espantaba mientras me llevaba al rincón más alejado de su patio. Allí, me hizo un gesto para que me acercara.

—Mayim y sus padres se han mudado con el hermano de Levi. Es un poco estrecho, pero se las arreglan y ya no tienen que preocuparse por el alquiler. Ella sabe que estás bien y que estás embarazada de nuevo.

Me aparté en estado de shock.

—Pero... ¿cómo sabes que estoy embarazada...?

—Te estás poniendo verde cuando te ofrezco café. Lo mismo pasó con tus dos primeros bebés. Sé que estás bajo mucho estrés,

Sofie, pero debes cuidarte. Aún no se te nota, aunque me atrevo a decir que es porque has perdido mucho peso estos meses desde el accidente de Jürgen…

—¿Cómo viste a Mayim?

—No lo hice. No lo haré. Estoy demasiado cerca de ti y no sabemos si me están vigilando. Pero… la única ventaja de ser una ancianita es que nadie espera que cause problemas, así que algunos de mis amigos se han estado aprovechando de ello.

—¿Los Nussbaum no irían a Polonia?

—Va a ser muy caro conseguirle a Levi una visa de salida ahora —dijo Adele con gravedad. Se habían promulgado la Ley de Ciudadanía del Reich y la Ley para la Protección de la Sangre y el Honor Alemanes. Los primeros despojaron a los judíos de su ciudadanía alemana, dejándolos como súbditos del Reich en lugar de ciudadanos. Levi era apátrida.

De repente, los ojos de Adele brillaron, se inclinó aún más cerca y susurró:

—Va a ser caro, Sofie, pero estamos tratando de encontrar una manera.

—¡El dinero que has pedido prestado! —susurré en estado de shock. Ella me guiñó un ojo y luego se llevó un dedo a los labios.

—Cada moneda llega a los Nussbaum a través de mis amigos.

La rodeé con mis brazos y le susurré al oído:

—Tía Adele, no sé cómo agradecértelo.

—Cuida de ti y de tu familia —susurró ella—. Así es como me lo agradeces.

En el parque, se nos unieron Lydia y Karl y su pequeña tribu, Hans, Horst y Ernst, su pequeño Werner y la nueva bebé Gertrude, con Petra, su niñera terriblemente severa. Mientras Petra empujaba el cochecito para calmar a Gertrude y hacerla dormir, Karl y yo nos sentamos con Jürgen y Lydia en una mesa de picnic. Los niños mayores se perseguían entre ellos, riendo y gritando.

—Dios mío, en Düsseldorf se estarán preguntando de dónde viene todo ese ruido —dijo Karl riendo entre dientes, mientras Georg y Hans pasaban corriendo junto a él, gritando a todo pulmón. Laura, Horst y Ernst volaron desde la otra dirección, chillando de risa.

—Nuestros hijos están creciendo muy rápido —comentó Lydia, mientras observaba con cariño cómo Hans y Georg jugaban al ajedrez—. Me complace mucho pensar que niños como los nuestros son el futuro de este país.

—Yo también —dije, y por una vez fui sincera, porque creía que muy por debajo de la fealdad que había absorbido, Georg todavía era una buena persona.

Jürgen y Karl intercambiaron una mirada, luego se levantaron al mismo tiempo y se alejaron un poco de nosotros, hablando en voz baja y en grupo.

—El negocio de los cohetes —suspiró Lydia, sacudiendo la cabeza—. Nunca termina, ¿verdad?

La expresión de concentración de Jürgen me indicó que tenía razón y reprimí un suspiro. Los niños dieron otra vuelta, esta vez los cinco en fila. Hans iba delante y Georg lo perseguía, agitando un palito delante de sí.

De repente, Hans cayó al suelo, gimiendo y retorciéndose como si se estuviera muriendo. Georg se acercó, apuntó con el palo y gritó:

—¡Bum! —Jadeé y abrí la boca para protestar por la proximidad del palo a la cara de Hans, cuando Georg agregó con voz triunfante— ¡Muere, judío, muere!

Hans emitió su último gemido y se quedó inmóvil. Georg, Laura y los gemelos vitorearon y levantaron las manos para celebrar.

—Por fin sus hijos se están desarrollando como deberían, y todo es gracias a que has eliminado las influencias negativas de su familia —dijo Lydia, señalando a los niños. Yo estaba demasiado aturdida para responder. Ella suspiró felizmente—. Esto es lo que me da tanta esperanza para el Reich. Si los niños tan pequeños ya pueden ver que hay que ocuparse de los judíos, ¿te imaginas cómo serán cuando sean adultos?

Ese mismo pensamiento me provocó una oleada de náuseas y pánico. Apenas podía respirar por la desesperación de preguntar ¿cuándo cambiaste de opinión sobre los judíos? ¿Cómo cambió tu corazón? ¿Alguna parte de ti duda de estas cosas que estás diciendo?

—Lo siento —dije con voz entrecortada y, con las piernas temblorosas, me dirigí directamente a un jardín cercano, donde perdí todo lo que había comido. Cuando terminé de vomitar, Jürgen estaba a mi lado, frotándome la espalda.

—¿Puedo hacer algo? —preguntó, bajando la voz. Él suponía que se trataba simplemente de náuseas por el embarazo. Sacudí la cabeza, indicando que aún no podía hablar. Las náuseas habían desaparecido, pero el pánico me estaba desgarrando. Traté de tomar aire, pero tenía una opresión en el pecho.

Mis hijos estaban jugando a dispararle al judío y yo no tenía permitido disciplinarlos.

—Agua —dije con voz ronca, y él se apresuró a ir a buscarme un vaso de agua de la mesa. Estaba atrapada. Los niños estaban atrapados. De pie en un parque público en un día magnífico para la fiesta de cumpleaños de mi hijo, la claustrofobia era abrumadora.

«Ignora las notas disonantes. Concéntrate en la música».

Cerré los ojos y traté de respirar para superar el pánico. Tenía que pensar en algo, cualquier cosa positiva a lo que aferrarme, pero cada idea que me venía a la mente representaba más miseria. Jürgen nunca está en casa. Mayim se ha ido. A los niños les han lavado el cerebro. Mi país está destrozado.

Finalmente, se me ocurrió una idea y jadeé; la opresión en mi pecho se alivió mientras inhalaba aire fresco.

«El bebé. El bebé. Debo mantener la calma por el bebé».

Bebí un sorbo de agua lentamente, muy lentamente, mientras mi ritmo cardíaco comenzaba a estabilizarse. Jürgen me miró con curiosidad, pero forcé una sonrisa para hacerle saber que estaba bien. Caminé de regreso a la mesa, le ofrecí la misma sonrisa a Lydia y le anuncié:

—Estamos esperando un bebé.

Mi voz estaba un poco ronca, pero eso no era inusual dado que había estado muy enferma. Lydia no se inmutó, me dirigió una sonrisa encantada y exclamó:

—¡Qué maravillosa noticia! —Karl se había sentado frente a Lydia y ella se inclinó hacia él y le dijo—. Karl, les debemos una felicitación a estos dos. ¡Por fin están embarazados otra vez!

—¡Felicitaciones! —gritó Karl, sirviéndose un poco de dulces.

—Nosotros también esperamos tener otro bebé —dijo Lydia felizmente, tocándose la barriga con una mano—. Estos nuevos pequeños pueden ser los mejores amigos, al igual que nuestros hijos mayores.

—Ya saben que el Führer ha pedido a todos los hombres del Reich que engendren cuatro niños. Lydia y yo esperamos duplicar esa cifra —Karl anunció y luego le dio una palmada en la espalda a Jürgen—. Estoy muy feliz por ti, porque tú también estás haciendo tu parte.

Por encima de su hombro, vi que Laura sostenía el palo y perseguía a los otros niños, riendo y chillando. Esta vez, fue el turno de Georg de caer dramáticamente al suelo, retorciéndose mientras fingía morir.

«Ignora las notas disonantes. Ignora las notas disonantes».

—Quizás sea hora de comer pastel —dije alegremente—. Vamos, niños. Reúnanse.

«Concéntrese en la música».

—¿Todavía estás lo suficientemente cómoda para viajar? —me preguntó Jürgen cuando me llamó a finales de noviembre. Miré hacia abajo y vi mi vientre hinchado. Me había llevado mucho más tiempo notarlo con mi tercer embarazo, pero había recuperado con creces el tiempo perdido y, a diez semanas de aliviarme, ya estaba a punto de reventar mis batas de maternidad.

—¿Viajar adónde? —le pregunté con cautela.

—Otto ha decidido que necesitamos realizar un lanzamiento en unas pocas semanas, aquí en Peenemünde. Algunos de los altos mandos estarán presentes. Él sugirió que tú y Lydia también querrían venir.

Me dolía la espalda y tenía los tobillos hinchados. Estaba tan irritable e incómoda que me daba pavor la idea de atravesar la ciudad en coche, y más aún atravesar el país en cinco horas. Cerré los ojos e imaginé lo bueno que sería verlo, abrazarlo. Solo lo había visto un puñado de veces durante todo el embarazo.

—Estaré allí —le prometí.

Dejé a los niños con Adele y arreglé que Lydia y su chofer vinieran a recogerme. Nos pusimos en camino antes del amanecer para viajar a Rügen. Desde allí, viajaríamos a la isla en barco.

—Han cancelado la pompa y la solemnidad —dijo Lydia con un suspiro mientras viajábamos—. Estoy muy decepcionada. Esperaba algo de estilo.

El tiempo había sido terrible, por lo que las torres de observación quedaron sin terminar y, lo que es peor, no menos de tres lanzamientos de prueba habían fallado inesperadamente. Este cuarto lanzamiento se llevaría a cabo, pero no habría público para él, aparte de Lydia y yo.

—Creo que Otto sólo nos permite visitarlo porque la moral ha estado baja. Karl me dice que Otto y sus superiores están muy contentos con... —se aclaró la garganta delicadamente—, bueno, con la actitud mejorada de Jürgen en los últimos tiempos. Querían recompensarlo, creo. Es por eso por lo que nos han reservado habitaciones de hotel en Rügen para pasar la noche, para que no tengamos que quedarnos en el dormitorio de la isla —me dio una sonrisa esperanzada—. Espero que sepas, amiga mía, que el futuro es muy brillante para ustedes dos si siguen por este camino.

Cuando parpadeé, estaba de nuevo en el patio con mi exhausto marido, mirando fijamente su ojo morado. ¿Seguir el camino? Dar incluso un paso atrás significaba la muerte.

—Jürgen está comprometido con el programa —dije con voz hueca—. Los dos estamos comprometidos.

* * *

Karl nos recibió en el embarcadero de la isla y, tras saludar a Lydia con un beso, me ayudó a desembarcar y luego me condujo hasta un vehículo del ejército que nos esperaba. Mientras un joven soldado nos llevaba hasta el otro extremo de la isla, Karl nos sirvió té caliente de un termo y nos ofreció golosinas que había comprado en un café de Rügen. El coche se detuvo en una colina y Karl nos abrió la puerta. Había poco refugio, solo una pequeña choza de madera de tres lados.

Más abajo de la colina se había erigido un edificio más grande, junto con dos torres a medio construir y algunas gradas, claramente destinadas a un futuro público.

—¿Dónde está Jürgen? —le pregunté a Karl, mientras me ayudaba a sentarme en la caseta.

—Todo va bien, lo verás después del lanzamiento —me aseguró. Luego señaló hacia delante. A cierta distancia de los otros edificios, se veía un cohete blanco junto a un andamio. Al principio me resultó difícil calcular su tamaño, hasta que, sobresaltada, me di cuenta de que el enjambre de objetos oscuros que se movían alrededor de la base eran personas.

—¿Qué tan grande es? —le pregunté a Karl con inquietud.

—Éste es el Aggregate 3. Mide siete metros de largo y casi uno de ancho. Pesa más de 720 kilos. —Inclinó la cabeza hacia mí y frunció el ceño—. ¿No te sientes bien, Sofie? Estás terriblemente pálida.

—Me estaba imaginando algo más parecido a los cohetes que ustedes dos disparaban desde ese basurero en Berlín —admití—. Quizás un poco más grande, pero...

Este cohete era mucho más grande de lo que esperaba. ¿Habían hecho todo esto en cuatro años?

Karl soltó una carcajada generosa y me dio una palmadita en el hombro, como si yo fuera un niño divertido.

—¿Has oído eso, Lydia? Sofie pensó que estábamos disparando a esos pequeños juguetes con los que jugábamos en Berlín.

—Oh, Dios, no, Sofie —ella también se rio—. Eran... ¿de qué? ¿Un metro de alto?

—Un metro y medio, como mucho —dijo Karl riendo—. Además, son muy limitados. —Me dedicó una sonrisa amable mientras explicaba—. Me sorprende que Jürgen no te haya mantenido al tanto de su brillante trabajo.

—Él respeta el secreto del programa —dije débilmente.

—Estos cohetes funcionan con combustible líquido y requieren mucho de éste para alcanzar la altura y la distancia que buscamos.

—¿Estos cohetes irán a la Luna? —pregunté.

—Claro —dijo Karl, agitando las manos con desdén—. En teoría, este tipo de cohetes podrían hacer muchas cosas. La intención del programa sigue siendo que algún día lancemos una misión espacial. Por supuesto, algún día.

Los hombres que rodeaban la base se retiraron y de repente se produjo un destello, la luz se disparó desde la base del cohete. La estructura que lo sostenía se desprendió y el aparato se elevó hacia el cielo suave y sin esfuerzo. Contuve la respiración, aterrorizada por la fuerza del cohete, y luego emití un chillido de pánico cuando, después de unos pocos segundos, se tambaleó.

Oí a Karl maldecir a mi lado y me volví hacia él alarmada, temiendo que estuviéramos en peligro. Pero él no parecía asustado, solo frustrado. Se quitó el sombrero de la cabeza y lo arrojó al suelo. El cohete se estrelló contra el suelo y se marchó furioso, maldiciendo entre dientes. El cohete seguía tambaleándose mientras volaba hacia arriba y se alejaba sobre el océano. Desapareció de la vista y, a lo lejos, las llamas se alzaron sobre el agua.

—Karl mencionó que ha habido problemas con el sistema de guía —dijo Lydia mientras me ayudaba a ponerme de pie y comenzamos a caminar lentamente de regreso hacia el auto.

—El señor zu Schiller me ha pedido que le acompañe a la oficina para que espere hasta que terminen la sesión informativa. Allí podrá comer algo y refrescarse —dijo el conductor.

—Gracias —dijo Lydia cortésmente. Insistió en que tomara el asiento delantero y agradecí el espacio adicional para estirar las piernas. Cuando nos alejamos del lugar de observación, noté un inmenso cráter en la tierra a solo unos cuantos metros de donde habíamos estado sentados. Tenía varios metros de ancho y era incluso más profundo que ancho. Podría haberse tragado tal vez la mitad de una manzana de la ciudad.

—¿Qué es eso? —le pregunté al conductor.

—Ese es el impacto del lanzamiento fallido de la semana pasada —dijo. Luego silbó—. No despegó correctamente antes de que detonara. Casi me hizo caer al suelo incluso al otro lado de la isla. Por eso los dirigimos hacia el océano.

No pude ocultar mi angustia, y él la interpretó mal y me dio una sonrisa amable.

—No se preocupe, señora von Meyer Rhodes. Aquello se lanzó desde la otra plataforma. Hoy no corría ningún peligro.

Nada salió como lo habíamos planeado. Otro lanzamiento falló y, en lugar de tomarnos la tarde libre, Karl y Jürgen tuvieron que asistir a una reunión. La tarde transcurrió lentamente y, cuando el sol empezó a ponerse, nos dijeron a Lydia y a mí que nos llevarían de vuelta al hotel en Rügen.

—¿Crees que llegaré a ver a Jürgen? —le pregunté a Lydia con tristeza.

—Tal vez más tarde —dijo con dulzura—. Ya sabes que el trabajo debe ser lo primero.

En el lobby del hotel, ella se ocupó del personal y nos registró en las habitaciones, haciendo arreglos para que nuestras maletas fueran transportadas al interior.

—He organizado que te traigan una comida. ¿Por qué no te das un baño caliente y te vas a la cama? Sé que tienes muchas ganas de ver a Jürgen, pero necesitas descansar. Estoy a unas cuantas puertas de aquí, si me necesitas.

Consideré la bañera, sabiendo que el agua caliente sería una bendición para mis huesos, pero cuando miré que era pequeña, me di cuenta de que sería poco probable que pudiera salir por mi cuenta, incluso si lograba caber dentro.

En lugar de eso, mordisqueé la comida que Lydia había preparado y luego me senté en la cama a esperar a Jürgen. Pensé en el lanzamiento, en el cráter y en los millones de preguntas que quería hacerle. Pero tendríamos que asumir que alguien estaba escuchando en la habitación del hotel. Una vez más, estaríamos susurrando bajo las mantas.

Al darme cuenta de esto, se me llenaron los ojos de lágrimas. Encendí el cable inalámbrico para tapar el sonido y luego me acosté en la cama a llorar. ¿Cómo sería estar en una ciudad lejana cuando un cohete como ese saliera de la nada? La tecnología no podría haber avanzado lo suficiente como para que el cohete supiera en qué edificio aterrizar. ¿Y si uno aterrizara en una escuela?

Todo era demasiado terrible para ser real y demasiado feo para ser la creación de mi amable y sensible esposo. Me acurruqué sobre mi vientre y lloré hasta quedarme dormida.

Me desperté con el sonido de una llave en la cerradura y, cuando me senté, Jürgen ya estaba dentro. Lo miré con los ojos vidriosos y noté que parecía tan cansado como yo. Intenté levantarme de la cama para correr hacia él, pero mi barriga me lo impidió.

—Vaya, si que has crecido —dijo Jürgen riendo suavemente mientras dejaba una pequeña bolsa de viaje en el suelo y luego corrió a mi lado. Se arrodilló junto a la cama y colocó sus manos tiernamente sobre mi vientre, pero luego se detuvo y levantó sus ojos hacia los míos—. Eres tan hermosa, Sofie.

Empecé a llorar de nuevo, lágrimas de cansancio, alivio y miedo.

—Soy un desastre —dije con voz ahogada.

—Aunque sea un desastre, mi amor, eres hermosa. Te he extrañado mucho —susurró.

—Yo también te extraño —le respondí en un susurro.

No había necesidad de susurrar. Solo estábamos diciendo lo que se espera que digan un esposo y una esposa después de dos meses separados. Sin embargo, era absolutamente necesario susurrar, porque éste era un momento solo entre él y yo. Era demasiado valioso para compartirlo con alguien más.

Más tarde, acostada bajo las sábanas, resistí la atracción del sueño, decidida a aprovechar al máximo cada segundo con Jürgen. Me tapé con las mantas y me acurruqué, tanto como mi vientre lo permitió, lo más cerca posible de Jürgen.

—Los cohetes ahora son realmente enormes bombas voladoras, ¿no? —susurré.

—No tienen intención de realizar una misión espacial —admitió—. ¿Cuándo te diste cuenta de eso?

—Casi al mismo tiempo que intentamos huir.

—Oh.

—Una misión espacial sería obra de visionarios. Ahora está claro que estos hombres no lo son.

—¿Qué salió mal hoy? —susurré.

—¿Estás realmente interesada?

—Lo estoy —dije con un nudo en la garganta—. Lo siento. Lo había subestimado, tu trabajo es muy malo, Jürgen. Te subestimé.

Empecé a llorar y su brazo se contrajo a mi alrededor.

—Sofie, está bien. De verdad —susurró, su aliento caliente golpeó mi oído—. Mi amor, incluso Otto subestima esta tecnología a veces. Hemos logrado décadas de progreso en tan solo unos pocos años. Está bien que no estés al día con cada detalle. Hay tanto secretismo, Sofie. No siempre te lo diría, aunque me lo preguntaras.

—Siento que estamos viviendo vidas completamente diferentes.

—No se puede evitar.

—¿Qué salió mal hoy?

—Problemas técnicos demasiado complejos para explicártelos cuando ambos estamos tan cansados.

—¿Puedes solucionar los problemas?

—Sí, es sólo cuestión de tiempo.

Una visión repentina de ese inmenso cráter en la isla apareció ante mis ojos.

—¿Deberías arreglarlos?

—Hemos gastado una fortuna en el programa, pero aún no tenemos un modelo que pueda producirse en serie. Se suponía que esta serie de lanzamientos demostraría a los altos mandos que habíamos logrado cambiar la situación. La presión está creciendo.

—¿Por qué querrían siquiera producir bombas en masa ahora mismo?

—Amor mío, eres lo suficientemente inteligente para saber la respuesta a eso.

Me sentía asfixiada, así que quité las mantas de nuestras caras y respiré profundamente. Jürgen hizo lo mismo. Cuando ya no sentía que mis pulmones iban a estallar, volvimos a las mantas y susurré:

—¿Quieren ir a la guerra?

—Un hombre como Hitler siempre quiere la guerra. Quiere poder y territorio, y nadie se lo va a dar. En algún momento intentará quitárselos.

29

SOFIE

Huntsville, Alabama
1950

Habían pasado tres semanas desde que llegamos a Estados Unidos. Fueron semanas de pura felicidad inesperada, de acurrucarnos en el sofá con Jürgen todas las noches, de dormir en sus brazos y de verlo trabajar como loco para conectar con Félix y apoyar a Gisela mientras se adaptaba. Semanas de familiarización con un pueblo que parecía cauteloso en el mejor de los casos, hostil en el peor. De intentar alentar a mi hija a ser valiente. De darle permiso para llevar sus novelas a la escuela para que al menos pudiera leer en el recreo, porque los niños alemanes no le hablaban y ninguno de los niños americanos podía hacerlo.

Semanas de despertarnos algunas mañanas y encontrar grafitis en nuestra calle, a veces justo un día después de haber pintado sobre el último. Esa mancha de pintura negra en la carretera se estaba volviendo tan espesa que pronto sentiríamos el bache al pasar sobre ella.

En aquellas semanas, el hombre del uniforme café pasaba por delante de mi casa varias veces al día. Como yo revisaba constantemente el buzón esperando recibir cartas de Laura, a veces me encontraba en el frente de la casa cuando él pasaba y sentía la hostilidad que emanaba en oleadas. A veces, se sentaba bajo el árbol que estaba a la vuelta de la esquina de mi casa y miraba fijamente hacia la calle, como si estuviera esperando que sucediera algo.

Durante esas semanas, algunas de las tiendas agregaron carteles de no se admiten alemanes a sus escaparates, justo al lado de los carteles de sólo blancos.

Sentí un poco como si la ciudad estuviera tratando de abatir mi espíritu, pero me negué a permitirlo. Estaba decidida a construir puentes en Huntsville. Siempre que me encontraba con algún lugareño que parecía incluso un poco receptivo a una conversación amistosa, hacía todo lo posible por conectarme con él.

—Mi hija está aprendiendo inglés, pero le llevará algún tiempo —le dije al dueño de la librería. Había ido a ver si podía conseguirnos más novelas en alemán, como obsequio para Gisela por persistir en la escuela, a pesar de los desafíos—. Es una lectora voraz.

—Bueno, no podemos permitir que una jovencita se quede sin material de lectura —dijo el hombre con ojos brillantes—. Haré algunas llamadas.

—Muchas gracias.

—Es un placer —me dijo alegremente. Anotó mi nombre y mi número en un bloc de notas y luego preguntó—. ¿Cómo te va por aquí?

—A veces es un desafío —admití—. Pero es un honor estar aquí.

—He visto cómo esta ciudad se marchitaba en los últimos treinta años, señora Rhodes. Todos los puestos de trabajo desaparecieron, por lo que los jóvenes llegan a cierta edad y se van. La forma en que lo veo es que, si un grupo de científicos inteligentes llega a la ciudad para establecer un programa de cohetes de clase mundial, seguramente habrá puestos de trabajo. Además, imagínese si fuera un cohete diseñado en Huntsville el que llevara al hombre al espacio. ¿A la Luna? Seríamos famosos en todo el mundo. Me parece que, siempre que no los echemos de la ciudad antes de que puedan hacer su magia, tu gente podría ser la salvación. Con el tiempo, creo que todos los demás también lo verán.

—Gracias —dije, abrumada por la emoción—. Espero sinceramente que podamos hacer cosas buenas por tu ciudad. Por tu país.

—Está claro como el agua que todos ustedes deben ser alemanes normales que no tenían idea de lo que realmente estaba sucediendo allí. Nuestro gobierno nunca permitiría que los nazis entraran a este país. Todos ustedes están tan seguros como una casa, y les digo a todos los que preguntan que pueden estar seguros de eso también.

Sonreí en silencio y salí de la librería con el corazón apesadumbrado. El dueño de la librería había sido muy amable y tenía razón. Personas como Jürgen y yo no suponíamos ninguna amenaza para su ciudad ni para su país.

Pero ¿cómo podía explicar lo compleja que había sido nuestra situación en casa? El engaño era necesario, pero eso no significaba que fuera cómodo.

Otra chispa de luz en esas primeras semanas difíciles fue Avril Walters. Un día vino a tomar un café y prometió que haría que su hija Patty cuidara de Gisela en el patio de juegos. Luego regresó al día siguiente con una bolsa de comestibles para ayudarme a preparar un almuerzo más al estilo americano para Gisela. El pan blanco y la mantequilla de maní ocuparon un lugar mucho más destacado de lo que esperaba. Volvió de nuevo en la semana con una bolsa de ropa vieja de Patty para Gisela y me ayudó a cortar un poco del largo de su cabello para que pudiera usarlo suelto en la escuela, como las chicas estadounidenses.

Gisela y Patty no habían congeniado del todo, pero no era por falta de esfuerzo. A Patty le gustaban los deportes y el baile; Gisela prefería leer y dibujar. La barrera del idioma era solo el último obstáculo. Tenía la sensación de que, de no ser por el apoyo de Avril, Patty habría perdido la esperanza de estar con Gisela de inmediato, y me sentí agradecida de que no lo hubiera hecho. Parecía la mejor oportunidad para que Gisela tuviera una amiga, ahora que Claudia todavía se negaba a dejar que Mila jugara con mi hija.

Avril insistió en llevarme a clases de manejo para que aprendiera las diferencias entre las normas de tránsito. Me prestó su cámara para que pudiera tomar algunas fotos de Félix, Gisela y Jürgen, y luego me llevó a la tienda para que revelara el rollo. Cuando las fotos estuvieron listas, le escribí una nota a Laura y

Avril me llevó a la oficina de correos. Ella venía a tomar un café o un trozo de pastel o a almorzar varias veces por semana. Incluso cuando se hizo evidente que los niños tenían intereses diferentes, ella seguía organizando citas para jugar con nosotros. Fue una bendición, mi guía para todo lo relacionado con Estados Unidos.

Una mañana, Avril y yo estábamos caminando juntas por el supermercado cuando vi a Claudia Schmidt en el mostrador. Parecía al borde de las lágrimas, frustrada mientras intentaba comunicarse con el empleado, que estaba visiblemente molesto.

—Como ya te dije —dijo el dependiente, hablando lentamente, como si eso fuera a traducir sus palabras—, no tendremos nada hasta la semana que viene.

Claudia respiró profundamente y levantó una tarjeta. La señaló y asintió con esperanza.

—Señora —repitió el empleado, alargando aún más la palabra—. No tenemos...

—Discúlpeme un momento —le dije a Avril. Luego me acerqué y le di un golpecito en el hombro a Claudia. Ella me miró con el ceño fruncido, luego miró al empleado y volvió a señalar el tablero.

—Déjame ayudarte, Claudia —dije, cambiando al alemán. Ella dudó y asintió de mala gana.

—No tengo idea de cuál es el problema —admitió—. Sólo quiero comprar un poco de azúcar glas.

—Dice que se han quedado sin existencias y que no tendrán ninguna hasta la próxima semana.

—Oh —dijo ella, con expresión más tranquila—. Qué bien. Pensé que me estaba diciendo en qué pasillo debía mirar. —Sonrió al empleado y asintió mientras decía en un inglés con un marcado acento—. Por favor.

—Gracias —la corregí. Claudia suspiró tristemente—. Nunca voy a aprender este idioma.

—Lo lograrás —le dije con dulzura—. Solo necesitas tiempo y práctica.

Se dio la vuelta como si fuera a marcharse, pero se detuvo en el último momento y me miró con vacilación.

—¿Podrías preguntarle qué día debería volver?

—Tengo un poco en casa —dije—. Te lo llevaré esta tarde.

—No tienes que hacer eso.

—Por favor —dije—. Quiero hacerlo.

Después de que ella se fue, volví con Avril y continuamos caminando por los pasillos, Todd y Félix caminaban delante de nosotros. Al menos a los niños pequeños no les importaba demasiado no poder conversar. Encontraban otras formas de divertirse, como reírse juntos y correr delante cuando Todd dejaba caer una manzana y ésta rodaba por el pasillo.

—Perdóname por hablar fuera de lugar —dijo Avril en voz baja—, pero tengo la clara impresión de que esas otras mujeres alemanas no son especialmente amables contigo. Y Patty dice que los niños alemanes juegan todos juntos, las niñas con sus trenzas y esos vestidos y los niños con esos extraños pantalones cortos.

—Pantalones de cuero —dije. No era la única madre alemana que luchaba por encontrar la manera de ayudar a sus hijos a adaptarse a la escuela estadounidense.

—Entiendo que los niños locales estén un poco recelosos, pero los niños alemanes parecen cuidarse entre sí..., excepto la pobre Gisela. Patty dice que se sienta sola a leer sus libros. ¿Sabes por qué es eso?

—Tengo mis sospechas —murmuré mientras tomaba una caja de harina y la añadía a mi carrito. Avril se aclaró la garganta y miré hacia atrás para encontrar su mirada preocupada.

—Le dije a todo el mundo que no podía ser verdad —soltó—. Pero la gente habla de ti y de Jürgen. Lizzie Miller dijo que tú y Jürgen eran miembros del partido nazi. Sólo espero que las mujeres alemanas no hayan oído mentiras tan despiadadas, pero al estar casada con Calvin, sus palabras tienen un peso extra. —Estaba tan sorprendida que me quedé momentáneamente sin palabras—. Había más, pero es demasiado terrible para decirlo.

—Por favor, dímelo —dije débilmente—. Prefiero saberlo.

—Dijo que Jürgen pudo haber estado en las SS, que incluso dirigía una especie de campamento terrible.

Se me hizo un nudo en la garganta. Me obligué a seguir caminando, pero mi instinto me decía que debía salir de la tienda y correr. No de Avril, sino de mi pasado. Avril me estaba observando de cerca y me di cuenta de que tenía que decir algo. Respiré profundamente.

—A principios de los años del nazismo, Jürgen y yo decidimos huir —empecé en voz baja—. Íbamos a llevarnos a nuestra familia y escapar. Tenían un dispositivo de escucha en nuestra casa, escucharon nuestro plan y se llevaron a Jürgen en mitad de la noche —Avril se cubrió la boca con la mano mientras jadeaba en estado de shock—. No quiero que sientas pena por nosotros, Avril. Cometimos algunos errores y desearía con todo mi corazón que hubiéramos hecho más. Pero nuestra situación estaba lejos de ser sencilla y, en ese momento, hicimos lo mejor que pudimos. Sólo quiero que entiendas que esos hombres controlaban todos los aspectos de nuestras vidas.

—Lo siento mucho, Sofie —dijo con tristeza—. Parece que tú y Jürgen ha estado en el infierno y han vuelto —se aclaró la garganta delicadamente—. Entonces... ¿no hay nada de cierto en los rumores?

Mi instinto despertó. ¿Por qué insistía en eso cuando yo claramente no estaba lista para hablarlo? Solo conocía a Avril desde hacía unas semanas. Había sido muy amable durante ese tiempo, pero estábamos muy lejos del tipo de relación de confianza en la que podía compartir con ella los secretos de Jürgen. Decidí que no admitiría nada ni mentiría. Eso solo me dejaba con la opción de halagarla y tratar de desviar la atención.

—Estoy muy agradecida por tu amistad —dije con sinceridad—. Realmente no sé qué habría hecho sin ti.

—Ni lo menciones —dijo—. Sabes que me encanta charlar contigo y escuchar sobre tu vida. Solo quiero que seas feliz aquí.

—Seré feliz con el tiempo. Haré que esto funcione, de una manera u otra, porque este país es ahora nuestro hogar. Además, no hay opción de regresar a Alemania, aunque las cosas aquí se pongan difíciles a veces. —Me miró con expresión interrogativa y me reí con inquietud, dándome golpes por lo que casi había revelado. Jürgen no podía irse, porque si lo hacía, probablemente lo arrestarían—. Solo quería decir que Jürgen no se irá y yo no me iré sin él. —Continuamos caminando por los pasillos y, después de un momento, me volví hacia ella y le pregunté con cuidado—. ¿Dijiste que Lizzie Miller le está contando estas cosas a la gente?

Yo seguía convencida de que la visita de la policía era obra suya. Ella no tenía ni idea de lo que una visita nocturna de un policía podría provocar en mí o en Jürgen. Quizá tuviera que tender puentes con casi todo el resto de la ciudad, pero me mantendría bien alejada de esa mujer.

—Me temo que sí —dijo Avril—. Lizzie es despiadada, absolutamente despiadada. Es una pena que tenga tanta influencia sobre las esposas estadounidenses. Estoy segura de que habrás notado que es mucho más joven que Calvin.

—No presto mucha atención a ese tipo de cosas.

—Cuando la conocí, me dijo que había empezado a salir con Calvin porque quería que él ayudara a su hermano y que se había casado con él porque estaba pasando apuros y él era rico. Es el tipo de mujer que ni siquiera piensa dos veces antes de utilizar a la gente para conseguir lo que quiere. —Avril se encogió de hombros—. Quiero decir, casi le da un infarto cuando le mencioné que había estado en tu casa.

—Espero no haberte causado problemas.

—Oh, Dios mío, Sofie, para nada. Sólo estoy preocupada por ti. Ni siquiera me importa cuántas veces me pida que no hable más contigo, ahora somos amigas —dijo Avril, radiante. Eso me hizo reflexionar.

—¿Te pidió que no me hablaras?

—No le presté atención en absoluto. No te preocupes. Lizzie es ese tipo de mujer —dijo Avril con desdén—. Lo único es que Huntsville no es un lugar muy grande y el programa de cohetes es una comunidad aún más pequeña. Odiaría que ese tipo de mala sangre se extendiera a Jürgen y Calvin.

Pensé en la preocupación de Jürgen por su futura solicitud de ciudadanía y empecé a sentirme inquieta. ¿Qué pasaría si Jürgen perdiera el favor del programa de cohetes? Solo podía suponer que nuestro nuevo comienzo en Estados Unidos terminaría. Y entonces ¿qué sería de nosotros?

Se me hundió el corazón. Tal vez mantenerse fuera del camino de Lizzie Miller no iba a ser suficiente.

—¿Te ha dicho Calvin algo sobre su esposa? —le pregunté a Jürgen esa noche. Yo estaba lavando los platos y él estaba a mi lado, secándolos con una toalla. Tal vez cualquier esposo y esposa comunes y corrientes no notarían esos momentos rutinarios en un día, pero yo intentaba estar agradecida por cada uno de ellos.

—En realidad no. Intentó disculparse después de la fiesta —respondió. Extendió la mano para guardar una taza en un armario y continuó—. Me dijo que el hermano de Lizzie sirvió en Europa y nunca volvió a ser el mismo. Pero Calvin no te ha mencionado desde entonces, lo cual es un poco incómodo, ya que estaba deseando conocerte —hizo una pausa—. Nunca dijo una palabra sobre ese asunto del robo. Alguien más estaba detrás de eso. Claro, dudo que siquiera supiera que llamaron a la policía.

—¿Es un buen hombre?

—Él es el gerente, pero yo tengo un mayor conocimiento técnico; siempre hay tensión en un acuerdo como ese. Pero él es amable y generoso. Disfruto trabajando con él.

—Lizzie parece mucho más joven que Calvin.

—Sí, lo es —Jürgen se encogió de hombros—. ¿Y qué? Eres cuatro años más joven que yo.

—No es lo mismo. Escuché que ella sólo se casó con él por su dinero.

—Sofie —dijo Jürgen, riendo sorprendido—. ¿Desde cuándo te involucras en ese tipo de chismes?

—Hice una amiga desde que llegamos aquí y ella me advirtió que Lizzie Miller les había estado diciendo a las otras mujeres que eras nazi, que estabas en las SS y dirigías un campo.

Jürgen dejó caer el paño de cocina y se agachó para recogerlo con movimientos lentos.

—¿Lizzie Miller le ha estado diciendo eso a la gente?

—Evité la pregunta cuando Avril me la hizo —dudé, sintiendo que un instinto me molestaba—. Para ser sincera, me pareció más una expedición de pesca que una acusación.

Jürgen secó la última taza y luego colgó la toalla en un gancho. Exhaló lentamente, con expresión contraída.

—Sé que Calvin solo ha visto la versión depurada de mi historia. Christopher me lo dijo.

—Tal vez deberías hablar con Calvin de todos modos —sugerí con cuidado.

—¿Y qué? —preguntó con amargura, sacudiendo la cabeza con frustración—. ¿Decirle que su esposa podría estar difundiendo rumores que tienen algo de cierto?

Comprendí el autodesprecio en su rostro, incluso si odiaba verlo.

—Entonces, ¿qué hacemos? —pregunté en voz baja.

—Tenemos que ignorarlo todo —abrí la boca para protestar, pero él me interrumpió antes de que pudiera hacerlo—. Sofie, todos estos problemas se dieron porque tú y Lizzie Miller empezaron con el pie izquierdo. Mi situación laboral es demasiado importante para todos nosotros como para que yo arrastre tu conflicto personal a esto.

Jürgen tenía razón. Todos estos problemas habían comenzado con Lizzie y yo en ese picnic. Una conversación incómoda, dos mujeres que empezaron con el pie izquierdo. Lizzie no veía nuestra humanidad y yo me ponía a la defensiva.

Quizás eso era lo que necesitaba arreglar.

30

SOFIE

Berlín, Alemania
1938

Jürgen se perdió el nacimiento de la bebé. Cualquiera que fuera el hito por el que estaba trabajando era más importante incluso que el nacimiento de nuestra hija, al menos según Otto, que no le concedió permiso. Dejé a los niños mayores con Adele y fui sola al hospital.

Lo llamé después de que ella naciera. Agotada pero eufórica, le hablé de sus rasgos delicados, sus cejas apenas visibles, su pelo ralo. La frustración en su tono era palpable cuando prometió que estaría en casa para recibirla en unos días.

Pero a la mañana siguiente, Hitler se anexionó Austria. Desde mi cama de hospital leí un periódico que mostraba fotos de multitudes desbordantes de entusiasmo en las calles de Viena, dando la bienvenida a Hitler y celebrando la anexión. Miré esas fotos durante horas, tratando de averiguar si podía confiar en las imágenes. ¿Quién acogería a Hitler en su nación? Seguramente se trataba de algún artificio inventado por el Departamento de Propaganda.

Jürgen llamó al hospital para decirme que su visita se había retrasado nuevamente, pero que enviaría un fotógrafo al hospital como premio de consolación.

—Tendré que ponerle nombre yo misma, ¿no? —espeté.

—Un buen nombre alemán. Un nombre alemán fuerte —dijo con cautela. Resoplé con impaciencia. No era como si estuviera a punto de llamar a la niña Mayim, aunque tal vez hubiera considerado esa idea en otras circunstancias.

Me quedé mirando a la bebé. Estaba durmiendo en mis brazos, inocente y pura. Pero, al igual que Georg y Laura, esta bebé pronto sería rehén del Reich, en última instancia incapaz de elegir su propio destino, o incluso de decidir por sí misma sobre el valor de otros seres humanos.

—Sofie, ¿estás ahí todavía?

Rehén. Geisel, en alemán.

—Gisela —dije de golpe. A pesar de sus raíces lingüísticas, Gisela era un nombre común y nadie lo cuestionaría, pero yo lo sabría. Cada vez que pronunciara su nombre, estaría cometiendo una rebelión silenciosa en mi corazón.

—Me encanta —convino Jürgen, sonando aliviado.

Finalmente, Gisela von Meyer Rhodes empezaría la escuela y toda la pureza y bondad que había existido en su naturaleza se vería arrastrada por el odio. Tal vez algún día podría decirle que, desde el momento de su nacimiento, detesté que fuera rehén de la ideología de su país. No había nada que pudiera hacer al respecto, salvo dejar una pista en su nombre para demostrar mi arrepentimiento.

Georg y Laura ya tenían edad suficiente para ir solos a la escuela y, a menudo, después de despedirlos, Gisela y yo íbamos a la casa de al lado a visitar a Adele. Algo estaba cambiando con la tía de Jürgen. En verano se sentía débil cuando permanecía demasiado tiempo al sol. Fingí un interés repentino por la horticultura para poder hacerme cargo del jardín de su patio.

—Estoy preocupada por ella —me confesó un día Martha, la amiga de Adele. Adele estaba dentro preparándonos té y Martha y yo estábamos recogiendo tomates—. Dice que las nuevas pastillas que le dio el médico la están ayudando, pero parece más frágil.

—¿Qué más podemos hacer por ella? —le pregunté a Martha—. ¿Cómo podemos hacer que baje el ritmo y descanse?

—Adele no es el tipo de mujer que pierde el ritmo con la edad. Ella es el tipo de guerrera feroz que llega a cierto punto y se da cuenta de que no tiene nada que perder. No la detendrás, Sofie, e incluso si lo hicieras, le estarías quitando algo, no comprándole más tiempo.

—¿Qué significa eso? —dije confundida.

Martha sonrió tranquilamente.

—Este problema de dinero que está teniendo parece estar aumentando, ¿no es así? Pobrecita querida.

Ahora Adele pedía dinero prestado constantemente; casi todas las semanas pedía una pequeña cantidad y, de vez en cuando, una suma mayor. A veces llamaba para preguntar por teléfono, aunque yo no dejaba pasar un día sin comprobar cómo estaba.

—¿Por qué me llamas para pedirme dinero? —le pregunté un día. Ella me estaba supervisando mientras yo cortaba torpemente las flores marchitas de su pequeña colección de rosas. A pesar de mis mejores esfuerzos, parecía que estaba haciendo un trabajo terrible, porque Adele estaba visiblemente luchando por morderse la lengua.

Ella vino a mi lado y susurró:

—Aunque no haya dispositivos de escucha en mi casa, es casi seguro que están escuchando tu teléfono. Pensé que sería prudente que los oídos curiosos me oyeran contándote una historia triste, así que espero que crean que no tenías idea de que estaba apoyando a los Nussbaum si alguna vez nos encontramos en problemas.

—No sería inteligente que Jürgen y yo les diéramos dinero directamente, pero eso es sólo por su trabajo. No estás infringiendo ninguna ley. No es ilegal apoyar a una familia judía en dificultades.

—Todavía no —susurró con tristeza—. Y no me importa si vienen a por mí. Estoy intentando hacer dos cosas, Sofie, ayudarlos y protegerte a ti.

—Después de la historia que tenemos Jürgen y yo, no estoy segura de que unas cuantas llamadas telefónicas vayan a convencerlos de que no tenía idea de dónde iba ese dinero.

—La gente ve lo que quiere ver. Y ustedes dos han hecho un trabajo admirable al alinearse durante estos últimos años y Jürgen es la estrella del programa de cohetes. Con suerte, si alguna vez llega el momento en que yo caiga bajo sospecha, ustedes se habrán ganado el beneficio de la duda. —Inclinó la cara hacia el sol debajo de ese sombrero de ala ancha y respiró lentamente. Luego me miró y me dijo—. Sofie, en estos años difíciles que hemos vivido juntas, te has vuelto muy querida para mí. Espero que lo sepas.

Me picaron los ojos y me aclaré la garganta.

—Lo sé. Y tú para mí.

—Me duele decir esto, pero es necesario, si alguna vez me encuentro en problemas con la Gestapo, debes hacer lo mejor para tu familia.

Me asusté tanto que casi dejé caer las tijeras.

—¿Qué significa eso? Ustedes son mi familia.

Ella sacudió la cabeza con impaciencia y agitó la mano.

—Lo único que estoy haciendo es pasarles todo el dinero que puedo a los Nussbaum. La situación ha sido muy difícil para ellos desde que arrestaron al hermano de Levi...

—¿Arrestaron al tío Abraham? —dije sin aliento—. ¿Por qué?

Adele me miró con los ojos entrecerrados y luego frunció el ceño.

—Lo siento, tesoro. Creí haberte dicho que Abraham era considerado una amenaza para el orden público. No hay más explicaciones y, por supuesto, la familia ha intentado encontrarlo sin éxito. Su mujer se ha llevado a sus hijos a vivir con sus padres en el campo. Entre el dinero que me has dado y el dinero que hemos juntado mis amigos y yo, apenas podemos cubrir el alquiler.

—Qué horror —susurré. Me angustiaba tanto pensar que Adele se encontraría en problemas, tanto como la situación de los Nussbaum. Estaba tan frágil y, algunos días, tan débil. Si estar al sol la dejaba sin fuerzas, ¿qué pasaría si la Gestapo la visitara a las tres de la mañana?

—¿No lo sientes en el aire, Sofie? No es sólo la conversación sobre la guerra, aunque por supuesto eso es parte de ella. El odio está aumentando. Algo se aproxima... —Hizo una pausa, sus rasgos se tensaron y demacraron—. Puedo sentirlo, como cuando huelo una tormenta en la brisa.

—Yo también lo siento. —El odio se había vuelto casi autogenerado y había infectado cada rincón de nuestra sociedad. Se había vuelto tan grande y tan oscuro que amenazaba con asfixiarnos.

—La razón por la que tengo amigos que canalizan el dinero a la familia de Mayim es para intentar mantener capas entre tú y ellos, eslabones de una cadena que podrían desconectarse si alguna parte se viera comprometida. Sin embargo, somos viejas y torpes, difícilmente expertas en espionaje. Si todo esto explota, ¿no lo consideras un problema? Piensa en ello como una oportunidad para asegurarles a los nazis tu lealtad.

—Nunca haría eso —dije con rigidez.

—¿Recuerdas lo que te dije cuando Mayim se fue? No siempre son los árboles más fuertes los que sobreviven a la tormenta. A veces son los árboles que se doblan con el viento. Recuerda ese consejo, Sofie. Especialmente si en algún momento descubres que la tormenta amenaza con destrozarte.

En agosto de 1938, Adele me llamó y me pidió que la ayudara en el jardín. Nos acurrucamos bajo una sombrilla e hicimos un gesto de estar colgando paños anticongelantes sobre sus verduras. Incluso antes de salir por la puerta trasera, supe por qué me había llamado.

En Alemania vivían miles de polacos, muchos de ellos judíos. El gobierno polaco se había preocupado por la oleada de personas que intentaban regresar a su país, por lo que cada vez les estaba resultando más difícil hacerlo. Todos los ciudadanos polacos que vivían en el extranjero durante más de cinco años tenían que acudir a un consulado para que les estamparan un sello de aprobación en el pasaporte. Se acababa de anunciar que quienes no tuvieran el sello después de finales de octubre perderían su ciudadanía polaca y se convertirían en apátridas, igual que los judíos alemanes.

—Sidonie está en Cracovia —susurró Adele sin preámbulos—. Moshe se convirtió recientemente en padre y ella fue a ayudar con el nuevo bebé hace unas semanas.

—¿Moshe está casado? —pregunté sobresaltada.

—El año pasado, aparentemente.

—Pero él sólo tiene... —Hice los cálculos y me estremecí—. Ah, tiene diecinueve años. —¿Dónde se habían ido esos años?

Habían pasado casi cuarenta y ocho meses desde que vi a Mayim. Sentí un pinchazo en el pecho—. ¿Puede Sidonie hacer que le endosen el pasaporte allí?

—Esos respaldos son, por diseño, casi imposibles de adquirir. No tiene otra opción, debe quedarse en Cracovia.

Adele estaba muy pálida ese día. Quería llevarla adentro para que pudiera descansar, pero sabía que no se quedaría bajo la lluvia fingiendo colocar paños anticongelantes si hubiera una alternativa.

—¿Y qué pasa con Mayim y Levi?

—La espalda de Levi lo tiene postrado en cama estos días. Todavía está aquí —suspiró, sacudiendo la cabeza con tristeza—. Y, por supuesto, Mayim todavía podría ir a Cracovia, pero no se irá sin su padre.

—Necesita que le refrendan el pasaporte o será apátrida.

—Sí. Necesito todo el dinero al que puedas acceder fácilmente sin despertar sospechas. ¿Tienes algo a mano?

—Sí, lo tengo. En la caja fuerte de Jürgen.

—¿Cuánto tienen?

—Quizás unos cuantos miles de marcos alemanes —admití. Para la mayoría de los trabajadores de Berlín, eso equivalía al salario de muchos meses. Ante su mirada de sorpresa, le expliqué—. Empecé a guardar un poco de efectivo extra a mano para no tener que hacer viajes adicionales al banco cuando lo necesitaba.

—Excelente. Buena chica —dijo Adele, asintiendo con admiración. Sentí una oleada de placer—. Mil estarán bien.

—¿Qué harás con ellos?

—Quizás Mayim pueda comprar algún favor con el personal del consulado cuando solicite el aval.

—Ella y Levi deberían irse, ¿no? —susurré.

Adele asintió.

—Mayim no dejará que Levi se las arregle solo, y lo entiendo.

Esperamos semanas para tener noticias. De vez en cuando le susurraba a Adele para que me diera alguna actualización, pero ella me respondía con un susurro feroz:

—¿No crees que te lo habría dicho si hubiera escuchado algo?

Una mañana fui a ver cómo estaba Adele y la encontré esperándome en la mesa de la cocina, tomando una taza de té. Nos saludamos como siempre lo hacíamos y luego ella señaló una nota que había garabateado en un papel.

> «Mayim lo ha intentado todo, pero no ha tenido éxito. Hay rumores de que los que están en su situación serán deportados pronto, pero Polonia no les permitirá entrar. No sé qué va a pasar. Lo único que podemos hacer es rezar».

—¿De verdad no hay nada más que podamos hacer? —dije. Adele sacudió la cabeza con tristeza y señaló hacia la chimenea. Rompí la nota y la arrojé a la chimenea mientras observaba cómo las llamas enroscaban las tiras de papel y las convertían en cenizas.

Si me hubieran preguntado antes de ese día, tal vez hubiera dicho que estaba acostumbrada a la desesperanza. Sin embargo, al saber que mi amiga estaba en una situación tan agobiante y darme cuenta de que no tenía opción de ayudarla, descubrí que había profundidades de desesperanza que jamás había experimentado.

Gisela estaba especialmente inquieta esa noche de principios de noviembre. Me movía de un lado a otro intentando que se volviera a dormir, frustrándome más con cada nuevo llanto. Al final, dejé de querer dormirla y me fui con ella a la sala de estar.

Justo cuando me estaba acomodando, me sobresalté por el sonido de cristales rotos y gritos en la calle. Me quedé paralizada, diciéndome a mí misma que no tenía nada de qué preocuparme. Si había alguna señal de problemas, Dietger traería a la Gestapo o a la SA aquí en minutos. Si tan solo esperara pacientemente, oiría que el alboroto se calmaba.

Pero en lugar de eso se oyeron más gritos, muchas voces y luego el sonido de gritos en la distancia. Alguien pidiendo ayuda, el tintineo y el crujido de más cristales rotos, y luego más y más gritos.

Alargué la mano para encender la luz, temblaban tanto que casi tiré el interruptor. La luz se apagó y la sala de estar quedó casi a oscuras. El tenue resplandor de las farolas de la calle se reflejaba en líneas a través de los huecos de las cortinas. Gisela lloriqueó y la hice callar, sacudiéndola en mis brazos para aliviar un poco mi ansiedad y para que se volviera a dormir. Los sonidos de movimiento estaban más cerca. Ahora eran botas pesadas contra la acera, muchas botas, no sólo un puñado de alborotadores como había imaginado al principio.

Luego vinieron gritos y vítores, ¿y era eso un indicio de humo en el aire?

Estaba sola en la casa con los niños. Me había molestado la ausencia de Jürgen más veces de las que podía contar, pero esa noche casi lo odié por eso, aunque sabía que él odiaba la distancia tanto como yo.

Salí de la sala de estar, volví a subir las escaleras para acomodar a Gisela en su dormitorio, pero luego regresé a la planta baja. Intenté echar un vistazo por entre las cortinas, pero no pude entender exactamente qué era lo que ocurría hasta que mis ojos se acostumbraron y reconocí a los camisas pardas que estaban afuera de mi ventana. Era un caos sancionado por el gobierno.

Esperaba que Adele estuviera durmiendo a pesar del ruido; era posible, había estado muy agotada últimamente. El humo en el aire se hizo más fuerte a medida que la multitud se expandía y su alboroto se expandía con él. ¿Se había encendido finalmente nuestro polvorín nacional?

De repente, me di cuenta de que, justo detrás del seto bajo que había frente a mi casa, Dietger estaba con su abrigo, hablando con un oficial de las SA. Caminé rápidamente hasta el vestíbulo, me puse un abrigo sobre la ropa de dormir y abrí la puerta de entrada sin hacer ruido. Dietger me miró alarmado.

—Sofie, esta noche no es la noche para salir —dijo con rigidez, mirando a lo largo de la calle, como si estuviera vigilando por si había algún peligro.

—¿Qué está pasando? —pregunté, arrebujándome más en el abrigo. Ahora que estaba afuera, podía escuchar los sonidos distantes de sirenas y disparos. El caos parecía venir de todas direcciones. Sonaba como el fin del mundo.

—No te preocupes —me aseguró Dietger con calma—. Los hogares arios son perfectamente seguros; la policía se encargará de ello.

—¿A salvo de qué?

—Los judíos asesinaron a un diplomático alemán en París. Lo que estás escuchando es una represalia necesaria.

¿La falta de sueño me había vuelto loca o no tenía sentido? A lo lejos, se oían los aullidos de las sirenas, los disparos y el tintineo de los cristales al caer al suelo.

—¿París? —repetí, tratando de encontrarle sentido a todo—. ¿Un hombre judío asesinó a alguien en París?

—Así es.

—Pero... ¿de qué se trata todo esto entonces? —pregunté aturdida.

Dietger agitó los brazos, señalando vagamente hacia la calle. Su mirada era dura.

—El Führer ha decidido que se deben tomar medidas extremas.

La Kristallnacht (la noche de los cristales rotos) fue, en apariencia, un acto de venganza contra los judíos por parte de los leales al nazismo. Parecía claro que la muerte de aquel joven diplomático nazi en París no era más que una excusa para la escalada que Adele y yo habíamos intuido meses antes. La violencia la llevaron a cabo los sospechosos habituales: las SS, los camisas pardas, jóvenes rabiosamente inculcados que habían sido adoctrinados en la escuela y en el programa de las Juventudes Hitlerianas.

El caos que oí fue el sonido de las SA rompiendo todas las ventanas de las casas de familias judías. Una familia estaba justo al final de la calle. Arrestaron al padre y al hijo mayor, y persiguieron a la madre y a sus hijos pequeños hasta la calle.

Adele también estuvo despierta durante todo ese tiempo.

—Deberías haberme llamado —dijo—. Podríamos habernos hecho compañía mientras el mundo ardía. ¿Al menos los niños durmieron durante el incendio?

—Los dos mayores sí. Gisela tuvo una noche difícil, pero no fue el ruido... así es como duerme estos días.

—Quizás le estén saliendo los dientes —dijo Adele. Luego asintió para sí misma y dijo débilmente—. Le haré unos pasteles de piedra para que los mastique más tarde.

—Pareces muy cansada —dije con dulzura—. ¿Has ido al médico últimamente?

Ella resopló con impaciencia.

—Me dio unas pastillas nuevas. Siempre con las pastillas. Estoy bien, pero tengo ochenta y seis años. Se me permite estar cansada de vez en cuando.

—No puedo creer que finalmente me hayas dicho tu edad.

—Entonces, eso lo resuelve todo. Definitivamente estoy perdiendo la cabeza —dijo con un brillo en los ojos.

Mientras Georg y Laura se vestían para ir a la escuela, les dije lo mínimo. La noche anterior había habido violencia y debían ir directamente a la escuela y regresar a casa. No me atreví a explicarles que la violencia había sido contra los judíos. Me aterrorizaba verlos celebrarlo si lo hacía.

Más tarde, una sensación de curiosidad morbosa me llevó a salir a dar un paseo con Gisela instalada a salvo en su cochecito. Cuando llegué a la casa de la familia judía al final de mi calle, me sobresalté al ver gente dentro. A través de una ventana rota, vi a una mujer vitoreando mientras descolgaba un cuadro de la pared. La reconocí. Habíamos charlado de vez en cuando en la puerta de la escuela, sobre éste o aquel profesor, el tiempo, nuestros hijos y sus logros.

¿Había sido alguna vez una conocida alegre y amistosa? A través del marco de esa ventana rota, ella era un monstruo cruel que se alimentaba de odio.

—¡Yo lo tuve primero! —escuché que gritaba un hombre. Mi mirada se dirigió a una ventana del piso de arriba, donde vi a dos hombres luchando.

—Creo que ya verás que sí —espetó otro hombre. Sentí una sacudida de sorpresa al ver que estaban peleando por un radio...; un artículo que cualquier familia de nuestro adinerado vecindario podría haber comprado con facilidad.

Cada ventana de la casa tenía algún nuevo horror que mostrar. Una mujer mayor estaba revisando el armario, probándose los abrigos de otra persona. Un niño estaba usando un martillo para romper el cristal de una vitrina mientras su madre lo animaba a la destrucción sin sentido, dado que la puerta ya estaba rota y ni el niño ni la madre parecían tener interés en el contenido.

Casi en cámara lenta, levanté las manos para frotarme los ojos. Seguramente me lo estaba imaginando. No hay ninguna fuerza en la tierra que pueda hacer que seres humanos, por lo demás sensatos, se comporten con tanta depravación.

Un hombre mayor se acercó. Intercambiamos una mirada y nos evaluamos mutuamente. Tal vez vio algo en mi mirada, porque de repente se quitó el sombrero y lo sostuvo contra su pecho. Se quedó de pie a mi lado, mirando la casa, y una lágrima se deslizó de su ojo para rodar por las arrugas de su mejilla.

—Eran mis amigos —susurró con la voz llena de lágrimas—. Las niñas estaban aterrorizadas. Intenté ayudarlas, pero no pude hacer nada. Hoy es el primer día de mi vida en el que me avergüenzo de ser alemán.

La profundidad de la emoción en su voz desencadenó la mía. Me di la vuelta hacia mi casa, con la intención de retirarme a la privacidad de un baño para poder llorar, pero el día no había terminado de ofrecer sus horrores. Caminando por la calle, en filas perfectamente ordenadas, había docenas de niños, flanqueados por sus maestros.

La clase de Laura estaba al frente de la fila y ella me vio primero. Cuando la vi, ya estaba saludando con entusiasmo. Me acerqué lentamente a su maestra, invadida por una creciente sensación de temor.

—¿Salieron a hacer algo de ejercicio? —intenté mantener un tono ligero, pero no pude evitar el temblor en mi voz.

—Sí, señora von Meyer Rhodes. Hoy es un día muy emocionante para nuestra clase.

—Mamá, vamos a ver la casa que han liberado. Una familia judía la había estado ocupando —dijo Laura dulcemente, con sus ojos azules encendidos por la emoción—. ¿Sabías que teníamos una familia judía tan cerca de nuestra casa? Da miedo pensarlo, ¿no es así, mamá? Pero ya no están, así que todo está bien.

—Sí, Laura. Todo está bien —dije. Una mujer judía fue la segunda persona que la abrazó cuando nació. Una mujer judía fue la primera persona a la que le sonrió. Su primera palabra fue May.

—Te veré en casa un rato más tarde.

Le di una sonrisa tensa a mi hija, luego a su maestra y empujé el cochecito hacia adelante, caminando a paso rápido hacia casa. Pero mi caminar tambaleó unos pasos más adelante, cuando oí a los niños de la escuela vitorear al llegar a la casa saqueada.

—¡Los judíos son nuestra desgracia! —coreaban en un canto melodioso— ¡Por fin están puestos en su sitio!

La violencia continuó durante la noche y el día siguiente. Cientos de judíos fueron asesinados y muchos más se suicidaron. Decenas de miles de hombres judíos fueron arrestados y encarcelados en campos de concentración. Fue la primera vez que se realizaron arrestos abiertamente basados solamente en la etnia. Los periódicos sugirieron que todo esto contaba con el pleno apoyo del pueblo alemán. Pero yo percibí un sentimiento diferente en el aire, tal vez ahora el partido nazi había ido demasiado lejos.

Sin embargo, nadie lo dijo. Nadie podía decirlo. Habíamos temido durante tanto tiempo las consecuencias de la disidencia que, incluso cuando la nación se sumía en la locura, ningún llamado moral a alzarnos contra el caos fue escuchado.

La ciudad por fin estaba en calma después de dos noches de violencia. Me fui a la cama temprano, con Gisela a mi lado. Tenía la esperanza de que pudiéramos descansar un poco más, pero me desperté con el estridente timbre del teléfono, que sonó justo después de las once. Jürgen solía llamar a esas horas si estaba muy ocupado y hacía tiempo que no hablábamos, así que estaba segura de que estaría al otro lado de la línea.

—¿Hola? —pregunté sin aliento.

—Espero no haberte despertado, Sofie.

Era Adele y sonaba débil. Se me erizaron los vellos de la nuca.

—¿Qué pasa? —pregunté con urgencia. Ella no respondió—. Adele..., ¿estás enferma? Iré enseguida.

—Sí, me siento bastante mal, Sofie —dijo, lenta y trabajosamente, como si le costara mucho hablar.

—Ya voy.

—Espera —me interrumpió—. Asegúrate de abrigarte bien. Ponte el abrigo y las botas de invierno más cálidas, quizás también un gorro abrigador. No quiero que te resfríes.

Miré a lo largo del pasillo hacia las ventanas sobre la escalera. Había hielo alrededor del cristal de la ventana. Aun así, no era propio de Adele tratarme como un bebé. Algo estaba pasando.

Corrí de regreso a mi habitación y miré a Gisela en la cama. Georg y Laura estaban dormidos al final del pasillo, pero nunca se despertaban cuando ella lloraba. No podía llevármela conmigo. No podía dejarla atrás. Gemí y corrí a la habitación de Georg.

—¿Georg? ¿Cariño?

—¿Mmm?

Estaba desorientado por el sueño y era inocente. Mientras lo sacudía acaricié suavemente su hombro y sentí un tirón de amor por él en mi pecho.

—Cariño, tengo que ir a la casa de al lado. Oma necesita ayuda con algo. ¿Puedes venir a dormir en mi cama por si Gisela se despierta?

Estaba medio dormido mientras caminábamos por el pasillo, arrastrando los pies y entrecerrando los ojos para protegerse de la luz. En mi habitación, se dejó caer en mi lado de la cama y apoyó la mano suavemente sobre la espalda de Gisela, como para consolarla de antemano. Coloqué una almohada a su lado para evitar que se cayera de la cama. Las palabras de Adele resonaban en mis oídos mientras me ponía un sombrero de fieltro y un abrigo grueso, junto con un par de botas de nieve.

En el último momento, me detuve en la caja fuerte del estudio de Jürgen y retiré todos los Reichsmark, metiéndolos en los bolsillos de mi abrigo.

Me detuve al pie de las escaleras sólo por un instante, pensando en mis hijos que dormían arriba. Si el amor era el antídoto contra el odio, seguramente la inmensidad del amor que sentía por ellos podía marcar alguna diferencia, incluso con todo lo demás a lo que estaban expuestos. Las calles estaban tranquilas, pero parecía el ojo de una tormenta. Estaba aterrorizada, pero había escuchado la urgencia en la voz de Adele. No había opción de negarle algo.

Las nubes eran bajas y densas y caía una ligera nevada, aunque era suficiente para que el camino se congelara. Me deslicé por la puerta del patio y entré al jardín de Adele, luego a su departamento.

La encontré en la cocina, donde solía estar. El fuego rugía y ella estaba desplomada en la mesa, mirando el vapor que salía de una taza de té. Parecía más cansada que nunca.

—Oma... —susurré, corriendo a su lado.

—Gracias por venir, Sofie... Estoy bien. Solo que... no encuentro mi medicamento. ¿Podrías buscarlo? Quizás esté en mi habitación. Voy a darme un baño mientras buscas. A veces eso también ayuda. —Su voz sonaba insegura y su respiración se entrecortaba. Estaba tan pálida que su piel había adquirido un tono gris azulado, cuando miré sus manos estaban temblando. Pero incluso mientras hablaba, estaba señalando, atrayendo mi atención hacia un trozo de papel que estaba sobre la mesa.

Estoy bien. Ve al baño en silencio. Abre el grifo para hacer algo de ruido. También puse la radio ahí. Enciéndela y susurra por si acaso.

Me miró para asegurarse de que yo leyera la nota, y cuando asentí ella la rompió en pedazos y los arrojó al fuego.

Dudé a su lado, pero su expresión se volvió aún más impaciente cuando me saludó y articuló

—¡Date prisa, Sofie!

Fui rápidamente al baño con pasos torpes debido al peso de mis botas. La puerta del baño estaba cerrada y la habitación estaba a oscuras. Metí la mano, tiré de la cuerda y jadeé.

Mayim estaba sentada sobre la tapa cerrada del inodoro. Cuando se encendió la luz, saltó, claramente asustada, y luego estalló en lágrimas y se llevó un dedo tembloroso a los labios. Entré al baño y cerré la puerta. Abrí la llave de la bañera como para llenarla, luego busqué la radio, tratando de llenar el aire con sonido.

Mayim y yo nos abrazamos. Yo no podía hacer más que parlotear y ella llorar, y luchábamos por no hacer ruido mientras lo hacíamos. Mayim temblaba y tenía tanto frío que su piel parecía hielo. Me quité el abrigo y se lo puse por los hombros, luego se lo abroché hasta la barbilla. Ella me miró, con lágrimas silenciosas todavía cayendo por su rostro. Su piel estaba marcada por nuevas líneas que no pertenecían al rostro de alguien tan joven.

—¿Qué pasó? —susurré.

—Papá se ha ido.

Ella luchaba por respirar entre sollozos. La acerqué de nuevo a mí y la apreté con fuerza como si pudiera absorber de algún modo su dolor. Pero lo que pasa con el duelo es que, incluso cuando se comparte, el peso no se alivia.

—Fue la primera noche de violencia. Papá me dijo que me escondiera debajo del fregadero de la cocina. Sabían mi nombre... lo de mi pasaporte... Dijeron que me iban a deportar. Papá no me entregó y le dispararon. Cuando salí de debajo del fregadero había sangre por todas partes. La señora Elsa, que vive al lado, dijo que lo arrastraron por las escaleras y lo tiraron a la parte trasera de la camioneta y que si no estaba muerto...

—¡Oh, Mayim! Lo siento mucho.

—Fui a la casa de la amiga de Adele y ella me escondió allí, pero ayer alguien vino a advertirle que venían por mí. Me envió con la siguiente mujer de la cadena, pero sucedió lo mismo, esa vez no hubo ninguna advertencia. Apenas logré salir por la puerta trasera cuando los escuché en la puerta. Lamento causarles problemas a ti y a Adele, pero no sé dónde vive Martha y no había nadie más.

—No seas tonta —susurré—. Tú también eres mi familia.

—¿Hay algún plan a partir de ahora? ¿Puedo ayudar?

—Adele llamó a Martha hace un rato. Le pidió que le prestara el auto de su hijo y que viniera a visitarla mañana temprano para ayudarla con los recados. Cuando llegue, Adele le pedirá que me lleve a la frontera con Polonia..., pero no sé qué pasará después de que llegue allí. La frontera está cerrada y no tengo pasaporte. Adele dijo que tiene un poco de dinero...

—Hay más en tu bolsillo —dije. Metió la mano en el bolsillo del abrigo y supe que había cerrado la mano sobre el fajo de billetes cuando sus ojos se llenaron de lágrimas de alivio.

De repente me di cuenta de por qué Adele se había tomado tantas molestias para asegurarse de que yo llevara ropa abrigada. Mayim ya llevaba mi abrigo, pero ahora tomé mi sombrero y lo puse suavemente sobre su cabello, luego me quité las botas. Ella me pasó sus zapatos. Zapatos bajos y gastados que necesitaban urgentemente una suela nueva. Me recordaron a los zapatos que había llevado a la manifestación nazi de 1933 y lo frustrada que me sentí por no haber podido repararlos o incluso reemplazarlos. Al recordar esa época, me vi como una extraña tonta y malcriada.

—Ve —susurró—. Mantén a los niños a salvo.

—Lo estoy intentando —dije, y se me quebró la voz. En ese instante, Mayim y yo nos miramos fijamente, ambas sin avergonzarnos en absoluto de nuestra angustia. Eso era lo que más había echado de menos a alguien. Con Mayim siempre pude ser yo misma. Ya no tenía ese lujo con nadie más, ni siquiera con Jürgen, porque sólo podía conectarse a través de un teléfono inseguro, y ni siquiera con Adele, debido a su creciente fragilidad.

Nos abrazamos una última vez antes de salir del baño. Mayim cerró la puerta detrás de mí. Oí que se apagaba el baño, la radio y, finalmente, la luz que se filtraba por debajo de la puerta del baño también se fue. Sentí como si hubiera desaparecido en un instante, o como si la hubiera imaginado.

Cuando regresé a la cocina, el té de Adele todavía estaba hirviendo. En la mesa de al lado había un frasco de su medicamento para el corazón, lleno hasta el borde con pequeñas pastillas blancas.

—Ah, ahí tienes tu medicación —dije con ligereza, mientras me limpiaba las lágrimas del rostro—. Gracias —dije con los labios.

Adele sacudió la cabeza, como si quisiera decir:

—Ni lo menciones. —Luego señaló el bloc de notas que tenía delante.

Si algo sucede, hay una carta para ti enterrada en el frasco de dulces.

Abrí la boca para protestar, pero Adele se tapó los labios con un dedo y señaló la puerta trasera con terquedad en los ojos.

—Ahora estoy mejor y tus hijos están solos en esa casa.

Me incliné y, por primera vez en todos esos años que la conocía, le di un beso en la mejilla. Ella me agarró cuando me moví para enderezarme, me abrazó fuerte durante apenas un segundo y luego sentí sus labios contra mi mejilla. De cerca, pude ver un matiz morado en sus labios y sus párpados parecían pesados, como si estuviera luchando por mantenerlos abiertos. Su respiración era lo que más me asustaba. Era entrecortada, como si cada respiración fuera un esfuerzo, no un alivio. Un miedo repentino y terrible se apoderó de mí.

—Oma —susurré—. ¿Por qué no vienes a casa conmigo?

—Me necesitan aquí. Estaré bien —susurró con desdén. Luego se enderezó y, para beneficio de una audiencia que podía o no haber estado escuchando, agregó en voz alta—. Gracias por venir a ayudarme.

Acababa de volver a meterme bajo las sábanas de mi cama con Georg y Gisela cuando se oyó el rugido de un motor. Se abrió la puerta de un coche y hubo un breve momento de silencio antes de que oyera gritos fuera de mi villa.

Salté de la cama y corrí hacia la ventana para abrirla un poco. El aire helado entró a raudales, y también el sonido de la Gestapo en la puerta de Adele.

—¡Abra la puerta, señora Rheinberg!

—¿Te has equivocado de casa, jovencito? —gritó Adele desde la ventana de su dormitorio. Sonaba terca, irritada y débil—. Ésta es Adele Rheinberg. La señora Adele Rheinberg. Tengo ochenta y seis años. ¿De verdad tienes derecho a despertar a una mujer de ochenta y seis años en mitad de la noche?

—¡Tendrá que dejarnos entrar, señora Rheinberg! —hubo una larga pausa.

—No —respondió Adele, casi pensativa—. No, no creo que lo haga.

Maldiciendo, bajé corriendo las escaleras, me puse un abrigo y salí a la puerta principal. Llegué al seto antes de que Dietger viniera corriendo hacia mí.

—Sofie, vuelve adentro —susurró, señalando mi puerta—. No se trata de ti.

—¿Qué pasa con Adele? —pregunté—. ¡Es una mujer mayor, Dietger! No tienen nada que ver con ella. Por favor, ve a averiguar qué le pasa.

—Tenemos que dejar que esto se resuelva, Sofie —suspiró, sacudiendo la cabeza mientras miraba hacia su casa. Bajó la voz, luego admitió—. Ni siquiera sé por qué están aquí. No los llamé.

—Ésta es su última advertencia, señora Rheinberg —gritó alguien.

Si Adele respondió esta vez, no pude oírla. Di un paso más allá de Dietger, salí a la acera, justo a tiempo de ver que se abría la puerta de entrada de Adele. No era ella la que estaba al otro lado, sino la mujer del departamento estudio de la planta baja, que parecía desconcertada y desaliñada mientras el gran contingente de la Gestapo pasaba a su lado. El pánico me agarró por la garganta y me hizo sonrojar. Di un paso hacia su casa.

—Sofie —dijo Dietger. Estaba mucho más cerca de lo que me había dado cuenta y hablaba en voz baja—. Vete a casa. Por favor. Deja que ellos se encarguen de esto.

—Pero es una ancianita —dije, y sólo entonces me di cuenta de que estaba sollozando y de que tenía los pies tan fríos que me ardían. Miré hacia abajo y me di cuenta de que estaba descalza, parada en la fina capa de nieve. Sollocé de nuevo y miré a Dietger, lo más parecido a un rostro amigable que pude encontrar en esa calle oscura—. No ha hecho nada malo.

—¿Quizá sea sospechosa de deslealtad al Reich?

Ni siquiera él parecía convencido. Di otro paso hacia la casa. Esta vez, la mano de Dietger me agarró del codo y lo sujetó con firmeza.

—Sofie, por favor —dijo con voz neutra. Luego bajó la voz—. Tengo que informar de cualquier actividad sospechosa, incluso de cualquier indicio de actividad sospechosa por tu parte. Ponerse en medio de una operación de la Gestapo es la definición misma de actividad sospechosa. —Me arrastró hacia mi propia casa—. Vuelve adentro, Sofie. Entra. Por favor. No puedes ayudarla.

Tiré de su brazo, pero él me agarraba con fuerza, decidido a salvarme de mí misma.

—Maldito seas, Dietger —dije con voz ahogada. Me dirigí hacia mi casa, no con malicia, sino con determinación.

—Seguro que te sentirías más cómoda en el calor

Hacía tanto frío que, cuando habló, su aliento se escapó en forma de niebla. Sacudí la cabeza y estiré el cuello hacia el edificio de Adele. ¿La sacarían a rastras? ¿Y a Mayim también? ¿Irían las dos pataleando y gritando? ¿Irían desafiándolos en silencio?

Quería entrar a buscar unos zapatos…, unos calcetines…, algo para protegerme los pies, pero no me atreví por si se me escapaba algo, y estaba demasiado ansiosa como para sentarme, para quitar la presión de la piel ardiente de mis pies helados. Pero los minutos empezaron a pasar y la calle y el edificio quedaron en completo silencio. El tiempo era elástico. En una ciudad que llevaba días en llamas, el mundo entero parecía haberse quedado dormido.

—¿Cuánto tiempo ha pasado? —le pregunté finalmente a Dietger. Me castañeteaban los dientes con tanta fuerza que me costaba hablar. Miró su reloj y se movió torpemente.

—Uh… ¿Cerca de quince minutos…?

En ese momento, oímos botas en el suelo y miré hacia arriba para ver a la Gestapo saliendo de la casa de Adele, con las manos vacías. ¿Había ganado? Por un instante, sentí una oleada de orgullo y esperanza. Tal vez los había convencido de que la dejaran en paz. Tal vez incluso los había convencido de que se fueran sin registrar su casa. Tal vez...

Dietger me hizo un gesto con la mano para indicarme que me quedara en la terraza delantera. Luego corrió rápidamente hacia uno de los coches que había junto a la acera. Habló en voz baja con uno de los hombres. Sus hombros se desplomaron como si de repente hubiera exhalado. La luz de la calle que había sobre su cabeza hizo que la conmoción y la tristeza de su rostro cobraran una gran relevancia. Una sensación de pavor me invadió con tanta fuerza que casi se me doblaron las rodillas.

Pasé corriendo junto a Dietger. Pasé junto a los oficiales de la Gestapo, que estaban siendo arrastrados. Volví a sus coches negros. Corrí a través del vestíbulo de Adele y por la puerta interior destrozada entré en su departamento.

La encontré en el suelo de su dormitorio, boca arriba junto a la ventana. ¿La Gestapo la había visto desmayarse? ¿Habían intentado siquiera ayudarla?

—Adele —dije con voz entrecortada, arrodillándome a su lado. Tomé sus hombros entre mis manos y sacudí su cuerpo inerte—. Adele, por favor. Por favor, despierta. —Mi respiración se entrecortó en un sollozo—. Adele, Oma, no puedo hacer esto sin ustedes.

¿Debería llamar a una ambulancia? ¿A un médico? ¿Debería intentar reanimarla? Ni siquiera sabía cómo empezar. Además, en lo más profundo de mí, sabía que era demasiado tarde. Sacudir su cuerpo solo me recordó lo frágil que se había vuelto en los últimos tiempos.

Le acomodé el pelo ralo que le rodeaba el rostro. Le toqué las mejillas con los dedos temblorosos y dejé que mis lágrimas cayesen sobre ella, ungiendo su cuerpo con mi dolor y mi amor.

—¿Sofie? —Dietger estaba en la puerta, rondando y sintiéndose inseguro—. ¿Hay alguien a quien pueda llamar? ¿Quizás Jürgen? ¿Lydia?

Me tomó unos segundos recomponerme lo suficiente para hablar.

—¿Te contaron lo que pasó?

—Dijeron que ya se había desmayado cuando entraron.

—¿Y su supuesto delito se castigaba con la muerte? —dije sin poder evitar que mi voz tuviera un tono amargo.

—Era sospechosa de deslealtad al Reich —dijo Dietger, endureciendo su expresión—. De todos modos, la habrían llevado a un campo. —Dio un paso atrás, sacudiendo la cabeza con tristeza, y luego, tan silenciosamente que tuve que esforzarme para oír las palabras, dijo—: Tal vez esto sea una bendición. —Sus pasos se alejaron.

Miré el rostro de Adele, relajado y en paz después de la muerte, y luego su cama, donde guardaba la foto de Alfred y sus hijos. Empecé a llorar de nuevo. No podía quedarme con su cuerpo y dejar a mis hijos solos en la casa, pero no podía soportar dejarla.

—¿Señora von Meyer Rhodes? —en la puerta estaban dos de los inquilinos de Adele. Era la tranquila pareja bávara que vivía en aquella pequeña habitación en la parte delantera de la planta baja. Se mantenían apartados la mayor parte del tiempo y, en la conmoción del momento, ni siquiera podía recordar sus nombres. El hombre entró en la habitación y me tendió la mano. Dejé que me ayudara a ponerme de pie.

—Deja que nos ocupemos de ella esta noche —me dijo su esposa con dulzura desde la puerta—. Por la mañana llamaremos a la morgue.

—Ella siempre fue muy buena con nosotros —dijo el marido con brusquedad—. Cuando perdí mi trabajo, ella nos permitió quedarnos de todos modos, aunque me llevó meses encontrar trabajo de nuevo. Será un honor para nosotros estar con ella. Rezaremos por su alma y le haremos compañía hasta que llegue el empresario de pompas fúnebres por la mañana.

Cuando asentí, el hombre se agachó junto al cuerpo de Adele y susurró:

—Vamos a subirla a la cama, señora Rheinberg.

La acunó suavemente en sus brazos como si fuera una niña. Luego la tendió sobre la cama y hasta la cubrió con la manta hasta la barbilla. Empecé a llorar de nuevo por la amabilidad de su gesto.

La gente todavía podría ser buena.

Le dije a la pareja que necesitaba lavarme la cara antes de irme a casa y ver a mis hijos. Entré al baño de Adele y cerré la puerta antes de encender la luz, por si acaso Mayim todavía estaba allí. Me sentí aliviada al descubrir que no estaba, aunque no tenía idea de si estaba escondida en otro lugar. Era demasiado arriesgado buscarla. Todo lo que podía hacer era rezar.

La primera vez que llamé a la casa de Jürgen no hubo respuesta. La segunda vez, respondió al tercer timbrazo, sonando aturdido y somnoliento. Sin preámbulos, le dije lo que había pasado con Adele. No mencioné a la Gestapo ni las circunstancias de su muerte. Al principio, ni siquiera reaccionó.

—Jürgen, ¿me has oído?

—¿Murió en casa? —preguntó con frialdad. Yo intentaba ser valiente por él, por Adele, por los niños, pero esa pregunta me destrozó. De alguna manera extraña, Adele había ido a encontrarse con su creador en sus propios términos.

—Sí, sí —dije, y luego se me atragantó un sollozo—. Murió en casa.

Hubo otro largo silencio en el teléfono. Entonces Jürgen dijo:

—Vuelvo a casa inmediatamente.

—¿Se te permitirá? —susurré, con un tono cortante de mordacidad en mi voz.

—Ella fue una madre para mí —dijo Jürgen con la voz quebrada a mitad de frase—. Por supuesto que me lo permitirán.

Colgó rápidamente después de eso. Nunca había visto llorar a mi marido, pero entendí que necesitaba hacerlo y entendí que necesitaba privacidad.

Esa misma tarde, yo estaba en el sofá, envuelta en la manta tejida de Mayim, esperando con impaciencia la llegada de Jürgen. Tenía una carta arrugada y manchada de lágrimas en la mano. La había sacado del tarro de dulces de Adele esa mañana temprano, antes de que los niños se despertaran.

Queridos Jürgen y Sofie:

Jürgen, fuiste un regalo de Dios para mí durante el peor período de mi vida, la prueba viviente de que no importa cuán oscura sea la noche, el amanecer siempre llegará. Criarte y ser parte de tu vida fue uno de los grandes privilegios que tuve. Sofie, he atesorado tu amistad en estos últimos años. No te subestimes. Eres más fuerte de lo que crees.

Amores míos, estos monstruos que gobiernan nuestro país nos están llevando a todos a un territorio desconocido. Si estás leyendo esto, parece que se acabaron los días para estar a tu lado y apoyarte. Sé valiente, pero también sé inteligente.

Estoy agradecida por cada minuto que pasé contigo. Por favor, dile a los niños que su abuela los adoraba.

Amor siempre,

Tía Adele

Al final, tendríamos que quemarlo, pero hasta que Jürgen tuviera la oportunidad de leerlo, yo podía aferrarme a él, tan reconfortante como lo había sido la manta de Mayim. Había sido un día increíblemente duro. Les había dado la noticia a los niños sola, los había consolado sola. Había intentado convencer a Georg de que se quedara en casa, pero él insistía en que tenía que ir a la escuela y, aunque tenía los ojos enrojecidos cuando salió por la puerta, no había derramado ni una lágrima. Incluso después de que se fue, Gisela y Laura fueron muy exigentes; sentí que había estado atendiendo sus necesidades cada minuto del día.

El golpe en la puerta fue inesperado y, al mismo tiempo, irritante. Solo quería sentarme a convivir con mi dolor durante unos minutos. Me metí la carta de Adele en el bolsillo y me arrastré hasta la puerta. Me sobresalté al encontrar a Lydia allí.

Ella sostenía una olla de presión en sus manos, su expresión era de intensa simpatía, mezclada con cierta incomodidad.

—Me enteré de lo de Adele y yo... Sofie, lo siento mucho. Sé que ella era importante para tu familia —extendió la olla hacia mí—. Es sopa. Así que no tienes que cocinarles la cena a tus hijos esta noche.

Tomé la olla y la coloqué sobre una mesita dentro del vestíbulo y luego me volví hacia ella.

—¿Cuándo cambiaste de opinión sobre los judíos? —pregunté de golpe. Ella arqueó las cejas con sorpresa y alarma. Había dejado de pensar con claridad y esa olla me recordó que, en sus mejores momentos, Lydia era una gran amiga, una mujer de bondad. Pero algo feo había surgido en ella, y yo quería desesperadamente entender qué había cambiado.

—Siempre lo supe —dijo en voz baja—. ¿No te acuerdas de cuando estaba en la escuela secundaria? Yo era educada con… esa chica… porque así era la vida, pero nunca entendí por qué no podías ver que ella no era como nosotros. Tuvimos que fingir durante mucho tiempo, así que fue un alivio para mí y para Karl cuando los alemanes sensatos llegaron al poder en este país.

Nunca me di cuenta de su reticencia hacia Mayim. Tal vez vi lo que quería ver. En cualquier caso, ella había demostrado que Mayim tenía razón. Los nazis no hicieron que personas como Lydia fueran antisemitas, en realidad no. Solo habían descubierto lo que ya existía.

—¿Y tú qué? —dijo con dulzura—. ¿Cuándo cambiaste de actitud? ¿Qué piensas de los judíos?

—En el fondo, siempre supe la verdad —dije—. Lo que dices es cierto. A veces tienes que hacer y decir ciertas cosas para que te acepten.

Ella asintió con tristeza, malinterpretándome como sabía que lo haría. Adele había tenido razón en muchas cosas, la gente escuchaba lo que quería oír. La expresión de Lydia se tornó sombría.

—Y… ¿Adele? ¿Sabes en qué estaba metida?

Levanté la barbilla y, tal como me había dicho Adele, hablé con dureza, como si estuviera dictando sentencia y no rompiéndome el corazón.

—La Gestapo sospechaba que ella era desleal al Reich. No tengo ni idea de los detalles.

—Lo siento mucho, Sofie —repitió, sacudiendo la cabeza.

—Yo también —dije rotundamente, luego le agradecí y cerré la puerta antes de poder decir algo de lo que me arrepentiría.

31

SOFIE

Huntsville, Alabama
1950

Entontré la dirección de Lizzie en la guía telefónica. Ella vivía a pocas cuadras de mi casa, en una casa muy grande, con un jardín joven pero extenso. Fui allí sin avisar. Me pareció más seguro llegar a su puerta sin avisar con un regalo y mirarla a los ojos mientras me disculpaba.

—Espera un momento —le dije a Félix, que estaba sentado en el asiento trasero jugando con su camión de madera. Él asintió, distraído por el juguete.

Caminé por el sendero para tocar la puerta, luego esperé, oscilando en la pequeña terraza con el pastel en mis manos sudorosas. La puerta se abrió y allí estaba el hombre de uniforme café, el mismo que paseaba por mi calle todos los días. De cerca pude ver el bordado de su camisa, Henry, y debajo, Walt's Lumberyard.

—Tú —dijo. Su tono era monótono, casi sin emoción, pero había algo oscuro en sus ojos que me puso nerviosa. Me alejé un paso de la puerta.

—Hola —dije con nerviosismo—. ¿Está Lizzie en casa? —El hombre me miró fijamente, con una mirada intensa y sin pestañear—. Estoy buscando a Lizzie —repetí—. ¿Lizzie Miller? ¿Es ésta la casa correcta?

—¿Qué quieres con Lizzie?

—Solo quería saludar y dejar un regalo —dije sin rodeos fácilmente, mientras señalaba el pastel con la barbilla.

—Ella no está aquí.

—¿Puedo dejarle esto aquí? —El hombre, Henry, ignoró la pregunta y me miró con los ojos entrecerrados. Extendí el plato hacia él, pero no hizo ningún movimiento para tomarlo.

—Dijiste que la segregación es peor que los campos.

Él sabía de mi discusión con Lizzie. Aún peor, sabía exactamente quién era yo. Se me cortó la respiración.

—No. No, no fue eso lo que dije —tartamudeé—. Solo estaba tratando de explicar que cada vez que separas a un grupo de personas...

Henry extendió la mano para agarrar el pastel y, por una fracción de segundo, pensé que iba a dárselo a Lizzie, como le había pedido..., pero tenía la cara roja y las fosas nasales dilatadas. No me di cuenta de que estaba en apuros hasta que el plato dejó de pesarme las palmas de las manos.

Grité, cubriéndome automáticamente la cara mientras arrojaba el pastel, plato y todo, contra un pilar de ladrillos en la terraza delantera, justo detrás de mi cabeza. Pedazos de cerámica, denso pastel y pegajoso glaseado de limón llovieron sobre mi vestido. Me di la vuelta y corrí hacia mi auto. Si me perseguía, estaba acabada. Era fácilmente el doble de grande que yo y estaba tan enojado...

—¡No tienes derecho a juzgarnos, nazi! —gritó detrás de mí. Yo estaba demasiado asustada para mirar atrás, pero me sentí débil por el alivio al oír que estaba a cierta distancia detrás de mí. Su voz se quebró por la frustración y angustia, él añadió—. Dejen de venir por aquí. ¿Por qué siguen viniendo aquí?

Mis manos estaban demasiado sudorosas para agarrar la llave correctamente cuando intenté arrancar el coche.

—Vamos —dije con voz entrecortada—. Enciende, por favor.

—Mamá... —dijo Félix con incertidumbre—. Mamá, ¿ese es un hombre malo?

El coche rugió y cobró vida. Salí a la calle y giré el coche hacia casa.

—Algo terrible pasó hoy.

En cuanto Jürgen llegó a casa del trabajo, lo llevé a nuestro dormitorio y cerré la puerta. Él me tomó la cara entre las palmas de las manos y me miró con preocupación.

—Háblame. Dime qué te pasa.

—Llevé un pastel a la casa de Calvin para Lizzie —susurré—. Una ofrenda de paz.

—¡Sofie! —gruñó Jürgen mientras su rostro se desmoronaba—. ¿Qué demonios estabas pensando?

—Fui yo quien discutió con ella en ese picnic, pero la policía vino a buscarte a ti. Pensé que podía disculparme antes de que causara más problemas. —Mi voz se hizo más desesperada mientras trataba de explicarme—. Quiero construir un hogar aquí, Jürgen. No quiero que una mujer les hable de mí a otros estadounidenses, que les diga que no hablen conmigo, que les diga a sus hijos que no jueguen con los nuestros, que chismorree sobre los peores momentos de nuestras vidas. Necesitamos construir puentes aquí, no permitir que se produzcan divisiones entre nosotros y las esposas de tus colegas. Así que traté de acercarme a ella.

Jürgen apartó las manos de mi cara y se frotó los ojos.

—Dios mío.

—No creo que ella estuviera en casa, pero había un hombre allí. —Me tragué el nudo que se formó en mi garganta—. ¿Recuerdas la segunda vez que pintaron la calle? ¿El uniformado que nos miraba mientras pintabas? —Jürgen asintió lentamente y yo susurré—. Pasa todo el tiempo por aquí. Supuse que iba caminando al trabajo porque siempre lleva uniforme. En ocasiones lo veo varias veces en un mismo día y no solo por la mañana, también por la noche. Se me queda mirando. —Me estremecí ansiosamente.

—No habías mencionado esto antes.

—Bueno, no es solo él. Mucha gente se me queda mirando —dije, riendo débilmente—. Tú también debes notarlo.

—Tal vez ya me he acostumbrado —suspiró—. ¿Y qué pasó, amor mío? ¿Te dijo algo sobre tu desacuerdo con Lizzie Miller?

—No tuve la oportunidad de decir mi nombre, pero él ya sabía quién era yo de todos modos, y sabía de mi discusión con Lizzie. Le pedí que le diera el pastel y me llamó nazi, luego arrojó el pastel contra la columna que estaba justo detrás de mí. Con plato y todo —solté. Jürgen se quedó boquiabierto y sus fosas nasales se dilataron, así que me apresuré a explicarle—. No me hizo daño, Jürgen, podría haberlo hecho si hubiera tirado el pastel un poco a la izquierda de donde yo estaba. Creo que solo quería asustarme.

Jürgen asintió lentamente, su expresión era oscura.

—Calvin mencionó que el hermano de Lizzie vive con ellos.

—Su camisa dice que su nombre es Henry.

—Eso me suena.

—Lizzie Miller debe haberle dicho a su hermano que entraste a su casa. Él me dijo hoy que teníamos que dejar de ir por allí —dije, temblando.

—Tengo que hablar con Calvin, ¿no? —suspiró Jürgen, pasándose una mano por el cabello.

—Dijiste que querías mantenerte al margen de esto —susurré.

—Quiero mantenerme al margen de un desacuerdo entre tú y la señora Miller —frunció los labios—. No me quedaré callado cuando alguien amenace a mi esposa.

32

LIZZIE

El Paso, Texas
1938

La noche antes de mi boda Henry y yo nos sentamos en sillas de madera, uno al lado del otro, en la terraza de mi nueva casa de estilo citadino.

—¿Estás preocupado por este asunto en Europa? —pregunté.

Él se encogió de hombros.

—¿Por qué debería preocuparme?

—Calvin piensa que Hitler está deseando entrar en guerra.

—Calvin es un tipo muy inteligente, así que puede que tenga razón, pero incluso si la tuviera, no creo que nos involucremos. Estamos al otro lado del mundo, por el amor de Dios. Todos esos problemas no tienen nada que ver con Estados Unidos.

Henry estaba tendido a mi lado con las piernas apoyadas sobre la mesa de café al aire libre. En una mano sostenía una cerveza y en la otra un cigarrillo encendido. Era un hábito nuevo que había adquirido durante su año en el ejército y que a mí no me gustaba. Me quedé en silencio por un momento, preocupada por Hitler y Europa. Esperaba que Henry tuviera razón, pero me sobresalté cuando de repente mi hermano se echó a reír.

—¿Qué? —dije alarmada.

—Lo siento..., lo siento. Es que estoy sentado aquí, en la terraza de esta elegante casa, y no puedo creer que realmente vayas a vivir aquí. Mamá y papá no lo creerían si pudieran verte ahora. Tu nueva cocina es tan grande como nuestra vieja casa.

Yo tampoco podía creer que iba a vivir allí. Mi nueva casa era tan grandiosa como el Hilton, aunque, por supuesto, en menor escala. Pero con sus 370 metros cuadrados, cuatro habitaciones amplias y, para mi desconcierto, dos baños y un lavadero interior, todavía no me parecía real. Sabía que Calvin era una persona adinerada, pero nos comprometimos antes de que descubriera el alcance de su riqueza. No se trataba solo de su trabajo bien pagado. Resultó que sus padres también eran ricos.

—¿Quién habría pensado que tú, mi hermana ruda, domando caballos, arreglando cercas y conduciendo tractores, te convertirías en la esposa adinerada de algún genio de la aviación? —Henry se rio.

—Es un giro sorprendente —admití.

Calvin y yo seguimos estrechando lazos después de que Henry se fue hasta que nos convertimos en los mejores amigos. Cuando me dijo que se había enamorado de mí y que quería que fuera su esposa, me sentí destrozada, no contenta. No tenía intención de aceptar su propuesta y pensé que sería cruel seguir siendo amiga de él, sabiendo que nuestros sentimientos estaban desequilibrados.

—Sé que no sientes lo mismo por mí, y está bien —dijo Calvin en voz baja. Me sentí aliviada, pero aún confundida, especialmente cuando agregó. No puedo evitar preguntarme si no habrá una solución que nos convenga a ambos.

—¿Una solución?

—Toda tu vida consiste en ganar un salario mínimo en un hotel donde la mayoría de los huéspedes ni siquiera te ven, pero, Lizzie Davis, eres el tipo de mujer que merece ser vista. Odio eso. Trabajas más duro que nadie que conozco y todo por muy poco. Y no me digas que te va bien, porque ambos sabemos que no es así. Tienes que trabajar en dos empleos para poder pagar el alquiler de ese horrible departamento.

—Ni siquiera has estado en mi departamento —respondí con rigidez.

—No lo necesito. Ese edificio está a un fuerte viento de distancia de ser derribado.

—En la finca ni siquiera teníamos agua potable. Este departamento está mejor.

—¿Por qué deberías conformarte con lo mejor, Lizzie? Especialmente cuando podrías estar con alguien que no quiere nada más en esta vida que hacerte feliz. —No sabía qué decir. Después de un rato, Calvin tomó mi mano y agregó suavemente—. Sé por experiencia que lo más importante en un matrimonio es una base sólida de amistad. Ésta es una propuesta pragmática. Acepté un puesto permanente en Fort Bliss, así que necesito establecer un hogar aquí, por no hablar de recibir más gente, así que podrías ayudar con todo eso. Y yo también podría ayudarte. No tendrías que luchar por cada pequeña cosa. Trabajas tan duro, Lizzie, ¿cuándo tienes tiempo para detenerte y respirar? Podría darte el regalo de una vida cómoda. Y tal vez, si me dejas amarte, con el tiempo, tú también llegarás a amarme.

Me sentí sola después de que Henry se fue y estaba muy cansada de luchar por cada migaja que la vida en la ciudad tenía para ofrecer. Ya me había reinventado una vez, de hija de granjero a luchadora de la ciudad. Podría hacerlo de nuevo, especialmente si eso significaba hacer feliz a un hombre tan bueno en el proceso.

—Ni siquiera pareces la misma —se rio Henry ahora. Esa risa fue música para mis oídos. Su apariencia también había cambiado, parecía fuerte y saludable, había brillo en sus ojos—. Pareces una chica de campo, de un pueblo remoto, que encontró su camino a la ciudad, conoció a un tipo rico y ahora se convierte en una esposa trofeo.

Estaba bromeando y yo sabía que no quería ofenderme, pero me quedé sin aliento al mirar mi atuendo. Lo había comprado porque la tela era del color del pasto de Texas y me recordaba a mi hogar. Ese vestido era hermoso, pero Henry tenía razón, también era algo que nunca usaría en Oakden.

Sin embargo, Cal señaló que la mayoría de las esposas de sus colegas rara vez usaban pantalones y luego me dio un gran fajo de dinero para que comprara algunos vestidos.

—¿Y qué te hiciste en el pelo? —preguntó Henry, riéndose mientras estiraba la mano para tocarme la cabeza. Le di una palmada en la mano.

—Se llama flequillo, idiota —murmuré. Nunca había tenido ni idea de cómo peinarme; eso jamás me había molestado antes, pero ahora las cosas eran diferentes. Calvin decía que la mejor manera de aprender era observando a los profesionales, así que había estado reservando entradas a la peluquería varias veces por semana.

—Me sorprendí cuando escribiste que te casarías con Calvin —admitió Henry—. Nunca te gustó salir con alguien, ¿recuerdas?

—Lo sé.

—Pero Calvin es un buen tipo. La vida en el ejército tiene sus altibajos, pero no creo que me hubieran aceptado si él no hubiera intercedido por mí. Las cosas se pusieron bastante mal para mí durante un tiempo, Lizzie. No estaba en mi sano juicio. Todavía tengo días malos ahora, pero van y vienen, y ya sea un día malo o un día bueno, tengo que levantarme y salir de esa cama antes de que Dios despierte, porque así es como funciona el ejército. Tu Calvin me salvó cuando ni siquiera me conocía. Ese es un tipo de hombre superior. Cuando no pude cuidarte, me alegré de saber que él sí lo hizo.

—Realmente me cuida. —Y yo estaba tratando de hacer lo mismo por él. No era una gran novia y nuestra relación no era exactamente típica.

Todavía estaba tratando de descubrir cómo vestirme y actuar como el tipo de mujer con la que un hombre como Calvin merecía casarse.

—Éste debería ser el momento más feliz de tu vida.

—Lo es —dije, frunciendo el ceño—. ¿Por qué pensarías lo contrario?

—Eres bonita y estás arreglada, pero te comportas como si no fueras tú misma. —Me lanzó una mirada confusa—. En la cena con Calvin y sus padres, apenas dijiste una palabra. —Habíamos ido al restaurante del Hilton para recordar los viejos tiempos y Calvin, su madre y su padre se quedarían allí a pasar la noche, ya que no era apropiado que durmiéramos en la misma casa antes de la boda.

—Es un gran cambio. —Me encogí de hombros—. Estoy nerviosa, eso es todo.

—Lo sé. Lo entiendo. Mañana es tu noche de bodas. Supongo que una chica normalmente hablaría con su madre sobre estas cosas, pero como mamá no está aquí...

—¡No! ¡Basta! —dije cubriéndome la cara con las manos—. ¡Dios, Henry!

Cuando miré hacia afuera desde detrás de mis manos, el alivio en el rostro de Henry era palpable. Me reí, a pesar del calor en mis mejillas. Pero él seguía mirándome, con esa duda todavía en sus ojos, y me sentí obligada a explicarle.

—Incluso antes de la sequía, todo lo que se me presentaba era una lucha. Calvin quiere cuidar de mí. Esta boda es la decisión correcta para ambos.

—Sabes que amaba a Betsy con locura, aun así, no estoy seguro de ser un gran romántico —dijo Henry en voz baja—. Te diré esto, si tú fueras Betsy y yo Calvin, y Betsy estuviera hablando de mí como tú acabas de hablar de Calvin. No sé si me gustaría que esa boda se celebrara.

—¡Henry!

—No puedes casarte con un hombre sólo porque tiene dinero para comprarte una casa grande. Así no funciona el matrimonio.

—Tendré una buena vida con Calvin —dije abruptamente—. No estoy utilizándolo, si es eso lo que estás tratando de insinuar.

—Quizás no lo estés utilizando exactamente, pero tampoco me has dicho ni una sola vez que lo amas.

—Lo amo —protesté débilmente—. Es solo que...

—Si no quieres casarte con él, no es demasiado tarde para detenerlo —dijo Henry de repente—. Calvin es un buen hombre, pero sé que preferiría que se lo dijeras si no estás segura de esto.

Me imaginé que entraba y buscaba mi maleta, que todavía estaba sobre la cómoda, abierta y todavía medio llena. No me llevaría mucho tiempo volver a hacer el equipaje. Henry y yo podríamos estar de vuelta en la estación de autobuses en una hora. Podríamos tomar el primer autobús que saliera de la ciudad.

¿Pero luego qué?

Henry tendría que regresar a Kansas el lunes y yo volvería a estar a la deriva y sola. Calvin me adoraba. Era un novio maravilloso: considerado, compasivo y respetuoso. Él sería un generoso proveedor. Había cosas peores que podía hacer para mantenerme que casarme con un hombre al que tenía en tan alta estima, incluso si no estaba enamorada de él. Además, eso podría cambiar. Nunca me había enamorado de nadie, pero tal vez nunca le había dado a un hombre la oportunidad de ganarse mi corazón.

—Quiero casarme con él —dije con firmeza—. Calvin y yo vamos a tener un buen matrimonio. Ya lo verás.

33

LIZZIE

Huntsville, Alabama
1950

Supe que algo estaba pasando cuando Calvin llegó a casa del trabajo una noche y se reunió conmigo en el jardín. El sol se estaba poniendo en el horizonte y espantamos mosquitos mientras intercambiábamos la rutina del día. *¿Cómo estuvo tu día? Sí, el mío también. Chuletas de cerdo. No, no preparé postre. Claro, puedo hacer una tarta de manzana para mañana por la noche.*

Tomé mi segunda regadera y me dispuse a regar el brócoli, pero Calvin me siguió, como si estuviera tratando de reunir el coraje para decir algo duro.

—¿Qué pasa? —pregunté.

—La policía fue a la casa de Jürgen —lo miré con sorpresa.

—¿Se les ocurrió hacer eso ahora?

—No, fueron enseguida. Jürgen lo mencionó hoy.

—Oh.

—Se ha portado bastante bien en ese aspecto. Me disculpé... Le dije que Henry luchó en la guerra y que a veces tiene sueños vívidos.

—Está bien —dije con frialdad. Sabía que los problemas de mi hermano no eran culpa suya, pero también sabía que no querría que nadie ajeno a nuestro círculo supiera sus asuntos privados, y eso era doblemente cierto para estas personas.

—Parece que ayer hubo un incidente.

—¿Un incidente?

—La esposa de Jürgen vino con un pastel para ti. Al parecer, una ofrenda de paz —dijo Calvin en voz baja.

—Estuve en casa casi toda la mañana.

—Fue temprano. Tal vez cuando estabas en el supermercado.

—Pero no vi ningún pastel —fruncí el ceño. No estaba segura de cómo me sentía ante semejante gesto. No me interesaba una amistad con Sofie Rhodes, pero tampoco estábamos exactamente en guerra. Habíamos tenido una conversación incómoda y eso era todo. ¿Por qué traería una ofrenda de paz? Entonces pensé en la policía que había visitado su casa y suspiré. Tal vez pensó que nosotras dos estábamos en guerra.

—Henry estuvo aquí —dijo Calvin.

—Henry se fue a trabajar temprano ayer —dije, pero luego hice una pausa. Mis días generalmente parecían iguales y tendían a mezclarse muy rápidamente. ¿Fue ayer cuando Henry solo tomó café negro para desayunar y rechazó mi oferta de huevos, o fue el día anterior?

—No sé qué decirte. Sofie le pidió que te lo diera y él... —Calvin hizo una pausa y luego se aclaró la garganta—. Lizzie, ella dice que él se lo arrojó.

—¿Qué? —dije con incredulidad, y luego añadí de inmediato—. De ninguna manera eso es verdad.

—Jürgen dijo que le dio un buen susto. Y dijo que Henry ha pasado por delante de las casas donde viven las familias alemanas. Sofie lo ha visto varias veces.

—Por favor, dime que no te lo crees. Mi hermano no mataría ni a una mosca. No vi ningún desastre en ese supuesto pastel y sabes tan bien como yo que tiene todo el sentido del mundo que vaya caminando por ahí al trabajo.

Me di vuelta y miré hacia la terraza delantera y de repente me vino a la mente un recuerdo. Algunos de los adoquines estaban mojados cuando regresé a casa de la tienda de comestibles. Pensé que era porque había regado el castaño de Indias la noche anterior, pero ¿y si...?

No. Negué con la cabeza y fruncí el ceño. Mi hermano no le arrojaría algo a un perfecto desconocido, ni siquiera en esas condiciones.

—No conocemos a esta gente, Calvin. No podemos confiar más en su palabra que en la de Henry.

—Cariño, realmente necesito llegar al fondo de lo que pasó —dijo Calvin en voz baja, pero con firmeza.

—Hablaremos con él —dije con impaciencia—. Te dirá que ella se lo está inventando todo.

—Hablaré con él esta noche y aclararé esto.

—Podemos hacerlo juntos —sugerí. Calvin negó con la cabeza y, cuando el último resto de agua cayó sobre mis verduras, se agachó para tomar la regadera vacía de mis manos.

—Ésta es una de esas conversaciones que serán mejor gestionadas de hombre a hombre.

—Pero...

—Cariño —dijo Calvin, y bajó la voz—. No quiero que Henry sienta que estamos atacándolo. Por favor, déjame hacer esto solo.

—¿Cómo te fue? —pregunté cuando Calvin entró en mi habitación esa misma noche. Cerró la puerta sin hacer ruido y se sentó al final de mi cama.

Estaba sentada en camisón, con una revista intacta en mi regazo. Calvin había invitado a Henry a salir a la terraza a tomar una cerveza después de cenar y yo había estado esperándolo ansiosamente desde entonces.

—Dijo que Sofie Rhodes estaba mintiendo. No había pastel.

—¿Ves? —dije triunfante—. Te lo dije.

—Y pasa por delante de las casas alemanas, pero tenías razón. Está justo en el camino de ida y vuelta al trabajo. Sofie Rhodes lleva aquí sólo unas semanas y estoy seguro de que es fácil malinterpretar las situaciones cuando está recorriendo un país extraño en su segunda lengua. Todavía estoy confundido con la historia de la tarta, pero Henry se mantuvo firme y tenemos que darle el beneficio de la duda.

—¿Entonces estás consolado? —pregunté.

—Sigo preocupado por ese sueño que tuvo —dijo Calvin, vacilante. Me miró de reojo—. Me horroriza que la policía haya ido a la casa de los Rhodes. Intenté preguntarle a Henry cómo se siente ahora con respecto a ese sueño, pero parecía tan incómodo que lo dejé. Supongo que está avergonzado.

—Eso fue hace semanas, de todos modos —dije—. Ha estado muy tranquilo desde entonces.

—Es solo que… parece diferente, ¿no? Está distraído. A pesar de todos los desafíos que Henry ha enfrentado a lo largo de los años, nunca me había parecido así.

Distraído. Esa era la palabra perfecta. Incluso cuando Henry me miraba fijamente, parecía que su mente estaba en otra parte.

Tenía planes de ver a Becca a la mañana siguiente. Ella y Kevin habían comprado una casa nueva a unas cuadras de distancia, una gran casa de dos pisos en un terreno enorme y vacío. Estaban ansiosos por ponerle un jardín.

—Lo haré por ti —le ofrecí cuando me llamó. Estaba entusiasmada con un nuevo proyecto y ya estaba pensando en cómo podría concretarse.

Becca se rio y dijo:

—No seas tonta, Lizzie. No podría pedirte que hicieras eso. Kevin ya encontró un jardinero que lo hiciera. Solo quería un consejo sobre qué pedirle.

En gran medida, me había vuelto insensible a mi propio aburrimiento. Tenía una buena vida y estaba muy ocupada cuando yo quería, entre tareas domésticas, visitas a la peluquería, cenas y almuerzos. Pero de vez en cuando algo me traía a la memoria un momento en el que pensé que mi vida sería diferente.

Mientras me preparaba para ir a la casa de Becca, estaba reviviendo la decepción del momento en que me dijo que otra persona se encargaría de la jardinería. ¡Oh, cómo me hubiera encantado ponerme las botas ese día, llevar mis guantes de jardinería y un bloc de notas para esbozar los planes! Me habría lanzado a un proyecto como ese con total desenfreno. El jardín era un lienzo en blanco, pero yo lo habría convertido en una obra de arte verde.

Cuando cerré la puerta de entrada, miré los adoquines y pensé en las salpicaduras de agua que había visto unos días antes. ¿Por qué Sofie Rhodes se inventó una mentira tan absurda? No tenía ningún sentido. Empecé a caminar por el sendero hacia la entrada de la casa, pero en el último segundo me di la vuelta para mirar la terraza, tratando de recordar exactamente qué adoquines estaban mojados.

No me creí la historia del pastel. Por supuesto que no.

Dejé mi bolso y me incliné para inspeccionar los adoquines, sintiéndome desleal y tonta. Me sentí satisfecha de no encontrar rastros de pastel manchado. Pero cuando extendí la mano para usar el pilar para sostenerme sobre los talones, noté un pequeño trozo de cerámica blanca incrustado en el ladrillo, justo encima de mi mano. Cuando lo rocé con la punta de mi dedo, el trozo de cerámica cayó sobre los adoquines.

Volví a mirar a mi alrededor y vi mi terraza con nuevos ojos. Si ella hubiera estado parada en la puerta, le hubiera extendido el pastel, y Henry se lo hubiera quitado y luego hubiera perdido los estribos...

No.

Esa astilla blanca en el ladrillo era diminuta. Podría haber sido cualquier cosa, incluso una piedra diminuta que se había horneado en el ladrillo cuando lo fabricaron. Había otras explicaciones y mi hermano merecía mi confianza.

Recogí mi bolso de nuevo y me dirigí hacia mi coche, pero miré de reojo las plantas jóvenes de castaño de Indias rojas que estaban en el jardín, a lo largo del porche. Sentí que se me formaba un nudo en el estómago. Había pasado por alto un trozo irregular de cerámica a mitad de camino entre los arbustos, entre las hojas. Cuando me agaché para recogerlo, lo encontré pegajoso con glaseado de color claro y una mancha de pastel oscuro, rico en pequeñas semillas negras.

Cuando revisé el bote de basura, encontré un desastre de pastel, plato y tierra, envuelto en papel de periódico y enterrado en el fondo.

34

SOFIE

Berlín, Alemania
1939

Jürgen y Karl volvieron a casa para pasar una semana de vacaciones en junio de ese año. Había visto a Jürgen unos días en torno al funeral de Adele, pero estábamos tan inmersos en el dolor que apenas lo miré en ese momento. Este viaje fue diferente. En todos esos meses que pasamos separados, Gisela aprendió a gatear y a tener miedo de los extraños. Ahora lloraba cada vez que Jürgen intentaba levantarla. Y durante esos meses separados, Jürgen también cambió.

Estaba callado y pasaba largas horas solo en su estudio, aunque se suponía que debía estar tomándose un descanso. Después de unos días de esto, me paré frente a su escritorio. Levantó la vista de un plano y su mirada estaba vacía.

—Tenemos que salir a caminar y disfrutar de este hermoso día de verano —dije con voz llana, apoyando la mano en la cadera—. Voy a poner a Gisela en el cochecito. Te veo afuera en un momento.

Ni siquiera intentó discutir. En mi tono percibió que no nos detendríamos. Empezamos a caminar hacia el parque y, cuando llegamos, le señalé un banco a la sombra, debajo de un gran tilo. Nos sentamos uno al lado del otro y le di la vuelta a Gisela para que nos mirara. Ella miró a Jürgen con recelo.

—Este último año ha sido muy difícil, pero la tecnología es más maravillosa de lo que yo soñaba. El próximo prototipo es el A4.

Este cohete se lanzará verticalmente, recto hacia arriba, así —lentamente, casi como en un sueño, levantó la mano—. Ascenderá en un ángulo que hemos calculado con increíble precisión, cada movimiento estabilizado y guiado por un giroscopio finamente ajustado. Después de quizás un minuto, la propulsión termina. Ahora este cohete se encuentra en algún lugar del orden de sesenta millas hacia arriba. Tal vez incluso se acerque al borde del espacio. ¿No es eso extraordinario?

—Sesenta millas...

—Pero esto es sólo el punto culminante —interrumpió, su expresión se torció hasta parecer disgustado—. Porque ahora comienza su descenso, y viaja justo por encima de la velocidad del sonido. ¿Sabes lo que eso significa? —Negué con la cabeza, pero él no pareció darse cuenta. Bajó la mano bruscamente hasta formar un puño al otro lado de su regazo, luego la abrió de golpe, exponiendo su palma—. La precisión y el alcance estarán más allá de todo lo que el mundo haya visto jamás. El misil viaja más rápido que el sonido que produce, no hay ninguna advertencia, y ciertamente tampoco hay tiempo para una sirena de ataque aéreo. Digamos que lanzamos esto desde la frontera, mientras una familia en Francia, Polonia, Bélgica o Suiza está sentada en su cocina desayunando. Esa familia se ha ido. Antes de que se dieran cuenta de que algo les estaba pasando. La madre no tiene tiempo de gritarle al padre que vaya a buscar al bebé. El padre no tiene tiempo de empujar a su hijo al sótano para salvarle la vida.

Jürgen siempre había insistido en que no recordaba nada sobre la mañana en que murió su familia. Me había estado mintiendo, o al menos evitando una verdad dolorosa.

—¿Estabas desayunando cuando la bomba cayó en tu casa? —pregunté suavemente.

De repente, Jürgen se incorporó, como si quisiera sacudirse el recuerdo de encima.

—Lo que quiero decir es que el escenario que acabo de describir parecería una pesadilla fantasiosa para la mayoría de las personas, pero es casi posible.

—Simplemente tenemos que seguir jugando el juego —dije—. ¿Recuerdas? ¿Escuchas la música? ¿Ignoras las notas disonantes?

—¿Así que construyo estas bombas y dejo que alguien más se preocupe por dónde aterrizan?

—Eso es lo que tienes que hacer.

—Cuando estoy perfeccionando el diseño de un cohete, haciendo experimentos con los ingenieros o planificando un lanzamiento de prueba, no pienso en esa familia teórica que está desayunando. A veces incluso logro olvidar que la suma de todas las partes móviles es un arma. Pero tan pronto como el trabajo se detiene, esa familia es todo en lo que puedo pensar.

Miré a Gisela. Ella movía las piernas con impaciencia, estirando el cuello para mirar hacia atrás, ansiosa por continuar el viaje a través del parque.

—Ambos sabemos que no tienes elección. El costo de cualquier cosa que no fuera un cumplimiento perfecto sería simplemente demasiado alto.

Pasó su brazo por mis hombros y me atrajo hacia sí, plantándome un suave beso sobre la oreja.

—Sólo estoy cumpliendo órdenes. Estoy haciendo lo que tengo que hacer para mantenerme con vida. Mantener a mi familia a salvo —murmuró.

—Exactamente —dije.

—Eso es lo que me digo a mí mismo cien veces al día, pero no puedo evitar preguntarme si esa familia teórica que está desayunando se sentiría satisfecha con esas excusas. ¿Deberíamos realmente priorizar la seguridad de nuestra familia por encima de la seguridad de ellos, Sofie? ¿Y si cambia la ecuación? ¿Si un día en un futuro no muy lejano, priorizamos la seguridad de nuestra familia por encima de cientos o miles de familias que podrían ser el objetivo de uno de mis misiles?

Me giré para mirarlo fijamente. Nuestros rostros se encontraban tan cerca que podía sentir su respiración agitada, temblorosa contra mis labios.

—No sé qué decir —susurré afligida.

—Yo tampoco sé cuáles son las respuestas —susurró—, pero tenemos la obligación moral de plantearnos estas preguntas.

Y estaba claro, por el tormento en sus ojos, que había estado enfrentando esa verdad por algún tiempo.

Lydia y Karl nos invitaron a cenar con ellos la noche antes de que Karl y Jürgen regresaran a Peenemünde. Mientras el personal preparaba la comida, las niñeras supervisaban a los niños que jugaban en una piscina infantil que se situaba en los jardines. Lydia, estando embarazada de otro par de gemelos, parecía muy agotada, pero sonrió al entregarnos a cada uno de los presentes una copa de champán.

—Tengo una excelente noticia para ambos —anunció Karl—. Sé que Georg no se irá hasta su cumpleaños, pero estuve hablando con el capitán supervisor de Hans y él aceptó admitir a Georg en el Jungvolk antes de tiempo. Felicitaciones.

El Jungvolk era la división juvenil de las Juventudes Hitlerianas. Siempre iba a tener que cruzar este puente cuando Georg cumpliera diez años, pero pensé que tenía unos meses más para aceptarlo.

—El Führer necesita jóvenes guerreros como Georg —dijo Karl. Nos miró a los tres con un destello de determinación en los ojos. Así como Jürgen había cambiado en los últimos años, Karl también lo había hecho. Se había convertido en un hombre mucho más duro, mucho menos inclinado a mostrar su encantadora sonrisa—. Cuanto antes lo pongamos en marcha, mejor, y la entrada temprana refleja cuánto valora el partido tu trabajo, Jürgen.

—Gracias —oí que decía mi marido. Al observar el convincente esfuerzo que hacía para expresar su alegría por este cambio, comprendí por qué estaba tan cansado todo el tiempo.

—A propósito —continuó Karl—, amigo mío, hay algo que quería decirte... —Su encantadora sonrisa reapareció brevemente—. Eres el miembro más antiguo del personal de Peenemünde que no está anexo al partido. Sé que fue solo un descuido, pero ¿no crees que ya es hora de que lo rectifiquemos?

Se trataba de una prueba de lealtad, al igual que el acuerdo especial de Jungvolk, y ya no era necesaria una amenaza explícita. Todos comprendíamos exactamente lo que estaba en juego. Al día siguiente, cuando Jürgen regresó a Peenemünde, ya éramos miembros pagados del partido nazi y estábamos esperando que nos llegaran por correo nuestros números de afiliación.

Georg charlaba eufórico la mañana de su primer campamento nocturno en el Jungvolk, más animado de lo que lo había visto desde la muerte de Adele.

—Hay cursos de deportes y aventuras, podemos disparar armas y dormir en tiendas de campaña. Nos enseñarán a hacer todo tipo de cosas increíbles, ¡incluso cómo servir mejor al Führer! Estaré en el Jungenshaft de Hans.

Era una unidad de diez niños, liderada por un niño un poco mayor. El Jungvolk estaba estructurado como una organización paramilitar. Enviaba a mi hijo de nueve años a jugar juegos de combate diseñados para convertirlo en un acólito de Hitler sin mente.

Georg ya llevaba puesto su uniforme: botas negras brillantes, pantalones cortos oscuros y una corbata combinada con una camisa con cuello que tenía el logo del Jungvolk en la manga. Había salido de su habitación con el uniforme tan temprano esa mañana, que tuve la sensación de que se lo había puesto recién salido de la cama. No podía arreglar la última parte del uniforme sin ayuda. Por eso estaba ahora de pie frente a mí, con la barbilla levantada, esperando impaciente a que le pusiera el pañuelo enrollado alrededor del cuello.

—¡Y aprenderemos a expulsar al Untermensch y derrotar a todos los enemigos del Führer! ¡Va a ser muy divertido!

Para Georg todo era un juego, una diversión gloriosa y divertida. Le coloqué el pañuelo alrededor del cuello, le acomodé el collar y luego alcancé el lazo de cuero tejido que sujetaba el pañuelo en su lugar a la altura de la clavícula. Lo miré hasta que se me llenaron los ojos de lágrimas.

—¿Qué pasa? —preguntó, repentinamente alarmado mientras miraba hacia atrás. Me miró con sus ojos azules llenos de preocupación—. ¿Mamá?

Me obligué a sonreír.

—Eres un niño muy grande, Georg. Estoy muy orgulloso de ti.

Me sonrió y luego enderezó los hombros mientras se alejaba para recoger la bolsa de lona que contenía sus cosas para pasar la noche. La bolsa era casi más grande que él. Se la colgó al hombro y luego caminó hacia la puerta, haciéndome señas con impaciencia para que lo siguiera.

En el campamento, Laura se quedó a mi lado, observándolo todo con sus grandes ojos curiosos. Cientos de niños pequeños se reunían en filas perfectas al oír el agudo sonido de un silbido. Yo sostenía a Gisela, que se retorcía en mi cadera, pero Laura tomó mi otra mano y tiró de ella para llamar mi atención.

—Mamá, no puedo esperar hasta que sea mi turno. —Cuando se era niña, no asistías al Jungvolk; en su lugar, ibas al Jungmadelbund, la Liga de Niñas. Allí se centraban en actividades consideradas adecuadas para niñas alemanas, preparándolas para sus futuros roles de madre, esposa y ama de casa.

—Muy pronto —respondí, y se me hundió el corazón al decirlo. Probablemente empezaría a los diez años, dentro de poco. Miré a Georg, que estaba casi temblando de emoción mientras los líderes gritaron instrucciones a los niños para prepararse y recitar el juramento.

Varios cientos de muchachos enderezaron sus columnas y repitieron al unísono el canto que mi hijo ya había aprendido de memoria.

—En presencia de esta bandera de sangre que representa a nuestro Führer, juro dedicar todas mis energías y mi fuerza al salvador de nuestro país, Adolf Hitler. —Mi hijo me miró fijamente y sonrió con orgullo mientras recitaba—. Estoy dispuesto y listo para dar mi vida por él.

El departamento de Adele seguía vacío y no me animaba a alquilarlo. No necesitábamos el dinero y la idea de clasificar sus pertenencias todavía era demasiado para mí. Todas las mañanas, iba a su patio para ocuparme de los animales y las plantas que quedaban. Los miércoles preparaba una cesta con lo que estaba de temporada y Gisela y yo salíamos a entregársela a Martha.

Aún quedaban muchas incógnitas sobre la noche en que murió Adele. Nunca supimos cómo la Gestapo se enteró de la cadena de mujeres que ayudaron a la familia de Mayim durante todos esos años. Tampoco supimos por qué algunas de esas mujeres, incluida Martha, escaparon a las sospechas. Pero Martha podía explicar algunas cosas.

—Adele me llamó y me pidió que fuera por la mañana con el coche de mi hijo. Estaba intentando mantener la calma, pero la oí entrar en pánico —Martha llegó al amanecer, sólo para descubrir que Adele había fallecido—. Convencí a los bávaros de que fueran a su habitación y se refrescaran. Mientras no estaban revisé el departamento. Encontré a Mayim escondida debajo del fregadero de la cocina. Había estado allí toda la noche. —Me tragué un nudo en la garganta al pensar en eso. El mismo escondite que había soportado mientras mataban a su padre. Qué tortura debe haber sido ver la historia repetirse dos veces en tan solo unos días—. La escondí, salió por la puerta trasera y saltó el muro del patio. Cuando la pareja volvió a bajar, Mayim estaba escondida en el auto de mi hijo y yo estaba sentada con Adele en la cama, despidiéndonos con calma.

—Entiendo por qué tú y Adele eran amigas —sonreí entre lágrimas.

—No fue nada —dijo Martha con desdén. Luego su rostro se ensombreció—. Ojalá hubiera podido hacer más por ella, Sofie. Había miles de polacos acampando al aire libre en la frontera porque el Reich no les permitía quedarse y Polonia no les permitía entrar. No sé qué pasó después de que ella se fuera de mi coche, pero pienso en ella todo el tiempo.

Después de eso, Martha mencionó que su hijo sabía que había otros judíos escondidos. Ya no podía ayudar a Mayim, pero eso no significaba que no pudiera hacer nada.

Ni siquiera Jürgen sabía que todos los miércoles le dejaba a Martha parte de los productos de Adele, para cuidar de una anciana alemana aria, tal como quería el Reich. Pero en una capa de periódico doblado en el fondo de la cesta de productos, siempre había un montón de Reichsmarks, todo lo que podía sacar sin despertar sospechas en Jürgen. Sabía que no protestaría si supiera lo que estaba haciendo, pero quería protegerlo, tal como Adele había tratado de protegerme a mí.

Nunca conocí al hijo de Martha, pero sabía que siempre la visitaba los miércoles por la tarde. Mientras estaba allí, recogía el dinero y se lo pasaba a los amigos judíos que más lo necesitaban.

Nunca supe quiénes eran los destinatarios. En realidad, no importaba. Yo deseaba desesperadamente ayudar, pero en el fondo sabía que mi gesto era tan pequeño que resultaba ridículamente insignificante.

Además, el gesto tenía la intención de hacer el bien, pero en cierto modo también era egoísta. Era el recordatorio silencioso que necesitaba. No importaba quién fingiera ser. Los nazis podían arrebatarme a mis mejores amigos e incluso a mis hijos, pero no tocarían mi corazón.

—Oh, hola, querida —me saludó Martha aquel miércoles—. Es bueno verte. Hola, dulce Gisela. —Tal como lo hubiera hecho Adele si estuviera viva, Martha se inclinó hacia el cochecito y le dio a mi emocionada hija un poco de dulce.

Dejé la cesta en la mesa de la cocina de Martha. Ella se movía afanosamente por la cocina, charlando de esto y aquello mientras me preparaba el té.

—Pasó algo muy extraño —dijo—. Recibí esta carta y no sé qué hacer con ella. Creo que podría estar mal dirigida. ¿Podrías echarle un vistazo y decirme qué debo hacer?

Acepté la carta cuando me la entregó, pero casi la dejé caer cuando vi la letra familiar.

Querida Frieda,

¿Te acuerdas de mí cuando éramos vecinas de la infancia en Potsdam, hace ya muchos años? Probablemente no, así que intentaré refrescarte la memoria.

Hubo una vez en que me caí y me rompí un hueso de la muñeca, y mientras yacía en el suelo con tanto dolor, tú estabas tan angustiada que de alguna manera olvidamos nuestros roles y yo terminé consolándote. Luego, un verano, quisimos nadar en el arroyo, pero mi hermano no se encontraba bien, así que mi madre le dijo que no podía acompañarnos. ¡Prendió fuego a un paño en su cocina para distraerla y nos siguió hasta el arroyo! Qué bribón en aquel entonces y qué bribón sigue siendo hoy, incluso ahora que es esposo y padre.

Fue idea suya que te escribiera para que supieras que todavía pienso en ti, incluso después de todos estos años. Imagino que desearás poder responderme, pero el momento de esta carta es desafortunado, ya que estoy a punto de emprender un viaje, por lo que no dejaré una dirección de remitente por ahora.

La vida es demasiado corta, uno nunca sabe qué nos espera a la vuelta de la esquina, por eso quería enviarte mis buenos deseos mientras pudiera. Si me establezco en algún lugar, te escribiré nuevamente para que sepas dónde encontrarme. Por ahora, solo debes saber que estoy feliz y bien. Mi vida va bastante bien. Nunca te olvidaré ni tu amabilidad hacia mí.

Mis mejores deseos,

Ana

¡Mayim! Frieda, el nombre de mi abuela Anna. Tantas referencias a nuestro pasado juntas, ninguna de ellas sutil. La astuta Mayim había encontrado una forma de ocultar su identidad de tal manera que nadie en el mundo pudiera saber quién había escrito esa carta excepto yo.

—¿Qué hago con ella? —me preguntó Martha con inocencia. La miré, con la vista nublada por las lágrimas, y ella me guiñó un ojo—. Está claro que no está destinada a mí. Como no tiene remitente, la tiraré a la basura.

Pero después, Martha me siguió hasta la puerta y, mientras nos abrazábamos, le susurré al oído:

—Ella no sabía dónde vivías. Recuerdo que me dijo eso la noche en que Adele murió. ¿Cómo te encontró? ¿Y cómo supiste que la carta era para mí?

—Le di mi dirección cuando la llevaba a la frontera, por si había algo más que pudiera hacer por ella. El sobre estaba dirigido a mí, pero cuando lo abrí, me quedé tan confundida al ver que la carta estaba dirigida a otra persona que casi la tiré a la basura, hasta que recordé que me había dicho que te había conocido en Potsdam. Ahora al menos sabemos que llegó a su familia. Espero que eso te traiga algo de paz.

Una mañana de principios de septiembre, me encontraba en el departamento de Adele. Gisela, que ya tenía dieciocho meses, se tambaleaba torpemente por el patio y uno de los conejos jóvenes la seguía como un cachorrito. Tenía la radio encendida para hacer ruido de fondo, pero no estaba escuchando realmente hasta que de repente sonó un estallido de trompetas y tambores. El Reichstag se había reunido para una sesión extraordinaria y Hitler estaba a punto de dirigirse a la nación.

Se produjo una cacofonía de ruidos, gritos y vítores de los parlamentarios cuando llegó el Führer.

Hitler anunció que Alemania había invadido Polonia, pero sólo como un acto de autodefensa. A partir de ahora, a las bombas se responderían con bombas. Le dijo a la nación que se preparara. Esta sería una lucha hasta que se resolviera la situación.

Cuando los niños volvieron a casa de la escuela, estaban entusiasmados, aunque era evidente que no entendían bien lo que había sucedido. Georg estaba convencido de que Polonia había lanzado una bomba sobre Berlín. Laura pensaba que Hitler estaba en la frontera, blandiendo una espada en defensa del Reich. Cuando fui a arropar a Georg, lo encontré de rodillas al lado de la cama, susurrando lo que pensé que era una oración. Mientras esperaba junto a la puerta, sorprendida pero decidida a darle espacio para rezar, escuché las palabras que murmuraba a un ritmo que sugería que las había dicho muchas veces antes.

—Führer, mi Führer, que Dios me ha dado. Protege y preserva mi vida por mucho tiempo. Salvaste a Alemania en tiempos de necesidad. Te doy gracias por mi pan de cada día. Quédate conmigo por mucho tiempo, no me dejes, Führer, mi Führer, mi fe, mi luz. ¡Salve a mi Führer!

—¿Dónde aprendiste eso? —pregunté, olvidando mi plan de darle privacidad. Georg se subió a la cama y se cubrió con las mantas hasta la barbilla, sonriéndome con una sonrisa radiante.

—En el Jungvolk —dijo con naturalidad. Le di un beso en la frente, apagué la luz y entré rápidamente en el estudio para llamar a Jürgen.

Era demasiado para soportarlo sola. La oración que había escuchado, el conflicto con Polonia, lo que todo eso significaba y lo que podría pasar después. Ya no confiaba en los medios, pero no tenía otra forma de encontrar información. Todo parecía estar completamente fuera de control.

—¿Hola? —respondió bruscamente mi marido.

En cuanto escuché su voz, supe que iba a llorar, pero no podía hacerlo. Me preguntaría por qué estaba tan molesta y no podía decírselo porque probablemente teníamos audiencia. Colgué el teléfono y me fui a la cama, amortiguando el sonido de mis sollozos presionando mi cara contra la almohada.

35

LIZZIE

El Paso, Texas
1941

—¡Es tan bueno ponernos al día para poder finalmente conocerte mejor, Lizzie! Todos nos sorprendimos mucho cuando Calvin nos dijo que se iba a casar de nuevo. Diablos, no creo que siquiera haya mencionado que estaba saliendo con alguien.

Avril Walters me sonrió radiante mientras me servía el café de la cafetera. Su marido, Dale, trabajaba con Calvin en la división de aviones experimentales de El Paso, y su bebé, Patty, estaba sentada en la mesa junto a mí, llenándose la boca de pastel.

Conocí a la mayoría de los amigos de Calvin en Fort Bliss, después de que nos comprometimos. Todos estaban relacionados con su unidad de aviación: pilotos, ingenieros o especialistas de una u otra índole. También conocí a sus familias. Estaban Kevin y Becca Llewellyn y sus adorables niñas Ava y Brianna. Juanita y Bob y su ruidosa tribu de hijos, que destrozaban cualquier habitación que encontraran. Trevor y Gail tuvieron al recién nacido Toby. Por supuesto, Avril y su esposo, Dale, y Patty. Había asistido a algunas cenas con Calvin, pero no estaba muy segura de qué pensar de estas mujeres. Parecían muy unidas, Avril no fue la primera en expresar sorpresa por el hecho de que Calvin se hubiera vuelto a casar.

La mayor parte del tiempo me parecía bien nuestro acuerdo, pero cuando sus amigos se burlaban de Calvin por nuestra relación, me sentía tan cohibida que no podía soportarlo. No tenía idea de cómo reaccionaría ante semejante dinámica en una conversación cara a cara, así que cuando Avril me invitaba a tomar un café, siempre ponía una excusa. Sin embargo, finalmente acepté una de las muchas invitaciones de Avril para conocernos mejor.

—Calvin ha sido muy tímido respecto a hablar de ti, pero me muero por saber ¿cómo se conocieron? —preguntó tan pronto como nos sentamos en la mesa de su cocina.

—Yo trabajaba en el Hilton —dije. Ella puso la taza de café frente a mí y asintió para animarme a continuar—. Era un huésped y nos hicimos amigos.

—¡Cuéntamelo todo! ¿Te ha conquistado? ¿Te ha contado todo sobre su pobre esposa muerta, que en paz descanse?

—Sí, me enamoró. No hablamos mucho de ella, para ser sincera. —Bebí un sorbo de café, agradecida de tener algo qué hacer con mis manos. Me sentí como si me estuvieran interrogando—. Sé que se llamaba Louise.

—Qué triste —murmuró Avril, sacudiendo la cabeza—. ¿Cómo murió?

—Fue un accidente de coche —dije torpemente—. Pobre Louise Miller. Había sido atropellada por un coche cuando se dirigía a comprar alimentos.

—Trágico. Gracias a Dios que ahora te tiene a ti. —Se sirvió su propio café y se sentó a mi lado—. Tú creciste en una granja, ¿no?

Y la charla se convirtió en la plática más incómoda que nunca había tenido, demasiadas preguntas centradas en mí.

—Sí, crecí en el condado de Dallam. Sí, puedo montar a caballo. Solo octavo grado. ¿Mis padres? Muertos. Solo un hermano. En el ejército.

—Me alegro mucho de que hayas venido hoy —dijo en un momento. Sé que puede ser abrumador conocer a un nuevo grupo de amigos y que esas mujeres pueden ser muchas —se rio—. Pero tengo un buen presentimiento sobre ti, Lizzie. No me importa lo que digan los demás, si Calvin te ama, eso es suficiente para mí.

Ella era tan amigable, encantadora y hospitalaria. Sin embargo, también hubo esos pequeños momentos en los que me sentí casi como si ella me estuviera advirtiendo. ¿Las otras mujeres habían estado chismorreando? ¿Habían sido crueles a mis espaldas? Me dije a mí misma que no me importaba lo que pensaran, pero la verdad era que Calvin trabajaba con sus esposos y esas mujeres iban a ser parte de mi vida por mucho tiempo.

Me había aburrido muchísimo. Calvin y yo habíamos adoptado una rutina. Estaba tan tranquila que casi me sentía catatónica. Por la mañana se iba a trabajar a Fort Bliss y yo limpiaba la casa, luego miraba el reloj hasta que llegaba. Volqué mi atención al patio para intentar llenar mis días, destrozando cada centímetro del jardín ya establecido en ese terreno y gastando una pequeña fortuna en rosas jóvenes y setos. Construí un pequeño y ordenado huerto. Ese proyecto me entretuvo durante un tiempo, pero pronto todo lo que quedaba por hacer era esperar a que crecieran las plantas.

Así que cuando Avril me llamó para tomar otro café, acepté. Pronto nos veíamos dos o tres veces por semana. No sabía si solo estaba siendo amable o si tal vez se sentía un poco sola, pero apreciaba la compañía, así que no cuestioné demasiado su entusiasmo. Además, Calvin estaba contento de que estuviera haciendo un esfuerzo, y eso también era bueno. Abrí la puerta de mi casa y esperé mientras Avril entraba primero, sosteniendo la mano de Patty. Mientras tomábamos asiento en la sala de estar, ella sonrió.

—Me alegré mucho cuando me enteré de que Calvin les había comprado esta casa enorme. Estoy emocionada por verlos a ustedes dos llenarla de niños.

—Oh... —dije, haciendo una mueca—. No, no lo haremos —Me miró sorprendida, así que le expliqué—. Calvin es estéril. Por eso él y Louise no tuvieron hijos.

Eso era cierto. Calvin sufrió un grave ataque de paperas cuando era niño, pero eso no tenía importancia en nuestro matrimonio, ya que dormíamos en habitaciones separadas.

Tenía la sensación de que, si iba a la habitación de Calvin, él estaría encantado y eso podría cambiar, pero no tenía ninguna inclinación a hacerlo. De vez en cuando me preguntaba si estaba decepcionado por el desenlace de nuestro matrimonio. Era demasiado incómodo sacarlo a colación en una plática. Él parecía bastante feliz, pero yo sabía muy bien que cuando acepté casarme, él esperaba que yo también me enamorara de él.

Me di cuenta de que no iba a suceder. Mis sentimientos no tenían nada que ver con Calvin, sino conmigo. Lo quería más que nunca. Lo respetaba y lo admiraba. Le estaba agradecida y quería complacerlo. Simplemente no tenía ningún impulso hacia el amor romántico, no como parecían tenerlo otras personas a mi alrededor.

—Oh, Dios, lo siento mucho —dijo Avril. Se llevó las manos al vientre, como para protegerlo. Su segundo hijo nacería en unos meses—. Becca dijo que le parecía extraño que Calvin no tuviera hijos después de haber estado casado con su primera esposa durante tanto tiempo. Pero ya sabes cómo chismorrean esas chicas y yo pensé que no era asunto mío.

—¿Están chismorreando? —La insté con ligereza. No era la primera vez que hacía un comentario así. Sentí que la conocía lo suficiente como para poder insistir con delicadeza para saber a qué se refería.

—Es terrible, y tú eres una mujer muy agradable. Odio oír eso.

—¿Qué dicen de mí? —pregunté.

—Bueno, cariño, ha habido mucha especulación. —Ella se encogió de hombros y miró alrededor de la amplia sala de estar—. A Calvin no le falta un dólar, ¿verdad? Gail señaló que se sentía muy solo cuando empezó a venir de Albuquerque y como tú trabajabas en ese hotel, pensaron que tal vez no tenías suerte y lo viste como una oportunidad...

—No fue así —jadeé.

—La mayoría de los recién casados no pueden quitarse las manos de encima, pero como dijo Becca, ustedes dos no son así en absoluto, al menos cuando estamos cerca. —Mis mejillas se calentaron y no supe qué decir. Evité su mirada, mi mente corría mientras intentaba pensar en una respuesta. ¿Era realmente tan obvio? Qué humillante—. No debería haber dicho nada. —Avril hizo una mueca—. No lo hice para molestarte.

—No, no me has molestado —dije, frustrada—. Sé que somos una pareja extraña. Él es mayor que yo y un millón de veces más inteligente. —Hice un gesto con la mano, señalando la habitación—. Esto es normal para él. Crecí en un hogar mucho más humilde y estaba pasando por momentos difíciles cuando nos conocimos. Pero siempre era Calvin el que se ofrecía a ayudarme, nunca le pedía ayuda. Desde que nos conocimos, él siempre hizo cosas buenas por mí, incluso por mi hermano. A Calvin le encanta cuidar de la gente.

Durante un tiempo, limité mis relaciones sociales con esas mujeres a los encuentros esenciales con Calvin. Aunque Avril parecía estar de mi lado, yo también me sentía inquieta junto a ella. Aprendí a vestirme como ellas, a peinarme y maquillarme como ellas para encajar, pero sabía que, en el fondo, no tenía nada en común con esas mujeres.

Además, aburrirme y sentirme sola en esa enorme casa era mucho mejor que estar expuesta y humillada fuera de ella. Pero, dejando de lado los dramas de amistad, ¿por qué no estaba contenta? En cierto modo, me sentía muy bien, sin embargo, obtenía mayor satisfacción cuando luchaba por ganar cada centavo y trabajaba hasta el cansancio por ese departamento.

Henry se había trasladado a Fort Benning, en Georgia, y prestaba servicio en la 6.ª División Blindada. Habíamos establecido una llamada telefónica de rutina el primer domingo por la noche de cada mes.

—Hola, hermana —me decía siempre, y yo siempre exhalaba cada vez que lo oía decir esas palabras. La vivacidad de su tono me aseguraba que estaba bien. Mi imaginación tendía a jugarme malas pasadas durante las semanas que transcurrían entre esas llamadas, especialmente con el deterioro de la situación en Europa.

Tenía un nuevo mejor amigo, un chico de Reno llamado Bobby. Tuve la impresión de que los dos se habían vuelto inseparables. Henry estaba ahorrando dinero por si algún día decidía comprar una casa y salía con una chica llamada Flora, al menos periódicamente. Ella trabajaba en la oficina administrativa de la base, y cada vez que Henry llamaba parecía como si hubieran roto otra vez o hubieran vuelto a estar juntos.

—¿Se decidirían ustedes dos? ¿Quieren estar juntos o no? —le pregunté un día, exasperada. Henry se limitó a reír.

—Ésta es una relación apasionada, Lizzie. Eso es parte del atractivo.

Miré a Calvin, que estaba sentado en el sofá leyendo, y me pregunté, no por primera vez, qué estaba mal conmigo.

—Oye, hermana, tengo novedades —dijo Henry de repente. Se me revolvió el estómago.

—No. Dime que no te van a enviar a ningún lado —susurré.

—¿A dónde? ¿A Europa? Por supuesto que no. Es un desastre allí, pero no tiene nada que ver con Estados Unidos —se rio Henry—. No, solo iba a decir que en unas semanas iré a Fort Bliss para entrenar, así que pensé que podría tomarme un descanso mientras estoy en la ciudad. ¿Puedo quedarme en tu mansión unas noches?

Henry llegó el jueves por la noche y pasamos el viernes y el sábado poniéndonos al día. El domingo preparé un pollo asado, una de las recetas que había aprendido a dominar. Henry y Calvin nunca habían pasado mucho tiempo juntos y yo disfrutaba viéndolos estrechar lazos. Estaban en la sala de estar hablando de aviones.

Todo parecía ir bien ese día. Estaba a punto de sacar el pollo del horno. El rico aroma inundaba la casa y yo estaba tan feliz que bailaba al ritmo de la música que sonaba en la radio mientras servía la comida.

La transmisión de las noticias de último momento cortó la música sin previo aviso y sentí un escalofrío que me recorrió la espalda. Tiré mis guantes de cocina al suelo mientras subía el volumen de la radio.

—¡Henry! —grité—. ¡Calvin!

Calvin corrió hacia la cocina, escudriñando el lugar como si esperara encontrarlo en llamas, pero sus pasos se detuvieron cuando el crepitante anuncio llenó el aire.

Esta mañana a las 8:00 a. m. hora local en Honolulu…

…fuerte bombardeado Pearl Harbor y la ciudad de Honolulu por aviones japoneses…

…feroces combates en el aire y en el mar…

…Estados Unidos está bajo ataque. Repito, Estados Unidos está bajo ataque…

Miré a Calvin con horror cuando Henry apareció detrás de él. Mi hermano captó el final de la transmisión de emergencia y lo miré fijamente a los ojos cuando me di cuenta de que la nación estaba en guerra.

36

SOFIE

Huntsville, Alabama
1950

Cuando oí que tocaban la puerta estaba rodillas fregando el horno, con el pelo recogido en un moño enredado y usando una de las viejas camisas de Jürgen para proteger mi vestido de algodón.

—Tür, mamá —llamó Félix.

—En inglés, por favor, Félix —dije. Luego lo corregí—. Puerta.

—Tür —murmuró de nuevo, lo suficientemente fuerte para que yo lo oyera. Le había dicho que no viera más televisión ese día. Él estaba deprimido y construía una torre con algunos bloques. Me puse de pie a toda prisa y tiré mis guantes de goma al fregadero, luego me quité la camisa de Jürgen y traté de alisarme el cabello mientras caminaba hacia la puerta. Esperaba que fuera Claudia, que venía a agradecerme el azúcar glas que había dejado en su puerta unos días antes.

Cuando abrí la puerta y vi a Lizzie Miller, mi respiración se detuvo. Sostenía un plato de cerámica beige. Ella era la viva imagen de la elegancia, con su vibrante pelo rojo recogido en un corte bob estilo paje, liso y con rizos en las puntas, delicados pendientes de perlas en las orejas, un maquillaje a la moda y un pintalabios tan impecable que supe que se había arreglado antes de salir del coche.

—Mi hermano toma esta ruta por el vecindario cuando va al trabajo, eso no es un delito. Si un hombre inocente que pasa por tu casa te molesta, entra. No le hables. No le saludes con la mano. ¡Ni siquiera lo mires!

Estaba enfadada, pero también asustada. ¿De Henry? ¿Por Henry? No estaba segura, pero podía ver la emoción con tanta claridad en su rostro que sentí que resonaba en mi cuerpo.

—Tal vez necesita ayuda —dije rotundamente. Los ojos de Lizzie Miller despedían fuego y sus fosas nasales se dilataban.

—No te atrevas a decirme lo que necesita mi hermano —susurró—. No quiero tus pasteles y no quiero que te acerques a nosotros. Si pasas por allí y mi casa está en llamas, no te detengas a ayudar. No eres bienvenida en esta ciudad y seguro que nunca serán bienvenidos en mi casa. —Extendió el plato hacia mí—. Aquí tienes un plato para reemplazar el que perdiste.

—No tienes que...

—No quiero deberte nada. —Me interrumpió, poniéndome el plato en las manos. Asintió con la cabeza brevemente y se dio la vuelta, sus tacones resonaban en la terraza y el estacionamiento mientras caminaba hacia su coche.

—Sólo quería comunicarme contigo —le dije—. Para pedirte disculpas por la forma en que te hablé en el picnic. Sé que empezamos con el pie izquierdo...

Ella se giró para mirarme y, esta vez, el odio en sus ojos era inconfundible.

—¿Cuál era el rango de su marido en las SS? ¿Instigó el genocidio o simplemente participó en él? ¿O ambos? Sé que sabías lo de los campos. Si no hiciste nada para ayudar a esa gente, también eres cómplice. —Su expresión se deformó por la frustración—. Tú y tu marido no merecen estar aquí, viviendo entre gente estadounidense decente.

—No sabes nada sobre mí y mi marido —dije, obligándome a mantener un tono sereno, aunque quería llorar. Lizzie tenía razón, no merecía la vida cómoda que me habían ofrecido en Estados Unidos. Sin embargo, eso no significaba que estuviera dispuesta a dejar que la destruyera con sus chismes. Tal vez Jürgen y yo tuviéramos nuestra cuota de culpa y vergüenza, pero nuestros hijos eran inocentes y, por ellos, teníamos que hacer de Huntsville nuestro hogar—. ¿Qué clase de persona intentaría socavar la nueva vida de una familia sin siquiera intentar comprender la antigua? ¿Qué clase de persona les diría a sus amigos con quién se les permitía pasar el rato, como si tuviera algún derecho sobre su tiempo? —Odiaba que pudiera ver lo mucho que me había molestado, pero estaba perdiendo rápidamente la batalla por mantener la calma. Mi voz tembló miserablemente cuando añadí—. Lo siento por usted, señora Miller. De verdad que sí.

Lizzie Miller me miró pensativa durante un instante. Luego suspiró con impaciencia.

—Le doy un consejo, señora Rhodes —dijo mientras se volvía a poner los lentes de sol—. Nadie la quiere aquí. Nadie. Así que, si una mujer estadounidense parece decidida a hacerse amiga suya, probablemente debería asumir que tiene un motivo oculto.

Aceleró el motor violentamente mientras se alejaba a toda velocidad bajando por nuestra calle hacia su casa.

37

SOFIE

Berlín, Alemania
1941

Fue idea de Jürgen comprar una casa de campo a medio camino entre las instalaciones de Peenemünde y Berlín. La distancia nos estaba pasando factura a todos. Acepté que debíamos considerarlo. Unos días después, me llamó para decirme que había hablado con un agente inmobiliario y que ya habían encontrado la propiedad perfecta. Una casa completamente amueblada junto al lago Tollensesee, a diez kilómetros de la pequeña ciudad de Neubrandenburg.

Jürgen tardaría unas dos horas en coche en llegar a la casa, tiempo que consideraba que podía dedicar hasta dos veces al mes. Desde Berlín, a mí me llevaría un poco más de tiempo.

—¿De verdad podrías tomarte un fin de semana libre tan a menudo? —le pregunté escéptica.

—No todo el fin de semana —admitió—. Pero si trabajara allí durante el día, estoy seguro de que podría hacer que esto funcionara. Y cuando un fin de semana completo no sea posible, al menos podríamos pasar la noche del sábado juntos y volver aquí temprano el domingo por la mañana.

Tan solo unas semanas después, hice el primer viaje. Laura había cumplido diez años y, tras años de espera, ya era miembro de la Liga de Jóvenes. Ella y Georg estaban en campamentos ese fin de semana. En el coche sólo viajábamos Gisela y yo. Todavía no estaba convencida de la idea de la casa de campo, pero habíamos seguido delante de todos modos, simplemente porque Jürgen parecía muy desesperado por hacerlo.

La casa era una estructura sencilla con entramado de madera en forma de «A». Las vigas de apoyo estaban expuestas y pintadas de gris oscuro y los paneles que las sostenían eran de un color crema suave. El techo era de paja gruesa. Era modesta, pero me encantaba de todos modos y, más que eso, me encantaba lo que representaba.

Tiempo en familia. Tiempo en familia puro y sin cargas, algo de lo que habíamos carecido desesperadamente durante años.

La casa estaba rodeada de árboles, aunque había visto en el camino de entrada que había otras casas cerca. Había un pequeño claro a un lado de la casa, pero más allá de eso y del camino de entrada, podríamos haber estado en medio de la nada. Justo en frente de la casa había un embarcadero privado que se extendía hacia el agua, perfecto para pescar o como plataforma para lanzar un bote o incluso un niño emocionado en un día caluroso de verano.

—¿Y bien? —dijo Jürgen mientras abría la puerta principal y se acercaba a mí. La tensión a la que ya me había acostumbrado en su rostro se había aliviado, la rigidez de sus hombros se había relajado. Tenía la sensación de que el milagro había ocurrido sólo en los últimos minutos, ya que él también había llegado a la casa del lago.

—Me encanta —dije.

Esa noche, acosté a Gisela mientras Jürgen encendía una fogata en el pequeño claro al lado de la casa. Arrastró sillas desde la mesa del comedor y nos sentamos uno al lado del otro, disfrutando de la botella de vino que el agente inmobiliario nos dejó como regalo de inauguración de la casa.

Algún día la casa podría tener dispositivos de escucha, si no los tenía ya, y supuse que siempre existía la posibilidad de que alguien en el bosque intentara escuchar. Pero allí, junto al fuego, estábamos lo suficientemente lejos de los árboles y de la casa como para estar seguros de que nadie nos oiría.

A pesar de esto, Jürgen permaneció en silencio. Bebió un sorbo de vino y suspiró, fueron largos y satisfechos suspiros. Después de un rato, yo también comencé a suspirar, como si ambos estuviéramos exhalando años de tensión. Empecé a disfrutar de los sonidos de los búhos en el bosque y del crepitar del fuego, a respirarlo todo, a sentir esa paz que deshace la tensión que había olvidado que podía deshacer. A mi lado, la mirada de Jürgen se centró más arriba. Después de un rato, la seguí y lo encontré mirando hacia el resplandor blanco azulado de la chimenea. Veía la luna llena.

—¿En qué estás pensando? —pregunté.

—Muchas cosas —dijo con voz ronca.

—¿Cómo qué?

Él me miró y sonrió.

—Tú. Los niños. El trabajo. La luna.

—Siempre la luna —dije suavemente.

—Cuando era un niño pequeño y me fui a vivir con Adele, me prometí a mí mismo que nunca olvidaría a mi familia —dijo en voz baja—. Recuerdo estar sentado en ese auto con ella, completamente aterrorizado, decidiendo que mantendría sus recuerdos tan cerca que nunca los perdería. Luego el tiempo comenzó a pasar y, uno por uno, los recuerdos se desvanecieron. Ahora solo recuerdo un puñado de cosas. Los desayunos juntos. La sirena de alerta antiaérea y el pánico cuando mi madre fue a buscar al bebé y mi padre me empujó al sótano... y luego nada, hasta que me desperté en el hospital. Recuerdo la noche antes: me quedé despierto hasta tarde con mi padre, mirando la luna con un telescopio terrible que él mismo había construido. Era un astrónomo aficionado, obsesionado con la luna. Esa noche me dijo que esperaba que el hombre la alcanzara mientras yo viviera.

—Nunca me has contado nada de eso —dije, atónita—. Siempre decías que no recordabas nada.

—Siempre has sido mucho más extrovertida que yo, Sofie. A lo largo de los años, he tenido que compartir contigo partes de mí que eran difíciles de revelar, pero esos recuerdos de mi familia eran demasiado valiosos. Parte de lo que los hacía así fue que solo eran míos.

—¿Por qué me lo cuentas ahora?

—Últimamente he estado pensando mucho en esos recuerdos. Me reconforta saber que no recuerdo mucho de mis padres. Después de todo, no tener una idea real de quiénes eran significa que no hay forma de saber cómo se habrían sentido con respecto al trabajo que estoy haciendo ahora —dijo esto casualmente, pero escuché el dolor detrás de sus palabras y me dejó conmocionada.

—Jürgen...

—Nombra una ciudad europea que ames y algún día los cohetes alemanes podrían borrarla de la faz de la tierra.

—¿Estás cerca de eso? —jadeé.

—Todos los componentes están ahí. En teoría, el resto es solo cuestión de perseverancia y experimentación para lograr que esos componentes funcionen de manera consistente. —No sonaba optimista ni orgulloso. Su tono era más pesado que nunca—. El Reich se expande constantemente. Incluso si pusiéramos un hombre en la Luna, Hitler querría ocuparla también. Y Otto dice que, en cuanto podamos demostrar que el nuevo prototipo funciona, nos pedirán que produzcamos miles de ellos. —Jürgen se bebió el resto del vino de un trago y luego arrojó el vaso al fuego. Me estremecí cuando se rompió. Mantuvo la voz baja, pero no hizo nada para esconder la furia que contenía—. ¡Miles de ellos! Es una locura. ¿Sabes cómo vamos a financiar esa producción? No será con trabajadores asalariados, eso seguro.

—¿Y entonces cómo? —pregunté vacilante.

—Prisioneros —dijo, y se le quebró la voz. Estaba llena de lágrimas cuando susurró—. Ya los estamos utilizando en menor medida. Los contratamos de las SS. Traen autobuses llenos desde los campos cada semana.

—¿Prisioneros alemanes?

—De toda Europa. En su mayoría judíos. —Jürgen se desplomó. Levantó una mano temblorosa para frotarse la frente—. Si Hitler nos ordena comenzar la producción a gran escala, serán hombres judíos inocentes los que pagarán el precio.

Había visto a mi marido con sus altibajos a lo largo de los años, pero nunca así. Estaba destrozado, enojado, duro y casi rezumaba vergüenza y culpa. Un escalofrío de miedo me recorrió el cuerpo.

—Nos decimos a nosotros mismos que sólo estamos protegiendo a nuestra familia, pero la familia se ve perjudicada por nuestra decisión de protegerla —solté—. Georg y Laura están inundados de propaganda y no podemos corregirlos. Tú eres parte de algo que odias, y puedo ver que eso te está matando.

La vida en Berlín era casi normal, aparte de un cierto racionamiento y, en un momento dado, una serie de ataques aéreos. Los periódicos describían al Reich como víctima de la agresión europea, siempre avanzando para hacer el bien, nunca para hacer daño. Pero la maquinaria de guerra estaba impulsada por hombres alemanes y, cuando los liberaban en períodos de permiso, traían la realidad a casa con ellos. Había oído suficientes rumores sobre el encarcelamiento sistemático de judíos en todo el Reich para saber que había una horrible verdad en ellos. Estos susurros me rodeaban; cada uno de ellos, una pequeña pieza de un rompecabezas que sabía en mi corazón era oscuro, incluso si no podía ver el panorama completo, e incluso si, día a día, todo parecía tan lejano.

—Cada mañana me despierto y sigo como si todo esto fuera aceptable, así que también soy cómplice, ¿no? —susurré.

Nos quedamos sentados en silencio durante un largo rato y yo buscaba de nuevo esa sensación de paz, intentando concentrarme en las vistas, los sonidos y los aromas del lago. Pero no podía relajarme, no después de oír el tormento en la voz de mi marido, especialmente después de que se volviera hacia mí y dijera en voz baja.

—Haría cualquier cosa por ti y por los niños. Cualquier cosa.

—Lo sé. —Lo había demostrado con creces a lo largo de los años.

—Todos los días, cuando parece que todo es demasiado, cuando quiero gritar por la locura de todo esto, pienso en ti y en los niños y eso es todo lo que puedo hacer para seguir adelante.

—Pero la locura se está extendiendo por toda Europa y estamos aquí bebiendo vino. —Lloré amargamente.

—Es exactamente por eso que quería este lugar. Por qué lo necesitamos. Puede llegar el día en que decidamos que mantener a la familia a salvo no puede ser nuestra máxima prioridad en el contexto de lo que está sucediendo. —Respiró profundamente—. Me di cuenta de que si llega el momento en que tenemos que trazar una línea en la arena y decir hasta aquí y no más allá... bueno, mientras nos reunamos aquí, podemos encontrar una manera de hablar libremente. Podemos trabajar juntos para hacer un plan.

Después de ese fin de semana, me prometí que hacer más viajes a la casa del lago sería mi mayor prioridad.

Georg había estado preguntando si Hans podía unirse a nosotros durante un fin de semana en la casa del lago desde su primera visita, y yo siempre lo había desanimado, ya que quería reservar ese lugar para nuestra familia. Pero durante el verano de 1942, finalmente cedí y Hans se unió a nosotros durante una semana. Estaba a punto de cumplir trece años y sentí que estaba aliviado de tener un descanso del bullicio de su propio hogar. Lydia y Karl lograron su objetivo de ocho hijos para el Reich, pero a pesar de su pequeño equipo de niñeras, fue un gran logro. Parecía que esperaban que Hans se criara a sí mismo. Sabía desde mi propia infancia lo solo que uno se podía sentir.

A pesar de todo, Hans me agradaba. Se parecía mucho a mi Georg, un buen chico, aunque la influencia nazi lo había deformado. Al alejarme de todo eso, vi que la bondad de su corazón volvía a liberarse. Si Georg no terminaba su plato después de la cena, Hans se lo recordaba. Si Laura se sentía excluida, Hans animaba a Georg a que la incluyera.

Apenas veía a los niños durante el día. Desaparecían por la puerta principal en cuanto se despertaban y regresaban sólo cuando tenían hambre o estaban demasiado quemados por el sol como para seguir con sus aventuras. Por la noche, se iban a la cama temprano y descansaban para prepararse para el día siguiente.

Pero cuando terminó la semana, Lydia llegó a recoger a Hans. Esperaba que su chofer llegara solo, así que me sorprendí y me sentí un poco consternada cuando se deslizó del asiento trasero de su BMW plateado. Había dejado a sus otros hijos con las niñeras.

—Has pasado mucho tiempo aquí —dijo mientras nos sentábamos alrededor de la mesa de la cocina—. Quería ver cómo era el lugar.

Le puse una taza de café de achicoria delante y luego me senté en la silla frente a ella para beber el mío. Escudriñé la cocina, intentando verla a través de sus ojos. Le había dado pocos detalles sobre la casa del lago, sabiendo que se imaginaría algo más grandioso si se lo dejaba a su propia imaginación.

—Ha sido una bendición para nosotros poder reconectarnos mientras Jürgen está ocupado con el trabajo.

—¿Y viene hoy?

—Ese es el plan. Tenía que haber sucedido el fin de semana pasado, pero algo lo retrasó.

—¿No te lo dijo? Esa es la razón principal por la que quería venir. Quería felicitarte. —Parecía en conflicto, su mirada recorrió la habitación mientras se mordía el labio—. Supuse que Jürgen te lo habría dicho él mismo. Pero veo que no...

—¿Qué pasó? —le pregunté desconcertada.

—Es humilde, eso es todo. Por eso no te cuenta estas cosas o tal vez quería decírtelo en persona…

—Si nos basamos en la semana pasada, es posible que cancele el viaje en el último momento. No me dejes en suspenso.

—Nunca están realmente seguros hasta que procesan los resultados y parece que les lleva mucho tiempo. Son muchos cálculos matemáticos —cuando asentí, impaciente por que continuara, respiró profundamente y casi me tiró de la silla por la sorpresa cuando soltó—, pero Karl dice que por lo que saben hasta ahora, parece que el lanzamiento de prueba de la semana pasada llegó hasta el espacio.

Si esto era cierto, era notable, un logro que cambiaría el mundo. Me dolió que Jürgen ni siquiera me hubiera llamado para avisarme, pero justo después de ese dolor, me di cuenta de que Jürgen siempre me protegió de lo peor de su obra.

El hecho de que no me llamara para contarme sobre el éxito de su lanzamiento probablemente indicaba que había un lado oscuro. Algo de lo que no podía hablar por teléfono, o tal vez algo de lo que aún no estaba listo para hablar en absoluto.

Jürgen llegó esa tarde y fue inmediatamente captado por los niños.

—¡Míranos nadar, papá! —gritaron. Él se rio y prometió que lo haría tan pronto como dejara su maletín dentro. Yo estaba en el embarcadero, donde había estado observando a Georg, Laura y Gisela correr por la plataforma de madera y hacer poses dramáticas mientras se lanzaban al agua. Gisela, que ahora tenía cinco años, todavía no era una buena nadadora, por lo que los dos mayores la ayudaban a regresar a la orilla después de cada inmersión.

Jürgen caminó por el embarcadero para sentarse detrás de mí, dejando espacio en el estrecho muelle para que los niños corrieran a nuestro lado. Me rodeó la cintura con sus brazos y me apoyé en él. Era la hora dorada, los rayos rojizos perfectos del sol sobre el lago me dejaban perezosa y soñadora. Todo el mundo parecía una postal, pero especialmente con el fuerte torso de Jürgen contra mi espalda y sus brazos alrededor de mi cintura. Observamos a los niños jugar en silencio durante un rato, compartiendo solo una risa aquí y allá mientras actuaban para nosotros. Pero las noticias de Lydia esa mañana rondaban en los bordes de mi conciencia exigiendo atención.

—¿Es cierto? ¿Tu cohete llegó al espacio?

—Tal vez. Probablemente —Jürgen hizo una pausa—. Nadie puede estar seguro todavía.

Me giré torpemente para mirarlo con incredulidad.

—¿No es esto lo que has soñado toda tu vida?

—Así no.

Se había estado riendo de los niños un momento antes, pero su mirada se tornó preocupada. Me moví para quedar frente a él, con la intención de prestarle toda mi atención.

—¡Mamá! ¡Mírame! —protestó Gisela.

—En un minuto —suspiré—, hablaré con papá.

—Todavía estoy mirando, tesoro —dijo Jürgen, mirándola por encima de mi hombro.

Percibí la alegría en su rostro mientras la observaba correr los últimos pasos hacia el final del muelle. Vi la diversión en sus ojos cuando inevitablemente se quedó paralizada en el último minuto y se detuvo justo en el borde de este para mirar hacia el agua con ansiedad. La había estado observando durante horas ese día, y cada botadura iba por el mismo camino, así que sabía lo que venía después: Gisela se daba la vuelta para asegurarse de que la vigilaban, se tapaba la nariz con los dedos, inflaba las mejillas y cerraba los ojos con fuerza antes de darse la vuelta y saltar a ciegas del estrado. Vi a Jürgen luchando. Me esforcé por contener la risa ante este ritual, y luego escuché el chillido cuando Gisela finalmente saltó y sentí las salpicaduras de agua en mi espalda cuando chocó con el agua. Pero una vez que Gisela estaba remando de regreso a la orilla con los otros niños, la sonrisa en el rostro de Jürgen se desvaneció. Me miró a los ojos, poniéndose serio nuevamente.

—Otto ha solicitado una reunión con Hitler. Está agarrándose a un clavo ardiendo tratando de salvar el programa.

—¿Salvar el programa? —repetí alarmada—. ¿Salvarlo de qué?

—Sé que los periódicos dicen que la guerra va bien, pero estamos luchando contra los soviéticos —admitió Jürgen. Había oído rumores de lo mismo en Berlín—. La forma en que mi programa ha avanzado tan rápidamente ha sido mediante la experimentación constante, que es un enfoque increíblemente caro. Solíamos tener un presupuesto ilimitado. Luego tuvimos un presupuesto generoso... Ahora hemos tenido una serie de recortes presupuestarios. Otto está preocupado de que el programa pueda cerrarse si no tenemos algo listo para la guerra pronto.

—Pero... si un cohete llegara al espacio... —dije, tratando de animarlo.

Se levantó, pero negó con la cabeza.

—Eso es solo una parte del panorama, mi amor. Disparamos varios cohetes en las últimas semanas. La mayoría falló. Uno tuvo éxito. En realidad, todavía no sabemos cómo producir estas cosas de manera confiable. Mucho menos producirlas en masa y con un presupuesto limitado.

—¿Qué vas a hacer? —susurré.

—Fantaseo con encontrar formas de socavar nuestro progreso, pero estoy rodeado de hombres brillantes. Si intento sabotear algo, se darán cuenta rápidamente. —Su mirada se desvió por encima de mi hombro otra vez para posarse en los niños—. Estoy atrapado en este camino donde mi trabajo está construyendo algo atroz.

Otto y Helene organizaron una fiesta esa navidad en su lujosa casa de Dresde. Había ascendido en las filas del partido nazi y fue invitado a unirse a las SS, donde se le concedió el prestigioso papel de Hauptsturmführer.

Cuando llegamos a la fiesta, Otto nos recibió con su uniforme completo de las SS: botas altas de cuero, chaqueta y pantalones grises, parches en el cuello y en los hombros insignias que indicaban su rango. Helene estaba embarazada otra vez. La había visto algunas veces a lo largo de los años y cada vez que lo hacía estaba embarazada o sosteniendo a un recién nacido. Esa noche parecía agotada. Sus ojos se desviaban constantemente hacia el techo, como si prefiriera estar arriba en la cama, o en cualquier otro lugar menos en esa bulliciosa fiesta navideña.

—Felicitaciones —dije cortésmente, señalando su estómago.

—Número ocho —dijo, y aunque claramente lo decía con intención de alardear, su tono exhausto, junto con la forma en que suspiró mientras lo decía, sugería que ocho eran quizás unos cuantos niños más de los que ella hubiera preferido.

—¿Sólo tres niños? —me preguntó Otto con insistencia. Por sugerencia de Lydia, dejé a Georg, Laura y Gisela en Berlín con sus hijos y el equipo de niñeras—. Entonces no hay ninguna posibilidad de que consigas la Cruz de la Madre. Eso debe ser muy decepcionante para ambos. —La Cruz de la Madre era una medalla que se otorgaba para fomentar la fecundidad. El rango de oro era el más prestigioso, reservado para las mujeres con más de siete hijos. Tanto Helene como Lydia recibieron la suya el agosto anterior. La mirada de Otto se deslizó hacia Jürgen—. ¿Quizás te estamos alejando demasiado de tu esposa?

Mis mejillas se calentaron y miré ansiosamente a Jürgen, pero me sorprendió encontrarlo despreocupado.

—Hemos estado tratando de asegurarnos de tener más tiempo juntos. Como no puedo disponer de mucho tiempo para volver a casa, hemos comprado una casa de campo en Tollensesee.

El trabajo es importante, pero obviamente también lo es el deber de Sofie para con el Reich.

Otto asintió, complacido con esta respuesta. Yo, por otro lado, me quedé perpleja. Jürgen había dicho todo lo que debía haber dicho en respuesta a ese desafío, pero había una superioridad en su tono, no hacia Otto, sino hacia mí. En el Reich se esperaba que las mujeres fueran sumisas a sus maridos, pero mi matrimonio nunca había funcionado de esa manera. Me obligué a sonreír cortésmente.

—¿Estás preparado para nuestro viaje de año nuevo? —le preguntó Otto a Jürgen. Señaló el bar y Jürgen me lanzó una mirada de disculpa y luego se puso a caminar junto a Otto mientras se dirigía directamente al bar que estaba al otro lado de la sala, atendido por hombres con uniformes impecables.

—Si con todos los viajes que hacemos ahora yo he conseguido darle a mi marido ocho hijos, tú seguro que podrás tener al menos unos cuantos más —comentó Helene.

—¿Viajas con Otto? —pregunté sorprendida. Ella frunció los labios.

—Si quieres ascender en el partido, Sofie, tienes que encontrar una manera de apoyar el trabajo. No podré acompañarlo a él y a Jürgen en este viaje en año nuevo porque el bebé nacerá pronto, pero ya he estado con él en los campos muchas veces antes.

—¿A los campos? —repetí, sobresaltada. Ella me miró confundida.

—Necesitamos muchos más prisioneros para la fábrica. —Estaba tan desconcertada que me costaba mantener una expresión neutral—. Mientras Otto y Jürgen encuentran nuevos trabajadores, he estado inspeccionando cada instalación. En Auschwitz se están llevando a cabo investigaciones pioneras, en Dachau hay un jardín de hierbas delicioso... Ah, y, por supuesto, en Buchenwald están los jardines zoológicos. Deberías venir a visitarlos. Es muy importante que las esposas apoyen a sus maridos en este trabajo.

—Hablaré de ello con Jürgen —logré decir.

Más tarde esa noche, cuando estábamos solos en nuestra habitación de hotel, yo hice un gesto hacia las sábanas mientras

Jürgen iba a apagar las luces, indicándonos que nos las pusiéramos sobre la cabeza y susurráramos, pero él bostezó y sacudió la cabeza. Le lancé una mirada enérgica y él suspiró y obedeció.

—¿Has estado en algunos de los campos?

—Estoy cansado. No quiero hablar de esto —dijo.

—Helene dijo que va contigo.

—Ella acompañó a Otto unas cuantas veces.

—Ella dijo...

—No quiero que vengas conmigo, Sofie —susurró bruscamente—. Ni ahora ni nunca.

—Pero...

—Otto hizo el trato con las SS, les alquilamos a los prisioneros con descuento. Hace unas semanas recibimos el primer envío de trabajadores de los campos, pero eran... —Se quedó en silencio y luego se detuvo. Me sorprendió su elección de palabras, envío, como si los prisioneros fueran un recurso que se pudiera enviar por todo el país en cajas. El silencio se prolongó y lo único que podía oír era mi pulso en los oídos.

—¿Qué? —le pregunté con urgencia.

—No quiero hablar de esto contigo —susurró Jürgen.

—Dime —insistí—. Dime qué les pasaba.

Todos esos rumores que había oído en las calles de Berlín pasaban por mi mente. Había sospechado desde el principio que los judíos de esos lugares corrían un peligro terrible. ¿Lo sabía Jürgen con seguridad?

—Los presos no están siendo bien atendidos y eso es todo lo que necesitas saber.

El objetivo de taparnos la cabeza con las mantas era amortiguar nuestra conversación, pero esa noche no hacía falta. La voz de Jürgen era tan débil que incluso a su lado tenía que esforzarme para entender cada palabra. Estaba claro que él estaba profundamente preocupado por este desarrollo, pero quería protegerme de lo peor de lo que sabía y de lo que había visto, como siempre lo hacía.

No podía esconder la cabeza bajo la arena. Fuera lo que fuese en lo que él estuviera involucrado, yo también formaba parte de ello.

—¿Sólo hombres? —pregunté. Me acerqué más a él y de repente sentí mucho frío, a pesar de la manta sofocante que cubría nuestros rostros.

—No.

Cerré los ojos y una imagen de Mayim apareció ante mí. Su rostro estaba vívido, como si la hubiera visto esa misma mañana.

—Pero ¿no has visto a Mayim? —Tenía que saberlo.

—Los campos son enormes, Sofie. Decenas de miles de prisioneros en algunos.

—¿Crees que ella esté en uno de esos campamentos?

—No lo sé —susurró. Jürgen volvió a doblar la manta hacia abajo, exponiendo nuestros rostros al aire fresco de la habitación del hotel. Me volví hacia él.

—Dime la verdad —susurré.

—Sólo estaría adivinando.

—No me importa.

Volví a taparme con la manta y Jürgen susurró:

—La mayoría de los judíos están ahora presos en guetos.

—Supongo que eso es mejor que un campo. ¿Estará bien allí?

—Por supuesto, mi amor.

38

LIZZIE

Huntsville, Alabama
1950

Hacía calor esa noche y no podía dormir. Seguí reviviendo el dolor en el rostro de Sofie Rhodes cuando le conté lo chismosa que era Avril Walters.

Me sentí mejor después de haberla visitado. Sabía que había sido grosera, incluso desagradable. Había tenido esa intención. Parecía que hasta que descubriera qué estaba pasando con mi hermano, la mejor manera de que todo se calmara era que Sofie Rhodes se mantuviera alejada de nosotros.

Dejé de dar vueltas en la cama y me serví un vaso de agua fría. Luego fui a la terraza delantera, donde al menos el aire se movía un poco. Apoyé la cabeza en el respaldo del columpio y cerré los ojos.

—¿Tampoco puedes dormir? —dijo Henry. Caminó por el borde de la terraza y se sentó a mi lado.

—Hace calor ahí dentro —suspiré—. Apuesto a que arriba es peor. Lo siento.

—No te preocupes. —Se rio entre dientes, pero rápidamente se puso serio—. ¿Tú fuiste quien dejó la puerta trasera abierta?

—¿Lo hice? —dije, haciendo una mueca—. Ups.

Había estado comprobando todas las noches antes de irse a dormir, y esta era la segunda vez que lo olvidaba.

—No te tomas esto en serio, Lizzie.

—Lo hago —protesté—. Es la fuerza de la costumbre, eso es todo. Llevamos aquí un año y nunca he cerrado esa puerta. Y además...

—No lo has visto —supuso Henry—. Así que no estás tan asustada como deberías estar.

—¿No lo has visto? —dije, vacilante. Miré a Henry con desconcierto, preocupada por su uso del tiempo presente. Henry suspiró con impaciencia y luego encendió un cigarrillo. Estiró las piernas, se acomodó en el asiento y luego respiró profundamente.

—Me interné en un hospital neuropsiquiátrico de veteranos en enero, después de haber estado aquí para navidad. Mentí cuando dije que estaba trabajando en una feria en Nashville. La navidad fue lo peor que había pasado en mucho tiempo.

—¿Qué? ¿Por qué no me lo dijiste? —pregunté sobresaltada. Me dolía el corazón al pensar que él pasara por eso solo.

—¿Sabes que en todo el tiempo que han estado casados, incluso después de toda la mierda por la que los he hecho pasar en los últimos cinco años, nunca los había visto a ti y a Calvin discutir hasta la última vez que los visité? Pensé que, si tu matrimonio estaba en problemas y estabas atrapada aquí en un lugar apartado de Alabama con un grupo de nazis, necesitarías que yo tuviera la cabeza clara si todo se descontrolaba.

—Huntsville no está tan mal. Calvin y yo estamos bien. —No me había dado cuenta de que estábamos discutiendo. Henry siempre fue más perceptivo de lo que la gente creía.

—Quiero mucho a Calvin. De verdad, pero tu marido es parte de todo esto, está trabajando con ellos.

—Él sólo está haciendo su trabajo.

—¿No es eso exactamente lo que dijeron la mitad de esos bastardos de Núremberg? —preguntó Henry. Hice una mueca de dolor—. De todos modos, ahora mismo no importa. No es de eso de lo que tenemos que hablar. Tenemos que hablar de Bobby.

—¿Sí? —pregunté sorprendida. Me acordé del amigo que Henry había hecho en su unidad en Europa, aunque nunca me había hablado mucho de él.

—Sí —dijo. Se quedó mirando el resplandor del cigarrillo que tenía en la mano durante un momento, le dio una calada y luego exhaló—. Necesito que entiendas algo.

—Está bien —dije ansiosamente.

—En ese campo que liberamos había un cartel sobre la puerta. Uno de los hombres que iban en los tanques sabía algo de alemán. Me dijo que decía que cada hombre recibe lo que se merece. A ese campo lo llamaban Buchenwald.

—¿Fue en abril del 45? —pregunté. Henry me escribía con regularidad cuando estaba en Europa, pero justo antes de que terminara la guerra, sus cartas cesaron de repente. Terminó su cigarrillo y tiró la colilla sobre mi césped.

—Supe de inmediato que esto era algo diferente de las otras cosas horribles que ya habíamos visto. Había carros llenos de cuerpos apilados afuera del crematorio, cerca de la entrada, y no quedaba nada de esas personas, solo piel y huesos.

—Eso es horrible, Henry. Lo siento mucho.

—El capitán nos envió a limpiar los edificios. Yo estaba con Bobby y simplemente caminábamos por esos edificios buscando nazis, pero lo que encontrábamos era gente muerta y medio muerta. A veces sus ojos estaban muertos, incluso si todavía respiraban. Bobby abrió un almacén y todo sucedió muy rápido. En apenas unos segundos, el nazi en esa pequeña habitación le disparó a Bobby y yo le disparé al nazi. Ambos estaban muertos y yo estaba de pie junto a mi mejor amigo y este extraño muertos y me preguntaba: ¿quién ganó ahora? ¿Sabes de qué me di cuenta? —Su voz se quebró y la angustia en su rostro casi me destrozó—. Todos perdimos, Lizzie. Todos los hombres, mujeres y niños afectados por esa guerra perdieron.

Fue una mala idea. Durante cinco años, Henry no había podido hablar de ello. Hablar de ello ahora, avivando todo este dolor, solo podía conducir a más caos.

—Cariño, tal vez deberías irte a la cama...

—Cada uno recibe lo que se merece. A veces veo ese campamento como si todavía estuviera allí y no tiene ningún sentido, casi como si hubiera dejado alguna parte de mí allí.

—¿Va mejorando con el paso de los años? —susurré.

—La primera vez que fui a un hospital fue en 1946, poco después de dejar El Paso. No podía mantener un trabajo. No podía levantarme de la cama, ni dormir, ni comer, ni mantener la calma durante una tormenta eléctrica. Algo tenía que cambiar, así que llamé a la VA. Dijeron que tenía fatiga de combate y que solo necesitaba descansar. Me internaron en un hospital y me dieron medicamentos para dormir todo el día. Estaba tranquilo mientras los tomaba, pero cuando los dejé... Dios, eso fue lo peor. Para entonces estaba claro que solo estaban adivinando cómo ayudar a hombres como yo. ¡Diablos! En un momento me recetaron una terapia de recolección de flores. Estaba desesperado, así que fui con la enfermera y recolectamos flores todo el día.

—No puedo creer que nunca me hayas contado nada de esto.

No solo estaba sorprendida, sino profundamente herida. ¿Henry no confiaba en mí? ¿No entendía cuánto lo amaba? ¿que haría cualquier cosa para apoyarlo?

—Me sentí avergonzado, Lizzie. Todavía lo estoy —admitió, suspirando profundamente mientras sacudía la cabeza—. Solo quiero volver a ser normal, pero es como si mi cerebro estuviera roto y nada funciona para que sea como antes. En enero fui a ese hospital de veteranos en Nashville y les dije que hicieran todo lo posible para curarme. Dijeron que estaban obteniendo buenos resultados con esta nueva terapia. Se llama terapia de choque de insulina.

—He oído hablar de la terapia de electroshock, pero...

—Es la misma idea —murmuró—. También usan insulina para tratar la diabetes, pero a los veteranos con fatiga de combate les dan una dosis enorme de ese medicamento todos los días. Seis días a la semana. Dos meses —me miró—. Mi único día libre del tratamiento fue el lunes. Por eso, cuando te llamaba o te escribía, era lunes.

—¿Qué hace el medicamento?

—Te hace sentir muy raro. Sudoroso, somnoliento, confundido y hambriento. A veces muy inquieto, como si no pudiera mover las piernas y los brazos lo suficiente para quemar la energía de mi cuerpo. Eso empeoraba cada vez más hasta que... ¡Boom! Me sentía muy aliviado cuando sabía que estaba a punto de quedarme inconsciente. Me quedaba en ese coma hasta que me sacaban de él. Dijeron que eso haría que mi cerebro volviera a ser como antes.

—¿Y… lo ha hecho? ¿Ha merecido la pena?

—El psiquiatra que me dio el alta me dijo que era normal que hubiera engordado tanto. 27 kilos en ocho semanas —dijo en voz baja—. Dijo que era normal que mi cerebro se dañara por el shock, pero que eso mejoraría. Pero ahora hay días en que estoy tan confundido que ni siquiera puedo seguir instrucciones básicas. No recuerdo nada nuevo. Tengo que escribirlo todo. Ni siquiera puedo sumar dos y dos. Así que no, hermana. No creo que haya valido la pena.

—¿Por qué me cuentas esto ahora?

—El odio que impulsaba a esos alemanes no era algo sencillo al que se le puede poner un punto final y luego seguir adelante. Vi el interior de un campo. Solo uno de los casi mil de esos infiernos, e incluso cinco años después mi mente está tan marcada que hay momentos en los que ni siquiera sé en qué continente estoy. Dejé que esos médicos me causaran daño cerebral, Lizzie, sólo con la esperanza de que me sienta yo mismo de nuevo. Y esos hospitales están llenos de veteranos como yo, todos nosotros tan... —Señaló su cabeza, sacudiendo los puños junto a su cabeza con una frustración palpable y dolorosa—, tan conmocionados por lo que vimos, que tal vez nunca volvamos a ser los mismos.

Henry se deslizó de su silla y se estiró hasta alcanzar su altura máxima, haciendo crujir su cuello en el proceso. Me miró con expresión sombría.

—Tienes que entender que estos hombres en Sauerkraut Hill no son inofensivos. Nadie está seguro mientras estén en este país. Ni tú, ni Calvin, ni nadie más en esta ciudad.

—Pero no hay nada que podamos hacer al respecto —susurré—. El gobierno los quiere aquí.

—No puedo controlar eso y tú tampoco. Pero esa gente es de esas personas malvadas que ni siquiera puedes empezar a comprender. No puedes correr riesgos estúpidos como dejar la puerta trasera abierta. El mismísimo diablo vive a dos cuadras de aquí.

Me miró fijamente hasta que asentí. Luego forzó una sonrisa y dio un paso hacia la casa.

—Creo que finalmente estoy lo suficientemente cansado como para irme a la cama. Buenas noches, hermana.

—Buenas noches, Henry —dije, mientras él empezaba a alejarse, solté—. Te amo.

Lanzó una mirada por encima del hombro mientras murmuraba:

—Yo también te amo.

Había contenido mis lágrimas mientras Henry me contaba su historia, pero ahora que estaba sola, me permití llorar. No eran solo los detalles que Henry me contaba sobre los campos, sino el pensamiento de él en esos hospitales, completamente solo con su dolor, demasiado avergonzado para siquiera admitir cuánto dolor sentía.

Por primera vez en mucho tiempo, pensé en mi madre. Me acordé de que me había dicho que las mujeres de nuestra familia éramos fuertes... que éramos supervivientes. Pero ser fuerte implicaba una carga. Apoyabas a la gente, tratabas de arreglar sus problemas por ellos... y a veces te equivocabas y empeorabas todo. Entonces tenías que vivir con la culpa de eso.

Giré un poco la cabeza y miré el lugar de la columna de ladrillo donde había encontrado el trozo de plato. Luego pensé en todo lo que Henry me había dicho esa noche, su curioso uso de la frase «no lo he visto» para describir a Jürgen Rhodes, como si la amenaza fuera real y continua. Henry estaba sufriendo de nuevo y esta vez era peor. ¿Debería dejarlo en paz? ¿O debería intentar ayudarlo de nuevo?

Me bajé de la silla de la terraza y entré en la casa. Era tarde, pero caminé directamente por el pasillo hasta la habitación de Calvin. Llamé a la puerta, pero, como era previsible, estaba roncando, así que, como no se movió, entré de todos modos.

—¿Calvin? —susurré mientras me sentaba en el colchón a su lado. Extendí la mano y le sacudí el hombro suavemente, luego me incliné más cerca de él y susurré—. ¿Calvin? —Se recuperó lentamente, mirándome con los párpados pesados.

—¿Lizzie? —dijo, con la voz ronca por el sueño y una emoción que al principio no pude descifrar. Me incorporé y él también se incorporó, luego, tentativamente, extendió la mano para tocar la piel desnuda entre mi hombro y mi cuello mientras susurraba—. Cariño, ¿de verdad estás aquí o estoy soñando?

Había entrado en su dormitorio en mitad de la noche por primera vez en mi vida. No llevaba lentes, así que no habría podido verme mucho, mucho menos la angustia que se reflejaba en mi lenguaje corporal. Calvin, medio dormido y aparentemente viviendo en una esperanza perpetua, había malinterpretado el motivo de mi visita a altas horas de la noche.

Entré en pánico, busqué a tientas sus lentes en la mesa de noche, se los entregué torpemente mientras tartamudeaba:

—Lo siento, siento haberte despertado. Solo quería... Esperaba que pudiéramos hablar sobre Henry. Eso es todo. Solo Henry.

Calvin se puso los lentes. Me moví un poco más hacia abajo, me alejé de él y me atreví a mirarlo a los ojos. Mis mejillas estaban calientes de vergüenza, pero Calvin no parecía avergonzado. Solo decepcionado.

—Hablé con él esta noche —dije, las palabras salieron a borbotones, nerviosa—. Solo… estoy preocupada por él, eso es todo. Sé que pensaste que hablar con él juntos no era la mejor idea en caso de que se sintiera acorralado, pero creo que debemos hacerlo. Tal vez durante el fin de semana, cuando todos tengamos tiempo.

—Por supuesto —dijo Calvin en voz baja—. Cualquier cosa que necesites. ¿Estás bien?

Me di cuenta con consternación que por eso desperté a Calvin. Estaba molesta y Calvin siempre supo cómo solucionar las cosas. Incluso en ese momento, cuando las emociones desiguales entre nosotros nunca habían sido más evidentes, Calvin no perdió el ritmo en su cuidado y atención.

—Estoy bien —dije, y me deslicé fuera de su cama, repentinamente desesperada por salir de la habitación—. Lo siento por... No quise despertarte. Simplemente no estaba pensando con claridad.

Esa noche, me di cuenta por primera vez de que estaba torturando a Calvin. Sí, él me tenía viviendo en su casa y en su vida. Sí, éramos los mejores amigos, pero yo estaba un poco fuera de su alcance de todos modos. Incluso después de todos esos años, él seguía esperando algo que nunca podría ser.

39

SOFIE

Wewelsburg, Alemania
Diciembre de 1944

Se suponía que iba a ser la velada más importante en la carrera de Jürgen, pero el trabajo no se detuvo nunca. Lydia y yo pasamos una tarde tranquila mimándonos mientras Karl y Jürgen se ponían sus esmóquines y desaparecían para reunirse en algún rincón del inmenso castillo de Varlar. No lo había vuelto a ver desde entonces, pero no estaba ansiosa. Este evento no podía comenzar sin Jürgen, el invitado de honor.

Lydia estaba a mi lado cuando me detuve en la puerta del comedor, contemplando la opulenta escena. La mayoría de los que estaban en la sala eran hombres con uniformes de las SS o esmóquines. Solo se permitió la entrada a un puñado de mujeres.

Lydia llevaba otro vestido estilo dirndl, una versión más formal con mangas abullonadas y un bordado elaborado en la falda. Yo llevaba el mejor atuendo que había tenido en mi vida, más elegante que mi vestido de novia. Un diseñador de la Deutsches Modeamt confeccionó el traje en seda color crema, realzado con miles de pequeñas perlas y cuentas de cristal.

Fingía estar entusiasmada, pero no sentía nada más que una sensación de ansiedad latente. Siempre me ponía nerviosa cuando estaba rodeada de nazis de alto rango.

Yo estaba particularmente preocupada por Jürgen desde que el programa de cohetes se trasladó al sitio que llamaron

Mittelwerk a raíz de un bombardeo británico sobre Peenemünde en el verano de 1943. El traslado había sido inimaginablemente complejo. Toda la operación de cohetería se trasladó más de seiscientos kilómetros a través de Alemania hacia los túneles de una mina de yeso supuestamente a prueba de ataques aéreos, debajo de una enorme colina llamada Kohnstein. Jürgen, Karl y su personal recibieron la tarea de reconstruir el programa de investigación y establecer una fábrica para producir en masa los cohetes en esas minas. Sólo les dieron unos pocos meses para hacerlo.

Intenté llamarlo casi todos los días, pero su teléfono no respondía. Llevé a los niños a verlo varias veces, pero pasé todo el fin de semana en la villa de Jürgen en la ciudad cercana de Nordhausen, esperando un descanso en su horario de trabajo que nunca llegó. En algún momento, comencé a aprender más sobre la vida de mi esposo a través de Karl y de Lydia, que de él directamente.

Estaba ocupado, pero no por eso evitaba mis llamadas. Estaba estresado, pero no por eso no se hacía tiempo para verme a mí y a los niños. Jürgen se estaba alejando de nosotros y era hora de forzar una confrontación.

Lydia y yo nos acercamos al anfitrión en la puerta, quien nos saludó con calidez mientras nos presentábamos. Después de consultar el plano de asientos, nos guio hacia nuestras mesas.

—Está usted aquí, señora zu Schiller —dijo cortésmente, ofreciéndole una silla a Lydia en una mesa cerca del fondo de la sala.

—Hola, señora zu Schiller —dijo Aldo Radtke con una cálida sonrisa. Aldo la miró desde su propio asiento, a unas cuantas sillas de Lydia—. Felicidades, señora von Meyer Rhodes. —Una década después de aquella cena en la casa de Lydia, Aldo ya no lucía tan ansioso ni tan fresco, pero todavía parecía dulce. Era un miembro clave del equipo de Jürgen, uno de los pocos colegas que fueron invitados a unirse a nosotros esa noche.

—Hola, Aldo —le sonreí y le hice un gesto con la cabeza—. Gracias.

Sin embargo, Lydia parecía confundida. Miró a Aldo y luego a su asiento, y su expresión se ensombreció cuando el camarero me indicó que lo siguiera a otra mesa.

—Usted es una invitada de honor, señora von Meyer Rhodes. Tiene un asiento reservado en la parte delantera.

Lydia no era una mujer acostumbrada a compartir el protagonismo y esa noche estaba viendo a otra persona disfrutar de él. Le hice un gesto de disculpa y ella forzó una sonrisa y asintió, como si me permitiera ir a mi propio asiento.

La mesa principal estaba situada justo delante de una pesada cortina de terciopelo rojo, de cara al resto de la sala como una mesa nupcial. A lo largo del frente colgaban ramos de hiedra y entre los pares de asientos había arreglos de flores de invierno de vivos colores: lirios del valle, pensamientos y campanillas de coral. El dulce aroma que emanaba de los arreglos me recordó al jardín de Adele.

Me senté sola, sintiéndome incómoda y en evidencia. Terminé una copa de champán antes de que Jürgen se uniera a mí. Tenía mechones de plata en la línea del cabello, nuevas líneas alrededor de los ojos y su esmoquin colgaba de su cuerpo demacrado. Cada vez que lo había visto ese año, parecía más abatido. Ahora, mientras se sentaba y acercaba su silla a la mesa, había una angustia apenas disimulada en su mirada.

—¿Qué pasa? —susurré.

Se volvió hacia mí y susurró con voz grave:

—Me han invitado a unirme a las SS. —Me aparté y lo miré fijamente, obligándome a sonreír. Invitado parecía la palabra incorrecta para esa oración, porque sugería que había una opción para rechazar—. A Karl también.

Pero Otto se sentó a mi lado y Helene se sentó a su otro lado. Intercambiamos cumplidos mientras mi corazón se aceleraba y mi estómago se revolvía tanto que no podía tolerar más que un bocado o dos de la elaborada comida.

¿Se trataba de un simple nombramiento ceremonial, de un uniforme y un título, y ya está? ¿O Jürgen se vería obligado a participar en más actividades que iban en contra de sus valores? Obviamente sabía lo suficiente como para estar preocupado, pero se le daba mucho mejor que a mí jugar el juego. Se reía, bromeaba, bebía champán y comía como si no tuviera ninguna preocupación en el mundo. Pero yo veía la tensión en las líneas de expresión de sus labios y en la tensión de sus hombros. Oía la fragilidad que se reflejaba en sus labios, bajo sus risas.

Sentí el sudor en su palma cuando extendí la mano para tomarla. Jürgen estaba asustado y eso fue más que suficiente para asustarme a mí también.

El acto comenzó en serio después de que se retiraran los platos de postre. Otto fue el primero en ser homenajeado. Otro alto funcionario de las SS lo llamó a un podio en un rincón de la sala. Lo elogió efusivamente por su compromiso con la causa nazi y su genial supervisión del programa de cohetes. Le colocó una cinta roja, azul y blanca sobre la cabeza. La Ritterkreuz des Eisernen Kreuzes reposaba pesada y llamativa sobre su clavícula. La Cruz de Caballero era la condecoración más alta en toda la Alemania nazi, rara vez se ofrecía y era muy venerada. Cuando Otto regresó a su asiento, las luces se atenuaron. La pesada cortina de terciopelo que había detrás de nosotros se descorrió. Los que estábamos en la mesa principal nos movimos torpemente para mirar hacia una gran ventana que daba a un césped iluminado por la luna.

Una expectación crepitante llenó el aire y el silencio se apoderó de la habitación. Una bengala se encendió en el césped y luego se escuchó un rugido tan fuerte que me dolían los oídos. Fuego rojo y azul brotó de debajo de un enorme cohete y, después de unos segundos, el misil se elevó, suave y constante. Hubo exclamaciones de alegría y vítores, luego un aplauso desenfrenado cuando el cohete desapareció de la vista.

Podría haber ido a cualquier parte: a la órbita, al espacio, a la luna. Podría haber llevado al hombre a nuevas alturas, ampliando nuestra comprensión del universo y la galaxia. El cohete estaba en camino de expandir nuestro conocimiento sobre el mundo y sobre nosotros mismos. Pero ese cohete no era un dispositivo de exploración espacial, era una ojiva destinada a algún pueblo o ciudad desprevenida… a alguna familia inocente en su casa, tal como Jürgen había temido alguna vez. Sus cohetes, ahora de conocimiento público, fueron rebautizados como Vergeltungswaffe 2, Arma de Retribución 2, parte del conjunto de armas de venganza nazis que se suponía que cambiarían el curso de la guerra. Desde septiembre, se habían lanzado más de tres mil cohetes V-2, la mayoría contra Bélgica y Londres. Cada uno medía casi quince metros de alto y pesaba quince mil kilos. Me dolía la cabeza si pensaba en la escala y el tamaño de la operación.

Jürgen fue el siguiente en recibir su medalla y, cuando lo invitaron a subir al podio, lo observé con atención. Había estado tranquilo y pensativo a mi lado hasta que lo llamaron por su nombre. Desempeñó su papel tan bien que, por un momento, pareció un hombre diferente cuando se puso de pie: una versión pétrea y cruel del hombre que había amado durante toda mi vida adulta.

Le gritó el saludo de victoria al oficial, con la mirada firme y los músculos tensos. Pero una vez que regresó a su asiento, a mi lado, cuando las luces de la habitación se apagaron y la cortina se abrió de nuevo, la llamarada de otro cohete iluminó el césped. Aparté la vista del cohete para ver la reacción de Jürgen.

Los colores de las llamas se reflejaban en el brillo de las lágrimas en sus ojos. Mientras observaba la llamarada del cohete, la expresión de Jürgen sugería que podría haber estado mirando fijamente al mismísimo infierno.

Un instinto me hizo reaccionar. ¿Iba a negarse a unirse a las SS? Seguramente no. Sería un acto suicida.

Un escalofrío me recorrió la espalda.

¿Y si ese fuera el punto?

Los dos estábamos más que un poco tomados cuando nos acostamos y, por primera vez en meses, nos abrazamos. Después de un rato, Jürgen levantó la manta sobre nuestras cabezas. Había pasado tanto tiempo desde que nos habíamos visto, más tiempo desde que habíamos pasado por esta rutina. El acto de escondernos debajo de las mantas estaba tan arraigado en nuestra relación, era tan íntimo como hacer el amor. No me consolé con la acción, no esa noche. Estábamos a punto de tener la conversación que había estado temiendo toda la noche.

—Tienes que hacerlo —dije. Jürgen permaneció en silencio—. ¿Por qué esta es la línea que te niegas a cruzar? ¿Después de todo lo que hemos hecho? —respiré profundamente—. ¿Es cierto que la guerra casi se acabó? ¿Hitler está perdiendo?

Los periódicos sugerían, por supuesto, lo contrario. La victoria estaba al alcance de la mano y, si nuestras tropas se retiraban, era simplemente por razones estratégicas. Pero aprendí a hacer de la gente corriente de Berlín mi referente. En las calles se rumoreaba que la guerra estaba prácticamente perdida.

—Es sólo cuestión de tiempo —admitió Jürgen—. Cuando Alemania capitule, el mundo verá lo que hemos hecho en todo el Reich. Las SS han sido el motor de gran parte de la crueldad. He hecho más de lo que me correspondía en esta guerra, pero aliarme con esos bastardos no puede ser uno de ellos.

Reflexioné sobre esto, mi corazón se hundió. Por supuesto, los objetivos serían las SS. Ellos habían sido los arquitectos de los campos de concentración.

—¿Entonces crees que si rechazas la invitación a unirte a las SS, te irá mejor cuando lleguen los aliados? —supuse.

—¿De verdad puedes ser tan ingenua? —susurró con fiereza—. De una forma u otra, estoy prácticamente muerto. Soy el director técnico de un programa basado en el trabajo forzado, Sofie. Los cohetes son una pesadilla de por sí. Es casi seguro que han provocado la muerte de miles de personas inocentes. Pero la operación Mittelwerk es una abominación. Me colgarán —se le quebró la voz cuando añadió débilmente—. Deberían colgarme.

—Pero tú sólo cumplías órdenes —susurré—. No eres responsable de lo que haya ido mal en Mittelwerk. ¿O sí lo eres? —Entonces suspiró, un sonido miserable y resignado que casi me rompió el corazón—. Ésta no es una conversación que se tenga bajo una manta —susurré, y de repente se me saltaron las lágrimas—. ¿Podemos hablar de esto mañana?

Bajé la manta y me incorporé. Jürgen también se incorporó y nos miramos fijamente en la penumbra. Se pellizcó el puente de la nariz y entrecerró los ojos como si sintiera dolor físico.

—¿En qué otro lugar podemos tener esta conversación, Sofie? —murmuró. Empecé a llorar y él extendió la mano para acariciar mi mejilla—. Tenemos que hablar de esto.

Apreté mi boca contra su oído y susurré entre lágrimas:

—Pero tal vez no cuando estemos tan cansados y emocionados. Tal vez no cuando estemos los dos medios ebrios.

Suspiró mientras asentía y nos estiramos uno al lado del otro, viendo fijamente el techo. Ninguno de los dos durmió mucho.

A la mañana siguiente, durante el desayuno, Jürgen y yo nos sentamos con Lydia y Karl. Vi la tensa sonrisa que se dibujó en su rostro cuando echó un vistazo a la medalla que ya colgaba del cuello de Jürgen. Su mirada se dirigió inmediatamente al cuello desnudo de Karl y frunció los labios. Otto y Helene pronto se unieron a nosotros. Otto llevaba su Cruz de Caballero alrededor del cuello, a juego con la Cruz de la Madre de Helene.

Los chefs habían preparado un desayuno de celebración para todos nosotros. Gruesas lonchas de tocino de jabalí salado, pan de centeno espeso untado con mantequilla cultivada. Lo mejor de todo era el café, café de verdad; el primero que tomaba en años, ya que había sido imposible encontrarlo en Berlín durante la guerra. Bebí la primera taza tan rápido que me quemé el paladar.

—Ayer fue un día especialmente exitoso con los cohetes —anunció Otto, sonriendo mientras devoraba su comida—. Uno de los V-2 que lanzamos desde Zelanda aterrizó en un cine, en Amberes. ¡Estaba completamente lleno en ese momento! Nuestra información preliminar sugiere que quinientos enemigos pueden haber sido destruidos.

Se oyó un rugido de júbilo entre los comensales del desayuno, pero yo estaba haciendo el cálculo mental. Una tarde de jueves normal, un cine, por el amor de Dios. Un cine no podía estar lleno de soldados. ¿Por qué estamos celebrando la muerte de cientos de civiles? Aplaudí, aunque me sentía mal.

Miré a Jürgen. Él aplaudió con el resto, pero sus ojos estaban hundidos, como si una parte de él ya hubiera muerto.

—Tenemos que quedarnos aquí para pasar la noche —dijo Jürgen de repente. Durante el desayuno le preguntó a Lydia si nuestros hijos podían quedarse en su casa unas noches más para que él y yo pudiéramos compartir tiempo juntos. Ya estábamos a mitad de camino del viaje de cinco horas desde el castillo de Varlar hasta su villa en Nordhausen. Me sorprendió el repentino cambio de planes.

—¿Por qué? ¿Te encuentras mal?

Me ignoró y giró el auto hacia el estacionamiento de un hotel histórico con paredes de piedra en Kassel. Algo en su silencio de acero me advirtió que debía dejar la pregunta en el aire, así que no volví a preguntar.

Pronto nos quedamos solos, con un suelo de madera pintado de negro bajo nuestros pies y vigas a la vista en el techo inclinado que había encima de nosotros. En el centro de la habitación había una cama grande, con suaves almohadas blancas y capas de mantas gruesas. Unas enormes ventanas con marcos de madera bañaban la habitación con una luz azul plateada que se reflejaba en la nieve de un tejado cercano. Cualquier otro día, en cualquier otra etapa de mi vida, me habría encantado ver esa escena.

—Nos traerán la cena más tarde —dijo Jürgen, sentándose en la cama y estirando las piernas. Dio unas palmaditas al colchón que estaba a su lado y añadió con dulzura—. Ven aquí, amor mío.

—¿Por qué hiciste esto? —pregunté mientras me arrastraba hacia la cama junto a él. Inmediatamente me acercó y me recliné, con la oreja apoyada en su pecho.

—Una habitación al azar en un hotel al azar que ni siquiera yo conocía. No iba a perder lo que parecía nuestra mejor oportunidad de privacidad.

—¿Qué pasa si en la habitación hay un dispositivo de escucha?

—No pueden tener uno en cada habitación del país. Incluso si lo hicieran, me registré con un nombre falso.

Nos sentamos un rato mientras yo reflexionaba sobre el cálculo de riesgos, ya demasiado acostumbrada a asumir que ningún espacio era seguro para mí y que no podía hablar con libertad. Escuché la respiración lenta de mi marido y los latidos de su corazón debajo de mi oído.

Después de un rato, susurró:

—Hay un cartel sobre la puerta del campo de Buchenwald. Jedem das Seine. Más o menos dice: a cada uno lo que se merece. Pienso en eso todos los días. Las personas que están dentro de esas puertas no han hecho nada para merecer su destino. Siempre pensé que el infierno era un mito. Tenía sentido que la iglesia inventara una mentira como esa; la condenación eterna es una fuerte motivación para convencer a las personas de que obedezcan. Pero ahora debo admitir que el infierno no es un concepto abstracto. Es real, pero no se trata de horcas ni de ríos de lava. El infierno es simplemente el lugar donde se pierde la esperanza —suspiró profundamente—. Sofie, incluso mi villa está embrujada.

—¿Embrujada?

—Otto dijo que la villa era una recompensa. Un lugar lo suficientemente grande para que tú y los niños pudieran venir y quedarse. Al principio me alegré, es una casa preciosa. —La villa estaba equipada con muebles caros, electrodomésticos nuevos y un amplio espacio—. Me enteré por los vecinos de que la villa pertenecía a un hombre de negocios judío. Se la quitaron y también se llevaron su negocio. Compré un colchón nuevo, pero es en su cama donde duermo. Cuando llego a casa después del trabajo, lo siento allí. Hemos quitado todo a las víctimas del Reich. Sus hogares. Sus familias. Su comunidad. Ropa. Bienes. Y ahora hacemos trabajar a los prisioneros día y noche para nosotros en Mittelwerk. Todo lo que les damos a cambio es la oportunidad de tomar una respiración más. No hay garantía de nada más que eso. No hay esperanza de rescate ni de indulto. Esto es lo que les he hecho.

—Bueno, no has ... —comencé a discutir, pero detrás de mí, lo sentí sacudir la cabeza con fiereza.

—He estado en los campos. He visto las condiciones en las que están atrapadas estas personas. Me quedé de brazos cruzados mientras Otto y Karl los hacían trabajar hasta la muerte en Mittelwerk. Esos hombres actuaron según mis instrucciones. Cuando se escriba la historia de la guerra, las páginas estarán llenas de hombres que dirán que sólo estaban siguiendo órdenes y el mundo sabrá que eso es ficción. Cada vez que opté por no tomar una posición, estaba tomando una posición... para el lado equivocado.

Me incorporé y me volví para mirarlo. Estaba temblando de rabia y culpa. Cuando toqué su hombro, me sacudió.

—Nada de esto es culpa tuya, Jürgen.

Se giró para mirar por la ventana. Afuera hacía mucho frío y empezaron a caer gruesos copos de nieve. Sin volverse hacia mí, murmuró:

—Lo único que me ha mantenido en pie estos últimos años es que tú puedes vivir una vida razonablemente normal en Berlín con los niños, pero de vez en cuando me doy cuenta de que es culpa mía que no tengas idea de lo que te ha costado tener esa vida agradable.

—Jürgen… —susurré aturdida.

—Quería protegerte de los horrores de lo que estaba viendo, de lo que formaba parte. Pero no puedo seguir haciéndolo, Sofie. Tarde o temprano, tendrás que saber la verdad.

—¿La verdad? —repetí vacilante.

—Hace un tiempo le comenté a Otto que no tenía sentido obligar a los prisioneros de Mittelwerk a vivir y trabajar como lo hacen. Sé que odia a los judíos. Incluso en un nivel práctico parecía tener sentido ser más inteligentes en nuestras prácticas laborales. ¿Y sabes lo que dijo? —No esperó mi respuesta antes de continuar—. Dijo que ya sea que los trabajadores se caigan de un andamio o mueran de hambre, enfermedades o regresen a los campos, el resultado es el mismo. Algunos de los campos han pasado a ser campos de exterminio. —La voz de Jürgen se quebró. Se aclaró la garganta y susurró—. Otto sabe que la guerra está perdida, todos lo sabemos. El Reich intentará borrar a los judíos de la faz de la tierra hasta que Alemania caiga.

—Pero… debe haber cientos de miles de personas en esos campamentos…

—Millones —corrigió y, para mi horror, se atragantó con un sollozo—. Y planean asesinarlos a todos.

—La logística de eso sería imposible —dije con urgencia—. Debes estar equivocado, Jürgen. Esto no puede ser posible.

—Han desarrollado un gas que asfixia en cuestión de minutos. Hombres, mujeres, niños... A las SS no les importa. Miles de personas mueren a la vez y en algunos campos las ejecutan a todas horas.

—No puedes estar seguro. Esto no puede ser real. No millones de gente.

—Sofie, estoy seguro.

Me habían dado vuelta por completo, tenía los nervios en carne viva y la respiración entrecortada. Empecé a llorar, soltando sollozos de vergüenza, confusión y dolor. La guerra siempre era fea. Lo que Jürgen describía era diferente, una escala de crueldad y violencia que era imposible de comprender.

Tal vez había asumido que Alemania caería y que las reglas normales se aplicarían nuevamente, que Mayim volvería a casa o que me encontraría con ella en Polonia. Jürgen podría ser un prisionero de guerra, tal vez incluso iría a la cárcel, pero eventualmente habría un después.

Pero nosotros jugábamos con reglas diferentes. La escala y la profundidad de la depravación del Reich lo cambiaban todo. El impacto sobre nosotros era lo de menos. El mundo nunca sería el mismo.

—Lo sé desde hace meses y no hice nada. ¿Cuántas personas han muerto en ese tiempo? ¿Cuántas vidas podría haber salvado si tan solo hubiera tomado decisiones diferentes sobre la marcha? —susurró, casi para sí mismo.

Mis miembros se habían convertido en gelatina. Me hundí en la cama, mi cabeza cayó sobre la almohada y encogí las piernas mientras mis sollozos se hacían más fuertes. Durante un largo rato nos quedamos así. Yo de lado, frente a Jürgen, él de espaldas, llorando en silencio mientras miraba el techo. La luz del exterior cambió a medida que el sol se movía sobre nuestras cabezas, hasta que las sombras cayeron sobre la nieve y la habitación comenzó a oscurecerse.

—Teniendo en cuenta todo lo que tenemos por delante y por detrás —dijo Jürgen después de un rato—, sé que comprenderás por qué no puedo unirme a las SS.

Tenía la garganta enrojecida de tanto llorar y los ojos hinchados por las lágrimas.

—¿Cuándo terminará la guerra? —susurré, estirando la mano para tocarle la mejilla. Levantó la mano y, por un momento, temí que apartara la mía. Pero, en lugar de eso, la atrapó con la suya y apoyó la palma sobre la mía mientras yo le tocaba la cara.

—Estamos perdiendo terreno, de forma lenta pero segura. He visitado algunos sitios de prueba en todo el Reich en los últimos meses. Hay señales de que nuestras tropas están desertando, incluso nuestro equipo se está desmoronando, pero todavía queda un largo camino por recorrer antes de que los aliados lleguen a Alemania. Pueden pasar algunos meses.

Asentí lentamente.

—Sólo es cuestión de meses —dije, vacilante—. ¿Y crees…?

—Ya te lo dije. Me van a colgar.

—Pero seguramente…

—Sofie —me interrumpió con voz ronca—, si vieras las condiciones en Mittelwerk, entenderías por qué me van a colgar.

—Y si rechazas la invitación de la SS...

—Si espero y me rindo ante los aliados o me niego a unirme a las SS ahora, el resultado será el mismo. Esta última línea es una que puedo negarme a cruzar. Es demasiado tarde para hacer una pizca de diferencia para las personas a las que les hemos fallado, pero al menos tendré la dignidad de saber que tomé una decisión correcta.

—¿Has pensado en lo que les sucederá a los niños si te niegas a unirte a las SS? Serán parias —susurré, vacilante.

—Desde anoche no he pensado en otra cosa que en eso —dijo Jürgen de repente—. Las cosas les resultarán difíciles hasta que termine la guerra, pero con el tiempo se recuperarán.

Afligido, Jürgen me atrajo hacia sí y apreté mi cara contra su cuello y lloré.

—Espera —le supliqué entre sollozos—. Solo juega el juego hasta que termine la guerra, Jürgen. Sólo cómpranos un poco más de tiempo para que ocurra un milagro.

—Somos las últimas personas en la tierra que merecemos un milagro.

—Hemos cometido errores, pero no somos malas personas.

—No tienes idea de las cosas que he visto. Las cosas que he visto suceder sin siquiera decir nada. No tienes idea de si soy una mala persona.

Entonces empezó a llorar de una manera que nunca imaginé que mi fuerte y valiente esposo lo haría.

—Extraño a la tía Adele —dijo con voz ronca.

—Yo también —susurré. Ella sabría qué hacer.

«No siempre son los árboles más fuertes los que sobreviven a la tormenta. A veces son los árboles que se doblan con el viento».

Sabía exactamente lo que Adele nos diría que hiciéramos, pero ya no estaba segura de que fuera la elección que debíamos tomar.

A la mañana siguiente nos marchamos del hotel. Tenía los ojos hinchados y la garganta dolorida de tanto llorar. Jürgen parecía tan desgastado como yo. Hicimos el último tramo del viaje de vuelta a Nordhausen sin decir palabra. La privacidad del hotel había desaparecido y ninguno de los dos parecía estar de humor para actuar. Esa noche nos quedamos en la villa, en la casa que ahora sabía que había pertenecido a un hombre de negocios judío, y al igual que Jürgen, sentí a ese hombre en todas partes. Cuando se puso el sol, no pude soportarlo ni un minuto más.

—Tengo que irme a la cama —le dije a Jürgen con voz ronca. Mientras tanto, él hacía lo mismo que había estado haciendo toda la tarde, sentarse a la mesa del comedor, marcando diagramas con notas a lápiz. Me miró, como si hubiera olvidado que yo estaba allí—. ¿Puedes venir conmigo?

Quería que me abrazara. Quería que me mintiera, que dijera que todo iba a estar bien. En cambio, volvió a mirar los planos con la mirada vacía.

—Necesito esto para mañana. Estaré allí pronto.

Cuando me desperté a la mañana siguiente, Jürgen ya se había levantado de la cama. Lo oía moverse por la sala de estar. Mientras salía lentamente de una noche de sueño intranquilo, apareció en la puerta; ya se había vestido.

—Lamento no poder quedarme a desayunar contigo —dijo—. Tengo una reunión temprano y me quedé dormido. Ya llego un poco tarde.

Me senté y lo miré fijamente. Estaba recién afeitado y vestía traje. Miró su reloj, claramente ansioso por saber la hora.

—¿Qué... has decidido? —comencé a susurrar, pero me detuve, sin saber cómo preguntarle si había tomado una decisión final sin revelar sus dudas a una audiencia potencial.

Sacudió la cabeza y dio dos pasos hacia la cama. Se inclinó para besarme la mejilla y luego me susurró al oído:

—No haré nada drástico sin hablar contigo. Pero si te llamo y te pido que vengas, ¿encontrarás una manera de venir aquí para despedirte?

Habíamos aclarado las cosas, pero no habíamos resuelto nada. Le agarré el codo justo cuando se disponía a enderezarse, me puse de rodillas y le rodeé el cuello con los brazos.

—Te amo —dijo suavemente.

—Yo también te amo —susurré.

Me arrastré fuera de la cama después de un rato, decidiendo que ordenaría su villa antes de emprender el largo viaje de regreso a Berlín. Pero en cuanto entré en la sala de estar, vi los planos sobre la mesa, aquellos en los que había estado trabajando la noche anterior. Me quedé mirando sobre ellos, tratando de entender sus garabatos y los diagramas, sin poder siquiera descifrar lo que representaba cada componente.

Entonces recordé que Jürgen me había dicho que se quedaría despierto para terminar la revisión porque necesitaba los planos esa mañana.

La entrada a Mittelwerk era una gran abertura a nivel del suelo en la ladera de una colina, custodiada por docenas de hombres con uniformes de la Wehrmacht y de las SS. Encontré el lugar con bastante facilidad. Varios oficiales se acercaron a mi coche en cuanto me acerqué a su puesto.

—¿Está perdida, señorita? —preguntó un joven soldado. Busqué a tientas los planos de Jürgen, con el corazón acelerado al ver el arma que tenía en la mano y la expresión hostil de su rostro.

Sin embargo, justo en ese momento, vi a Aldo a unos pocos metros de distancia, supervisando una grúa que levantaba algunas láminas de metal para colocarlas en la parte trasera de un pequeño vagón de tren. Me miró de reojo justo cuando lo vi, dejó su portapapeles sobre una pila de cajas y luego corrió hacia mí.

—Señora von Meyer Rhodes —me saludó—. ¿Qué demonios está haciendo aquí?

Miré más allá de él, hacia la entrada. La boca del túnel tenía quizás dos pisos de altura. Dos tramos de vías de tren desaparecieron en la oscuridad, e incluso desde la estación de guardia pude ver gente pululando en el interior. Algunos llevaban uniformes a rayas.

«Si vieras las condiciones en Mittelwerk, entenderías por qué me colgarán».

Quería comprender. Había permitido que Jürgen me protegiera durante todos esos años y, al hacerlo, le había permitido soportar la carga de una culpa que ambos merecíamos compartir. No podía arreglar nada, pero podía afrontar la verdad.

—Jürgen olvidó unos papeles importantes —dije. Mi lengua se pegó al paladar seco.

—Yo se lo llevaré —ofreció Aldo. Sacudí la cabeza y recogí los planos.

—Es muy importante que lo vea yo misma —dije, y mi voz se hizo más fuerte—. Por favor, llévenme con él.

Aparqué mi coche a un lado siguiendo las instrucciones del guardia y atravesé las puertas. Aldo me estaba esperando junto a una pequeña camioneta color caqui. Parecía inseguro, mirando de un lado a otro, a mí y a la entrada del túnel.

—Está bastante lejos...

—Está bien —dije, forzando una sonrisa segura—. No tengo prisa.

Ocupé el asiento del pasajero delantero y Aldo arrancó el coche. El motor se encendió y me miró una última vez.

—No es agradable estar ahí, Sofie —dijo en voz baja—. ¿Estás segura de que quieres hacer esto? Sé que Helene Schönerer está muy familiarizada con los campos, pero incluso ella lo encontró... demasiado.

—Sólo estoy aquí para ver a Jürgen —dije con firmeza—. Vamos a terminar con esto.

Suspiró y asintió, luego condujo el auto debajo del marco de la grúa.

—Sube esa ventanilla, por favor. Hice lo que me indicó y Aldo hizo lo mismo de su lado, mientras el coche se adentraba en la boca del túnel.

En el interior, la luz era mucho más tenue y, al principio, me costó ver. Cuando mis ojos se acostumbraron, vi a docenas de hombres trabajando en mesas y componentes de vagones de plataforma plana. Aldo conducía lentamente, pasando por algunas de estas estaciones, cruzando cada una de las vías del tren en momentos diferentes para evitar los vagones que habían quedado en su lugar. A medida que avanzábamos, el aire en el vagón se volvía tan penetrante que se me revolvía el estómago con cada respiración.

—¿Qué es ese olor? —le pregunté a Aldo. Me tapé la nariz con la mano e intenté respirar por la boca, pero incluso dentro del vagón sellado podía sentir el olor a suciedad.

—Tuvimos que actuar rápidamente después del bombardeo del sitio de Peenemünde. Hemos tenido que cumplir con altas cuotas para los V-2. No hubo tiempo para instalar saneamiento ni ventilación.

A unos cientos de metros de distancia, vi un túnel transversal toscamente tallado que parecía haber sido cortado a mano. La textura de las paredes y los techos era áspera y desigual. Me sobresalté al ver filas de literas de madera en el túnel, la mayoría sin siquiera un colchón, y junto a ellas, bidones alineados, uno tras otro. Un hombre estaba sentado en el último bidón. Sus pantalones a rayas estaban bajados hasta los tobillos, pero parecía inconsciente, apoyado contra la pared detrás de él, con la boca abierta y los ojos vacíos mientras miraba fijamente al techo. Jadeé involuntariamente y cerré los ojos con fuerza.

—¿Ellos…, los prisioneros, viven aquí?

Volví a mirar por la ventana y noté los hombros encorvados de los hombres mientras trabajaban.

—Algunos viven ahora en el campamento de Dora, no muy lejos de aquí. Pero otros hombres siguen viviendo en los túneles transversales. Es una cuestión de eficiencia, ya ves. Si están aquí, no perdemos tiempo en transportarlos de un lado a otro.

Escuché lo que realmente estaba diciendo. El programa de cohetes había sido considerado más importante que cualquier otra cosa, una prioridad mayor que la higiene, la dignidad, la comodidad o incluso la santidad de la vida humana.

Me volví para mirar hacia el túnel que había frente al vagón, pero mis ojos finalmente se habían adaptado a la luz y ahora veía uniformes a rayas colgados de armazones esqueléticos por todas partes. Había cientos de hombres en esa sección, incluso más. Estaban inclinados sobre mesas, fijando piezas finas a componentes pequeños. Estaban en andamios, trabajando en las luces que iluminaban el pasillo. Estaban desplomados en el suelo, como si hubieran muerto de pie y simplemente se hubieran doblado sobre sí mismos. Empujaban vagones de tren con las manos, docenas de hombres gruñendo y haciendo muecas mientras intentaban empujar los componentes.

Ninguno de ellos miró el coche cuando pasamos y yo no quería más que apartar la mirada de ellos también. Cada uno parecía más demacrado que el anterior, con el pelo enmarañado y el cuerpo con frecuencia mostrando señales de trauma: una mano ensangrentada, una cojera severa, un rostro magullado. Todos y cada uno de los hombres estaban demacrados. No tenía idea de cómo soportaban el intenso trabajo manual. Vi a cuatro o cinco hombres trabajando juntos para levantar una pequeña pieza de metal. Otros dos hombres luchaban para colocar un componente diminuto en su lugar.

—¿Cómo soportas esto todos los días? —le susurré a Aldo.

—Traté de advertirte —dijo débilmente—. Éste no es lugar para una dama.

—¿Siempre es así?

—Al principio era mucho peor —dijo—. Esto es más ordenado... menos angustioso de lo que solía ser.

Se me revolvió el estómago al pensarlo. Me llevé el puño a la boca. Quería rezar para tener fuerzas, pero tenía la sensación de que lo que estaba sucediendo en esos túneles estaba fuera del alcance incluso de Dios.

El túnel seguía avanzando sin parar. Parecía que habíamos estado conduciendo durante horas, aunque una mirada a mi reloj confirmó que sólo habían pasado unos minutos. Estaba desesperada por ver a Jürgen, por salir de allí. ¿Cómo lo soportaban estos prisioneros?

—¿Cuánto falta?

—Unos metros más.

—¿Cuánto dura esta instalación?

—El circuito completo que pasa por ambos tiene una longitud de aproximadamente tres metros.

—¿Es todo así? —pregunté en voz baja.

—Sí.

Seguimos conduciendo en silencio. De no haber sido por la evolución de los cohetes en la línea, podría haberme visto atrapada en un bucle interminable de los mismos quince metros de túnel. Un montaje repetido y repugnante de las profundidades absolutas de la miseria humana.

Pero finalmente vi a Jürgen, con su traje protegido por una bata de laboratorio y un portapapeles en la mano, de pie junto a un cohete que parecía estar completamente armado. Aldo aparcó el coche mientras se mordía el labio.

En ese momento, Jürgen se percató de mi presencia. Le pasó el portapapeles a un hombre que estaba a su lado, le dio un golpe en el pecho con él en un gesto que rozaba la agresión y, sin decir palabra, se dirigió hacia mí.

—¿Qué diablos estás haciendo aquí? —siseó.

—Vine a traerte esto —balbuceé, extendiendo los planos hacia él. Las fosas nasales de Jürgen se dilataron. Me agarró firmemente por el codo y me arrastró hasta el túnel transversal cercano. Varios trabajadores con uniformes a rayas salieron corriendo del lugar cuando nos acercamos y se despidieron sin decir palabra. Cuando estuvimos solos, Jürgen dejó caer los planos al suelo y ahuecó mi rostro entre sus manos temblorosas.

—No deberías estar aquí —dijo con voz entrecortada, mirándome desesperadamente a los ojos—. Sofie, nunca quise que vieras esto.

—No era mi intención entrar, lo prometo. Pero cuando llegué aquí con los planos, me di cuenta de que era mi oportunidad de entender. —Su garganta se movía como si quisiera hablar, pero no dijo ni una palabra. Solo me miró a los ojos—. ¿Recuerdas? Dijiste que no entendía. Dijiste que no sabía lo que había costado para mí y para los niños vivir nuestras vidas en Berlín. Quería...

—Esto no es un juego —dijo con brusquedad, alejándose de mí y pellizcándose el puente de la nariz. Respiró profundamente varias veces y luego bajó la voz mientras silbaba—. Sal de aquí, Sofie. Por favor.

Me mantuve firme hasta que regresé a mi auto, salí por las puertas y volví a la carretera principal, pero entonces me desvié hacia una orilla. Abrí la puerta del auto justo a tiempo para vomitar violentamente.

* * *

Pasé la tarde aturdida, tratando de procesar lo que había visto en Mittelwerk, pero la magnitud del sufrimiento era demasiado grande para darle sentido.

Quería enmendar el error.

No había forma de enmendarlo.

Incluso si hubiera podido liberar personalmente a cada hombre que se encontraba en ese túnel, no habría sido suficiente. Habían soportado condiciones de dolor y tortura que estaban más allá de todo lo que se pudiera perdonar. Incluso si los hubieran liberado en ese mismo momento, habrían quedado marcados para el resto de sus vidas.

Jürgen y yo tuvimos una extraña discusión esa noche. Garabateaba furiosamente en un papel mientras intentábamos negociar una forma segura de hablar de lo que había visto. Yo quería ir a otro hotel para que pudiéramos hablar libremente. Él se negó, diciendo que despertaría sospechas. Quería hablar de ello en otro momento, lo que sospeché que significaba que no quería hablar de ello en absoluto. Al final, prácticamente lo arrastré hasta el baño y cerré la puerta de un portazo detrás de nosotros, luego abrí el grifo.

—Tenemos que hablar de esto —susurré.

—Los V-2 han causado daños importantes en Londres… y también en otras ciudades. Eso en sí mismo es una tragedia que no me deja dormir. Nuestra información indica que tal vez hayan muerto unos cuantos miles de personas —susurró con voz ronca—. Es horrible, pero…

—¿Pero...? —repetí, escudriñando su rostro.

—La culpa me revuelve el estómago, pero no acaba ahí —dijo con voz ronca—. Perdemos a esa misma cantidad de prisioneros cada semana fabricando cohetes, tal vez más. Entre accidentes, palizas, enfermedades... Sacan vagones de tren llenos de cadáveres todos los días. En esos túneles producimos dos cosas: cohetes y muerte. Mittelwerk es un lugar de exterminio, sin siquiera la patéticamente pequeña misericordia de una muerte rápida para sus víctimas.

Pensé en lo rápido que se difundiría la noticia si Jürgen se negaba a unirse a las SS. Los rumores se extenderían como un reguero de pólvora desde Nordhausen hasta Berlín a través de las líneas oficiales y no oficiales del partido. Tal vez Berlín cayera en unos pocos meses de todos modos, pero era probable que la Gestapo también me interrogara y ni siquiera podía estar segura de sobrevivir. Los niños podrían quedarse sin ninguno de nosotros.

Pero un día la guerra terminaría. El bombardeo interminable de propaganda nazi se detendría. Mis hijos podrían aprender que sus padres habían intentado hacer lo correcto. Demasiado poco y demasiado tarde, sí, pero al menos sabrían que nos habíamos negado cruzar una línea.

—Sigue tu conciencia a donde sea que te lleve, Jürgen —dije—. Haz lo que tengas que hacer.

Después de once años de altibajos y de distintos grados de distancia entre nosotros, Jürgen y yo estábamos exactamente juntos, en la misma página.

A la mañana siguiente, Jürgen y yo nos miramos cara a cara mientras yo estaba de pie junto a mi coche. Sus ojos estaban rojos y los míos también. El sol estaba bajo en el horizonte y el viento era gélido, pero el cielo sobre nosotros era azul. Quería sentir cada aspecto del momento. Quería recordar cada detalle de esos momentos con Jürgen, por tensos y aterradores que fueran.

Acordamos que no armaríamos un escándalo esa mañana, pero él y yo sabíamos que probablemente ese sería nuestro último adiós. Hablamos de intentar llevar a los niños para una última visita, pero organizarlo llevaría un tiempo del que no disponíamos.

No podía soportar perderlo, pero sabía cuál sería el costo de conservarlo. Él no estaba dispuesto a pagar ese precio y ahora que había visto Mittelwerk con mis propios ojos, yo tampoco.

Fallar en una prueba de lealtad como la invitación de Otto a Jürgen para alistarse en las SS era un suicidio. Jürgen estaba decidido a que su muerte llegara en sus propios términos. No tenía un plan claro para los detalles. Simplemente iba a ir a Mittelwerk y buscar una oportunidad para hacer un primer y último acto de desafío. Tal vez liberar a uno o dos prisioneros o sabotear la línea de producción de alguna manera.

—Te amo más de lo que sabía que podría amar a otra persona —dije. Todo mi cuerpo temblaba por el esfuerzo que me tomaba contener las lágrimas.

Su expresión se suavizó y Jürgen extendió la mano para ahuecar mi mejilla.

—Tú has hecho mi vida, Sofie von Meyer Rhodes. Mi último pensamiento será sobre lo agradecido que he estado por compartirla contigo.

Nos besamos una última vez, me subí al coche y me fui. A pocos kilómetros de Nordhausen, tuve que parar a un lado de la carretera porque estaba llorando demasiado.

A veces pensaba que, por necesidad, me había acostumbrado a vivir separada de Jürgen. Solo ahora que nuestro vínculo estaba a punto de cortarse definitivamente comprendí que eso era lo único que me había permitido seguir adelante durante todos estos años.

En el largo viaje de regreso a Berlín, me pregunté con qué rapidez vendrían a buscarme. Si Jürgen hacía algún movimiento dramático, era probable que me atraparan rápidamente. Fui directo a la casa de Lydia para ver a los niños, pero un auto negro ya estaba esperando en la entrada. Aparqué cerca, sin bloquearlo. Sabía que pronto me llevarían lejos.

40

SOFIE

Huntsville, Alabama
1950

Era viernes por la mañana y Gisela había estado perdiendo el tiempo desde que se levantó de la cama. Ahora estábamos en la puerta de la escuela y ella no quería bajar del auto.

—¿Qué pasa ahora? —le pregunté, mirando hacia el patio de la escuela, donde un puñado de otros niños que llegaban tarde entraban a sus edificios.

—Sólo quiero ir a casa —dijo tristemente.

—Podemos hablar de esto esta noche —dije con firmeza—. Tienes que ir a clase.

Suspiró con impaciencia y salió del coche, deteniéndose justo el tiempo suficiente para cerrar la puerta detrás de ella.

—¿Mamá? —dijo Félix vacilante.

—¿Sí?

—Necesito ir al baño.

—Te dije que fueras antes de salir de casa.

—Lo olvidé —dijo en voz baja.

Suspiré con impaciencia. Normalmente hacía la compra los viernes por la mañana, pero en lugar de eso, giré el coche hacia casa.

Durante todo el camino a casa Félix preguntó por la televisión, hasta que empecé a sospechar que no tenía ninguna urgencia por ir al baño. Cuando llegamos a la casa, yo estaba completamente irritable, especialmente cuando hacía un gesto rápido de usar el orinal y luego corría por el pasillo hacia la sala de estar.

—Félix Rhodes —dije bruscamente—, no estás viendo esa televisión...

Pero más adelante en el pasillo, más allá de mi hijo en el otro extremo de la casa, vi un movimiento borroso cuando alguien desapareció en el lavadero.

Alguien estaba en mi casa.

¿Debería perseguirlos? ¿Correr al teléfono? ¿Sacar a Félix de la casa?

La puerta trasera se cerró de golpe. Finalmente me relajé y corrí al lavadero. Llegué a la puerta justo a tiempo para ver un leve movimiento cuando alguien desapareció por la cerca baja que había detrás de nosotros y entró en el patio de la casa que estaba detrás.

Rápidamente llamé a Jürgen al trabajo y le conté lo que había pasado, con el corazón todavía en la garganta. Recordando la hostilidad que habíamos experimentado por parte del detective Johnson, no me molesté en llamar a la policía.

Cuando Jürgen llegó a casa se dirigió a los vecinos que estaban detrás de nosotros para preguntarles si habían visto a alguien, pero no había nadie en casa y el intruso se había ido hacía rato. Entonces se puso a prepararme una taza de té.

—¿Y crees que era el cuñado de Calvin? —preguntó mientras ponía el té delante de mí. Me llevé la taza a los labios y descubrí que tenía demasiada leche y era muy dulce para mi gusto. Me recordó al té de Adele. Eso me ayudó y me dolió al mismo tiempo.

—No le vi la cara —dije. Todavía me temblaban las manos—. Sólo estoy asumiendo.

—¿Y se llevó algo más o sólo...?

—Solo las fotos —dije con la voz entrecortada. Al principio no pude encontrar nada que faltara. Por un momento o dos, casi me convencí de que había imaginado a la persona que estaba en nuestra casa. Entonces me di cuenta de que las fotos habían desaparecido de junto a nuestra cama.

—Las necesito de vuelta.

Jürgen me miró angustiado y se sentó frente a mí para tomar mis manos.

—Lo sé, mi amor —me tranquilizó y luego hizo una pausa—. ¿Deberíamos llamar a la policía?

—¿Tiene algún sentido?

—Supongo que no —suspiró—. Aunque debería llamar a Calvin.

—No —dije de golpe. Jürgen me miró sorprendido—. Lizzie es tan odiosa, Jürgen. No tienes idea. —Me esforcé por explicar lo angustiosa que había sido su visita el día anterior. Había sido un encuentro muy breve, apenas unos minutos, pero su odio hacia nosotros era evidente y todavía no podía entender cómo tomarme su extraño comentario que supuse se refería a Avril—. No quiero empeorar las cosas con ella.

—Pero las fotos, mi amor —protestó Jürgen—. Contarle a Calvin lo que pasó puede ser tu única oportunidad de recuperarlas.

Me cubrí la cara con las manos. Jürgen se movió para sentarse a mi lado, su brazo descansando suavemente sobre mis hombros.

—Te prometo que no empeoraré las cosas. Sé lo mucho que significan esas fotos para ti y no podemos seguir así. —Calvin estaba en una reunión cuando llamé—. Pero volveré a trabajar y…

—¡No! —Me estremecí y sacudí la cabeza—. Por favor. ¿Puedes tomarte el día libre? No quiero estar sola. —Su brazo alrededor de mis hombros se tensó y me giré para presionar mi cara contra la suya—. He pasado por muchos momentos de ansiedad a lo largo de los años. Quiero que las cosas sean diferentes ahora. Quiero que las cosas mejoren aquí. Quiero que tú y yo superemos las cosas difíciles juntos.

—Está bien —murmuró Jürgen, sin dudarlo—. Llamaré para hacerle saber al equipo que si me necesitan estaré en casa.

Esa noche salimos a comprar hamburguesas para cenar. Los cuatro nos acurrucamos en el sofá para ver la televisión, Félix en un extremo, luego yo, Gisela y Jürgen en el extremo opuesto del sofá, que era lo más cerca que Félix podía permitirle.

—¿Progreso? —murmuró Jürgen, señalando con la cabeza a Félix por encima de la cabeza de Gisela. Me dirigió una sonrisa torcida.

—Te estás agarrando a un clavo ardiendo si crees que esto es una victoria —le respondí en un susurro, aunque le estaba tomando el pelo. Los últimos días habían sido horribles, pero incluso en medio de todo eso, me sentí agradecida. Era un gran avance que Félix finalmente estuviera sentado en el sofá con Jürgen.

Una vez que los niños se acostaron, Jürgen revisó todos los pestillos de cada ventana y luego las puertas, asegurándose de que estuviera cerrado con llave. A pesar de que ya habíamos hecho este ejercicio antes de ir a buscar la cena. Lo seguí por todas partes, comprobando dos veces, solo para mi propia tranquilidad. En las ventanas del frente, escudriñé la calle en busca de señales de problemas.

—Ven a la cama, amor mío —dijo Jürgen, tomándome la mano—. Te abrazaré hasta que te duermas.

Mientras nos metíamos en la cama, me volví automáticamente hacia la mesa que estaba a mi lado para buscar las fotos. Cuando recordé que ya no estaban, me dolió el corazón. Ya era bastante malo que hubieran violado nuestra casa, pero los objetos tomados eran tan personales. Esas imágenes no tenían valor para nadie más que para mí.

Me pregunté si quien los tomó, ya fuera Lizzie Miller, su hermano o un extraño, tenía alguna idea de lo que realmente había robado, al tomar la simple pila de papeles que representaban mis últimos recuerdos de Adele y Georg e incluso Laura, y por supuesto Mayim.

Jürgen y yo destruimos todo rastro de ella en nuestras vidas, tal como nos ordenó la Gestapo, pero esa foto regresó a mí en el momento en que más la necesitaba. ¿Era una especie de penitencia que incluso mi foto de ella se me escapara de las manos?

41

LIZZIE

El Paso, Texas
1943

—Eso es todo, Ava, solo tienes que anudar el tallo a la estaca, buena chica. Brianna, toma un poco de ese mantillo y colócalo alrededor de la base de la planta.

Había sabido toda mi vida que no estaba hecha para ser madre, pero había hecho un descubrimiento sorprendente, era una tía fantástica para las dos niñas de Becca y una profesora de jardinería bastante buena. Había arrancado las rosas y los setos de nuestro jardín y había convertido cada centímetro cuadrado de nuestro terreno en un jardín de la victoria, tal como el gobierno nos estaba animando a hacer. Los anuncios en las revistas daban instrucciones para cultivar y conservar nuestros propios alimentos para que las raciones rindieran más. Por primera vez en años, mis uñas estaban negras de tierra y yo estaba contribuyendo con algo.

Mi jardín era el orgullo de la calle y yo también estaba coordinando la cooperativa de huertos familiares del barrio. Las mujeres con las que había sido tan cautelosa en los primeros años de mi matrimonio con Calvin estaban ansiosas por escuchar el llamado a hacer lo mismo. Pero ninguna de ellas había siquiera arrancado una mala hierba. Este momento exigía participación y, de repente, todos querían un poco de mi tiempo.

Calvin apoyaba mis nuevos proyectos, pero yo sabía que no le gustaba que me quitaran tiempo para las tareas del hogar, y hacía tiempo que había aceptado el hecho de que necesitaba dedicar más tiempo del que me gustaba a mi apariencia. Pero todo eso estaba bien. Resultó que yo era una mujer que era más feliz cuando metía mucho tiempo en cada día.

—Eres una bendición, Lizzie —dijo Becca mientras deslizaba una bandeja de limonada sobre una mesa cerca del jardín—. De verdad. Este jardín ha sido justo la distracción que necesitábamos. Chicas, vayan a lavarse y vengan a tomar un refrigerio.

Me quité los guantes y me senté frente a Becca, expresándole mi agradecimiento mientras ella me pasaba un vaso de limonada helada.

—¿Alguna novedad sobre tu hermano? —preguntó, y el placer se me había ido.

—Están en algún lugar del este, eso es todo lo que sé —suspiré profundamente y bebí un sorbo de limonada—. Henry no me ha llamado en mucho tiempo y me ha estado enviando cartas que no dicen gran cosa —la división de Henry había estado en todas partes para realizar ejercicios de entrenamiento: Arkansas, Luisiana, California y luego en Nueva York. Me dije a mí misma que Henry estaba conociendo el país y que, con el entrenamiento tan exhaustivo de su división, estaría realmente listo para servir siempre y cuando los enviaran a Europa o al Pacífico.

Me mantuve ocupada con los jardines, me aseguré de eso. Cada vez que me aburría, mi pánico por Henry y la guerra comenzaba a aumentar.

—Va a estar bien —dijo Becca con dulzura. Abrí la boca para señalar que ella no tenía forma de saberlo, pero no pude, porque Kevin, el marido de Becca, estaba volando aviones en algún lugar del Pacífico.

Si había un juego que había aprendido a jugar bien durante los años de guerra, era el de fingir. Todas las mujeres sabían cómo jugar. Siempre que hablábamos con alguien que tenía un ser querido en el ejército, pasábamos a un modo de optimismo forzado. Por la forma en que hablábamos a veces, un observador casual podría haber pensado que la guerra no era un escenario peligroso en absoluto.

—Y Kevin también estará bien —dije con firmeza.

Se acercaba la navidad y yo estaba tratando de animarme un poco. Invité a Becca a que trajera a Brianna y a Ava para pasar el almuerzo de navidad conmigo y con Calvin. Era comprensible que estuvieran preocupadas por Kevin, y yo sabía que a Becca le preocupaba pasar las fechas sin él.

Yo también necesitaba un proyecto que me distrajera. Habían pasado semanas desde que había tenido noticias de Henry y la guerra parecía estar descontrolándose.

Acababa de colgar una tira de palomitas de maíz alrededor del árbol cuando escuché a Calvin llegar a casa del trabajo. Sonaban villancicos. La radio sonaba y el aroma a pino flotaba en el aire. A mi lado, una pequeña pila de regalos esperaba a nuestros invitados. Un juego de jardinería para Ava y Brianna y un perfume para Becca.

—Cariño —dijo Calvin. Levanté la vista al ver su tono grave y se me encogió el estómago. Tenía una postal en la mano. Parecía enfermo cuando me la extendió. Corrí y se la arrebaté de la mano.

Queridos Calvin y Lizzie.

Nos embarcaremos mañana con destino a no sé dónde.

Hermana, sé que te vas a preocupar, pero no lo hagas, por favor. Estoy sirviendo con algunos de los mejores hombres. Dondequiera que esta guerra nos lleve y lo que sea que suceda con nosotros, sé que representaremos a este país con orgullo y honor. Te escribiré cuando pueda.

Calvin, por favor cuida a mi hermana, siempre.

Con amor,

Henry

42

SOFIE

Berlín, Alemania
Diciembre de 1944

Me llevaron al sótano de la sede de la Gestapo en la Prinz-Albrecht-Strasse. Mi celda medía sólo unos metros de ancho en cada dirección. Mientras el policía que me escoltaba me impulsaba hacia adentro, me dio la orden de que no dirigiera una palabra a los demás presos. Una vez que la puerta se cerró, la celda quedó completamente oscura, con excepción de una delgada línea de luz amarilla en la parte superior.

No había cama ni baño y las paredes estaban revestidas de ladrillos. El diminuto espacio parecía increíblemente oscuro, húmedo y frío. No había ningún alivio qé encontrar, porque todo lo que podía hacer era permanecer de pie o sentarme en ese piso de cemento helado y dejar que la humedad se filtrara a través de mi falda. El espacio ni siquiera era lo suficientemente grande para que pudiera acostarme.

A mi alrededor podía escuchar los sonidos del arrepentimiento y el sufrimiento: sollozos desde una celda cercana, gritos a lo lejos. De repente alguien chillaba de dolor. Me pareció oír a alguien susurrándome desde una celda contigua, pero no me atreví a responder.

No tenía noción del tiempo, solo la creciente conciencia de que, aunque las puertas de otras celdas se abrían y cerraban, nadie venía a buscarme. La privación sensorial era una tortura en sí misma. A veces me preguntaba si habían pasado solo unos minutos, otras veces parecía que habían pasado días. Al final, estaba tan desesperada por usar las instalaciones del baño que lloraba de dolor. Golpeé la puerta y pedí ayuda, pero nadie respondió.

Estaba tratando de entender la logística de hacer mis necesidades en el suelo cuando la puerta hizo clic y, de repente, apareció un destello de luz cuando se abrió hacia adentro. Entrecerré los ojos y una ráfaga de dolor me atravesó el cráneo ante el brillo repentino.

—Pausa para ir al baño —dijo un guardia—. No hables.

Mientras me acompañaba de regreso a mi celda, le pedí con cautela un poco de agua. Su única respuesta fue el portazo y me encerró dentro.

Pronto pensé que la sed me mataría, tal vez incluso antes del frío. En un momento me quedé dormida, pero me desperté sobresaltada cuando una puerta se cerró en otro lugar del sótano. La vibración resonante del portazo, seguida del repugnante clic-clic-clic de la cerradura al cerrarse. Después de horas —¿O quizás días?— de oscuridad, mi oído parecía más agudo. Cuando mi estómago rugía de hambre, me sonaba tan fuerte que me preguntaba si la gente de las celdas que me rodeaban podía oírlo.

Entonces la puerta se abrió de nuevo. Cuando mis ojos se acostumbraron a la luz, vi que era el mismo guardia.

—Pausa para ir al baño —dijo—. No hables.

No estaba segura de cuánto tiempo había estado en esa celda. Mi olor corporal era tan fuerte que cuando me movía, una ola de él me invadía y, a veces, me dejaba con náuseas. Sin acceso a la luz del sol, ni siquiera durante las pausas para ir al baño, todo lo que podía hacer para calcular el tiempo era contar las interrupciones de la oscuridad. La entrega de un tazón de avena fría y un vaso de agua, las pausas periódicas para ir al baño. Si esas cosas sucedían dos veces al día, había estado en la celda durante diez días, pero me parecía mucho más tiempo. Tenía las caderas y los hombros magullados por haber dormido acurrucada en el duro suelo. Había pasado tanto frío durante un tiempo excesivo que mi mente se sentía nublada, como si mi cuerpo se estuviera apagando en cámara lenta.

Esta salida de mi celda fue diferente. Me encontré sentada en una habitación austera mientras un oficial de la Gestapo me gritaba:

—¡Usted y su marido son traidores al Reich! ¿Tiene algo que decir al respecto?

¿Están bien mis hijos? ¿Por qué me arrestaron tan rápido? ¿Logró Jürgen causar algún daño antes de que lo arrestaran? ¿Se ha ido? ¿Por qué me mantienen con vida? ¿Volveré alguna vez a casa? Y entonces me asaltó un pensamiento, más claro que todos los demás. El oficial había hablado de Jürgen en tiempo presente. ¿Fue un accidente?

Levanté la vista de la mesa para mirar al hombre que estaba frente a mí. El asco que se reflejaba en sus ojos era difícil de digerir. Me pregunté cómo se sentiría si supiera que me acababa de dar un regalo inesperado. Al menos existía la posibilidad de que Jürgen estuviera vivo.

Eso fue suficiente para hacerme fuerte de nuevo, aunque mi cuerpo estaba débil. Sostuve su mirada mientras me gritaba, insultándome, amenazándome y acusándome, pero no dije ni una palabra.

Dos hombres me tomaron de nuevo, arrastrándome con manos ásperas bajo los brazos por el mismo pasillo, pero esta vez, en lugar de llevarme a mi celda, me arrastraron por unas escaleras. Mis ojos se llenaron de lágrimas por la luz del sol, pero pude distinguir un coche que esperaba fuera. Me empujaron hacia allí y me sentaron en el asiento trasero.

—¿Adónde me llevan? —pregunté. Nadie respondió, pero para mi sorpresa, el paisaje de la calle que nos rodeaba pronto contó la historia.

Cuando el coche se detuvo frente a mi casa, el hombre que iba en el asiento del copiloto me arrojó el bolso. Me esforcé por atraparlo.

—Te estaremos vigilando —dijo rotundamente. Su mirada se desvió hacia la casa de Dietger y Anne. Había una figura en la ventana delantera.

—Eso es… ¿eso es todo? —dije con voz ronca—. ¿Puedo irme?

—Te estaremos observando —dijo de nuevo—. Cada movimiento que hagas, lo sabremos.

La casa estaba vacía cuando entré. El reloj de la pared de mi comedor marcaba las dos y cuarto, pero no tenía ni idea de qué día era. Sabía que tarde o temprano tendría que llamar a Lydia para preguntar dónde estaban los niños, pero no me atrevía a hacerlo. Todavía no. Me di un baño rápido y me puse ropa fresca que me quedaba bien. A pesar del tiempo que llevaba en esa celda, había perdido una cantidad inmensa de peso. Seguía sin sentirme bien del estómago, pero me preparé una taza de café artificial y mordisqueé unas galletas de jengibre viejas que había hecho antes de la ceremonia en el castillo de Varlar.

Entonces alguien tocó a la puerta principal. Me levanté de un salto y corrí por el pasillo para abrir. Lydia estaba allí, sola. Parecía tan decepcionada como enojada. Dio un paso hacia adelante hasta que su cara estuvo cerca de la mía.

—Te daré el beneficio de la duda y asumiré que no tenías idea de lo que tu marido iba a hacer —susurró con fiereza.

Detrás de ella, se abrió la puerta de un coche y me distrajo por un momento ver a Gisela corriendo por el sendero, llorando y llamando:

—¡Mamá! ¡Mamá, ya llegaste a casa!

Lydia dio un paso atrás. Me agaché para envolver a Gisela en mis brazos mientras ella se arrojaba hacia mí, llorando en mi hombro. Una oleada de amor y alivio me invadió al sentir el peso de su cuerpo inerte en mis brazos. Detrás de ella, Laura y Georg también caminaban por el sendero, ambos con aspecto confuso e inseguro.

—Te extrañé mucho. Tenía miedo de que nunca vinieras de vuelta —lloró Gisela.

—Lo siento, mi amor —dije con voz entrecortada, dejando besos en su cabello—. Lamento mucho haber tenido que irme.

—Bienvenida a casa, Sofie —dijo Lydia con tono categórico—. Les he explicado a tus hijos que hubo un pequeño malentendido y que tú has estado fuera intentando solucionarlo.

La miré en estado de shock. ¿Había sido un gesto de bondad el que ella mintiera a los niños por mí? ¿O era un juego más?

—Gracias —dije. Ella asintió brevemente, giró sobre sus talones y se alejó.

Laura comentó que me veía cansada y el ceño fruncido de Georg nunca había sido tan profundo. Después de unos momentos incómodos me encontré en la sala de estar, rodeada de los niños mientras me contaban sobre sus emocionantes semanas en la casa de Lydia.

—Terminé esa evaluación en la escuela y la Sra. Bruan dijo que fue uno de mis mejores trabajos —comentó Laura.

—Mamá, me subí al árbol más grande del parque —dijo Gisela, radiante.

—¿A qué te dedicabas? —Georg frunció el ceño—. ¿Por qué te ves tan enferma?

—Sólo es un asunto privado —dije con firmeza—. Y he estado un poco indispuesta.

Sonó el teléfono, el sonido estridente me puso de los nervios y corrí tan rápido al estudio para contestar que casi tropecé.

—¿Hola? —dije en el auricular.

—Hola, mi amor —dijo. Parecía exhausto, pero más que eso, parecía derrotado.

—Hola —susurré, con lágrimas en los ojos. Había tantas cosas que quería decirle que no era seguro decir. Sabía que él tampoco sería capaz de explicarme por lo que había pasado—. ¿Estás bien?

—Estoy bien —dijo. No sonaba bien en absoluto. Sus palabras eran torpes y arrastraba las palabras, como si tuviera la boca herida. Su tono también estaba cargado de temor—. Tengo una gran noticia para compartir.

—¿Qué es?

—Me han invitado a unirme a las SS —dijo. No cabía duda de que estaba llorando y dejé de intentar contener las lágrimas. ¿A quién le importaba si nos oían ahora?—. Me han concedido el rango de SS-Sturmbannführer. Es un gran honor. —Era un rango alto, el equivalente a un mayor en la Wehrmacht. Me pregunté por qué nuestro plan había fracasado, pero ahora no era el momento de discutirlo.

—¿Podemos visitarte este fin de semana?

—No quiero que los niños me vean así —susurró entrecortadamente.

—Está bien —dije—. Esperaremos unas semanas.

Cuando llevé a los niños a visitar a Jürgen a Nordhausen unos fines de semana más tarde, todavía tenía una sombra verde en la mandíbula y una neblina violeta alrededor de los ojos. Me había advertido que todavía no era él mismo, pero estaba impaciente por vernos.

—Papá —dijo Georg con frialdad—. ¿Qué te ha pasado?

—¡Qué tonto soy! —dijo Jürgen con desdén, mientras se tocaba la cara con la mano—. Me caí por las escaleras del trabajo una noche que me quedé hasta tarde.

Las chicas aceptaron la mentira con facilidad. Abrazaron a Jürgen y corrieron hacia la villa para llevar sus maletas. Georg se quedó de pie junto a mi coche, mirándonos.

—Sé que estabas en problemas —dijo—. Me di cuenta por la forma en que actuaba la señora zu Schiller mientras mamá estaba ausente. Y luego los dos vuelven a casa con este aspecto. —Incluso después de algunas semanas, Jürgen y yo estábamos muy delgados. Yo seguía teniendo dificultades para comer con normalidad. Mi estómago estaba traumatizado por la experiencia—. Papá, no soy tonto. Es obvio que te golpearon. Los arrestaron a los dos, ¿no?

—Soy un torpe y tu madre estaba fuera atendiendo asuntos familiares —dijo Jürgen con desdén.

—Pero…

Jürgen alzó la barbilla y adoptó un tono que no dejaba lugar a discusión.

—Te han educado para respetar a tus mayores —rugió—. Recoge tus cosas y entra en casa. No quiero oír estas tonterías delante de tus hermanas.

Odiaba oír a Jürgen hablar en ese tono, pero entendía por qué lo hacía. Lo último que necesitábamos era que las chicas también sospecharan.

Las fosas nasales de Georg se dilataron, pero recogió su bolso de mano del suelo y caminó a grandes zancadas hacia la villa.

—Puede acusarnos todo lo que quiera, pero hasta que la guerra termine y podamos explicarnos, nunca podremos confirmar sus sospechas —dijo Jürgen con voz grave—. Toda su identidad está envuelta en la causa nazi. Temo que se enfade si lo supiera.

Pasé mis brazos alrededor de su cuello y lo miré fijamente.

—Te amo —susurré.

La tensión en su rostro se alivió un poco mientras me miraba fijamente y susurró:

—Yo también te amo.

Esa noche, bajo las mantas, mientras los niños dormían en sus camas al final del pasillo, la voz de Jürgen temblaba mientras me contaba cómo todo había salido mal.

—Otto me estaba esperando en el lugar cuando llegué esa mañana. Todo sucedió muy rápido, antes de que tuviera la oportunidad de ayudar a alguien. Me dijo que una persona nos vio parar en Kassel y me preguntó por qué nos habíamos registrado con un nombre falso. Le dije a Otto que quería salir. Me arrestaron inmediatamente.

—Deben haber estado siguiéndonos todo el tiempo —dije. Jürgen asintió.

—Pensé que me iban a ejecutar, pero me dieron una paliza… —Su tono fue brusco, un mensaje inequívoco de que aún no estaba listo para hablar sobre el asalto. Se me partió el corazón por él.

—Oh, Jürgen…

—Pensé que continuarían hasta que me mataran. Pero con el paso de los días, me di cuenta de que estaban jugando conmigo, golpeándome hasta dejarme inconsciente, curándome de nuevo... solo tratando de hacerme quebrar y suplicar clemencia. Pero me negué a hablar, principalmente porque sabía que a ti también te tenían retenida y no quería incriminarte. Casi me mata saber que estabas en una celda en algún lugar, Sofie, pero nos habíamos preparado para eso.

—Tuvimos que prepararnos.

—Después de no sé cuántos días, algo cambió. Enviaron a un médico para que me curara de nuevo, luego me llevaron a la sala de interrogatorios y me dijeron que un coche estaba en camino a la casa de zu Schiller para recoger a los niños.

Se me quedó la respiración atrapada en la garganta.

—¿Los niños?

—Dios me perdone, tan pronto como empezaron a hablar sobre las formas en que torturarían a nuestros hijos hasta la muerte, perdí el valor. Debería haberlo esperado —susurró con tristeza—. No les importa nada encarcelar y asesinar a niños judíos, por supuesto que no dudarían en interrogar a los hijos de un traidor.

Una cosa era tomar posición cuando Jürgen y yo íbamos a pagar el precio, y otra muy distinta era amenazar la vida de los niños.

Jürgen fue liberado después de expresar su arrepentimiento y pedir otra oportunidad, tal como esperaba la Gestapo. Se le volvió a invitar a aceptar un rango en las SS, y esta vez cedió.

—Dijiste que el programa de cohetes se vería obligado a terminar pronto. ¿Por qué se tomaron tantas molestias para obligarte a unirte a las SS? —susurré, frustrada y desconcertada.

—Creo que esto puede ser culpa de Karl —susurró Jürgen.

—Unas semanas antes de la toma del castillo de Varlar, Otto sugirió que tal vez debiéramos hacer planes preliminares para poder asegurar rápidamente la destrucción del sitio de Mittelwerk. Sugirió que planeáramos cubrir nuestras huellas como protección contra las acusaciones de crímenes de guerra una vez que los aliados tomaran el distrito.

—Incluso Otto sabe que lo que ha sucedido no está bien.

—Sí, lo hace. Karl estuvo de acuerdo en que deberíamos estar preparados, porque si podemos ocultar la verdad sobre Mittelwerk, él y yo podríamos tener la oportunidad de refugiarnos con uno de los aliados debido a nuestra experiencia con los cohetes.

—Karl no es un científico.

—No, pero es un entrenador con una visión única de lo que se necesita para producir cohetes en masa. O eso me dice.

—Eso es absurdo.

—Es una fantasía —dijo Jürgen con desdén—. Incluso si pudiéramos destruir el sitio de Mittelwerk, todavía habría testigos.

La verdad prevalecerá. Pero la cuestión es que Karl no mencionó que Otto escaparía con nosotros.

—Porque incluso si de alguna manera se pudiera ocultar la verdad sobre Mittelwerk, ninguno de los aliados perdonaría jamás a un oficial de las SS —supuse pesadamente.

—Exactamente. Otto es un hombre que se deleita con la crueldad, mi amor. No me sorprendería que nos hiciera pasar por todo esto sólo para asegurarse doblemente de que Karl y yo estuviéramos atrapados junto con él.

Habíamos cometido un error crucial en nuestro intento de tomar posición. Olvidamos que en el Reich el control era absoluto. No hubo medidas demasiado extremas a la hora de garantizar el perfecto cumplimiento.

43

SOFIE

Huntsville, Alabama
1950

Aún estaba oscuro cuando Félix tiró de mi mano. Entreabrí los ojos llorosos y lo encontré de pie contra la cama, con su cara pegada a la mía mientras yo dormía.

—Mamá —susurró esperanzado—. ¿Televisión?

—Seguro que estás bromeando... —gruñí y miré el despertador. Eran poco más de las 5:30 a. m., la peor hora posible para que me despertara. Era demasiado temprano, pero también sabía que era lo suficientemente tarde como para que volviera a dormirse. Me senté, gimiendo.

—¿Qué pasa? —murmuró Jürgen a mi lado.

—Félix quiere ver la televisión —empecé a decir, pero mis palabras se convirtieron en un grito.

Habíamos dejado las cortinas un poco abiertas la noche anterior y ahora, en el hueco que había entre ellas, una cara me miraba fijamente. Alguien estaba mirando por la ventana.

Agarré a mi asustado hijo y el instinto me impulsó a alejarme de la ventana y salir de la habitación. Jürgen gritaba detrás de mí:

—¿Qué pasa? ¿Sofie? —y entonces debió haberlo visto por sí mismo. Le oí gritar—. ¡Oh, Dios mío!

—¿Mamá? —gritó Félix.

—Está bien, cariño —dije con la voz temblorosa, al igual que mis rodillas. Lo llevé a la habitación de Gisela y prácticamente lo tiré sobre la cama.

—¿Mamá? —murmuró mientras le abría los brazos a su hermano.

—Quédate aquí —dije con fiereza—. Quédate aquí y aléjate de las ventanas.

Corrí hacia la parte trasera de la casa. Por la brisa fresca que venía del pasillo me di cuenta de que la puerta del lavadero estaba abierta. Supuse que Jürgen había salido por allí hacia el patio trasero. ¿Habría sido el hermano de Lizzie Miller el que me miraba por la ventana? Eso pensé, pero no estaba segura. Todo sucedió muy rápido bajo la luz del amanecer.

Acababa de salir del lavadero al patio cuando oí una explosión, tan repentina y fuerte que los perros empezaron a ladrar y los pájaros de los árboles graznaron mientras se dispersaban en el cielo plateado. Mi instinto me decía que saliera corriendo, pero no estaba segura de dónde estaba Jürgen, así que corrí hacia el sonido. Cuando doblé la esquina de la casa, mis pasos se detuvieron. Jürgen estaba en el suelo, acurrucado contra la pared.

A unos diez metros de él, en medio de nuestro pequeño patio, estaba el hermano de Lizzie Miller con una pistola colgando de su mano y una expresión de sorpresa e incredulidad en su rostro. Soltó un gemido cuando me vio. Luego dejó caer la pistola y saltó la cerca baja que había en la parte trasera de nuestro patio.

En el momento en que Henry se alejó del arma, corrí hacia Jürgen. Estaba vivo, sus ojos desorbitados me miraban. Sus manos estaban apretando su abdomen. La mancha de sangre en su camisón se extendía y él respiraba profundamente, con desesperación.

Después de todo lo que habíamos sobrevivido, no podía perderlo así.

—Jürgen... —susurré. Presioné mis manos sobre las suyas, tratando de detener la hemorragia—. Vas a estar bien. Todo va a salir bien.

—Sofie —jadeó.

—¡Gisela! —grité—. ¡Gisela, pide ayuda! —¿Acaso podía oírme desde su dormitorio? Seguro que habría oído el disparo, pero mi hija era lista. Ese sonido probablemente la llevó a esconderse—.

¡Que alguien nos ayude! —grité, y luego me sentí aliviada cuando Klaus apareció en la valla de la puerta de al lado.

—¿Sofie? ¡Dios mío! ¿Qué ha pasado?

—Por favor, ayúdennos —dije—. Han disparado a Jürgen. —Tenía los ojos secos y mi voz sonaba rígida, casi sin emoción. Mis manos, que sostenían las de Jürgen a la altura del abdomen, se estaban entumeciendo rápidamente. Podía oír mi pulso en los oídos: pum, pum, pum. Me parecía surrealista, como si estuviera viendo una película.

Jürgen seguía jadeando, pero el color se le iba rápidamente del rostro. Perdía demasiada sangre. Mis pensamientos estaban confusos, pero de repente uno de ellos parecía claro.

Tenía que mantenerlo tranquilo. Tenía que tranquilizarlo.

—Vas a estar bien —dije en voz baja, mirándolo fijamente a los ojos.

—Te amo a ti, a los niños —jadeó.

—Ahórrate el aliento ahora y cuéntamelo después —dije.

Parecía que la ambulancia había tardado horas en llegar. Yo estaba vagamente consciente de que Klaus estaba en el patio con nosotros, pero sonaba como si estuviera hablando desde lejos mientras me decía que Claudia había llevado a nuestros hijos a su casa para mantenerlos a salvo.

Otros vecinos nos estaban mirando por encima de las vallas, pero cuando traté de ver, mi vista se nubló. Al cabo de un rato dejé de intentarlo y simplemente me concentré en Jürgen.

—Estás bien, mi amor —le dije. Tal vez estaba soñando. Tal vez por eso me costaba tanto hablar y concentrarme—. Todo va a estar bien.

El sol estaba en el horizonte cuando finalmente escuché sirenas en la distancia.

Jürgen cayó inconsciente, sus ojos entraron en pánico mientras sus párpados se cerraban. Sus manos se aflojaron bajo las mías.

Fue entonces cuando el pánico que mi sorpresa había mantenido a raya se apoderó de mí.

44

LIZZIE

Huntsville, Alabama
1950

Casi todo parecía un poco roto cuando me desperté ese sábado por la mañana.

Calvin intentaba comportarse como si nada hubiera pasado, pero parecía casi tierno, como si lo hubiera lastimado gravemente. Todavía no tenía idea de qué hacer al respecto. Henry había llegado tan tarde a casa la noche anterior que comencé a sospechar que en realidad no estaba trabajando hasta tarde, como había afirmado toda la semana. Calvin y yo acordamos sentarnos con él para conversar durante la cena. Todavía no estaba segura de qué le íbamos a decir.

Tenía mucho de qué preocuparme con los dos hombres de mi vida y, cada vez que me preocupaba, me dirigía hacia mi jardín. Por eso me levanté con el sol ese sábado por la mañana, con la esperanza de quitar las plantas no deseadas de algunos canteros de mi jardín antes de que el sol calentara demasiado.

Me estaba poniendo las botas cuando escuché la explosión. La distancia no era tan corta como para que sintiera que necesitaba correr a esconderme, pero sí lo suficientemente cerca como para asustarme. Probablemente se trataba del petardeo de un coche, algún trabajador que salía a trabajar temprano para protegerse del calor. Nada de qué preocuparse.

Empecé a trabajar en el cantero que estaba justo al lado del lavadero, cerca de las escaleras que conducían al departamento de Henry. Si estaba trabajando ese día, pronto bajaría por esas escaleras. Pero apenas unos minutos después, Henry irrumpió en el patio trasero a través de la puerta que daba a la calle. Llevaba ropa de dormir y tenía marcas de sudor alrededor de las axilas.

—¡Lizzie! —susurró frenéticamente—. ¡Me estaba persiguiendo!

—¿De qué diablos estás hablando? —dije sin aliento. Me puse de pie y tomé los hombros de mi hermano entre mis manos.

—¿Estás soñando otra vez?

—Volvió a venir anoche, así que tomé el arma. —Se me cortó la respiración. El sonido que había oído no era el disparo de un coche. ¿Era un disparo?—. ¡Venía todas las noches! Ya he tenido suficiente, eso es todo. Le dije que si se acercaba a ti una vez más, me ocuparía de él. Iba a arreglarlo por ti, Lizzie, pero... —Henry parecía confundido de repente—. Pero cuando llegué, estaban juntos en la cama, el niño entró y...

Aparté un mechón de pelo empapado en sudor de la frente de mi hermano. Me obligué a sonreír para tranquilizarlo, aunque sentía que el hielo corría por mis venas. Necesitaba calmarlo. Necesitaba saber exactamente qué había pasado para poder encontrar la manera de solucionarlo.

—Subamos —dije con dulzura—. Puedes contarme todo, Henry. Te ayudaré a resolverlo.

Nunca había visto llorar a mi hermano antes, ni siquiera en los peores momentos de nuestras vidas. Ahora estaba sollozando. Temblaba de pies a cabeza, parecía que estuviera helado. Hasta los dientes le castañeteaban.

—Todavía no sé qué está intentando hacernos —dijo. Estaba sentado en el borde de su cama deshecha, balanceándose hacia adelante y hacia atrás como un niño—. Pero él seguía viniendo por aquí todo el tiempo. ¡Y luego ella también vino con el pastel! Están tramando algo. Sé que lo están haciendo.

Henry era generalmente ordenado, pero eso era siempre lo primero que se le escapaba cuando estaba de mal humor. Me arrepentía de no haber revisado su habitación. Había intentado respetar su privacidad, pero si hubiera ido a su habitación y hubiera visto la forma sucia en que vivía, habría podido detener todo esto.

Había una lata de pintura roja sobre un periódico extendido en el suelo y pinceles secándose en el alféizar de la ventana. Me sentí confusa al respecto, hasta que recordé que Avril había dicho que alguien había estado haciendo grafitis en la calle frente a la casa de Rhodes. Había platos de comida a medio comer sobre la mesa y notas garabateadas pegadas en la pared, una docena de trozos de papel iguales a los que había dejado caer en mi cocina ese día, cada uno cubierto con fechas, horas y palabras aparentemente al azar. Una caja de balas abierta estaba sobre la mesita que había elegido para él cuando estaba preparando la habitación.

—Fue a hacer la compra los últimos tres viernes, pero ayer volvió temprano a casa. Fue entonces cuando lo supe con seguridad. ¿Cómo sabía que yo estaba en su casa? —Se puso de pie, con pasos pesados y frustrados, mientras caminaba hacia la mesa. Empujó la caja de municiones a un lado y recogió algunas fotografías en blanco y negro, llevándolas rápidamente para mostrármelas—. ¿Ves? —dijo, con un tono triunfante y acusador—. Esto lo demuestra, Lizzie. Están tramando algo.

Acepté las fotografías cuando me las entregó y miré los rostros de tres niños pequeños en una. La siguiente era de una mujer mayor. Y luego mi estómago. Me quedé mirando fijamente la foto de la boda de Sofie y Jürgen Rhodes. Eran jóvenes e inocentes y ambos sonreían como si no pudieran contener su alegría. Las palabras de Calvin me recorrieron la mente: «la adora». En esa foto, Jürgen Rhodes parecía el hombre más feliz del mundo.

Pasé a la siguiente foto y, mientras miraba la última, sentí un pinchazo en el pecho. Una Sofie Rhodes aún más joven, esta vez con otra joven que sonreía a la cámara, con un colgante de la estrella de David colgando de su collar. Tenían maletas a sus pies. Parecía que sus vidas se extendían ante ellas, pidiendo a gritos que las exploraran.

—Son sólo fotografías —le dije a Henry—. Fotografías intensamente personales. —Había estado en su casa, rebuscando entre sus cosas. Me dio vueltas la cabeza.

—Pero ¿no lo ves? —susurró Henry, apretando los puños contra su frente—. Significa algo. No puedo descifrarlo. Te van a hacer daño. La gente así no cambia.

—¿Cuándo has tenido tiempo para todo esto? —Señalé con la mano el desorden que había en la habitación, las notas en la pared, las fotos en mi mano—. ¿Has estado trabajando? —me interrumpí, sintiéndome estúpida. Me giré hacia las notas más cercanas y mi corazón se hundió. No eran las planillas de horas de trabajo de Henry. Algunas estaban marcadas con una S en la parte superior, otras con una J. Los había estado siguiendo durante semanas—. Oh. Oh, Henry…

—Sabía que te enojarías, así que no te dije que renunciaría, pero algunas cosas son más importantes que un trabajo en un almacén de madera, Lizzie —me dijo Henry, afectado.

Debería haber visto esto. Debería haber sabido que Henry estaba en problemas, engañado, confundido o simplemente destrozado. Mi mirada volvió a las balas sobre la mesa y mi corazón se hundió de nuevo.

—¿Cuándo compraste el arma?

—La compré justo antes de navidad, cuando me encontraba en una situación muy difícil.

—Iba a… —se interrumpió y cerró los ojos con fuerza—. No lo compré para Rhodes.

—Henry —dije entre sollozos—. No quiero oírlo. Quiero hablar contigo sobre eso y decirte cuánto te necesito aquí. Pero ahora mismo, necesito saber lo de esta mañana. ¿Dónde está el arma ahora?

—La dejé caer —cerró los ojos con fuerza y la frustración se reflejaba en su rostro— en el patio. Lo viste la primera vez que vino aquí, ¿no? Esa fue la única vez que te dejó verlo.

—No estaba aquí esa noche, Henry. —Fue un sueño o, finalmente reconocí, una alucinación. Fuera lo que fuese, lo que había estado sucediendo en el cerebro de Henry, no tenía ninguna duda de que para él era muy real.

—¡Pero me persiguió esta mañana! —se atragantó Henry—. ¡Iba a seguirme hasta aquí para hacerte daño! ¡Tenía que detenerlo!

—¿Y él está...?

—Creo que está muerto —gimió Henry y el balanceo comenzó de nuevo. Respiré profundamente.

El asesinato era un delito capital en Alabama. Henry claramente no estaba en sus cabales, pero no sabía si eso sería suficiente para salvarlo. Había hecho esto para protegerme y ahora necesitaba mi protección.

Salí volando de la cama y corrí hacia su armario. Bajé su maleta del estante superior y comencé a arrojar su ropa dentro.

—¿Recuerdas dónde estaba ese hospital? ¿El lugar donde te hicieron la terapia de insulina?

—No quiero volver allí —dijo Henry—. No, Lizzie. Por favor.

—Cariño, simplemente tienes que hacerlo. Necesitas ayuda y el VA es el mejor lugar para conseguirla.

—¿Le disparé? ¿Soñé eso? —dijo Henry, después de una pausa.

—No lo sé, cariño —dije, aunque las sirenas en la distancia parecían multiplicarse por segundos, así que tenía una idea bastante clara de que lo había hecho. Una vez que la maleta estuvo llena, la cerré con un clip y se la entregué a mi hermano.

—Toma esto. Ve a tu auto ahora mismo. ¿Tienes gasolina? ¿Dinero para gasolina? —Él asintió en silencio, mirándome con ojos nublados.

—Henry, tienes que conducir hasta ese hospital de Nashville —dije lentamente. Todavía no estaba segura de que lo entendiera. Justo en ese momento, la mente de Henry estaba obviamente en otra parte, con Jürgen Rhodes, o de vuelta en Europa, o ya en la carretera. Lo tomé por los hombros y tiré de él suavemente, animándolo a ponerse de pie—. ¿Puedes hacer eso? ¿Puedes regresar al hospital?

—Sí, creo que sí. —El hospital estaba a casi dos horas de distancia, pero no se me ocurría otra forma de sacarlo de la ciudad que enviarlo por sus propios medios.

—No puedes decirle ni una palabra de esto a nadie. Cuando llegues al hospital, simplemente dile a la enfermera que estás confundido. Dile que estás viendo y oyendo cosas que no existen.

—Pero yo no soy...

—Cariño —susurré entrecortadamente—, creo que lo eres.

—¿Como… como dispararle a Rhodes? ¿Me lo imaginé? —sonaba muy esperanzador.

—Sí —dije lentamente—. Todo esto. Te lo has imaginado todo. —Pero luego me lo imaginé ingresando en la clínica y confesando de inmediato un posible asesinato, así que añadí apresuradamente—. Sin embargo, no debes contarles lo que has estado imaginando. ¿De acuerdo? Simplemente diles que estás viendo y oyendo cosas que en realidad no existen. Que necesitas que te ayuden de nuevo.

—¿Por qué pasa esto, hermana?

—Creo que tu mente está cansada, y tal vez esa terapia de insulina también la haya estropeado un poco —dije con tristeza, mientras extendía la mano para apretarle—. No es tu culpa. Necesitas tomar un poco de cuidado y descanso. Pronto te sentirás mejor. ¿Puedes ir al hospital?

—Puedo hacerlo —Henry asintió con tristeza—. Sí, puedo hacerlo.

—Me encargaré de todo lo demás, pero tienes que irte. Tienes que irte ahora, antes de que Calvin se despierte.

45

SOFIE

Huntsville, Alabama
1950

Los paramédicos dijeron que probablemente Jürgen necesitaba una operación y que era algo grave. Muy grave. Klaus me trajo una de las batas de Claudia y la puse sobre mi ropa de dormir, con la intención de ir con Jürgen en la ambulancia, pero entonces noté las luces azules intermitentes en la calle afuera de mi casa.

—Cuídalo, por favor —le rogué al paramédico mientras cerraba la puerta para que Jürgen pudiera entrar. Me hizo un gesto con la cabeza y sus ojos rebosaban de compasión—. Si se despierta, dile que no estaré lejos. —Ante esto, la compasión se intensificó. Estaba claro que este hombre no esperaba que Jürgen despertara pronto, si es que lo hacía.

Una gran ola de emociones se cernía sobre mí. No podía permitirme desplomarme, todavía no. Tenía que mantener la calma hasta hablar con la policía y, en ese sentido, mi estado de shock fue casi útil.

—¿Señora Rhodes? —el primer agente que se me acercó fue el detective Johnson. Parecía despeinado y molesto. Otro hombre estaba justo detrás de él, un hombre más joven, de pelo rubio claro y un traje igualmente desaliñado.

—Soy el detective Tucker —dijo el hombre rubio—. ¿Puedes decirme qué fue lo que pasó?

Le expliqué con lentitud y cuidado cómo me desperté y vi la cara en la ventana, que salí corriendo de la habitación para llevar a Félix a un lugar seguro. Pero a partir de ahí, mi memoria estaba un poco borrosa.

—Jürgen debió haber salido corriendo al patio trasero. Lo siguiente que supe fue que se oyó el disparo y, cuando entré al patio, Jürgen estaba en el suelo. Henry estaba allí...

—¿Henry? —me interrumpió Johnson bruscamente—. ¿Quién es ese tal Henry?

—Vive a unas cuadras de aquí, con su hermana y su marido, Lizzie y Calvin Miller...

—Ah —dijo Johnson, abriendo mucho los ojos. Metió la mano en el bolsillo y sacó una libreta. Pasó unas cuantas páginas y levantó la mirada hacia mí. Tenía las fosas nasales dilatadas—. ¿Entonces me estás diciendo que Henry Davis, el héroe de guerra estadounidense Henry Davis, te estaba observando a ti y a tu marido mientras dormían? ¿Y luego, sin que nadie lo provocara, le disparó a tu marido?

—Sí.

—¿Dónde están sus hijos ahora, señora Rhodes? —preguntó Tucker, sin ninguna mala intención. Señalé la casa de Claudia. Klaus estaba a unos pocos metros de distancia, observando en silencio—. Señor, ¿puede corroborar algo de esto?

Klaus me miró con impotencia. Apenas conocía al hombre, incluso menos de lo que conocía a su esposa. Había sido una bendición esa mañana, pero él no mentiría por mí.

—Oímos gritos —dijo con torpeza—. Luego el disparo. Un minuto después, más o menos, mientras me estaba poniendo la ropa, oí a Sofie pidiendo ayuda. No vi nada.

—¿Por qué esperaste antes de pedir ayuda? —preguntó Johnson.

—Henry estaba allí de pie, con el arma —dije. Sentí que hablaba demasiado lento, pero tenía la boca muy seca y no podía hablar más rápido—. No pude ir a ver a Jürgen hasta que la soltó. Fue entonces cuando llamé a Klaus.

—¿Y adónde fue Henry Davis después de soltar el arma? —Tucker preguntó firmemente.

—Apuesto a que desapareció en el aire, detective Tucker

—dijo Johnson con ironía. Tucker le lanzó una mirada impaciente y luego se volvió hacia mí.

—¿Señora Rhodes?

—Corrió hacia la cerca trasera y atravesó el patio... —señalé en una dirección vaga.

—¿Vio algo de eso, señor? —le preguntó Johnson a Klaus, quien negó con la cabeza en silencio—. ¿Pero sí oyó gritos antes de que se disparara el tiro?

—Unos minutos antes, sí.

—¿Voces masculinas? ¿Voces femeninas?

—¿Ambos, creo?

—¿Le pareció que se trataba de una discusión, señor? —preguntó Johnson con gravedad.

—Estaba dormido, oficiales —dijo Klaus, impotente—. Claudia y yo nos despertamos con voces muy altas, pero no escuché lo que dijeron.

Todas las miradas se volvieron hacia mí.

—Está terriblemente tranquila para alguien que acaba de encontrar a su marido baleado, señora Rhodes —dijo Johnson en voz baja.

—He tenido un shock terrible —protesté débilmente.

—Las mujeres que sufren traumas terribles se vuelven histéricas —dijo con desdén.

—Deberíamos entrevistar a los vecinos de atrás —dijo Tucker en voz baja a Johnson—. Puede que hayan visto algo.

—Sí —dije, volviéndome para mirar el patio. Henry se había ido por ahí, de repente estaba segura de ello, y entonces estaría a solo un minuto o dos de su propia casa—. Pero deberían irse ahora, en caso de que intente escapar.

—Señora Rhodes, creo que alguien en su posición no debería decirle a un detective investigador cómo hacer su trabajo —dijo Johnson abruptamente, y luego miró a Klaus—. ¿Pueden quedarse los niños con usted y su esposa, señor?

Klaus dudó y su mirada se dirigió rápidamente hacia la casa. Sabía que Claudia no aprobaría esta solicitud.

—No te preocupes, Klaus. Llamaré a Avril Walters —sugerí, incómoda. Ahora me sentía un poco recelosa de ella, pero seguía siendo la única amiga que tenía en Huntsville—. Estoy segura de que los cuidará mientras resuelvo esto y mientras... —Se me hizo un nudo en la garganta—. Sólo hasta que me asegure de que Jürgen está bien.

Avril llegó a casa minutos después de que colgué. Llevaba una bufanda atada sobre los rulos y no llevaba nada en la cara, pero traía un bonito vestido de verano con flores. Dos agentes de policía uniformados llegaron y me observaban mientras caminaba por el comedor y, cuando oí su coche en la entrada, me siguieron mientras iba a buscarla a la puerta de mi casa. Inmediatamente me abrazó fuerte.

—¿Qué diablos está pasando?

—No sé cómo explicarlo —dije aturdida—. ¿Podrías llevarte a los niños por hoy? Jürgen está en el hospital y creo que la policía quiere —tomé aire, pensando en celdas de cemento frías y días sin luz solar— interrogarme.

—Oh, cariño. Por supuesto.

—¿Usted es la señora Walters? —dijo Johnson acercándose a nosotros.

—Lo soy, señor —dijo ella con calma.

—Hablaré contigo a solas antes de que te vayas. Solo necesito confirmar algunos detalles.

Ella me miró con los ojos muy abiertos mientras se giraba para seguir a Johnson hacia el estudio de Jürgen.

—Señora —dijo uno de los oficiales uniformados—, estamos listos para llevarla a la estación ahora.

Me dejaron sentada en la sala de interrogatorios de la comisaría durante más de una hora. Estaba desesperada por tener noticias de Jürgen. Estaba más preocupada por su salud que por mi situación actual y eso era decir mucho. El shock había pasado y ahora me resultaba una tarea titánica evitar que el pánico me invadiera al recordar la última vez que estuve en una sala de interrogatorios.

Pero finalmente, la puerta se abrió y Tucker y Johnson estaban allí. Allí ambos lucían sombríos.

—¿Él está...? —solté, pero la expresión de Tucker se suavizó un poco.

—No, señora Rhodes. Lo último que supimos es que todavía estaba en el quirófano. —Me desplomé aliviada cuando los hombres tomaron asiento frente a mí.

—Usted dice que Henry Davis le disparó a su marido esta mañana en el patio trasero de su casa —dijo Johnson, con tono firme y formal.

—Así es —dije—. ¿Has hablado con él?

—Estábamos planeando una visita a su casa —dijo Tucker en voz baja—. Pero luego hablamos con tu amiga, la señora Walters.

—Ah, ¿sí? —dije frunciendo el ceño. Un escalofrío de inquietud me recorrió el cuerpo.

—Nos dio información muy esclarecedora sobre el pasado de su marido, señora Rhodes—Johnson frunció el ceño—. Dijo que usted jamás quiso negar que ambos eran miembros del partido nazi en Alemania y que Jürgen era un oficial de las SS que... —Sus fosas nasales se dilataron y me miró con un odio apenas disimulado mientras decía—, que dirigía una especie de campo de concentración.

—No fue... Yo no... —apreté los dientes y traté de calmarme. No me haría ningún favor dejar que me pusieran nerviosa—. He venido al otro lado del mundo para estar con Jürgen. ¿De verdad crees que le haría daño? ¿De verdad crees que vendría aquí si no lo amara?

—También nos cuenta que la semana pasada usted le dijo que la vida aquí era difícil pero que no podía regresar a Berlín por culpa de su marido.

—¡No dije nada de eso! —exclamé, pero luego me detuve porque dije que volver a casa no era una opción. Tal vez los detectives habían tergiversado sus palabras.

Tal vez ella había torcido las mías. Mi corazón se hundió.

—Y su marido irrumpió en la casa de los Miller hace unas semanas...

—¡No lo hizo! —exclamé—. Lizzie Miller se lo inventó. —Cerré los ojos con fuerza—. O su hermano. No lo sé con seguridad.

Johnson suspiró con impaciencia.

—Entonces, su historia es que Lizzie Miller inventó una historia sobre que su marido entró en su casa y que Henry Davis apareció en su ventana esta mañana y, sin provocación alguna, le disparó a Jürgen y luego huyó.

—Nos ha estado acosando —dije, con los ojos llenos de lágrimas de frustración—. ¡Se metió en nuestra casa! ¡Me arrojó un pastel! Ha estado caminando de un lado a otro de nuestra calle mirándome. Por lo que sé, él ha sido el que ha pintado esa palabra en la calle frente a nuestra casa.

—No vi esos informes en el archivo —comentó Johnson, casi con aire de suficiencia—. ¿Me los perdí? ¿Debería echarles otro vistazo?

—Jürgen habló contigo la primera vez que encontraron el grafiti y tú le dijiste que simplemente lo tapara con pintura —dije rotundamente—. Después de eso, no nos molestamos en volver a llamar. Era obvio que no ibas a ayudarnos.

—Te escucho —dijo Tucker, bajando el tono, como para evitar que la tensión aumentara. Respiré con dificultad, intentando calmarme—. Pero lo que no entiendo es por qué nadie a quien hayamos entrevistado hasta ahora puede confirmar ni una sola cosa de lo que acabas de decirnos. Avril me dice que usted y ella se han vuelto muy amigas, pero no mencionó nada sobre esta posibilidad... ¿un ataque con un plato de comida? ¿O un robo? ¿O Henry Davis rondando fuera de su casa? Si algo de eso realmente sucedió, señora Rhodes, debe haberse sentido angustiada. ¿Por qué no se lo dijo a nadie? Incluso le preguntamos a Klaus Schmidt y a algunos de sus otros vecinos si habían notado algo inusual en su casa. Todos nos hablaron de los grafitis y de la escena que armó en el picnic del Arsenal de Redstone, pero no tenían nada más que contar.

—Cuando Jürgen se despierte te lo dirá —susurré con fiereza.

—Si se despierta —dijo Johnson rotundamente—. Tuve la impresión de que no era algo seguro cuando hablé con el hospital hace un momento.

Los miré impotente, pero entonces se me ocurrió una idea. Había otras personas que sabían al menos parte de lo que estaba sucediendo.

—Hable con Lizzie o Calvin Miller.

Después de eso me trasladaron de nuevo a la celda.

46

LIZZIE

Huntsville, Alabama
1950

—Henry se fue anoche —dije alegremente. Llevaba una cesta de ropa de cama recién sacada del cuarto de Henry. A Calvin le gustaba dormir hasta tarde los sábados y luego solía pasar unas horas en la oficina para ponerse al día con algún papeleo mientras el lugar estaba tranquilo. Cuando salió de su habitación, yo había destrozado el departamento de Henry y lo había dejado en los huesos. Rompí las notas de Henry en pedacitos y las tiré por el inodoro. El resto de sus balas y una lata de pintura roja que encontré en su armario estaban en una caja de cartón en mi lavandería, junto con las fotografías de Sofie Rhodes, guardadas a salvo en un sobre que ya había sellado y dirigido a su casa.

No había nada que pudiera hacer con el arma, ya que Henry no estaba seguro de dónde la había dejado caer. Solo tenía que esperar que, dado que la había comprado hacía meses y probablemente en otra ciudad, la policía no pudiera rastrearla hasta él.

—¿Se fue anoche? —repitió Calvin, frunciendo el ceño—. ¿Se fue sin decir adiós?

—Tuvo una pelea con Walt en el almacén de madera —dije, mintiendo sin pensar y odiando cada segundo de la pelea. Nunca le había mentido a Calvin antes—. Pero Henry se enteró de un trabajo en el norte. Tenía que estar allí para empezar hoy. Así que lo animé a ir.

—Estabas tan preocupada por él... —dijo Calvin, desconcertado—. Íbamos a hablar con él sobre ver a un médico hoy ¿y tú simplemente lo dejaste irse?

—Pensé que lo mejor sería que saliera de Huntsville.

—¿Cómo se enteró de este trabajo? —dijo Calvin—. No oí el teléfono sonar anoche.

—Duermes muy profundamente —señalé. Luego me sonrojé y evité su mirada, pensando en ese incómodo encuentro en mitad de la noche que habíamos tenido el jueves. Me quedé mirando un nudo en las tablas del suelo y me reí nerviosamente mientras añadía—. De todos modos, llamó a un viejo amigo a última hora para ponerse al día y fue entonces cuando se enteró del trabajo.

Sentí muchas cosas, y no todas tenían sentido. Me sentí avergonzada y profundamente molesta por la familia Rhodes, algo que pensé que nunca sentiría. Estaba tan ansiosa que me sentí enferma. Estaba confundida. Henry estaba en problemas y mis instintos me decían que lo protegiera. Eso era sincero, una expresión pura de mi amor. Pero mientras mi hermano se alejaba en el auto, ya me preguntaba si había hecho lo correcto.

—Estoy preocupado por él. Y más que un poco dolido porque esta vez no se despidió —admitió Calvin.

—No quería despertarte —dije. Había un tono áspero en mi voz y esperaba que Calvin lo interpretara como tristeza porque Henry se había ido otra vez. Me ofreció una sonrisa comprensiva y luego se bebió el resto de su café.

—¿Quieres que me quede en casa hoy? —se ofreció—. ¿Puedo ayudarte en el jardín?

—Va a hacer mucho calor —dije con un nudo en la garganta—. Probablemente lavaré la ropa de cama y tal vez leeré un libro. Deberías irte.

Sabía que volvería, probablemente más pronto que tarde, porque no tardaría mucho en llegar a la base la noticia de lo ocurrido. Mi marido, inevitablemente, volvería corriendo a casa con preguntas que yo no estaba preparada para responder.

No me había permitido pensar tan a largo plazo. Tenía que ir al buzón para enviarle las fotos a Sofie Rhodes y luego tenía que encontrar un lugar seguro lejos de mi casa para poder deshacerme de las balas y la lata de pintura roja.

Tan pronto como el auto de Calvin se fue, corrí al lavadero y recogí la caja de cosas de la habitación de Henry con la intención de correr a mi auto para deshacerme de todo. Pero cuando llegué a mi puerta, escuché un motor en la calle. ¿Calvin ya estaba regresando?

No. Fue peor.

Un coche de policía entró en la entrada y se estacionó detrás de mi coche. Presa del pánico, dejé caer la caja al suelo y la empujé debajo de una mesa de luz en la esquina de mi sala de estar. El cuadrado de encaje que había sobre la mesa sobresalía sólo unos centímetros de los bordes. La caja estaba a la vista, pero seguro que no despertaría sospechas, aunque los agentes la vieran.

Luego enderecé los hombros, respiré profundamente y abrí la puerta.

Hice pasar al detective Johnson y a su compañero, el detective Tucker. Los invité a sentarse y les ofrecí café, pero lo rechazaron. Me dejé caer en mi sillón cuando me di cuenta de que mi nerviosismo probablemente me hacía parecer culpable. Me percaté de que me estaba arrancando la piel alrededor de las uñas, así que metí las manos debajo de los muslos. Resistí a la extraña necesidad de seguir mirando hacia la caja en la esquina de la habitación.

—Lamento interrumpir su mañana —dijo el detective Johnson. Lo recordé de su visita anterior. Esta vez parecía incómodo. Mis dedos temblaban bajo mis muslos—. Tengo una noticia terrible, señora Miller. A Jürgen Rhodes le dispararon esta mañana.

—¿Le dispararon? —dije sin aliento, fingiendo estar sorprendida—. ¿Está...?

—Está vivo —dijo Tucker—. Desafortunadamente, no tiene buena pinta.

Si Rhodes sobrevivía, eso podría significar todo tipo de complicaciones para Henry, pero no podía permitirme esperar otro resultado. Incluso si Jürgen Rhodes tenía esqueletos en su armario, no podía desearle la muerte.

—Hemos llevado a la señora Rhodes para interrogarla, señora —dijo el detective Tucker. Pensé que los había escuchado mal por un momento. Parpadeé.

—¿Dijiste señora Rhodes? ¿Sofie Rhodes? —Me empezaron a hormiguear las manos. Era consciente del latido de mi corazón contra mi pecho. Pensé que las cosas estaban tan mal como podían estar, pero de alguna manera, esto era mucho peor. Mi mirada seguía vagando por la habitación, hacia la caja. Volví a mirar al detective Tucker.

—Creemos que hubo algún tipo de altercado doméstico y eso llevó al tiroteo —me dijo Tucker.

—Es chocante, lo sé —dijo Johnson con simpatía—. ¿Dijiste que el señor Miller está en la base? —asentí en silencio—. ¿Y tu hermano?

—Se fue a un nuevo trabajo en el norte —dije—. Ayer.

—¿Puede decirnos dónde está? ¿Cómo podemos ponernos en contacto con él?

Negué con la cabeza. Al menos, esa respuesta era la que había planeado.

—Él tiende a vagar por ahí, pero me escribirá cuando encuentre un lugar donde quedarse.

Seguí pensando en la Sofie Rhodes de esas fotos. Había tanta esperanza en sus ojos. Entonces pensé en sus hijos. Estaba segura de que solo tenía dos en esa fiesta, pero las fotos sugerían tres.

Niños en un país extraño, que ni siquiera hablaban inglés. Su padre podría morir. Su madre podría ir a la cárcel. Peor aún si la condenaban por asesinato. Tal vez, si Henry hubiera sido arrestado, podría haber usado como defensa la locura, pero Sofie Rhodes no tendría esa opción. Ella era una mujer. ¿Tal vez eso podría ayudar? Jürgen Rhodes probablemente ganaba un salario excelente. Incluso si no sobrevivía, podrían tener suficientes ahorros para financiar su defensa y tal vez...

Me quedé paralizada. ¿De verdad estaba intentando convencerme de que debía permitir que una mujer inocente se enfrentara a la pena de muerte por algo que yo sabía que no había hecho?

Miré la caja que había debajo de la mesa de la lámpara durante una fracción de segundo y luego volví a mirar a Tucker. Se inclinó hacia delante y me miró con visible preocupación.

—Señora Miller, sabemos que esto ha sido un shock terrible. ¿Quiere que la dejemos un momento? Tenemos algunas preguntas que nos gustaría hacerle.

—¿A mí?

—Sofie Rhodes nos contó una historia fantástica sobre su hermano acosándolos —dijo Johnson, y su tono sugería que le daba vergüenza repetir la acusación—. Está convencida de que Henry mintió sobre la noche en que vio a su marido en su casa. Para ser sincero, señora Miller, no le doy mucha importancia a lo que esos alemanes dicen o no dicen. Pero pensé que vendríamos a charlar con usted de todos modos, solo para hacer nuestra debida diligencia.

Cerré los ojos y traté de concentrarme. Tenía que haber una manera de solucionar esto. No podía hacer nada para deshacer lo que Henry ya había hecho, pero tenía que haber una manera de salvarlo de la prisión, de salvar a Sofie Rhodes para sus hijos...

Tal vez me quedé allí sentada un momento demasiado largo, porque cuando abrí los ojos, ambos oficiales me estaban mirando fijamente, con los ojos entrecerrados.

—¿Señora Miller? —preguntó Tucker lentamente—. ¿Hay algo que quiera decirnos?

Por primera vez en años, pensé en mi madre, en la conversación que ella y yo compartimos bajo las estrellas sobre Henry y papá sobre mentes fuertes y espíritus débiles.

«Cada uno recibe el cerebro que le dan, y me parece que los que somos fuertes tenemos la obligación de cuidar a los demás cuando no lo son».

Mi mirada se desvió nuevamente hacia la caja de pruebas en la esquina de la habitación.

Tenía que proteger a Henry. Tenía que ayudar a Sofie Rhodes.

Dejé que mi mirada se detuviera en la caja, lo suficiente para que el silencio se prolongara.

Después de un momento, Johnson se levantó y caminó por la habitación hasta la mesa de la lámpara. Levantó la caja y la colocó sobre la mesa, miró dentro y me vio con incredulidad.

—¿Podría explicarme todo esto, señora Miller? —preguntó.

—No —susurré con voz ronca—. No, no creo que lo haga.

La sala de interrogatorios era pequeña, con paredes completamente blancas y un gran reloj sobre la puerta. Supuse que necesitaría un abogado, pero no sabía qué le diría, así que no pedí que lo llamaran. Johnson y Tucker me lanzaban preguntas rápidas. Sabía todas las respuestas, pero no había dicho ni una palabra desde que llegamos a la comisaría.

Sentí el recuerdo de mi madre con mucha fuerza en esa habitación. Era como si estuviera tratando de decirme algo, pero no podía entenderlo con todo el ruido, la culpa, el miedo y la confusión.

—Lizzie —dijo Tucker, y su tono se suavizó de repente—. ¿Puedo llamarte así? —asentí en silencio—. Las balas de esa caja coinciden con el tipo de balas que hay en la pistola que encontramos en el patio trasero de Jürgen Rhodes. Tienes las fotografías que, según Sofie Rhodes, fueron robadas de su dormitorio. Tienes una lata de pintura que podría haberse utilizado para acosar a esos alemanes en Saukeraut Hill. No te hemos acusado todavía porque pensamos que podrías tener alguna explicación para todo esto, pero ni siquiera intentas ayudarnos en este caso. Seguramente puedes ver que esto tiene mala pinta.

—Calvin está ahí fuera, en el vestíbulo —añadió Johnson—. Está muy molesto, Lizzie. ¿Por qué no nos cuentas qué pasó esta mañana con Rhodes y luego te dejamos verlo?

Quería que mi hermano estuviera bien, pero no podía. Quería hacer feliz a Calvin, pero no podía. Solo quería deshacer lo que le había pasado a Jürgen Rhodes, pero no podía. Quería ayudar a Sofie Rhodes, quien, al menos en esta ocasión, era una madre inocente de niños inocentes.

Solo quería mejorar todo para todos los que me rodeaban a mí.

Podía escuchar mi respiración resonando en esa pequeña habitación. Pantalones cortos que delataban mi pánico. La única salida parecía ser que confesara el crimen por Henry, pero Calvin se daría cuenta de inmediato.

—Podríamos tomarnos un descanso —suspiró Tucker, y los dos hombres empujaron sus sillas hacia atrás y me dejaron sola.

Miré fijamente el reloj de la pared. Eran casi las diez de la mañana y el segundero seguía corriendo, aunque parecía que el tiempo se había detenido.

47

SOFIE

Berlín, Alemania
Abril de 1945

El final se acercaba y en las calles de Berlín reinaba un ánimo de tensión. Algunos almacenaban alimentos y municiones, mientras que otros recogían leña en pilas en sus patios, supuestamente para proyectos de verano. Pocos estaban dispuestos a admitir que en realidad se preparaban para bloquear sus ventanas una vez que el conflicto llegara a nuestras calles.

Lydia no había hablado conmigo desde mi arresto, no hasta que las líneas telefónicas en Nordhausen y Mittelwerk dejaron de funcionar, momento en el que llamó y actuó como si todavía fuéramos cercanas.

—¿Has tenido noticias de Jürgen? —preguntó amablemente.

—Lo siento —dije—. No, no por semanas.

—La última vez que hablé con él, Karl dijo que tenemos que defendernos a nosotros mismos y a nuestros hogares a cualquier precio y que debemos luchar hasta el final. Él y yo acordamos que nunca nos rendiríamos, pero… —Lydia se aclaró la garganta—, si lo hubieran capturado, bueno, obviamente eso sería diferente.

—No sé qué quieres decir, Lydia.

—Los soviéticos y los estadounidenses querrán nuestra tecnología. Nuestro conocimiento. Dios sabe que los científicos no pueden abrirse camino solos desde el comedor hasta sus escritorios. Necesitan gente como Karl para ayudarlos o nunca lograrían nada. Y, por supuesto, también se llevarían a nuestras familias. Los hombres insistirían en ello.

—No estoy tan segura de nada de eso —suspiré. Sabía por Jürgen que esa era la expectativa de Karl, pero a mí me parecía ridículamente optimista—. Si me entero de algo, te llamaré.

Unos días después, Hans llamó y pidió hablar con Georg, y no pensé que fuera a buscar a mi hijo. Lo dejé en el estudio para que hablara con su amigo y volví a la cocina, donde había estado catalogando los suministros. Era probable que la ciudad cayera en cuestión de semanas. Los bombardeos aéreos nos mantuvieron despiertos varias noches seguidas y parecía claro que esto no era más que el principio. Estaba trasladando todos los restos de sustento potencial al refugio antiaéreo improvisado que habíamos instalado en el pequeño sótano debajo del edificio de Adele. Tenía miedo, pero ya llevaba tanto tiempo asustada que había aprendido a superarlo. Lo mejor que podía hacer por mi familia era estar preparada.

Lo siguiente que supe fue que Georg estaba en la puerta con su uniforme de las Juventudes Hitlerianas y una bolsa de lona colgando del hombro. Tenía quince años y era un orgulloso miembro de pleno derecho de las filas superiores. Su uniforme le quedaba un poco grande. Había heredado la altura de Jürgen y necesitaba una talla más grande, pero aún no tenía la masa suficiente para llenarlo.

—Tengo órdenes, mamá —me dijo. Sus ojos brillaban de emoción, como si lo hubieran convocado para jugar a un juego particularmente emocionante. Nunca lo había visto tan feliz desde mi arresto—. Nos desplegamos de inmediato.

—¿Órdenes? —repetí sin comprender—. ¿Despliegue?

—Mi división de las Juventudes Hitlerianas se desplegará para defender Kassel.

Dejó caer su bolsa al suelo y dio un paso hacia mí con expresión grave en el rostro. Dejé la bolsa de harina que tenía en la mano y me volví hacia él, más confundida que alarmada.

—Tienes quince años —dije sin comprender—. Eres un niño, no un soldado. ¿Quién te ha dicho que te van a enviar a un destacamento? —Me sacudí el polvo de las manos en el delantal y di un paso hacia la puerta—. No has entendido bien, eso es todo. Llamaré al capitán...

—Él está en camino a recogerme.

Odiaba tener que devolverle la llamada a Lydia, pero no se me ocurría otra forma de arreglar este lío. Georg esperaba junto a la puerta mientras yo marcaba y hablaba con la ama de llaves de zu Schiller, que fue a buscar a Lydia. Después de un momento, contestó el teléfono sin aliento.

—¡Sofie! ¿Tienes noticias de Karl?

—No, lo siento...

—Entonces ahora no es un buen momento. Estoy ayudando a Hans a preparar su maleta.

Me volví para mirar a Georg. Había empezado a afeitarse hacía poco. Probablemente un poco antes de lo necesario. La navaja había inflamado el rastro de acné a lo largo de la línea de la mandíbula. Tenía el color de Jürgen y mi intelecto. Era guapo y orgulloso, sus botas relucían, su corbata estaba perfectamente anudada, todo por su cuenta.

Pero su piel estaba roja, enrojecida por la irritación y probablemente más que un poco de vergüenza.

Era un niño. Era sólo un niño.

—Acabo de hablar con Georg. No pueden estar enviando niños a la misión —dije. Sentía la sangre corriendo por mi cuerpo, el pulso latiendo en mis oídos y debajo de mi piel.

—El Führer ha dicho que debemos defender el Reich hasta el final —dijo con impaciencia—. Estos chicos llevan años entrenándose para la batalla.

—¿Vas a dejar ir a Hans?

—Estoy preocupada, por supuesto, pero también orgullosa. ¡Hans y Georg son guerreros hoy! No nos corresponde a nosotros decidir si se van. Tienen órdenes. Simplemente deben obedecerlas —dijo. Luego bajó la voz y me reprendió—. Sofie, deberías haber aprendido la lección la última vez. Debemos ser leales al Reich, por encima de todo.

Colgué sin despedirme. Me zumbaban los oídos. Con sorpresa, con terror, con incredulidad, me volví hacia Georg.

—No puedes irte —dije de golpe—. Tienes que quedarte conmigo.

—No puedo negarme a obedecer órdenes, mamá. ¡Eso es traición!

—Pero puedes ignorarlos, Georg, y debes hacerlo. Estamos perdiendo la guerra —dije, y me acerqué a él justo cuando se agachaba para recoger su bolso. Me sacudió de encima, con expresión endurecida.

—¿Perder la guerra? ¡No me digas que el enemigo te ha engañado con su propaganda! El Führer dice que sólo tenemos que mantener el rumbo. Luchar casa por casa, dijo. Así es como saldremos victoriosos...

—Ahora tienes que pensar por ti mismo —lo interrumpí con urgencia—. Es sólo cuestión de tiempo antes de que caiga el resto de Alemania, y cuando eso ocurra seremos liberados. Ya casi ha terminado.

Georg se quedó quieto. Su mirada se fijó en mi rostro.

—Lo sabía.

—¿Sabías qué?

Su labio se curvó con disgusto y meneó la cabeza.

—Eres desleal al Reich y te arrestaron porque alguien se enteró. Tú y papá probablemente están vivos sólo porque sus cohetes están cambiando el curso de la guerra.

Un torrente de palabras me esperaba hirviendo en mis entrañas. Se acercaba el momento en que podría decirlas.

«Fuiste una marioneta en manos de hombres malvados desde tu infancia, pero hay una buena persona dentro de ti, y voy a ayudarlo a crecer fuerte de nuevo».

Pero Georg me acababa de recordar sin querer por qué no podía decir esas palabras todavía. Si fuera sincera con él ahora, se dirigiría directamente a ese coche o cruzaría la calle para hablar con Dietger y contarle la noticia de mi deslealtad. Ni siquiera podía culparlo. Lo habían criado con la doctrina de que la patria está por encima de la familia. Por lo que yo sabía, los aliados todavía estaban a semanas de Berlín. ¿La Gestapo me arrestaría de nuevo? ¿Me llevaría de nuevo a la prisión?

Si lo hicieran, mis hijas se quedarían solas en Berlín mientras la ciudad caía. No podía correr ese riesgo. Tenía que morderme la lengua. Todo lo que pude hacer fue dejar ir a Georg y rezarle a Dios para tener la oportunidad de decir lo que necesitaba decir más tarde, cuando todo terminara.

—No soy desleal —dije con un tono hueco—. Estoy preocupada por ti. Eres un hombre ahora, pero sigues siendo mi bebé.

Ante estas palabras, o tal vez por mi tono entrecortado, Georg hizo una pausa. Luego dio un paso hacia mí y me abrazó.

—Mamá —la reprendió suavemente—. No te preocupes. Sé lo que hago. Es un honor servir al Führer. Confía en él y ten la seguridad de que estaré a salvo y de regreso en casa antes de que te des cuenta.

Le rodeé la cintura con mis brazos y lo apreté con fuerza.

Se oyeron pasos atronadores en las escaleras que había encima de nosotros y allí estaban Laura y Gisela, ambas radiantes de orgullo a pesar de las lágrimas. Georg las abrazó rápidamente, les dijo que fueran valientes y fuertes y, entonces, sonó una bocina afuera. Las chicas corrieron a mi lado, ambas llorando desesperadamente. Las rodeé con un brazo mientras Georg cruzaba rápidamente el vestíbulo para abrir la puerta principal.

—Espera —solté—. Espera…

Pero me quedé callada porque no había nada más que decir y era evidente que Georg también lo sabía. Se volvió hacia nosotros y levantó el brazo derecho desafiante en un saludo a un hombre que no merecía tal honor, un hombre que ya había perdido. Aunque él y mi hijo aún no lo reconocieran.

—¡Salve, salve! —exclamó Georg—. ¡Salve, victoria!

Mis hijas, aun llorando, levantaron las manos para devolverme el gesto. Yo también levanté la mía, como sabía que debía hacerlo, pero temblaba violentamente sobre mi cabeza.

El tono de Georg hablaba de su desafío cuando hizo ese saludo, pero no me perdí el destello de miedo en sus ojos.

No tenía ni idea de lo que estaba sucediendo en Kassel durante las semanas siguientes. Pregunté a todos los que vi si tenían alguna novedad. De vez en cuando salía para preguntarle al tendero o a la gente de la calle. Aunque nunca lo admitía, Lydia estaba tan preocupada como yo, tanto por Karl como por Hans. Para mi frustración, seguía llegando sin avisar a mi casa en busca de noticias.

—Estoy segura de que todos estarán bien —me dijo, pero su voz estaba tensa y se estaba arrancando la piel de las uñas—. Karl y Jürgen son activos muy valiosos en el Reich, estarán protegidos pase lo que pase. Y nuestros muchachos son soldados. Quiero decir, han entrenado durante años para esto en el Jungvolk y en las Juventudes Hitlerianas. —Hizo una pausa de repente y luego me miró a los ojos con lágrimas—. Pero me dirás si oyes algo, ¿verdad, Sofie? ¿Cualquier cosa?

Tenía muchas otras cosas de las que preocuparme en el frente interno, porque Berlín se estaba hundiendo rápidamente en el caos. Los aliados bombardeaban día y noche. Laura, Gisela y yo estábamos nerviosas todo el tiempo, listas para correr al sótano al oír el estridente estallido de las sirenas antiaéreas. La ciudad pronto quedó aislada y había una locura en el aire que me recordó a la Kristallnacht. Casas y tiendas fueron saqueadas, la gente fue asaltada a plena luz del día por las cosas más simples.

En este horrible contexto, el Reich seguía con su delirio de esperanza. Los coches circulaban por las calles con altavoces en el techo, recordándonos que debíamos proteger nuestros hogares y calles a cualquier precio. Aparecían nuevos carteles de propaganda en los postes de telégrafo y en los buzones de correo. Hitler, desafiante hasta el final, siguió incitándonos a la violencia en su nombre.

Laura sostuvo uno de estos carteles en su mano una mañana durante el desayuno.

—¿Cuál es el plan, mamá? ¿Cómo defenderemos nuestro hogar del enemigo?

Tenía trece años. Los nazis habían estado en el poder desde que ella era una niña. ¿Cómo podría explicarles a Laura y a Georg por qué les permitimos sumergirse en ese mundo de idolatría y odio?

Volví a hacer los cálculos... Gestapo, lealtad y encarcelamiento. Esta vez, la ciudad estaba sumida en tal caos que tuve la certeza de que la Gestapo estaría ocupada en otra cosa, probablemente tratando de salvar el pellejo. Consolada, di mi primer paso hacia un futuro en el que Laura y yo pudiéramos conectarnos en términos honestos.

—La guerra ha terminado —dije con dulzura—. Hemos perdido.

—Pero, mamá —Laura levantó el cartel, como si yo no lo hubiera visto—, debemos defender nuestra calle y nuestro hogar hasta el final. ¿Lo ves? No podemos permitir que simplemente se apoderen de nuestra ciudad.

—Otros lucharán. La guerra ya le ha quitado suficiente a esta familia.

—¿Qué demonios quieres decir? —miró a su alrededor, realmente desconcertada—. ¡No hemos perdido nada!

Me levanté abruptamente.

—Todo lo que crees saber es falso. Al igual que un infante, tendrás que aprender a interpretar las cosas que has visto y oído.

Gisela, de seis años, estaba sentada a mi lado y extendió la mano para tomarme.

—No hay que pelear —dijo—. Ya tengo miedo. Por favor, no peleemos.

—No estamos peleando, nena —le dije suavemente—. Está bien tener miedo. Laura y yo tenemos miedo y, donde sea que estén, apuesto a que papá y Georg también tienen miedo.

—Lo diré en mi reunión de la Liga —susurró Laura—. Siempre preguntan si nuestras familias son leales. La Gestapo vendrá por nosotros. Eso es lo que te mereces por decir esas cosas odiosas.

—No habrá más reuniones de la Liga —dije con brusquedad—. Nos están preparando para luchar con nuestras propias manos. Si les importáramos un poco, nos dirían que preparáramos nuestras banderas blancas y que diéramos la bienvenida a los soviéticos. Lo único que nos queda por hacer es aceptar la realidad de que estábamos en el bando equivocado y perdimos.

—¿Por qué hablas así? —gritó Laura, con los ojos llenos de lágrimas. Empujó su silla hacia atrás y salió corriendo de la habitación, dejando caer el póster al salir. El cartel revoloteó lentamente hasta el suelo y flotó debajo de la mesa. Escuché sus furiosos pasos en las escaleras y luego el sonido de su puerta al cerrarse de golpe mientras corría hacia su dormitorio.

Estaba cansada y preocupada por Georg y Jürgen y harta de que cada momento fuera una batalla. Exhalé lentamente y dejé caer la frente sobre la mesa. Gisela me apretó la mano.

—Mamá, ¿todo va a salir bien? ¿De verdad me prometes que así será?

Me acerqué a Gisela, la puse sobre mi regazo y le rodeé la cintura con los brazos. Ella se giró para apoyar la cabeza en mi hombro y me rodeó el cuello con los brazos.

—Va a ser difícil por un tiempo más —respondí—. Sólo tenemos que ser valientes hasta que las cosas mejoren.

Aquella noche me había metido en la cama cuando oí que un coche aparcaba en la calle. Supuse que era alguien que venía a buscar a un vecino, pero entonces oí un suave golpe en la puerta principal. Pensando que podría ser Georg, salí corriendo de la cama y bajé las escaleras para abrir.

Jürgen estaba en la puerta. Necesitaba desesperadamente afeitarse y, como descubrí cuando lo rodeé con mis brazos, bañarse.

—Estoy tan feliz de verte —grité—. ¿Dónde diablos has estado?

Él ofreció una sonrisa cansada.

—Todo el equipo fue enviado a una estación de esquí en Baviera para esperar nuevas instrucciones. En el caos que se produjo cuando se marchaban, robé este coche y comencé a regresar aquí.

—Lydia cree que se va a América.

—Bueno, me temo que Lydia se va a llevar una sorpresa, porque Karl se rindió a los soviéticos hace semanas —dijo Jürgen mientras colgaba su sucio sombrero en el perchero. Lo saqué con cuidado y lo dejé cerca de su maleta en el suelo.

—Eso necesita un poco de agua y jabón —Hice un gesto vago con la mano en dirección a su cuerpo—. Todos necesitan un poco de agua y jabón. —Pero luego hice una pausa y jadeé—. ¿Dijiste que Karl se rindió a los soviéticos?

—Intentó convencerme de que lo acompañara. Cuando me negué, reunió a un grupo de otros científicos, incluido Aldo, y huyó como una rata en un barco que se hunde. Karl es un oficial de las SS y un criminal de guerra, por el amor de Dios, igual que yo. ¿Por qué alguien nos perdonaría? Probablemente esté en alguna miserable prisión soviética en este momento, justo donde debería estar. —Jürgen suspiró y sacudió la cabeza—. Incluso si le ofrecieran refugio por alguna razón insondable, ¿de qué le sirve a Karl la libertad? Tuvo que abandonar a su mujer y a sus hijos para conseguirla.

Pasé la mirada por el cuerpo de Jürgen y lo asimilé todo. El rasguño en su brazo que parecía como si hubiera tenido un encuentro con un arbusto afilado. El barro en la mejilla. La ropa arrugada y maloliente.

—No ha sido fácil volver a casa —dijo, siguiendo mi mirada—. No pasará mucho tiempo antes de que Berlín caiga. Me alegro de haber venido. Las cosas empeorarán antes de mejorar. Me quedaré contigo y trataré de mantenerte a ti y a los niños a salvo hasta que todo termine. Luego me rendiré ante quienquiera que tome la ciudad.

Jürgen ya estaba subiendo las escaleras hacia el baño. Me aclaré la garganta y él me miró expectante.

—A Georg lo enviaron a Kassel con su unidad de las Juventudes Hitlerianas —solté. La sorpresa se reflejó en sus rasgos, y luego un terror inconfundible—. Lo intenté. Prometo que intenté convencerlo de que se quedara. No hubo forma de hacerle entrar en razón.

Esa noche, a pesar del miedo que sentía y de la incertidumbre que reinaba en el futuro, tuve una bendición inesperada por la que estar agradecida. A pesar de todo lo que estaba mal en nuestro pasado y en nuestro mundo, al menos Jürgen y yo estábamos juntos en nuestra ansiedad y desesperación.

El día siguiente estaba doblando la ropa cuando llamaron a la puerta. Dejé la camiseta de Gisela en el cesto y empecé a caminar a paso rápido para abrir, pero Jürgen se me adelantó.

—...Así que decidí volver a casa —lo oí decir con tono amable—. Pero entra. Prepararemos un té y te contaré...

—Simplemente dime dónde está —dijo Lydia rotundamente. Después de una tensa una pausa, preguntó con voz entrecortada—. ¿Está muerto, Jürgen? Preferiría saberlo.

—Se entregó a los soviéticos —dijo Jürgen con voz grave. Había llegado al vestíbulo y contuve la respiración mientras miraba hacia la puerta. ¿Qué estaba haciendo allí? ¿Tenía noticias sobre los chicos?

—No lo haría —suspiró Lydia, sacudiendo la cabeza. Su mirada parecía desenfocada—. No.

—Estoy seguro de que intentó llamarte primero. Las líneas telefónicas...

—Los soviéticos deben haberlo capturado. Eso tendría más sentido.

—No —dijo Jürgen, con voz suave pero firme—. Fue uno de los primeros en irse y se dirigió hacia el norte. Quería encontrarse con los soviéticos cuando avanzaran.

—Pero... pero él dijo que. Se suponía que debíamos defender el Reich hasta el final —susurró, frunciendo el ceño. Toda su expresión se torció, volviéndose fea y feroz—. No. Karl se enfrentaría a la muerte antes que al deshonor de abandonar este país, de abandonar a su familia. Estás mintiendo.

La luz del sol se reflejaba en el parabrisas detrás de Lydia y di un paso adelante, tratando de mirar a su alrededor. Su auto estaba estacionado detrás del camión del ejército que Jürgen robó de Mittelwerk y Hans estaba sentado en el asiento trasero.

—¿Hans está aquí? —dije, corriendo hacia la puerta—. ¿Dónde está Georg?

Pero ahora, más cerca, podía ver a Hans con claridad. Una sensación de terror me recorrió el cuerpo cuando me di cuenta de que se balanceaba suavemente hacia adelante y hacia atrás. Miró hacia arriba y me miró a los ojos, incluso a metros de distancia pude ver que tenía los ojos enrojecidos y la cara llena de manchas. Parecía mucho más joven de los dieciséis años que tenía. Era un niño traumatizado y aterrorizado.

No necesitaba que lo dijera y no necesitaba escuchar los detalles. En el momento en que vi la cara de Hans, supe que mi hijo se había ido.

De repente, Lydia comenzó a llorar, con una mirada desenfrenada y llena de pánico mientras iba de Jürgen, a mí y luego reparaba en su hijo. Jürgen salió corriendo de la casa y bajó por el camino adoquinado. Abrió la puerta del coche de golpe, agarró a Hans por los hombros y sacó al niño a la acera.

—¿Dónde está Georg, Hans? ¿Dónde está mi hijo?

—Se ha ido... —lloró Hans.

Jürgen le gritaba a Hans. Hans lloraba. Lydia gemía. Al otro lado de la calle, Dietger sostenía un pincel a su lado, de cuyo color blanco caía pintura sobre la acera. Había estado pintando eslóganes de propaganda en la pared de su casa.

«¡Protejan sus hogares! Cada ciudadano debe defender la ciudad del azote rojo».

Me di vuelta y vi que, a nuestro lado, en el edificio que Adele había llamado su hogar durante toda su vida, sus inquilinos se asomaban a las ventanas y también observaban. En los portales de toda la calle, la gente salía a ver qué era todo ese alboroto. Nuestro dolor naciente era un espectáculo para el vecindario.

—Está mintiendo —dijo Lydia detrás de mí. Me volví hacia ella, tratando de dar sentido a las palabras.

—¿Hans está mintiendo? —pregunté esperanzada.

—¡Jürgen está mintiendo! —gritó desesperada, mientras su mano tiraba de su cuero cabelludo—. ¡Karl no me abandonaría!

—Karl pensó que tenía una oportunidad de salvar el pellejo y la aprovechó. Sé que no es lo que quieres oír, pero es la verdad —dije aturdida. No podía lidiar con su crisis nerviosa, tenía que ocuparme de la mía. Caminé lentamente por el sendero hacia la acera, más cerca de Hans y Jürgen.

—No teníamos suficientes armas. Las SS nos dieron granadas y nos dijeron que nos metiéramos debajo de los tanques y los sujetáramos mientras detonaban. Pero Georg y yo no queríamos morir. No quería morir, señor Rhodes... —Hans balbuceaba, lloraba y hablaba a mil por hora, respirando entrecortadamente sólo cuando era necesario. Jürgen todavía lo sujetaba por los hombros, pero ahora podía ver que si lo soltaba, Hans se desplomaría en el suelo. Miró hacia atrás, hacia Lydia, y entre sollozos entrecortados le dijo—. Mamá, no puedo hacerlo. Ayúdame, mamá. Por favor.

Hans pronunció esas palabras, pero lo que oí fue la voz de Georg. Me imaginé que, mientras exhalaba su último suspiro, asustado y solo, me había llamado sin más. Me temblaron las rodillas y me agarré del hombro de Jürgen para sostenerme. Hans buscó a tientas la puerta del coche y se arrojó al asiento trasero.

—Le dispararon mientras defendía a su país —dijo Lydia aturdida. Pasó junto a nosotros, se inclinó hacia el interior del coche para murmurarle algo a Hans y luego se volvió hacia mí una última vez—. Georg murió por el Reich, al servicio del Führer. Es un héroe y deberías estar orgullosa.

—¿Un héroe? —solté. Luego me reí amargamente—. ¡Era un niño, Lydia! Un niño con el cerebro lavado y destrozado, —Lydia soltó un suspiro, tapándose la boca con la mano—. Hitler nunca fue digno de nuestra lealtad y, con toda seguridad, no era digno del sacrificio de la vida de mi hijo.

Lydia me miró fijamente y luego se dio la vuelta para volver a meterse en el coche. Su mirada era penetrante cuando me miró por última vez y dijo:

—Los chicos estaban a salvo, escondidos. Georg intentó huir y los estadounidenses le dispararon por la espalda. La verdad es que, si Georg no hubiera sido un cobarde, habría logrado salir como lo hizo Hans.

Con eso, Lydia se deslizó dentro del auto y su chofer los llevó lejos.

Mientras la ciudad se desmoronaba a nuestro alrededor, no podía pensar en nada más que en Georg. Pasaron varios días y me quedé en cama. Jürgen proporcionó el apoyo emocional que las niñas necesitaban, tapió las ventanas y trasladó el resto de la comida al sótano debajo del edificio de Adele.

—Sofie —dijo Jürgen en voz baja. Yo estaba sentada en la cama de Georg, envuelta en la manta de Mayim. Las esquinas de la manta estaban empapadas de lágrimas y lo miré con los ojos vidriosos—. Ven conmigo.

Dejé que me llevara al estudio. Me colocó, con manta y todo, en uno de los sillones frente a su escritorio. Observé cómo se agachaba torpemente detrás de su estantería y luego presionaba el hombro contra el costado, tratando de empujarla hacia adelante. Un abrecartas y un par de pinzas estaban en el suelo a su lado.

—¿Qué diablos estás haciendo? —pregunté confundida.

Jürgen soltó un gruñido y dio otro empujón. El estante se movió un poco hacia adelante. Se puso de rodillas, tomó el abrecartas y lo deslizó entre dos tablas del suelo. Levantó una un poco y luego agarró las pinzas.

—Poco después de casarnos, estaba en este estudio y se me cayó una página de un borrador inicial de mi tesis. Fue una casualidad, se me cayó de la mano y se deslizó entre estas tablas del suelo. La saqué así —murmuró, mientras agitaba el abrecartas y las pinzas—. Pensé que, si alguna vez tenía que esconder algo, este sería el lugar perfecto.

De repente, emitió un sonido de triunfo y, con mucho cuidado, sacó un pequeño sobre de la abertura. Sopló para quitarle el polvo, lo limpió con cuidado en su camisa y me lo tendió con ambas manos, como si fuera de cristal.

—¿Qué es?

—Ábrela, mi amor —dijo suavemente.

Abrí el sello con cuidado y mi corazón empezó a latir con fuerza cuando vi la imagen en blanco y negro que había dentro. Éramos Mayim y yo abrazadas, con las maletas a la altura de los tobillos, sonriéndole a mi niñera la mañana en que nos íbamos a terminar la escuela.

—Dios mío —dije con voz entrecortada, mirándolo entre lágrimas. Había olvidado lo brillantes que eran sus ojos y lo amplia que era su sonrisa ese día. Éramos dos niñas esperanzadas con el mundo a nuestros pies, felizmente ajenas a lo cruel que sería el viaje que nos esperaba.

—Ella estuvo aquí y fue importante —dijo Jürgen en voz baja—. Lo mismo con Georg. Ellos ya no están, pero tú sigues aquí. Las niñas siguen aquí. Espero que esta foto te ayude a mantenerte fuerte, sea lo que sea lo que te depare el futuro.

Siempre había amado a Jürgen Rhodes, pero nunca lo había amado más que en ese momento, el más oscuro de mi vida, cuando supo devolverme un rayo de luz.

48

SOFIE

Huntsville, Alabama
1950

Mientras esperaba noticias, traté de dar gracias por el hecho de que esa celda fuera grande y estuviera bien iluminada, porque hubiera un colchón y una manta en la cama. Aunque estuviera al aire libre, había un baño allí mismo. Al principio, concentrarme en las diferencias entre esa celda y la última en la que había estado me ayudó, pero no por mucho tiempo. Cuando se abrió la cerradura, me convencí de que iba a estar encerrada en esa celda, hambrienta, sedienta y aterrorizada durante semanas, sin siquiera saber nada de mi marido o de mis hijos.

Pero entonces apareció el detective Tucker en la puerta. Evitó mi mirada y se quedó mirando al suelo. Se me cortó la respiración.

—Jürgen… —susurré frenéticamente.

—No —dijo apresuradamente—. No hemos tenido noticias. Pero tú eres libre de irte. —Me hizo un gesto para que me uniera a él en el pasillo y me puse de pie de un salto y lo seguí.

Mientras empezábamos a caminar hacia la salida, pregunté vacilante:

—Pero ¿por qué me liberan? —Me parecía peligroso preguntar, como si la pregunta pudiera llevarme de nuevo a la celda.

—Tenemos un nuevo sospechoso.

—Henry Davis —dije con tristeza. Él negó con la cabeza.

—No, señora. Lizzie Miller. —Me quedé tan sorprendida que me tambaleé y Tucker me agarró del brazo y me miró con simpatía.

—Lamento los problemas de esta mañana. Me imagino que el día ya había sido bastante estresante sin esta... desafortunada confusión.

Eché un vistazo a la sala de entrevistas cuando pasamos. A través del pequeño panel de vidrio, en la parte superior de la puerta, vi a Lizzie Miller. Al principio apenas la reconocí. Llevaba una camisa de hombre mayor que le quedaba grande, tan grande que se había arremangado las mangas para exponer sus manos. Tenía el pelo recogido en una coleta apretada en la nuca y no llevaba maquillaje, lo que dejaba al descubierto una piel llena de pecas y unas pestañas tan tenues que eran casi invisibles. Su expresión era cuidadosamente inexpresiva mientras miraba fijamente a la pared. Hice una pausa, tratando de ignorar el impulso de enfrentarme a ella.

Ella no apretó el gatillo más que yo, pero eso no significaba que fuera inocente.

—¿Puedo hablar con ella?

—Realmente no necesitamos más problemas —dijo Tucker vacilante.

—Por favor.

Suspiró mientras asentía y yo abrí la puerta. Me senté frente a Lizzie como si yo fuera el interrogador.

—¿Qué quieres? —dijo, a la defensiva como siempre, pero apenas la escuché. Mientras la miraba, me sobresalté al ver algo en sus ojos que nunca había notado.

Familiaridad.

También tomé decisiones equivocadas en medio del pánico por proteger a mi familia, y me vi obligada a aprender por las malas que ni siquiera el fracaso deja a una persona sin salvación.

49

LIZZIE

Huntsville, Alabama
1950

Había mucho movimiento en la estación y, durante un rato, pensé que los detectives se habían olvidado de que yo estaba allí. Pero entonces se abrió la puerta y allí estaba Sofie Rhodes.

Su aspecto era aún peor que el que pensaba, tenía los ojos enrojecidos y el rostro pálido. Cuando caminaba, la bata que llevaba se movía y vi sangre oscura y seca en su camisón.

Aparté la mirada, de repente avergonzada. Solo la había visto como una enemiga. Ahora no podía fingir que no sabía que alguna vez fue joven y llena de esperanza, con el mundo a sus pies.

—Somos iguales, tú y yo —dijo de repente.

—No nos parecemos en nada.

—Somos el tipo de mujeres que hacemos lo que sea necesario —bajó la voz y su mirada se suavizó mientras añadía—. Especialmente cuando se trata de nuestra familia.

Mis hombros se hundieron. Ella inmediatamente vio a través de mí que tenía un plan para proteger a Henry, tal como sabía que Calvin haría. ¿Importaría? ¿Podría la policía acusar a mi hermano por un crimen que yo había confesado?

—Espero que tu marido esté bien —susurré. Ella asintió. Reconoció que me escuchó, pero su mirada estaba distante.

—Nos dijimos a nosotros mismos que sólo estábamos protegiendo a nuestra familia. Al final, perdimos a nuestro hijo y a nuestra hija de todos modos. Lo que es casi tan difícil de aceptar ahora es que nos perdimos a nosotros mismos en el proceso. Es demasiado tarde para que podamos arreglar las cosas en casa, en Alemania. Por eso es tan importante para Jürgen y para mí construir algo bueno aquí. —Me dirigió una mirada triste y escrutadora—. Sólo tienes una vida, señora Miller. Como mínimo, tienes que vivirla con integridad, fiel a ti misma y a tus valores, sean cuales sean las consecuencias.

Cerró la puerta detrás de ella, dejándome sola otra vez. El segundero del reloj sonaba más fuerte que nunca. Me quedé mirándolo hasta que se me llenaron los ojos de lágrimas.

«Sólo tienes una vida, señora Miller».

Pero eso no era verdad. Había vivido muchas vidas en mis treinta y siete años. Me había convertido en alguien completamente nuevo, solo para sobrevivir en El Paso. Lo había hecho de nuevo por el bien de Calvin y había perfeccionado esa nueva personalidad, desesperada por hacerlo feliz de la única manera que parecía poder. Había cambiado de forma otra vez para las esposas de El Paso, solo para encajar.

Parecía que estaba dispuesta a hacer todo eso otra vez por Henry, fingir que era el tipo de mujer que dispararía a un hombre en su propio patio trasero, para salvar a mi hermano de sí mismo.

¿Por qué me había arrojado sobre la granada de su desastre, sin pensar siquiera un segundo en mi propio bienestar? Incluso me había preocupado más por salvar a Sofie Rhodes, una mujer a la que supuestamente despreciaba, que por protegerme a mí misma.

En todos esos años desde que Henry y yo dejamos la granja, me había remodelado y reinventado para complacer a los demás. Había hablado tantas veces con otras personas que perdí por completo el contacto con la mujer que era al principio. Había vivido para otras personas, cada hora de cada día, durante más de la mitad de mi vida.

Cuando todo se consumió, no lo pensé dos veces antes de destruir mi vida porque no la valoraba. La única vida que había amado era la que había perdido.

En aquella sala de interrogatorios me estaba desmoronando, mi perspectiva cambiaba y se retorcía hasta que sentí que se me iban desprendiendo capas. Nunca quise ser una ama de casa de los suburbios, aburrida hasta la médula, tolerando chismes insignificantes y rogando a mis amigos que me dieran la oportunidad de plantar sus jardines. Esa vida estaba bien para otras personas, pero yo siempre había sabido lo que quería para mí, y esto nunca lo fue.

Quería ayudar a mi hermano, pero tratar constantemente de protegerlo de sus propios errores solo lo perjudicaba a largo plazo. Esta vez, él debía afrontar las consecuencias. Yo lucharía por él y lo defendería. Haría lo que fuera necesario para encontrar el tratamiento adecuado para él.

Pero no podía dejar que se ocultara de la verdad; finalmente vi en mi propia vida cuánto daño eso podía causar.

Calvin entró en la habitación unos minutos después. Tiró de su silla y se sentó frente a mí, mirándome fijamente a los ojos.

—Lizzie —susurró entrecortadamente—. ¿Qué diablos está pasando?

—Calvin —dije en voz baja y luego cerré los ojos con fuerza—. Lo siento. He causado un desastre terrible.

Calvin me consiguió un abogado y, con su ayuda, le conté a la policía lo que realmente había sucedido. Luego esperamos en la comisaría hasta que nos dijeron que Henry había sido arrestado sano y salvo en Nashville. Me dijeron que estaba conmocionado, pero que había ido voluntariamente. Mientras lo llevaban adentro, Tucker nos contó casi al mismo tiempo que Jürgen Rhodes había superado la operación.

—Todavía está muy mal —dijo en voz baja—. El médico me dijo que esto podría seguir cualquier camino, pero es un comienzo.

Henry iba a ser trasladado a un centro de Birmingham para pasar la noche y por la mañana se celebraría una audiencia. Calvin y yo nos levantaríamos temprano y viajaríamos hasta el juzgado para poder apoyarlo. El abogado esperaba que, a corto plazo, Henry fuera internado y, a largo plazo, se enfrentara a un juicio. Yo sólo esperaba que Henry me perdonara no por decirle la verdad a la policía, sino por no conseguirle ayuda antes.

Seguí a Calvin hasta el interior de nuestra casa, tan agotada que apenas podía levantar los pies. Fue a prepararnos un café y yo me acurruqué en mi sillón en la sala de estar y observé la hermosa casa que habíamos construido. Calvin me entregó mi taza y se sentó a mi lado en su propia silla.

—Lizzie —dijo, inseguro—. ¿Qué diablos te pasa?

—La otra noche cuando entré a tu habitación, pensaste que yo… —me interrumpí y él me miró con impaciencia.

—Estaba medio dormido, cariño. Todavía soñaba un poco y eso no tiene nada que ver con lo que pasó hoy…

—No tiene nada que ver con lo que pasó con Henry —admití—. Pero sí tiene que ver con mi reacción ante ello. Hoy entré en pánico y mi primera reacción fue sacrificarme.

—Eso es porque tienes un gran corazón...

—¡No soy noble, Calvin! —exclamé—. Soy miserable —él respiró profundo y yo cerré los ojos, momentáneamente incapaz de enfrentar el dolor en su expresión. Pero tenía que ser valiente y tenía que ser fuerte. Por el bien de ambos. Me obligué a abrir los ojos y dije en voz baja—. Soy infeliz, Calvin, y creo que tú también lo eres. Desearía que las cosas entre nosotros pudieran ser diferentes, pero no lo son y nunca lo serán. No es justo ni saludable que vivamos así.

—Pero tenemos una buena vida juntos, ¿no? —susurró entrecortadamente.

Respiré profundamente y, por primera vez en quince años, dije la verdad.

—Es una buena vida —dije lentamente—, pero no es mi vida y es a eso a lo que tengo que volver.

50

SOFIE

Birmingham, Alabama
1951

Ocho meses después de que le dispararon a mi marido, Henry Davis se declaró inocente del intento de asesinato, apelaba locura.

Nos quedamos en Birmingham para el juicio, pero dejamos a los niños en casa con Claudia. Ella había sido una bendición desde el accidente de Jürgen, especialmente después de que rompí lazos con Avril Walters y necesitaba ayuda desesperadamente. A pesar de sus dudas, Claudia fue demasiado amable como para rechazar a una vecina en crisis. Nos unimos fuertemente en esos tiernos primeros días cuando los médicos me decían que me preparara para lo peor. Cuando salí de la cárcel, Jürgen ya había salido de la cirugía. Los primeros días fueron aterradores. Las semanas siguientes, frustrantes. Pero después de todo eso, regresó a casa.

Y, para entonces, ya había tenido la oportunidad de contarle a Claudia toda la horrible historia de nuestro pasado en Alemania, y eso hizo toda la diferencia. Gisela tenía una nueva amiga en Mila, y Félix y Luis también eran mejores amigos. Fue sorprendente la diferencia que esas conexiones hicieron para mis hijos, particularmente para Gisela, quien decidió que Estados Unidos tal vez no fuera un lugar tan malo después de todo.

Jürgen y yo testificamos durante el juicio. A mí me dieron tiempo para hacerlo en una tarde, justo el tiempo suficiente para confirmar el patrón de acoso de Henry Davis y el robo de mis fotografías. El testimonio de Jürgen fue mucho más complejo y estuvo en el estrado durante días. Ya lo había oído todo antes: Jürgen y yo hablamos tantas veces de todo lo que había sucedido que me sabía de memoria su versión de los hechos. Aun así, lloré cuando me contó cómo se sentía al estar tumbado en el césped fuera de nuestra casa, preguntándose si iba a morir en mis brazos.

Los médicos que testificaron coincidieron en que Henry Davis sufría fatiga de combate, pero esa no era la causa de sus delirios. Había sufrido graves daños cerebrales orgánicos durante una intensa terapia de choque con insulina, a la que se había sometido en un intento desesperado por recuperar algo parecido a la normalidad en su vida.

—Pero ¿cómo podemos saber que Henry Davis no era así antes de la terapia? —preguntó el fiscal. Fue entonces cuando Lizzie Miller subió al estrado. Apenas era reconocible. Estaba vestida con pantalones y zapatos planos, con el pelo más largo y recogido en una cola áspera, con sus pecas y pestañas claras a la vista. Sonrió suavemente a su hermano entre una respuesta y otra, como si lo animara con la mirada. La educada mujer de los suburbios había desaparecido, pero en su lugar había una guerrera.

Ella abogó por Henry Davis. Le contó al tribunal las conversaciones que había tenido con él sobre sus experiencias en Buchenwald, sobre la pérdida de su mejor amigo, sobre su desesperación por aceptar cualquier tratamiento que pudiera ayudarlo a sentirse bien después de la guerra. Habló de su hermano con tanta calidez y cariño que incluso Jürgen parecía conmovido. Cuando terminó, estaba destrozada. Cuando miré al jurado, vi que algunos de ellos tenían lágrimas en los ojos.

Sabía cuál sería el veredicto mucho antes de que terminara el juicio. Me preocupaba que Henry Davis saliera impune de lo que le había hecho a mi familia. Ahora entendía que iba a estar en una especie de prisión por el resto de su vida, independientemente del veredicto.

El fiscal dio por concluida la audiencia de un jueves. El viernes por la mañana el jurado regresó y Jürgen y yo subimos por última vez los escalones de piedra que conducían a la sala del tribunal. El juicio llegó a los medios nacionales, aunque, afortunadamente, ni un ápice de la verdadera historia de Jürgen llegó a la prensa.

Nos sentamos en la parte delantera del palacio de justicia, detrás del Fiscal. Del otro lado del pasillo, Calvin y Lizzie estaban sentados detrás de Henry. Calvin le hizo un gesto triste y amistoso a Jürgen. Se había mostrado comprensivo durante toda la dura experiencia, incluso cuando Jürgen tuvo que trabajar a tiempo parcial durante meses hasta que recuperó sus fuerzas. Al lado de Calvin, Lizzie me miró a los ojos y asintió cortésmente. Yo le devolví el gesto.

Yo sabía que Calvin y Lizzie se habían separado, pero durante todo el proceso quedó claro que seguían siendo amigos. Me pregunté si ella y yo también habríamos sido amigos si nos hubiéramos conocido en circunstancias diferentes. A pesar de todo, a regañadientes llegué a admirar su fuerza y su lealtad hacia su hermano, incluso en su torpe intento de protegerlo de lo que él había hecho. Tenía la sensación de que, si esa guerra nunca hubiera ocurrido y yo hubiera conocido a Lizzie Miller en un salón, en una cena o en un picnic, nos habríamos llevado bien enseguida.

Estaba al lado de Jürgen cuando el presidente del jurado nos dijo que Henry Davis había sido declarado inocente de un cargo de intento de asesinato por razones de locura. Nadie vitoreó; no hubo alivio, ni siquiera de Henry y Lizzie. Ella se acercó y le apretó el hombro, y mantuvo su mano allí mientras el juez anunciaba que Henry sería internado en un centro residencial para recibir tratamiento por tiempo indefinido para la protección de la comunidad.

—¿Estás decepcionado con el veredicto? —le pregunté más tarde a Jürgen.

—No —admitió—. Es apropiado. Ese hombre necesita ayuda, no prisión. Esto me hace sentir como si hubiera cerrado un capítulo. Estoy listo para dejar todo esto atrás y comenzar el siguiente capítulo de nuestras vidas.

51

LIZZIE

Condado de Dallam, Texas
1951

Era una hermosa tarde y yo viajaba por las altas planicies de Texas. Había llovido la tarde anterior, una gloriosa llovizna de dos centímetros y medio de agua que caía a lo largo de varias horas. El sol había salido y no había ni una sola nube en el cielo, pero la tierra seguía húmeda. Olía la humedad del suelo como el mejor perfume de la naturaleza.

La última vez que recorrí esos caminos las cercas estaban enterradas en polvo y todas las plantas a la vista estaban muertas y marchitas. Sin embargo, hoy, el trigo maduro se mecía con el viento y los árboles cortavientos recién plantados se extendían hacia el cielo alrededor de los campos. La vida había regresado y era gloriosa.

Salí de la carretera principal y tomé el camino de entrada, una ruta que no había recorrido en muchos años, pero era un viaje que mi corazón había hecho un millón de veces. Se me cortó la respiración cuando vi la granja. La puerta había sido reemplazada por un estilo más nuevo. Más allá, en la distancia, vi un nuevo molino de viento y ese roble vivo de Texas, expandiéndose con nueva vida y ramas más gruesas.

Después del juicio, hice que transfirieran a Henry a un centro en Amarillo. Los médicos de allí todavía no estaban preparados para recomendar el alta, pero yo tenía la esperanza de que algún día lo hicieran. De todos modos, ese nuevo hospital tenía un enfoque más suave. Trataban a Henry con psicoterapia y dosis bajas de sedantes sólo cuando no podía dormir. Mi hermano no era el mismo hombre que antes, no era probable que el daño cerebral se curara y la fatiga de combate iba a ser parte de su vida durante mucho tiempo. Su memoria a corto plazo era terrible y todavía tenía esa mirada vidriosa y confusa en el rostro a veces, a menudo cuando hablaba demasiado rápido o le daba demasiada información de golpe. Los delirios y la paranoia habían desaparecido, pero quizá esos problemas también volverían algún día.

Lo aceptaría como fuera que viniera y navegaríamos todo eso juntos.

Como me dijo una vez Calvin, todo hombre necesita una razón para levantarse de la cama por la mañana. Por eso, después de que terminó el juicio, tomé mi pluma y le escribí una carta a Betsy Nagle. Henry también le había estado escribiendo, así que ella ya sabía de sus dificultades y del juicio. Solo quería ver si ella sabía qué había pasado con la antigua granja de mis padres.

En 1935, el juez Nagle vendió ese pedazo de tierra por una miseria a un hombre que dejó que el lugar se arruinara por un tiempo. Pero los tiempos desesperados finalmente pasaron y la conciencia del juez no se amilanó. En los años cuarenta, sus finanzas se estabilizaron nuevamente y volvió a comprar la granja y puso a trabajar a algunos agricultores.

Desde entonces, una serie de desconocidos habían estado en mi tierra, ganando dinero para la familia Nagle, cultivándola. Pero resultó que los Nagle estaban buscando nuevos inquilinos, me dijo Betsy, y su padre dijo que debería ir inmediatamente a firmar un contrato de arrendamiento.

Había destrozado el corazón de Calvin Miller, pero, como siempre había sabido, era un buen hombre, el mejor hombre. No estaba obligado a darme ni un solo centavo de su dinero cuando abandoné nuestro matrimonio, pero me dio lo dinero suficiente para mantenerme durante unos años mientras encontraba mi lugar.

Conduje hasta Oakden para encontrarme con el juez Nagle el día que recibí esa carta, sólo para que él me dijera que había decidido no arrendarme la granja después de todo.

—Te la voy a vender a ti —anunció.

—Es muy generoso, señor juez —dije de mala gana—. Pero yo no puedo permitírmelo.

—Aún no me has preguntado cuánto quiero por ella.

Tuve que asumir que la forma en que perdimos nuestra granja también había perseguido al juez Nagle a lo largo de los años, porque quería devolvérmela para que yo le pagara el dinero que Henry había tomado prestado originalmente en 1933. Tenía el dinero para cubrir el costo de la granja, además de lo suficiente para seguir adelante hasta que volviera a ser productiva.

Incluso cuando atravesé la puerta, me di cuenta de que mi granja necesitaba mucho amor y cuidados, pero no había problema. Nunca le había tenido miedo al trabajo duro. Habría que reconstruir los huertos de verduras, pero el gallinero estaba donde siempre había estado, listo para recibir a nuevos inquilinos. Me sentí aliviada al ver que los cables eléctricos llegaban hasta la casa y que también se había añadido un nuevo baño en la parte trasera. Ya no habría que ir a la letrina a medianoche en invierno, ni correr de un lado a otro para encender los faroles, porque esa casa tendría por fin iluminación eléctrica, tal como había soñado mamá.

Aparqué el coche y salí para centrar mi atención en el roble vivo de Texas y las pequeñas cruces de madera que sobresalían. Debajo de ella había una piedra que sobresalía del suelo y que marcaba el lugar donde descansaban mis padres. A su lado, el banco que tanto temía se hubiera derrumbado. La silla de Elsie necesitaba un poco de cariño y yo no era muy buena con la carpintería. Eso tendría que esperar hasta que Henry volviera a casa.

Empecé a caminar hacia aquel árbol, con un millón de imágenes parpadeando en mi mente de cómo había sido la granja en el pasado y cómo volvería a ser ahora que finalmente era nuestra, mía y de Henry también, porque él siempre tendría un hogar conmigo. Me lo imaginé allí, en aquel nuevo granero, trasteando con el motor de un tractor. Me imaginé hileras y más hileras de verduras y gallinas deambulando por el jardín, vacas en el campo donde estaba aquel gran estanque viejo. El resto de la granja sembrada de trigo, cuidado, sembrado y cultivado con amor por mí y mi hermano.

Esta, gritó mi alma... esta era la vida que debías vivir.

Cuando llegué al roble, estaba exhausta y tan llena de alegría y alivio por estar en casa que apenas podía dar un paso más. Caí de rodillas y apreté una mano temblorosa sobre la tierra que había sobre el lugar de descanso de mis padres.

—Ya estoy en casa, mamá y papá —susurré, apoyando la palma de la mano contra la tierra fría y húmeda—. Por fin estoy en casa. Y voy a traer a Henry a casa también.

Esto pareció ser el final de un viaje muy largo.

Esto se sintió como el comienzo de la vida que estaba destinada a vivir desde siempre.

52

SOFIE

Huntsville, Alabama
1951

Habían pasado algunas semanas desde que terminó el juicio y la vida estaba volviendo a la normalidad. La reticencia de Félix hacia Jürgen era cosa del pasado y había insistido en que su papá lo llevara en coche a su nuevo jardín de infantes ese día. A Gisela y Mila ahora les gustaba caminar juntas a la escuela, y eso significaba que yo estaba en casa cuando pasaba el cartero.

Corrí por la casa hasta el buzón, como hacía todos los días. Le había escrito a Laura muchas veces durante los diez meses que habían pasado desde que llegamos a Estados Unidos, pero nunca había tenido noticias de ella, ni siquiera cuando le escribí para avisarle que le habían disparado a Jürgen o cuando le dije que finalmente se había recuperado. Todavía esperaba y rezaba para recibir una respuesta, pero el ritual de revisar el buzón empezaba a parecerme como si me estuviera arrancando una costra que me impedía sanar.

Una vez más, el buzón estaba vacío. Mi corazón se hundió y me volví hacia la puerta principal, pero para mi sorpresa, el coche de Jürgen se detuvo en el camino de entrada a mi lado.

—¿Qué pasa? —grité alarmada. Él manipuló torpemente el picaporte de la puerta, maldijo, la abrió de golpe y salió del coche tambaleándose.

—Sofie —dijo, visiblemente aturdido. Tenía un sobre en la mano y, cuando me lo tendió, vi que temblaba.

—¿Es de Laura? —susurré, pero Jürgen negó con la cabeza. Antes de que pudiera siquiera expresar mi decepción, agitó la carta y se rio entre lágrimas. Corrió alrededor del auto y se acercó a mí, poniendo el sobre en mis manos.

—Mi amor. Léelo.

La carta estaba dirigida a Jürgen del arsenal de Redstone, pero no fue por eso por lo que mis rodillas se debilitaron.

Conocía esa letra. La había visto en la escuela, cuando pasábamos notas en clase. La había visto cuando ella le enseñó a Georg a escribir su nombre. La había visto en una carta que leí en la cocina de Martha, mientras el mundo se iba al infierno a nuestro alrededor.

Le di la vuelta al sobre lentamente y allí estaban esas mismas letras escritas.

De Mayim Elsas (de soltera Nussbaum)

La había sufrido y la esperanza reavivada podía ser algo peligroso si creía por un segundo que esa carta realmente era de mi Mayim y luego descubriera que no era así, tendría que llorarla de nuevo.

—Es imposible —jadeé, mirando a Jürgen con frenesí a los ojos—. Debe ser un truco.

—Sofie, léela —dijo Jürgen, tomándome suavemente del codo para ayudarme a sentarme en el escalón de la terraza. Me alegré mucho de que lo hiciera, ya que mis rodillas estaban completamente débiles.

Queridos Jürgen y Sofie:

Pensé que ambos estaban muertos y me imagino que tú habrás asumido lo mismo de mí. ¡Pero estás viva! Y yo estoy sana y salva. Vivo en Washington, DC. ¡Por favor, llámame tan pronto como recibas esto!

Amor siempre,

Mayim

—¿Qué tan lejos está Washington, DC? —pregunté de repente. Las comisuras de los ojos de Jürgen se arrugaron mientras sonreía y señalaba el número de teléfono que estaba debajo de su firma.

—Es un largo camino en coche. No hay distancia en absoluto por teléfono.

Ella contestó al primer timbre y me la imaginé sentada al lado del teléfono esperando desde que envió la carta.

—¿Hola?

Su voz suave, esperanzada, ansiosa y hermosa. Dije con voz ronca su nombre en respuesta.

—Mayim…

—Sofie…

—¿Cómo?

Ella se reía y lloraba, decía algo sobre mis botas de nieve, mi dinero, mi marido, mis hijos y un periódico. Por encima del sonido de sus sollozos y el mío, no pude entender ni la mitad de las palabras. Pero ¿a quién le importaban los detalles? Estaba hablando con un milagro de la vida real. Pasó un tiempo hasta que nos calmamos lo suficiente como para intercambiar historias entre sollozos.

—Pasé dos años preciosos con mi familia después de escapar de Alemania, y luego dos años en el gueto de Cracovia con ellos también —dijo, pero la sonrisa en su voz se desvaneció a medida que continuó—. Sobreviví dos años en Auschwitz, aunque no puedo decirte cómo. Todos murieron: el abuelo, mi mamá, la esposa y el hijo de Moshe en el primer día de la selección. Moshe falleció unas semanas después. Fue un infierno en la tierra, Sofie, cosas en las que ni siquiera puedo permitirme pensar ahora, pero más tarde, cuando nos conozcamos en persona, te lo contaré...

—No tienes por qué hacerlo —respondí—. Pero si quieres, te escucharé.

—Finalmente parecía que se estaba acabando, los soviéticos llegaban. Pero esos monstruos nazis nos enviaron a la marcha de la muerte. Durante todo ese tiempo, me aferré a esas botas de nieve tuyas. Algunas noches dormía en el suelo, con mucho frío, miedo y cansancio, pero al menos mis pies estaban calientes y siempre pensaba en ti. Todas las noches pensaba en ti. Nos liberaron y me llevaron a un campamento de la Cruz Roja, y luego conocí a Ben y te escribí.

Ante esto, me quedé sin aliento.

—¡No recibí ninguna carta tuya! —Estaba tan segura de que me escribiría si hubiera sobrevivido, que cuando pasaron años sin noticias suyas, me obligué a aceptar su muerte.

—Laura respondió —dijo con voz grave—. Me dijo que a ti y a Jürgen los habían asesinado por deslealtad. Me pidió que no volviera a contactarla. Así que pensé que te habías ido. Lamenté tu muerte.

—Georg murió hacia el final de la guerra. Fue fusilado mientras luchaba con su unidad de las Juventudes Hitlerianas, con Hans. —Jürgen me había estado sosteniendo la mano y pasándome pañuelos durante toda la llamada. Al mencionar el nombre de nuestro primer hijo, me apretó la mano. Lo miré a través de mis lágrimas mientras admitía la verdad sobre mi hija—. Después de que terminó la guerra Laura luchó. Estaba de luto por Georg y no podía dejar atrás la ideología nazi. Ella y Hans se apoyaron mutuamente. Al principio pensé que era algo bueno, porque sabía que Hans también estaba desconsolado. Pero mientras yo intentaba arrastrar a Laura de regreso al mundo real, Lydia y Hans estaban decididos a mantenerla alejada de la realidad. Me rompe el corazón que ella encontrara tu carta y te mintiera, pero no me sorprende.

—Lo siento mucho, Sofie. Lo siento mucho. ¿Dónde está ahora? ¿Ella está contigo en Alabama?

—Con el tiempo su relación con Hans cambió y, cuando le dije que vendría a Estados Unidos para estar con Jürgen, se escapó a casa de Lydia. Intenté llevarla a casa, pero la criada ni siquiera me dejó verla. Justo antes de que nos fuéramos Lydia me envió una nota por la ranura del correo para avisarme que Laura y Hans estaban casados y no querían saber nada más de mí. —Mientras le explicaba esto a Mayim, finalmente me di cuenta de que las cartas que le había estado enviando a Laura desde que me fui de Alemania nunca llegarían realmente a ella, incluso si Lydia las pasaba, incluso si Laura las leía—. El final de la guerra llegó demasiado tarde para ella —dije, finalmente aceptando la verdad.

Mayim me contó que conoció a su marido, Benjamin, en el campamento de la Cruz Roja donde él trabajaba para las Naciones

Unidas. Que se enamoraron rápidamente y se casaron tan solo unos meses después. Se establecieron en Washington DC y tuvieron a sus hijas, Sidonie y Celina.

—Tengo todo lo que soñé —me dijo—. Una casa hermosa. Un esposo maravilloso y guapo, y mis dos hermosas niñas. Mi vida es un milagro, Sofie, y todos los días me despierto y le doy gracias a Dios por ello. Pero un día de la semana pasada, Ben llegó a casa del trabajo y casi se le sale el alma de la cabeza porque reconoció el nombre de Jürgen en el periódico, en un artículo sobre lo que sucedió en Huntsville —se rio débilmente—. Ben sabe todo sobre ti. Te juro que le he contado todas las historias al menos dos veces. Y aquí estamos.

—Y aquí estamos —susurré riéndome entre lágrimas.

Tiene que haber un después, le dije a Jürgen el año anterior cuando llegué por primera vez a Huntsville. Al escuchar a Mayim hablar con tanta gratitud y esperanza mientras me contaba sobre las bendiciones de su nueva vida, finalmente acepté una verdad que había ido comprendiendo poco a poco desde que dispararon a Jürgen.

Después no iba a haber un solo momento en el que todo el trauma y la culpa desaparecieran y todo estuviera bien. Todavía habría remordimientos, vergüenza, pesadillas y ansiedades a medianoche, pero significaría despertar cada mañana y enfrentar el día como viniera. Significaría extender la gracia a aquellos que me temían a mí y a mi familia y darle a nuestra nueva comunidad tiempo para aprender que éramos más que los errores de nuestro pasado. Después sería un verdadero duelo por Georg y Laura, pero también significaría largos viajes en auto para ver a Mayim y conocer a Ben y sus hijas. Significaría nunca perder la maravilla que sentía de que ella hubiera sobrevivido.

Después significaría vivir la segunda oportunidad que tuvimos Jürgen y yo con constante gratitud, criando a nuestros hijos en el amor para contrarrestar el inmenso odio que habíamos visto.

Así fue como avanzamos. Finalmente estuve lista para empezar.

*****

UNA NOTA DE KELLY

Las ideas para mis historias a menudo llegaron cuando menos las esperaba, este libro no fue la excepción. En julio de 2019, mi amiga Teresa invitó a mi familia a unirse a la suya para una excursión de sábado por la tarde a Parkes, un pequeño pueblo a unos noventa minutos en auto desde nuestras casas en el centro de Nueva Gales del Sur.

Parkes es famoso por muchas cosas: una feroz rivalidad con la cercana ciudad de Forbes, un festival anual de Elvis y el telescopio de sesenta metros que sobresale del paisaje llano y despoblado hacia el norte. El radiotelescopio Parkes de CSIRO, conocido por los australianos como el plato, ayudó a transmitir el alunizaje del Apolo 11 en 1969. El Observatorio Parkes estaba organizando un festival para el quincuagésimo aniversario de ese evento. Mientras caminaba por las exhibiciones con Teresa y nuestros respectivos hijos, vi una sobre la historia del programa espacial de Estados Unidos. Mencionaba que, a partir de 1950, científicos alemanes trabajaron con científicos estadounidenses para desarrollar los cohetes que finalmente llevarían a la humanidad a la Luna.

Me impresionó de inmediato lo improbable que era tal acuerdo. Apenas unos años antes, esos hombres habían estado en bandos opuestos de una guerra terrible, pero trabajaron juntos y tuvieron uno de los logros tecnológicos más asombrosos de la humanidad. Empecé a investigar tan pronto como regresé a casa. Esa noche caí en una especie de madriguera de conejo al estilo de la Operación Paperclip.

Me enteré de que la Operación Paperclip era un programa para llevar a los científicos alemanes más valiosos a través del Atlántico para trabajar para el gobierno de Estados Unidos. Fue una empresa inmensa en la que participaron más de 1600 científicos e ingenieros alemanes de muchas disciplinas, desde la química y la física hasta la arquitectura y la medicina y, por supuesto, la cohetería. La mayoría de esos científicos alemanes acabaron viviendo el resto de sus vidas en libertad y comodidad en Estados Unidos, con su pasado reescrito para que pudieran ser de utilidad al gobierno de Estados Unidos. Muchos fueron cómplices de crímenes de guerra. Otros lo fueron a través de su silencio.

Al igual que Jürgen y Sofie, muchos de estos alemanes argumentarían que sólo habían hecho lo que creían que debían hacer para proteger a sus familias. ¿Es válido ese razonamiento ante un sufrimiento y una muerte inimaginables? ¿Existe un punto en el que estemos moralmente obligados a tomar una postura, sea cual sea el costo?

Al escribir este libro, quería mostrar a Jürgen y Sofie atrapados en una situación inimaginablemente difícil durante los años nazis, como tantos ciudadanos alemanes. Pero dadas las decisiones que toman a lo largo del camino, todavía no estoy segura de que mis personajes merezcan el final feliz que encuentran. Es históricamente exacto que el pasado de Jürgen se borre una vez que llegue a Estados Unidos, pero ¿es justo? Espero que los lectores reflexionen sobre esto también.

Nada de la Operación Paperclip fue sencillo, ni la política, ni la mecánica, ni siquiera la ética. Ha sido fascinante, frustrante y desgarrador explorar algunas de estas cuestiones al escribir este libro. Muchas gracias por emprender ese viaje conmigo.

Los aficionados a la historia pueden reconocer que la carrera de Jürgen sigue vagamente la trayectoria profesional de Wernher von Braun, aunque el carácter de Jürgen, su familia y su reacción a esos acontecimientos profesionales son producto de mi imaginación. Aspectos de la supervivencia y escape de Mayim fueron inspirados por las experiencias de Gerda Weissmann Klein, incluidas las botas de esquí que le salvaron la vida. En el caso de Klein, su padre insistió en que las usara cuando la capturaron. Pueden encontrar más información sobre Gerda Weissmann Klein y su increíble vida y trabajo de defensa en https://citizenshipcounts.org/our-founder.

Por último, el personaje de la tía Adele se inspiró en la abuela fallecida de mi marido, Vera Harabajic, a quien todos conocíamos y amábamos como Baba. Ella era una de las mujeres más feroces que he conocido, una matriarca de honestidad brutal y amor sin límites. Espero haber honrado su memoria compartiendo algo de su espíritu en este libro.

Kelly

AGRADECIMIENTOS

Gracias a mi agente, Amy Tannenbaum. Tu guía y tus consejos son siempre invaluables, pero esta vez realmente no podría haber terminado este libro sin tu ayuda y apoyo. Gracias también a todo el equipo de la agencia Jane Rotrosen.

Para Susan Swinwood y el equipo de ensueño de Graydon House y HarperCollins, me encanta trabajar con ustedes y estoy muy agradecida por la oportunidad de poner mis historias en manos tan capaces y expertas.

Gracias también a mi editora australiana, Rebecca Saunders, y a todo el personal de Hachette Australia. Gracias a su arduo trabajo mis libros están disponibles en las estanterías de mi país natal, eso significa más de lo que puedo explicar.

Gracias a los libreros y bibliotecarios que pusieron mis libros en manos de los lectores. A los blogueros, los bookstagrammers, los críticos y a todos los que han recomendado mis libros a otras personas a lo largo de los años, les agradezco por creer en mi trabajo y difundirlo.

Gracias a mi marido y a mis hijos. Si pudimos superar la escuela a distancia mientras yo trabajaba en este libro, podemos hacer cualquier cosa. Mi especial agradecimiento a mi hermana Mindy, por tratar con comerciantes poco fiables para que yo pudiera escribir.

Por último, gracias a Teresa y Scott por invitarnos a Parkes ese día. ¡Apuesto a que no se dieron cuenta de que iban a inspirar una obsesión de dos años!

Aunque todos los errores siguen siendo míos, agradezco a los siguientes autores por sus trabajos que fueron útiles en la investigación para este libro.

El libro de David Baddiel, *Jews Don't Count*, fue un excelente recurso para comprender las absurdas contradicciones que sustentan el antisemitismo tanto en la actualidad como a lo largo de la historia. Algunas de ellas inspiraron las reflexiones de Sofie sobre la creciente aceptación de la ideología del partido nazi en Alemania durante la década de 1930, en particular en la escena de las cenas en el capítulo 17. Gracias a mi amiga Kim Kelly por la recomendación.

En el capítulo 12, Lizzie reflexiona sobre los libros que ha tomado prestados de una biblioteca, tratando de comprender la fatiga del combate de Henry. Ella menciona que ha aprendido que su trauma regresa no como memoria, sino como reacción. Esto está inspirado en *El cuerpo lleva la cuenta: cerebro, mente y cuerpo en la curación del trauma* de Bessel van der Kolk, que se publicó en 2014. Este concepto brinda una perspectiva tan valiosa sobre el comportamiento de Henry que le pido a Lizzie que reflexione sobre él para ayudar a los lectores a comprender mejor sus acciones.

Operation Paperclip: The Secret Intelligence Program that Brought Nazi Scientists to America, de Annie Jacobsen.

Our Germans: Project Paperclip and the National Security State, de Brian E. Crim.

Von Braun: Dreamer of Space, Engineer of War, de Michael J. Neufeld.

German Rocketeers in the Heart of Dixie: Making Sense of the Nazi Past during the Civil Rights Era, por Monique Laney.

Huntsville Air and Space, de T. Gary Wicks.

Remembering Huntsville, de Jacquelyn Procter Reeves.

Soldier from the war returning: The Greatest Generation's troubled homecoming from World War II, de Thomas Childers.

The Nazi Voter: The Social Foundations of Fascism in Germany, 1919-1933, de Thomas Childers.

The Great Depression: America in the 1930s, de T. H. Watkins.

The Hungry Years: A Narrative History of the Great Depression in America, de T. H. Watkins.

Crash: The Great Depression and the Fall and Rise of America, de Marc Favreau.

The Fireside Conversations: America Responds to FDR during the Great Depression, de Lawrence Levine y Cornelia Levine.

The Farmer's Wife 1930s Sampler Quilt. Inspiring Letters from Farm Women of the Great Depression and 99 Quilt Blocks That Honor Them, de Laurie Aaron Hird.

Between Dignity and Despair: Jewish Life in Nazi Germany, de Marion A. Kaplan.

Hitler's True Believers: How Ordinary People Became Nazis, de Robert Gellately.

The SS: Hitler's Instrument Of Terror, de Gordon Williamson.

La Gestapo. La historia de la policía secreta de Hitler 1933-1945, de Rupert Butler.

Hitler Youth: The Hitlerjugend in War and Peace 1933-45, de Brenda Ralph Lewis.

La muerte de la democracia. Un fascinante recuento de cómo y por qué el partido nazi llegó al poder, de Benjamin Carter Hett.

Memorias. Recuerdos del arquitecto y ministro de armamento de Hitler, de Albert Speer.

También me resultó inestimable el documental *Final Account* de Luke Holland.